BASTEI
LÜBBE

SCIENCE FICTION- UND FANTASY-Jubiläumsbände im BASTEI-LÜBBE-Programm:

21 201 Isaac Asimov · Robotervisionen
21 202 Joy Chant · Könige der Nebelinsel
21 203 Wolfgang Hohlbein · Charity
21 204 Wolfgang Hohlbein · Die Kinder von Troja
21 205 Traumwelten · Nobelpreisträger schreiben Fantasy
21 206 Judith Tarr · Die Zauberin von Alamut
21 207 Marion Zimmer Bradley · Die Farben des Alls
21 208 Barbara Hambly · Gefährtin des Lichts
21 209 Larry Niven · Planetenträume
21 210 Margaret Weis/Tracy Hickman · Himmelsstürmer
21 211 Robert A. Heinlein · Die Marionettenspieler
21 212 David Eddings · Der Thron im Diamant

Robert A. Heinlein
Die Marionettenspieler

Science Fiction Roman

Ins Deutsche übertragen
von Margaret Auer
und Marcel Bieger

BASTEI LÜBBE

BASTEI-LÜBBE-TASCHENBUCH
Band 21 211

Erste Auflage:
Februar 1994

Dieser Roman ist
auf deutsch bereits unter
folgendem Titel erschienen:
›Weltraummollusken
erobern die Erde‹

Deutsche Lizenzausgabe 1994
Bastei-Verlag
Gustav H. Lübbe GmbH & Co.,
Bergisch Gladbach
Originaltitel:
The Puppet Masters
Titelillustration: Michael Whelan
Umschlaggestaltung:
Agentur Kochlowski
Satz: Fotosatz Schell, Bad Iburg
Druck und Verarbeitung:
Brodard & Taupin,
La Flèche, Frankreich
Printed in France

ISBN 3-404-21211-8

Der Preis dieses Bandes
versteht sich einschließlich der
gesetzlichen Mehrwertsteuer.

1

Besaßen sie wirklich Verstand? Einen eigenen – meine ich!

Ich weiß es nicht, und ich habe keine Ahnung, wie wir das je ergründen könnten. Schließlich bin ich kein Wissenschaftler; nur ein Handlanger.

Zumindest bei den Sowjets mußten sie sich nicht viel einfallen lassen. Sie übernahmen einfach das kommunistische System des Drucks von oben nach unten und verzichteten dabei auf die ›sentimentale, bourgeoise Liberalität‹ der Polit-Kommissare. Andererseits agierten sie auf Tiere alles andere als tierisch.

(Es ist sonderbar, draußen keine Hunde mehr zu sehen. Wenn wir die Dinger schließlich in die Finger kriegen, werden wir auch ein paar Millionen Hunde rächen. Und Katzen. Soweit es mich betrifft, eine ganz besondere Katze.)

Wenn sie keinen eigenen Verstand hatten, dann hoffe ich nur, daß wir es nie mit solchen ihrer Art zu tun bekommen, die einen haben. Wer dann verliert, ist mir klar: Ich – du – ja das ganze sogenannte Menschengeschlecht.

Für mich begann die Geschichte am 12. Juli, 0 Uhr 07, als mein Telefon mitten in der Nacht so schrill und pausenlos klingelte, daß ich wahrhaftig meinte, mir werde die Haut vom Schädel gezogen. Ich tastete herum, um das Gerät zu finden und abzuschalten, dann fiel mir ein, daß ich es in meiner Jacke am anderen Ende des Zimmers gelassen hatte. »Schon gut«, brummte ich, »schaltet nur den verdammten Lärm ab. Ich höre euch ja.«

»Notfall«, sagte eine Stimme in meinem Ohr. »Melden Sie sich persönlich zum Rapport.«

Ich sagte ihm, wo er sich seinen Notfall hinstecken könnte. »Ich habe für zweiundsiebzig Stunden frei.«

»Rapport beim Alten«, beharrte die Stimme. »Sofort.«

Das war etwas anderes. »Schon unterwegs«, meldete ich und richtete mich so ruckartig auf, daß es mir vor den Augen flimmerte – und blickte in das Gesicht einer Blondine. Sie hatte sich ebenfalls aufgesetzt und schaute mich mit großen Augen an.

»Mit wem redest du da?« fragte sie.

Ich glotzte zurück und erinnerte mich mühsam, daß ich sie schon einmal gesehen hatte. »Ich? Reden?« stammelte ich, während ich mich bemühte, mir eine gute Lüge auszudenken. Dann, als ich langsam wacher wurde, fiel mir ein, daß es keine besonders gute Lüge sein müßte, denn sie konnte nur meine Hälfte des Gesprächs gehört haben. Die Sorte von Telefon, die in meiner Abteilung verwendet wird, weicht nämlich vom üblichen Standard ab. Der Hörer war chirurgisch hinter meinem linken Ohr eingepflanzt worden, der Ton wurde über den Knochen weitergeleitet. »Tut mir leid, Schatz«, fuhr ich fort. »Ich hatte einen Alptraum. Es kommt oft vor, daß ich im Schlaf rede.«

»Geht's dir gut?«

»Jetzt, wo ich wach bin, schon«, versicherte ich ihr und plagte mich auf die Füße. »Schlaf ruhig weiter.«

»Na gut ...« Sie schlief fast im gleichen Moment wieder ein. Ich eilte ins Bad, jagte mir ein Gran ›Gyro‹ in den Arm und ließ mich vom Vibro durcheinanderschütteln, während die Spritze dafür sorgte, daß alles wieder richtig zusammenkam. Als neuer Mensch oder zumindest als eine täuschend gute Nachahmung kam ich wieder heraus und griff nach meiner Jacke. Die Blondine schnarchte leise.

Ich spulte meine Erinnerungen zurück und stellte dankbar fest, daß ich ihr nicht das geringste schuldete; und so ging ich. Es gab nichts in dem Appartement, das mich – oder auch nur meinen Namen – hätte verraten können.

Ich betrat das Büro unserer Abteilung durch die Kabine eines Waschraums der McArthur-Station. Man suche unsere Büros nicht im Telefonbuch. Sie sind amtlich nicht vorhanden. Wahrscheinlich gibt es sogar mich nicht. Alles ist getarnt. Auch der zweite Zugang, der durch einen kleinen, versteckten Laden führt, dessen Firmenschild anzeigt, daß man dort seltene Marken oder Münzen kaufen kann. Wie gesagt, auch dieser Weg ist zwecklos, denn man würde ihn höchstens mit einer Zwei-Penny-Marke verlassen.

Also laßt die Finger davon! Schließlich habe ich doch wohl erklärt, daß es unsere Abteilung nicht gibt, oder war ich noch nicht deutlich genug?

Wie gut die Spionageabwehr arbeitet, kann kein Regierungschef eines Landes genau wissen. Er merkt es erst, wenn die Organisation versagt hat. Daher unsere Abteilung, denn doppelt hält besser. Weder die Vereinten Nationen wußten von uns, noch der Staatliche Geheimdienst; ich nehme es wenigstens an. Ich habe mal gehört, wir würden aus Tarnungsgründen unsere Gelder vom Ministerium für Landwirtschaft bekommen, aber ich weiß nicht, ob das stimmt – ich werde bar bezahlt. Im übrigen beschränkten sich auch meine Kenntnisse ausschließlich auf das, was ich während der Ausbildung gelernt hatte, und auf die Aufträge, für die mich der Alte einsetzte, Aufträge, die so lange interessant waren, als man sich nicht darum scherte, wo man schlief, was man aß oder wie lange man lebte. Insgesamt habe ich drei Jahre hinter dem Eisernen Vorhang verbracht. Ich kann Wodka trinken, ohne daß mir die Tränen kommen, und Russisch genauso gut hinrotzen wie Kantonesisch, Kurdisch und ein paar andere, ähnlich zungenverdrehende Sprachen. Von daher kann ich durchaus beurteilen, daß es hinter dem Eisernen Vorhang nichts gibt, was man in Paducah, Kentucky, nicht größer und schöner fände. Aber immerhin, man kann auch so leben. Sofern man allerdings einen Funken Vernunft besaß, war es besser, auszuscheiden und sich eine andere Arbeit zu suchen.

Für mich indessen wäre der Haken dabei der gewesen, daß ich dann nicht mehr für den Alten arbeiten konnte. Und das gab den Ausschlag.

Nicht, daß er etwa ein entgegenkommender Vorgesetzter gewesen wäre! Im Gegenteil. Er war durchaus imstande zu sagen: »Kinder, wir müssen diese Eiche düngen. Springt in die Grube, ich buddle euch ein!«

Und wir hätten gehorcht. Jeder von uns.

Das schlimmste aber war, daß der Alte uns alle tatsächlich begraben hätte, wenn seiner Ansicht nach auch nur dreiundfünfzig Prozent Wahrscheinlichkeit dafür bestanden hätte, daß es der ›Baum der Freiheit‹ wäre, den er auf diese Weise wieder in Schwung brachte.

Als ich eintrat, hinkte er auf mich zu und verzog das Gesicht zu einem boshaften Lächeln. Wieder einmal fragte ich mich, weshalb er den Schaden an seinem Bein nicht beheben ließ. Aber vermutlich war er einfach stolz darauf, wie er die Verletzung bekommen hatte. Jemand in der Position des Alten muß seinen Stolz im geheimen pflegen; sein Beruf eignet sich nicht gerade für öffentliche Belobigungen. Mit seinem kahlen Schädel und der kräftigen Römernase sah er aus wie eine Kreuzung zwischen Satan und Kasperle.

»Willkommen, Sam«, sagte er. »Tut mir leid, daß ich dich aus dem Bett geholt habe.«

Der Teufel hol mich, wenn's dem leid tut, dachte ich. So entgegnete ich nur kurz: »Ich hatte Urlaub.« Er war zwar der Chef, aber Urlaub ist Urlaub – und verdammt selten!

»Ach! Aber den hast du immer noch. Wir machen Ferien.«

Was er Ferien nannte, war mir nie geheuer, darum biß ich auch auf den Köder gar nicht erst an. »›Sam‹ heiße ich also jetzt«, antwortete ich. »Und wie noch?«

»Cavanaugh. Und ich bin dein Onkel Charlie – Charles M. Cavanaugh im Ruhestand. Hier ist deine Schwester Mary.«

Ich hatte schon bemerkt, daß noch jemand im Zimmer war, aber wo auch immer der Alte auftrat, nahm er stets nach Belieben die ganze Aufmerksamkeit gefangen. Immerhin besah ich mir jetzt meine ›Schwester‹ – einmal und dann noch einmal. Es lohnte sich.

Und ich verstand sogleich, warum der Alte uns als Bruder und Schwester ausgab. Auf diese Weise hatte er keine ›Betriebsstörungen‹ zu befürchten, denn ein geschulter Agent durfte ebensowenig aus der Rolle fallen wie ein Schauspieler. Daß ich jedoch ausgerechnet diese junge Dame wie meine Schwester behandeln sollte, das schien mir allerdings der übelste Streich, den man mir je gespielt hatte.

Mary war groß und schlank, dabei jedoch nicht ohne weibliche Formen. Sie hatte ausgesprochen schöne Beine und für eine Frau auffallend breite Schultern. Das Haar war flammend rot und gewellt, der Schädel, nach Art eines echten Rotschopfes, stark ausgeprägt. Ihr Gesicht war eher hübsch als schön zu nennen; sie musterte mich, als ob ich nichts anderes als eine Hammelkeule wäre.

Am liebsten hätte ich einen Flügel eingezogen und wäre vor Wut im Kreis herumgelaufen. Der Alte merkte das offenbar, denn gleich darauf sagte er begütigend: »Aber schau, Sammy. Deine Schwester liebt dich zärtlich, und du bist ihr herzlich zugetan, wenn auch auf eine natürliche, eindeutige und zum Verzweifeln ritterliche Weise, wie es sich für einen richtigen Amerikaner geziemt.«

»So schlimm sieht's aus?« fragte ich, während ich kein Auge von meiner ›Schwester‹ wandte.

»Noch viel schlimmer.«

»Na schön denn! Grüß dich, ›Schwesterlein‹. Ich freue mich, deine Bekanntschaft zu machen.«

Sie streckte mir eine Hand entgegen, die sich fest anfühlte und ebenso kräftig zu sein schien wie meine. »Hallo, Junge«, sagte sie mit tiefer Altstimme. Auch das noch! Hatte mir gerade noch gefehlt. Zum Teufel mit dem Alten!

Der Alte aber fuhr fort: »Ich möchte noch hinzufügen, daß du deiner Schwester so treu ergeben bist, daß du mit Freuden sterben würdest, um sie zu beschützen. Ich sage dir das zwar nicht gern, Sammy, aber deine Schwester ist, zumindest im gegenwärtigen Augenblick, für die Organisation von weit größerem Wert als du.«

»Ich verstehe«, bemerkte ich. »Danke auch vielmals für das freundliche Gutachten.«

»Aber, Sammy ...«

»Sie ist meine Lieblingsschwester; ich behüte sie vor Hunden und fremden Männern. Man muß mir das nicht erst mühsam einbläuen. Also gut. Wann geht's los?«

»Geh lieber erst einmal in den Schönheitssalon; dort haben sie ein neues Gesicht für dich.«

»Warum nicht gleich einen neuen Kopf? Auf Wiedersehen, Schwesterlein!«

Ganz so schlimm wurde es nicht, aber sie bauten mir einen neuen Funkapparat ein und klebten Haare darüber. Dann gaben sie meinem Schopf dieselbe Farbe wie die meiner neuen Schwester, bleichten mir die Haut und bastelten an meinen Bakkenknochen herum. Als ich in den Spiegel schaute, glaubte ich fast, meine Schwester vor mir zu haben. Vor allem hatte es mir das Haar angetan, dessen ursprüngliche Farbe ich mir überhaupt nicht mehr vorzustellen vermochte. Sah Mary tatsächlich so aus wie ich jetzt? Ich hoffte es. Diese Zähne, und – Denk nicht mehr dran, Sammy! Sie ist deine Schwester!

Nachdem ich noch die entsprechenden Kleider angezogen hatte, reichte mir irgendwer ein bereits gepacktes Köfferchen. Auch der Alte hatte sich offensichtlich zurechtmachen lassen. Seine Glatze war nun mit krausen rötlich-weiß schimmernden Locken bedeckt. Das Gesicht war ebenfalls verändert – ohne daß ich hätte sagen können, wie man das angestellt hatte. Jedenfalls sahen wir eindeutig blutsverwandt aus und gehörten alle drei dem merkwürdigen Schlag der Rothaarigen an.

»Komm jetzt, Sammy«, sagte er. »Im Flugwagen erzähle ich euch mehr.«

Wir benutzten eine Straße, die mir nicht bekannt war und die hoch über New Brooklyn auf der nördlichen Startplattform, von der man den Manhattankrater überblickte, endete.

Ich saß am Steuer, während der Alte redete. Als wir außerhalb des örtlichen Kontrollbereichs waren, befahl er mir, die Maschine auf automatischen Kurs Richtung Des Moines, Iowa, einzustellen. Dann gesellte ich mich zu Mary und ›Onkel Charlie‹, die in der Reisekabine Platz genommen hatten. Dort erfuhren wir von dem Alten unseren neuen Lebenslauf. »Wir sind also eine glückliche Familie auf Reisen«, schloß er, »und wenn uns zufällig etwas Ungewöhnliches begegnet, müssen wir uns dementsprechend verhalten – wie neugierige, unzurechnungsfähige Touristen.«

»Aber worum geht es eigentlich?« fragte ich. »Oder sind wir nur ein Spähtrupp?«

»Schon möglich.«

»Na schön. Aber falls man stirbt, wäre es ganz nett zu wissen, wofür. Nicht wahr, Mary?«

Mary antwortete nicht. Sie besaß die bei Frauen so seltene Eigenschaft, nicht zu reden, wenn sie nichts zu sagen hatte. Der Alte musterte mich, allerdings nicht wie jemand, der sich unschlüssig ist, sondern eher, als wolle er meinen gegenwärtigen Status abschätzen, um dann die frisch erworbenen Daten in die Maschine zwischen seinen Ohren einzuspeisen.

Plötzlich sagte er: »Sam, hast du schon von fliegenden Untertassen gehört?«

»Wie bitte?«

»Du hast doch Geschichte studiert. Stell dich nicht so an.«

»Ach, die Dinger meinst du? Den Ufo-Blödsinn, an den man vor dem Umsturz glaubte? Ich dachte, du meintest etwas Neues, Aktuelles. Das waren damals doch nur Massenhalluzinationen.«

»Wirklich?«

»Nun, die Statistik anormaler Seelenzustände ist zwar nicht mein Steckenpferd, aber ich erinnere mich dunkel an eine Gleichung. Die ganze Zeit war damals seelisch zerrüttet; ein Mensch, der noch alle fünf Sinne beisammen hatte, wäre hinter Schloß und Riegel gesetzt worden.«

»Und jetzt sind die Menschen normal, wie?«

»Das möchte ich nicht unbedingt behaupten«, erwiderte ich und kramte weiter in meinem Gedächtnis, um die Gleichung zu finden. Und da war sie auch plötzlich. »Jetzt erinnere ich mich genau – es war Digbys Integral zur Errechnung von Daten zweiter und höherer Ordnung. Nachdem man die Fälle ausgeschieden hatte, die sich natürlich erklären ließen, ergab sich mit einer Gewißheit von 93,7 Prozent, daß die Mär von den fliegenden Untertassen eine Wahnvorstellung war. Diese Zahl ist mir darum im Gedächtnis haftengeblieben, weil es der erste Fall seiner Art war, bei dem man die Angaben planmäßig gesammelt und ausgewertet hatte. Auf Befehl der Regierung – Gott weiß warum.«

Der Alte setzte eine huldvolle Miene auf. »Sammy, halt dich fest. Heute werden wir uns höchst persönlich eine fliegende Untertasse ansehen. Vielleicht sägen wir uns sogar als waschechte Touristen, die wir sind, ein Stück davon zum Andenken ab.«

2

»Hast du dir kürzlich mal die Nachrichten angeschaut?« erkundigte sich der Alte.

Ich schüttelte den Kopf. Dumme Frage – ich hatte Urlaub gehabt.

»Probier's bei Gelegenheit mal«, schlug er vor. »Man erfährt dort eine Menge interessanter Dinge. Vor siebzehn Stunden« – der Alte blickte auf seine Uhr am Finger und fügte hinzu: »und zweiunddreißig Minuten landete in der Nähe von Grinnell im Staate Iowa ein Raumschiff. Bauart unbekannt. Annähernd scheibenförmig, Durchmesser etwa fünfundvierzig Meter. Herkunft fraglich, aber ...«

»Hat man denn die Flugbahn nicht mit Radar verfolgt?« unterbrach ich ihn.

»Nein«, entgegnete er. »Hier ist eine Aufnahme, die Raumstation Beta nach der Landung gemacht hat.«

Ich betrachtete die Fotografie und reichte sie an Mary weiter. Sie war so nichtssagend, wie eine Aufnahme aus achttausend Kilometer Entfernung es nur sein kann. Bäume, die wie Moos aussahen ... ein Wolkenschatten, der den besten Teil des Fotos verdarb ... und ein grauer Kreis, der ein scheibenförmiges Raumschiff, aber genausogut auch ein Ölbehälter oder ein Wassertank hätte sein können. Ich wüßte gern, wie oft wir hydroponische Anlagen in Sibirien bombardiert hatten, nur weil wir sie für atomare Anlagen hielten.

Mary gab mir die Aufnahme zurück. Ich meinte: »Sieht wie ein Zirkuszelt aus. Was wissen wir sonst noch?«

»Nichts.«

»Nach sieben Stunden nichts? Und unsere Agenten? Hast du ihnen keinen auf den Hals gehetzt?«

»Habe ich. Zwei, die in Reichweite blieben, und vier, die in das Raumschiff eindrangen. Sie haben jedoch nichts gemeldet, Sammy; ich hasse es aber, Agenten einzubüßen, noch dazu, wenn ich keine Ergebnisse bekomme.«

Bis jetzt hatte ich mir keine Gedanken darüber gemacht, daß der Alte seinen eigenen Kopf bei dieser Mission aufs Spiel setzte – es hatte schließlich nicht so ausgesehen, als könnte es riskant werden. Doch jetzt begriff ich: Wenn der Alte sich selbst und damit zugleich die ganze Organisation – denn er und sie waren eins – in die Waagschale warf, dann mußte die Lage sehr ernst sein. Niemand, der ihn kannte, hätte ihm den Schneid abgesprochen, doch genausowenig konnte man seinen gesunden Menschenverstand anzweifeln. Er wußte um seinen eigenen Wert, und er würde sein Leben nicht riskieren, wenn er nicht davon überzeugt wäre, daß diese Angelegenheit erledigt werden mußte und seine eigenen Fähigkeiten dafür vonnöten seien. Mich überlief ein kalter Schauer. Für gewöhnlich hat ein Agent die Pflicht, auf jeden Fall an seine eigene Rettung zu denken, seinen Auftrag auszuführen und Meldung zu machen. Bei unserem Unternehmen aber war es zuallererst der Alte, der zurückkommen mußte, und nach ihm Mary. Ich war so entbehrlich wie eine Büroklammer – ein Gedanke, der mir gar nicht behagte.

»Ein Agent sandte eine Teilmeldung«, fuhr der Alte fort. »Er tat so, als sei er ein harmloser Zuschauer, und berichtete mir über Sprechfunk, daß es sich um ein Raumschiff handeln müsse, obgleich er nicht erkennen könne, welche Art von Antrieb es benutze. Diese Aussage entsprach übrigens den Nachrichtenmeldungen. Dann sagte er noch, daß sich der Rumpf öffne und er versuchen werde, die Absperrung der Polizei zu umgehen und sich näher heranzupirschen. Seine letzten

Worte lauteten: ›Hier kommen sie. Es sind kleine Geschöpfe, etwa ...‹ Dann schaltete er ab.«

»Kleine Menschen?«

»Er sagte ›Geschöpfe‹.«

»Nachrichten aus der Umgebung?«

»Mehr als genug! Die Fernsehstation von Des Moines schickte Flugkommandos hin, um an Ort und Stelle Aufnahmen zu machen. Die Bilder, die man übertrug, waren durchweg Teleaufnahmen, die man aus der Luft gemacht hatte. Sie zeigten nur einen scheibenförmigen Gegenstand. Nachdem es daraufhin etwa zwei Stunden lang weder Bild- noch Hörberichte gegeben hatte, folgten später Großaufnahmen und Nachrichten, die ganz anders lauteten.«

Der Alte verstummte. »Na und?« fragte ich.

»Demnach war alles Schwindel. Das Raumschiff war nur eine plumpe Fälschung, von zwei Farmerjungen aus Metallblech und Kunststoff in den Wäldern dicht neben ihrem Haus zusammengebastelt. Die Falschmeldung rührte von einem Ansager her, der die Buben dazu angestiftet hatte, um Stoff für eine spannende Geschichte zu erhalten. Der Mann wurde entlassen, und der neueste ›Überfall aus dem Weltraum‹ erwies sich somit als übler Scherz.«

Ich rutschte unruhig hin und her. »Ein Lausbubenstreich also, aber uns kostet er sechs Leute. Gehen wir sie suchen?«

»Nein, denn wir würden sie nicht finden. Unsere Aufgabe ist es, herauszubekommen, warum die Stelle, an der nach genauer Vermessung diese Fotografie gemacht worden ist« – er hielt die Teleaufnahme der Raumstation in die Höhe – »nicht mit den Nachrichten übereinstimmt und warum der Sender von Des Moines eine Weile abgeschaltet war.«

Zum ersten Mal machte Mary den Mund auf. »Ich würde gern mal mit den Jungen von der Farm sprechen.«

Acht Kilometer vor Grinnell brachte ich den Wagen auf die Landstraße, und wir hielten Ausschau nach der McLainschen Farm; denn Vincent und George McLain sollten die Missetäter sein. Der Weg war nicht schwer zu finden. Wo sich die Straße gabelte, stand ein großes Schild: ›Zum Raumschiff‹. Bald parkten zu beiden Seiten der Fahrbahn Flugautos, gewöhnliche Wagen und sogenannte Triphibs. An dem Weg, der zur McLainschen Farm führte, boten Verkaufsbuden Getränke und Andenken feil. Ein Polizist regelte den Verkehr.

»Halt mal an«, befahl der Alte. »Wir könnten uns den Spaß doch einmal ansehen, wie?«

»Sicher, Onkel Charlie«, plichtete ich ihm bei.

Der Alte schwang sich, den Krückstock in der Luft, hinaus. Während ich Mary beim Aussteigen half, hängte sie sich an meinen Arm und schmiegte sich an mich. Sie blickte zu mir auf und brachte es dabei fertig, dumm und zugleich unnahbar auszusehen. »Meine Güte, bist du aber stark, Sammy!«

Ich hätte ihr am liebsten eine Ohrfeige gegeben. Solch ein süßes Gehabe ausgerechnet von einer Agentin des Alten. Als ob ein Tiger lächelte.

›Onkel Charlie‹« schwirrte umher, fiel der Polizei auf die Nerven, hielt Leute an und redete auf sie ein, dann blieb er bei einer Bude stehen, um sich Zigarren zu kaufen, wobei er den Eindruck eines wohlhabenden, leicht schwachsinnigen alten Narren machte, der sich einen Feiertag gönnt. Er wandte sich um und deutete mit seiner Zigarre auf einen Wachtmeister. »Der Inspektor erklärt, es sei ein Schwindel – ein Schabernack, von Lausejungen ausgedacht. Wollen wir wieder gehen?«

Mary mimte Enttäuschung. »Kein Raumschiff?«

»Es gibt schon eines, wenn man es so nennen will«, antwortete der Polizist. »Sie brauchen nur den neugierigen Grünschnäbeln dort nachzugehen. Übrigens bin ich Wachtmeister und nicht Inspektor.«

Wir machten uns auf den Weg, überquerten eine Weide und gelangten in den Wald. Wenn man durch das Gatter wollte, mußte man einen Dollar bezahlen. Viele machten kehrt. Der Pfad durch den Wald war ziemlich einsam. Ich bewegte mich vorsichtig und wünschte, im Hinterkopf statt des Mikrophons Augen zu besitzen. Nach der letzten Rechnung hatten sechs Agenten diesen Weg genommen, und keiner von ihnen war zurückgekehrt. Ich wollte nicht, daß diese Zahl auf neun anstieg. ›Onkel Charlie‹ und ›Schwester Mary‹ gingen voran, Mary plapperte albernes Zeug und wirkte irgendwie kleiner und jünger als auf der Fahrt. Wir kamen zu einer Lichtung, und das ›Raumschiff‹ lag vor uns.

Es hatte einen Durchmesser von über dreißig Meter, aber es war aus Leichtmetall- und Kunststoffplatten roh zusammengefügt und mit Aluminiumfarbe gespritzt. Es hatte eine Form, als wären zwei Tortenplatten mit der Oberseite aufeinandergelegt. Abgesehen davon zeigte es keine besonderen Merkmale. Doch Mary piepste: »Wie aufregend!«

Ein junger Bursche von achtzehn bis neunzehn Jahren, mit sonnenverbranntem Gesicht und Pickeln, steckte den Kopf aus einer Luke an der Oberseite des Ungetüms. »Wollen Sie das Innere anschauen?« rief er und fügte hinzu, daß es für jeden weitere fünfzig Cent koste, die Onkel Charlie auch sofort bereitwillig bezahlte.

Beim Einstieg zauderte Mary. Zu dem Pickelgesicht gesellte sich ein Bursche, der anscheinend sein Zwillingsbruder war, und die beiden schickten sich an, ihr beim Hineinklettern zu helfen. Sie wich zurück, und ich drängte mich vor, denn ich wollte ihr selbst die Hand reichen. Meine Gründe dafür waren zu neunundneunzig Prozent beruflicher Art; ich konnte die Gefahr, die den Platz umgab, geradezu wittern. »Es ist dunkel«, stammelte sie.

»Eine ganz ungefährliche Sache«, meinte der zweite junge Mann. »Wir haben den ganzen Tag Schaulustige herumgeführt. Ich bin Vince McLain. Kommen Sie, meine Dame.«

Wie eine besorgte Henne spähte Onkel Charlie durch die Luke. »Vielleicht sind Schlangen drin«, meinte er. »Steige lieber nicht ein, Kindchen.«

»Keine Bange«, redete ihr George McLain eindringlich zu. »Es ist ganz sicher.«

»Behalten Sie das Geld, meine Herren.« Onkel Charlie sah nach der Uhr. »Wir sind schon spät dran. Gehen wir, meine Lieben.«

Wieder ging ich gleichsam mit gesträubten Federn hinter den beiden her, bis wir bei unserem Wagen anlangten.

Während wir dahinrollten, fragte der Alte scharf: »Nun, was habt ihr bemerkt?«

Ich hatte eine Gegenfrage: »Besteht irgendein Zweifel an dem ersten Bericht? An dem, der plötzlich abbrach?«

»Nein.«

»Dieses Machwerk hätte selbst im Dunkeln keinen Agenten irregeführt. Es war nicht das Schiff, das unser Mann gesehen hat.«

»Natürlich nicht. Sonst noch etwas?«

»Wie hoch würdest du die Kosten dieses Schwindels schätzen? Neues Wellblech, frischer Lack und, soweit ich durch die Luke erkennen konnte, wahrscheinlich dreihundert Meter Balken zum Stützen.«

»Weiter.«

»Nun, dem ganzen Besitz der McLains sah man an, daß er schwer verschuldet ist. Die Burschen mögen den Streich ausgeführt haben, die Rechnung hat aber jemand anders bezahlt.«

»Offensichtlich. Und was meinst du, Mary?«

»Onkel Charlie, hast du bemerkt, wie sie mich behandelten?«

»Wer?« erkundigte ich mich barsch.

»Der Wachtmeister und die zwei Burschen. Wenn ich sonst die Rolle der süßen, kleinen Frau spiele, verfehlt sie nie ihre Wirkung. Hier blieb sie ohne Erfolg.«

»Die Männer waren doch ganz hingerissen«, warf ich ein.

»Das verstehst du nicht, aber ich weiß Bescheid. Ich irre mich nie. Mit diesen Leuten stimmte etwas nicht. Sie waren innerlich wie abgestorben. Sozusagen Haremswächter.«

»Vielleicht Hypnose?« fragte der Alte.

»Möglich. Oder auch Rauschgift.« Sie runzelte ratlos die Stirne.

»Nun ...«, antwortete er. »Sammy, bei der nächsten Abzweigung halte dich links. Wir wollen uns noch eine Stelle ansehen, die drei Kilometer südlich von hier liegt.«

»Meinst du den Vermessungspunkt der anderen Aufnahme?«

»Was denn sonst?«

Aber dorthin gelangten wir nicht. Zuerst hinderte uns eine zerstörte Brücke, und ich hatte nicht genügend Anlauf, um den Wagen darüberspringen zu lassen, ganz abgesehen von den Verkehrsvorschriften, die für ein Flugauto auf dem Boden gelten. Wir beschrieben einen Kreis nach Süden und steuerten auf der einzigen noch verbliebenen Zufahrtsstraße auf unser Ziel zu. Hier wurden wir jedoch von einem Schutzmann aufgehalten. Ein Waldbrand sei ausgebrochen, erklärte er uns; wenn wir weiterführen, würde man uns wahrscheinlich zur Bekämpfung des Feuers einsetzen. Soweit ihm bekannt sei, müßte er mich zur Löschmannschaft schicken.

Mary sah ihn unter ihren langen Wimpern schmachtend an, und er ließ sich erweichen. Sie machte ihm weis, daß weder sie noch Onkel Charlie mit dem Wagen umgehen könnten, was eine faustdicke Lüge war.

Nachdem wir wieder davongebraust waren, fragte ich sie: »Welchen Eindruck hattest du von dem da?«

»Was meinst du damit?«

»Haremswächter?«

»Ach woher! Ein höchst attraktiver Mann.«

Ihre Antwort schmeckte mir gar nicht.

Der Alte war dagegen, aufzusteigen und über die Stelle zu fliegen. Er hielt es für zwecklos. So steuerten wir auf Des Moines zu. Statt an der Einfahrtsschranke zu parken, bezahlten wir die Gebühr, nahmen den Wagen in die Stadt mit und landeten vor den Studios des Senders von Des Moines. Onkel Charlie verschaffte uns mit seinem großmäuligen Gehabe Zutritt zum Büro des Generaldirektors, wobei er ausgiebig log – oder Charles M. Cavanaugh war tatsächlich ein mächtiger Mann im staatlichen Nachrichtenwesen.

Drinnen in den Amtsräumen spielte er die Rolle des einflußreichen Gewaltigen weiter. »Nun, mein Herr, was soll dieser Unsinn mit dem Raumschiffschwindel? Reden Sie offen, mein Lieber. Ihre Sendegenehmigung hängt vielleicht davon ab.«

Der Direktor war ein kleiner Mann mit rundem Rücken,

schien aber nicht eingeschüchtert, sondern nur verärgert zu sein. »Über unsere Fernsehsendungen haben wir bereits ausreichende Erklärung gegeben«, sagte er. »Wir sind einem Betrüger zum Opfer gefallen. Der Mann ist entlassen worden.«

»Das dürfte kaum genügen.«

Der kleine Mann – er hieß Barnes – zuckte mit den Achseln. »Was erwarten Sie von mir? Sollen wir ihn an den Daumen aufhängen?«

Onkel Charlie hielt ihm die Zigarre vor die Nase. »Ich warne Sie, mein Herr. Mich können Sie nicht so abspeisen. Ich bin keineswegs überzeugt, daß es zwei Bauernlümmel und einem jugendlichen Ansager möglich gewesen sein sollte, diesen vertrackten Schabernack auszuführen. Da steckt Geld dahinter, mein Herr. Ja, Geld. Und wo darf man erwarten, Geld zu finden? Genau hier, an der Spitze der Pyramide. Jetzt gestehen Sie, mein Lieber, was Sie tatsächlich ...«

Mary hatte sich dicht neben Barnes' Schreibtisch gesetzt, an ihrem Kleid genestelt und eine Haltung angenommen, die mich an Goyas ›Entkleidete‹ erinnerte. Sie gab dem alten Herrn mit abwärts gerichtetem Daumen ein Zeichen.

Von Rechts wegen hätte es Barnes gar nicht bemerken dürfen; seine Aufmerksamkeit schien nur dem Alten zu gelten. Aber er nahm die Geste wahr, wandte sich Mary zu, und sein Gesicht bekam einen starren Ausdruck. Dann streckte er die Hand nach seinem Schreibtisch aus.

»Sam, mach ihn kalt!« stieß der Alte hervor.

Ich sengte ihm die Beine ab, und er fiel zu Boden. Der Schuß war schlecht gezielt, ich hatte den Leib treffen wollen.

Ich trat zu ihm und stieß seine Pistole mit dem Fuß beiseite, damit er sie nicht noch mit seinen umhertastenden Fingern erreichen konnte. Ein Mensch, der solche Brandwunden hat, ist rettungslos verloren, aber er muß noch lange leiden, ehe er stirbt. So wollte ich ihm den Gnadenschuß geben, doch der Alte fauchte: »Rühr ihn nicht an! Zurück, Mary!«

Wie eine Katze, die etwas Unbekanntes untersuchen will, schlich er sich seitlich an den Körper heran. Barnes seufzte tief auf, dann war er still. Der Alte stieß ihn sanft mit dem Krückstock an.

»Chef, wird es nicht Zeit zu verschwinden?«

Ohne sich umzusehen, antwortete er: »Wir sind hier so sicher wie anderswo. Dieses Gebäude wimmelt vielleicht von ihnen.«

»Von wem?«

»Das weiß ich selbst noch nicht. Von solchen Leuten wie der hier.« Er wies auf Barnes. »Ich muß ergründen, was dahintersteckt.«

Plötzlich fuhr Mary herum und stieß mit unterdrückter Stimme hervor: »Er atmet noch. Seht!«

Der Mann lag mit dem Gesicht nach unten; der Rücken der Jacke wogte, als dehne sich der Brustkorb. Der Alte warf einen Blick darauf und stocherte mit seiner Krücke daran herum. »Sam, komm her.«

Ich gehorchte.

»Zieh ihn aus«, fuhr er fort. »Nimm Handschuhe und sei vorsichtig.«

»Ein getarnter Sprengkörper?«

»Halt den Mund. Gib acht!«

Er mußte eine Ahnung gehabt haben, die der Wahrheit nahekam. Ich glaube, daß das Gehirn des Alten ein besonderes Kombinationsgerät enthielt, das aus einem Mindestmaß an Tatsachen einwandfreie Schlüsse zu ziehen vermag, etwa wie ein Museumsfachmann nach einem einzigen Knochen das ganze Tier rekonstruiert. Ich zog also Handschuhe an – Agentenhandschuhe, mit denen ich kochende Säure umrühren, doch ebenso auch eine Münze nach Kopf oder Adler abtasten konnte. Sobald ich die Hände geschützte hatte, drehte ich Barnes um und begann ihn auszuziehen.

Der Rücken hob sich immer noch. Das war unnatürlich und gefiel mir nicht. Ich schob die Hand zwischen die Schulterblätter. Für gewöhnlich besteht ein Männerrücken aus Knochen und Muskeln. Dieser hier war weich und wabbelig. Blitzschnell zog ich meine Hand zurück.

Wortlos reichte mir Mary eine Schere von Barnes' Schreibtisch. Ich nahm sie und schnitt die Jacke auf. Darunter war der Körper mit einem leichten Unterhemd bekleidet. Zwischen diesem Wäschestück und der Haut fand sich auf halber Höhe des Rückens irgend etwas, das nicht Fleisch war. Einige Zentimeter dick, verlieh es dem Sterbenden ein leicht buckliges Aussehen.

Es pulsierte wie eine Qualle.

Während wir ihn beobachteten, glitt er den Rücken herunter, von uns fort. Gerade wollte ich das Hemd wegziehen, als mir der Alte mit dem Stock auf die Hand schlug. »Du mußt schon deutlich sagen, was ich tun soll«, brummte ich und rieb mir die Fingerknöchel.

Er antwortete nicht, sondern fuhr mit dem Stock unter das Hemd und zerrte es am Körper hoch. Das runde Ding kam frei.

Es war grau, seine nicht ganz durchsichtige Masse wurde von dunkleren Stellen durchzogen, und es erinnerte an einen riesigen Klumpen Froscheier. Und es war eindeutig lebendig. Während wir das Gebilde betrachteten, bewegte es sich fließend nach abwärts, in die Höhlung zwischen Barnes' Arm und Brust, breitete sich darin aus und war anscheinend unfähig, sich vom Fleck zu rühren.

»Der arme Teufel«, sagte der Alte leise.

»Wie? Dieses Ding da?«

»Nein, ich meine Barnes. Erinnere mich daran, daß ich für ihn das Verdienstkreuz anfordere, wenn die Angelegenheit erledigt ist – sofern es je soweit kommen sollte.«

Der Alte richtete sich auf und stapfte im Zimmer herum, als habe er das merkwürdige Schleimwesen, das sich in Barnes' Armbeuge schmiegte, ganz vergessen.

Ich wich zurück und starrte es unentwegt mit schußbereiter Pistole an. Schnell von der Stelle konnte es nicht, ebensowenig konnte es fliegen, aber ich wußte nicht, wozu es fähig war. Mary trat näher und lehnte sich fest an meine Schulter, als suche sie Trost. Ich legte den freien Arm um sie.

Auf einem Nebentisch stand ein Stapel Blechbüchsen, wie man sie zum Aufbewahren von Filmstreifen verwendet. Der Alte holte eine, schüttete die Rollen heraus und kam mit dem

Behälter an. »Das genügt, glaube ich.« Er stellte ihn dicht neben das merkwürdige Wesen und versuchte, es mit dem Stock aufzuscheuchen und zur Flucht in die Büchse anzuregen.

Statt dessen glitt es davon, bis es fast ganz unter dem Körper verschwunden war. Ich packte Barnes am rechten Arm und wuchtete ihn hoch. Der Klumpen blieb an ihm haften, dann fiel er zu Boden. Auf Anweisung unseres lieben alten Onkels Charlie begannen Mary und ich dicht hinter dem Geschöpf behutsam den Boden abzusengen, um es mit Gewalt in die Büchse zu treiben. Wir brachten es hinein, und ich knallte den Deckel zu.

Der Alte nahm unsere Beute unter den Arm. »Jetzt aber los, meine Lieben!«

Beim Hinausgehen blieb er an der Tür stehen und rief einen Abschiedsgruß zurück. Dann machte er hinter sich zu und trat an den Schreibtisch von Barnes' Sekretärin. »Ich komme morgen noch einmal zu Herrn Direktor«, erklärte er ihr. »Nein, eine bestimmte Zeit haben wir nicht vereinbart. Ich rufe an.«

Ohne Eile gingen wir hinaus, der Alte mit der vollen Büchse unter dem Arm und ich mit gespitzten Ohren, falls sich irgendein Alarmzeichen rühren sollte. Mary spielte wieder das alberne kleine Ding, das unaufhörlich plapperte. Der Alte blieb sogar noch in der Eingangshalle unten stehen, kaufte eine Zigarre und erkundigte sich umständlich und mit herablassendem Wohlwollen nach allem möglichen.

Sobald er im Wagen saß, gab er seine Anweisungen und mahnte mich, nicht zu schnell zu fahren. Nach einer Weile erreichten wir unser Ziel – eine Garage. Der Alte ließ den Direktor kommen und sagte: »Herr Malone wünscht diesen Wagen, aber es muß schnell gehen.« Diesen Satz hatte auch ich gelegentlich schon angewendet, nur war es damals ›Mr. Sheffield‹ gewesen, der es eilig hatte. In etwa zwanzig Minuten hatte das Flugauto zu bestehen aufgehört, es löste sich in unverdächtige Ersatzteile auf, die in den Schränken der Werkstätten verschwanden. Der Direktor musterte uns, dann sagte er gelassen: »Gehen Sie durch die Türe dort drüben.« Zwei Mechaniker, die im Raum waren, schickte er weg, und wir schlüpften hinaus.

Auf einigen Umwegen gelangten wir schließlich in die Wohnung eines alten Ehepaares; dort verwandelten wir uns in braunhaarige Leute, der Alte hatte wieder eine Glatze, und ich legte mir einen Schnurrbart zu. Mary sah mit dunklem Haar so gut aus wie mit der roten Mähne. Die ›Familie Cavanaugh‹ hatte sich aufgelöst; Mary bekam eine Schwesterntracht, und ich wurde als Chauffeur kostümiert, während der Alte unser ältlicher leidender Brotgeber wurde, dem selbst der übliche Schal und die schlechte Laune nicht fehlten.

Ein neues Fahrzeug wartete bereits auf uns. Die Rückfahrt verlief ungestört; wir hätten ruhig die Cavanaughs mit den Mohrrübenköpfen bleiben dürfen. Ich hatte das Fernsehgerät ständig auf Des Moines eingestellt. Sollte die Polizei den verblichenen Herrn Barnes inzwischen entdeckt haben, so war bis jetzt wenigstens den Leitern der Nachrichtenabteilung noch nichts davon zu Ohren gekommen.

Wir begaben uns geradewegs in das Zimmer des Alten und öffneten die Büchse. Der Chef ließ Dr. Graves, den Vorstand des biologischen Laboratoriums, holen, der sich sofort mit Greifzangen an die Arbeit machte.

Statt der Zangen hätten wir jedoch eher Gasmasken nötig gehabt. Ein Gestank von verwesenden organischen Stoffen breitete sich im Raum aus und zwang uns, den Deckel wieder zu schließen und die Ventilatoren schneller laufen zu lassen. Graves rümpfte die Nase. »Was in aller Welt ist denn das?« fragte er neugierig. »Erinnert mich fast an ein totes Baby.«

Der Alte fluchte leise. »Die Antwort darauf möchten wir von Ihnen hören«, sagte er. »Untersuchen Sie das Ding mit Schutzanzug und in einer keimfreien Zelle; und nehmen Sie keineswegs an, daß dieser Klumpen tot ist.«

»Wenn der lebt, bin ich die Königin Anna.«

»Vielleicht sind Sie es, aber setzen Sie sich nicht unnötig Gefahren aus. Es handelt sich um einen Parasiten, der sich an einen Wirt, z. B. an einen Menschen, heften kann und ihn dann beherrscht. Sehr wahrscheinlich stammt er nicht von der Erde und hat dementsprechend auch einen anderen Stoffwechsel.«

Der Chef des Laboratoriums schnüffelte verächtlich. »Ein Parasit von einem anderen Planeten auf einem irdischen Wirt? Lächerlich! Die chemischen Vorgänge beider Körper würden sich nicht vertragen.«

Der Alte knurrte. »Der Teufel hole Ihre Theorien. Als wir das Geschöpf fingen, lebte es an einem Menschen. Wenn das bedeutet, es müsse bei uns vorkommen, dann weisen Sie mir nach, welcher Gruppe Lebewesen es zugehört und wo man seinesgleichen findet. Und ziehen Sie gefälligst keine voreiligen Schlüsse; ich wünsche Tatsachen.«

Der Biologe nahm eine steife Haltung an. »Die sollen Sie erhalten!«

»Gehen Sie an die Arbeit, und verbrauchen Sie nicht mehr von dem Ding, als unbedingt nötig ist; den größten Teil davon brauche ich noch als Beweismittel. Und beharren Sie nicht auf der albernen Annahme, dieses Ding sei tot. Das ›Parfüm‹ könnte eine Schutzwaffe sein. Wenn der Klumpen lebendig ist, bedeutet er eine ungeheure Gefahr. Sollte er sich an einen Ihrer Mitarbeiter heranmachen, müßte ich den Mann höchstwahrscheinlich töten.«

Als der Leiter der Versuchsstation uns verließ, schien er seine Überheblichkeit verloren zu haben.

Unser Alter aber sank in einen Stuhl und schloß seufzend die Augen. Er schien eingeschlummert zu sein; Mary und ich hielten uns ruhig. Nach fünf Minuten etwa blickte er hoch und meinte: »Wie viele derartige ›Senfpflaster‹ können wohl mit einem Raumschiff landen, das genauso groß ist wie die Attrappe von Grinnell?«

»Ja, war da tatsächlich ein Raumschiff?« fragte ich. »Der Beweis dafür ist doch noch nicht erbracht!«

»Er ist unwiderlegbar. Das Schiff existiert, und es befindet sich auch noch auf der Erde.«

»Wir hätten die Landestelle genauer untersuchen sollen.«

»Das wäre das Letzte gewesen, was wir in diesem Leben gesehen hätten. Die anderen sechs Agenten waren auch keine Narren. Doch beantworte meine Frage.«

»Das Ausmaß des Schiffes verrät mir nichts über seine Ladung, wenn ich weder die Entfernung, die es bewältigen mußte, kenne, noch die Art des Antriebs oder den persönlichen Bedarf der Fahrgäste. ›Wie lang ist ein Stück Seil?‹ könnte ich genausogut fragen. Wenn du eine ungefähre Schätzung wünschst, würde ich sagen, ein paar hundert, vielleicht auch einige tausend.«

»Nun ... ja. So gibt es vielleicht in Iowa einige tausend Roboter oder Haremswächter, wie Mary sich ausdrückt.« Er dachte einen Augenblick nach. »Aber wie können wir in den Harem eindringen? Sollen wir herumlaufen und jeden Menschen mit einem Höcker am Rücken erschießen? Das würde zuviel Aufsehen erregen.« Er lächelte schwach.

»Ich werde dir eine andere Frage vorlegen«, sagte ich. »Wenn gestern ein Raumschiff in Iowa niedergegangen ist, wie viele werden dann morgen in Nord-Dakota eintreffen? Oder in Brasilien?«

»Ja.« Er sah noch bekümmerter drein. »Ich will dir verraten, wie lang dein Stück Seil ist.«

»Na?«

»Lang genug, um dir den Hals abzudrehen. Geht, Kinder, vergnügt euch; vielleicht habt ihr später keine Gelegenheit mehr dazu. Aber verlaßt die Abteilung nicht.«

Ich ging zuerst in den Schönheitssalon, bekam meine natürliche Hautfarbe und das gewohnte Aussehen wieder, nahm ein ausgiebiges Vollbad und ließ mich massieren; dann trat ich in den Erholungsraum für die Angestellten. Ich wollte etwas trinken und mir nette Gesellschaft suchen. Ich sah umher, weil ich nicht wußte, ob ich nach einem blonden, rothaarigen oder braunlockigen Mädel suchen sollte, aber den ›Rahmenbau‹ würde ich bestimmt wiedererkennen.

Mary war noch immer ein Rotschopf. Sie saß in einer Nische, nippte an einem Getränk und sah fast so aus wie bei unserer ersten Begegnung.

»Hallo, Schwesterlein«, rief ich, mir den Weg zu ihr bahnend.

Lächelnd erwiderte sie: »Hallo, Junge, geh vor Anker«, und rückte beiseite, um mir Platz zu machen.

Ich bestellte an der Wählerscheibe Whisky und Soda, dann meinte ich: »Ist das deine waschechte Aufmachung?«

»Keine Spur. Sonst trage ich Zebrastreifen und zwei Köpfe. Und du?«

»Mich hat meine Mutter mit einem Kissen platt gedrückt, so weiß ich nicht, wie ich ursprünglich ausgesehen habe.«

Wiederum musterte sie mich kühl und gründlich, als ob ich eine Hammelkeule wäre, dann sagte sie: »Ich kann die Absicht deiner Mutter verstehen, aber ich bin härter gesotten als sie. Es läßt sich schon aushalten mit dir, Bruderherz.«

»Danke, aber jetzt Schluß mit dem Geschwistertheater; sonst bekomme ich Hemmungen.«

»Die könnten dir nicht schaden, glaube ich.«

»Mir? Ich neige niemals zu Gewalttätigkeiten, ich bin lammfromm und willig wie Graf Toggenburg«, wobei ich gleich noch hätte hinzufügen können: Wenn ich dich ohne dein Einverständnis anrührte, gehe ich jede Wette ein, daß ich meine Hand nur mehr als blutigen Stumpf zurückzöge. Die kleinen Mädchen des Alten sind alles andere als zimperlich.

Sie lächelte. »So? Nun, Gräfin Toggenburg ist nicht willig, heute abend jedenfalls nicht.« Sie stellte ihr Glas nieder. »Trink aus und bestelle ein neues.«

Das taten wir und blieben beisammen sitzen. Ein seltenes Gefühl der Wärme und Geborgenheit erfüllte uns. In unserem Beruf gibt es nicht viele solche Stunden; deshalb genießt man sie doppelt.

Eines der angenehmsten Dinge an Mary war der Umstand, daß sie ihren Sex nicht offensiv einsetzte, von beruflichen Erfordernissen einmal abgesehen. Ich glaube, sie wußte – ich bin *sicher*, sie wußte –, wieviel Sex sie besaß. Doch sie war viel zu sehr ›Gentleman‹, um davon unter gewöhnlichen Umständen Gebrauch zu machen. Sie beließ ihn auf Sparflamme, gerade ausreichend, um noch angenehm zu wärmen.

Während wir plauderten, kam mir der Gedanke, wie gut sie sich an einem traulichen Kamin als mein Gegenüber machen würde. Bei meiner Tätigkeit hatte ich bisher nie ernstlich ans

Heiraten gedacht. Schließlich war von den jungen Dingern eine wie die andere; warum sollte man ihretwegen den Kopf verlieren. Aber Mary war selbst Agentin; wenn ich mit ihr redete, hallten meine Worte nicht wie von einer Echowand wider. Ich merkte, daß ich eine höllisch lange Zeit einsam gewesen war.

»Mary ...«

»Ja?«

»Bist du verheiratet?«

»Wie bitte? Warum fragst du? Im übrigen – ich bin ledig. Aber was geht ... ich meine, warum möchtest du das wissen?«

»Nun, vielleicht habe ich meine Gründe.« Ich ließ nicht lokker.

Sie schüttelte den Kopf.

»Ich meine es ernst«, fuhr ich fort. »Sieh mich genau an. Ich besitze zwei kräftige Arme und Beine, ich bin noch einigermaßen jung und trage keinen Schmutz ins Haus. Du könntest es schlimmer treffen.«

Sie lachte, aber es klang freundlich. »Und du könntest dir ein besseres Sprüchlein ausdenken. Ich bin überzeugt, daß du es aus dem Stegreif aufgesagt hast.«

»Allerdings.«

»Nun, ich nehme dich nicht beim Wort. Hör zu, Schürzenjäger, deine Methode taugt nichts; wenn ein Mädchen dich abblitzen läßt, ist das noch kein Grund, kopflos zu werden und ihr einen Ehevertrag anzubieten. Manche Frau wäre so gemein, dich festzunageln.«

»Ich meine es ehrlich«, erwiderte ich mürrisch.

»Ach? Und welches Gehalt bietest du mir?«

»Der Teufel hole deine hübschen Augen! Aber wenn du es verlangst, gehe ich auch darauf ein; du kannst dein Honorar behalten, und ich lasse dir die Hälfte meines Verdienstes überweisen – falls du deine Stellung nicht aufgeben willst.«

Sie schüttelte erneut den Kopf. »Ich würde nie auf einer derartigen Versorgung bestehen. Vor allem nicht einem Mann gegenüber, den ich heiraten möchte.«

»Das habe ich auch nicht anders erwartet.«

»Damit aber verrätst du, daß du selbst die Sache nicht ernst genommen hast.« Sie blickte mich prüfend an. »Oder vielleicht doch?« fügte sie mit warmer, weicher Stimme hinzu.

»Selbstverständlich.«

»Agenten sollten nicht heiraten.«

»Sie sollten immer nur Berufskollegen heiraten.«

Gerade wollte sie etwas entgegnen, hielt aber plötzlich inne. Der Alte meldete sich in meinem Hörer, und ich wußte, daß er Mary das gleiche sagte.

»Komm auf mein Zimmer.«

Wortlos erhoben wir uns beide. An der Türe hielt Mary mich zurück und blickte mir in die Augen. »Weißt du jetzt, warum es töricht ist, von Heirat zu reden? Wir müssen diesen Auftrag zu Ende führen. Die ganze Zeit über, während wir uns unterhielten, hast du in Wirklichkeit nur an die Arbeit gedacht, genau wie ich.«

»Nein.«

»Mach mir nichts vor! Sam, nimm einmal an, du wärest verheiratet und fändest eines Tages beim Erwachen einen dieser Parasiten an den Schultern deiner Frau.« Grauen spiegelte sich in ihrem Blick, als sie fortfuhr: »Oder stelle dir vor, ich entdeckte einen von ihnen auf *deinem* Rücken!«

»Diese Gefahr will ich schon auf mich nehmen. Und an dich würde ich keinen herankommen lassen.«

Sie streichelte meine Wange. »Das glaube ich dir.«

Wir traten beim Alten ein.

Er blickte hoch. »Wir verreisen.«

»Wohin?« erwiderte ich. »Oder darf man nicht fragen?«

»Ins Weiße Haus, den Präsidenten besuchen. Und jetzt halte den Mund.«

Das tat ich.

3

Wenn ein Waldbrand oder eine Seuche ausbricht, gibt es eine kurze Zeitspanne, in der ein Minimum an Abwehr noch die Gefahr einzudämmen und zunichte zu machen vermag. Die Jungs von der biologischen Kriegsführung drücken so was in Exponentialgleichungen aus, aber man braucht keine höhere Mathematik, um es zu kapieren; es hängt einfach von einer frühen Diagnose und entsprechend schnellem Handeln ab, bevor die Dinge außer Kontrolle geraten können. Was der Präsident tun müßte, war für den Alten bereits klar: den nationalen Notstand erklären, das Gebiet von Des Moines absperren und jeden erschießen, der entrinnen wollte, ganz gleich, ob es sich dabei um einen Cocker-Spaniel handelte oder um eine Oma mit ihrem Kochtopf. Dann die Bewohner einzeln vornehmen und nach Parasiten durchsuchen. Indessen könnte man den Radarschirm anwenden und die Raketenmannschaften sowie die Raumstationen mobilisieren, um jedes neue Schiff, das landete, auszumachen und zu zerstören.

Die anderen Nationen waren zu warnen und um Hilfe zu bitten – ohne lange Verhandlung oder Abschluß eines internationalen Gesetzes, denn hier handelte es sich um einen Kampf der gesamten Menschheit; es ging auf Leben und Tod, und es galt, einen Eindringling aus dem Weltraum abzuwehren. Woher der Feind kam, spielte keine Rolle, ob vom Mars, von der Venus, den Jupitersatelliten oder von außerhalb des Sonnensystems. Man mußte die Invasion zurückschlagen.

Der Alte hatte den Fall geknackt, analysiert und binnen kaum mehr als vierundzwanzig Stunden den richtigen Lösungsweg herausgefunden. Das einzigartige Talent des Alten bestand darin, aus Tatsachen, die schwer zu begreifen waren, ebenso logische Schlüsse zu ziehen wie aus alltäglichen Begebenheiten. Nichts Besonderes, wie? Immerhin steht fest, daß bei den meisten Menschen der Verstand versagt, wenn es sich um Dinge handelt, die althergebrachten Vorstellungen widersprechen; ›Ich kann es einfach nicht glauben‹ ist eine Redensart, die Gebildeten wie geistig Minderbemittelten gleich geläufig ist.

Die Posten des Geheimdienstes nahmen uns gründlich in Arbeit. Ein Röntgenapparat klickte, und ich lieferte meine Strahlenpistole ab. Bei Mary stellte sich heraus, daß sie ein wandelndes Arsenal war. Der Apparat schlug fünfmal an, obwohl man hätte schwören können, daß Mary gewiß nicht einmal eine Steuerquittung am Leib versteckt trug. Der Alte lieferte seinen Stock ab, ohne zu warten, daß man ihn darum ersuchte. Auch unsere eingekapselten Funkgeräte wurden beim Durchleuchten entdeckt, aber auf chirurgische Eingriffe waren die Posten nicht vorbereitet. Sie berieten sich hastig, und der Wachhabende entschied, daß in Fleisch eingebettete Anlagen nicht als Waffen gelten konnten. Sie nahmen uns Fingerabdrücke ab, photographierten unsere Netzhaut und geleiteten uns in ein Wartezimmer. Der Alte wurde eiligst hinausgeführt und zum Präsidenten gebracht, um zuerst allein mit ihm zu sprechen.

»Ich frage mich, warum wir mitkommen mußten«, sagte ich zu Mary. »Der Alte weiß alles, was wir wissen, selber.«

Mary antwortete nicht, und so vertrieb ich mir die Zeit, indem ich im Geiste all die Schlupflöcher Revue passieren ließ, die ich in den Sicherheitsmaßnahmen zum Schutz des Präsidenten entdeckt hatte. Auf solche Sachen verstehen sie sich hinter dem Eisernen Vorhang erheblich besser; jeder einigermaßen talentierte Attentäter hätte unsere Sicherheitskräfte mit Leichtigkeit hinters Licht führen können. Ich empfand eine gewisse Verdrossenheit darüber.

Nach einer ganzen Weile wurden auch wir hinzugezogen. Der Alte stellte uns vor, und ich stotterte. Mary verneigte sich nur. Der Präsident erklärte, daß er sich freue, uns zu sehen, und setzte das bewußte Lächeln auf, das man vom Fernsehen kennt; wir hatten wirklich das Gefühl, ihm willkommen zu sein. Mir wurde warm ums Herz, und meine Verlegenheit wich.

Der Alte forderte mich auf, alles zu berichten, was ich bei unserem Unternehmen getan, gesehen und gehört hatte. Als ich zu der Stelle kam, wo ich von Barnes' Tod berichten mußte, versuchte ich einen Blick von ihm zu erhaschen, aber er sah mich nicht an. So ließ ich seinen Schießbefehl unerwähnt und machte dem Präsidenten verständlich, daß ich genötigt war, den Mann umzubringen, um einen anderen Agenten – Mary – zu schützen; denn ich hätte bemerkt, daß Barnes nach seiner Pistole griff. Der Alte unterbrach mich. »Wir wünschen einen vollständigen Bericht.«

So ergänzte ich seinen Befehl. Der Präsident warf ihm einen Blick zu, sonst verzog er keine Miene. Ich erzählte weiter von dem parasitischen Geschöpf, und da mich niemand unterbrach, schilderte ich getreulich alles bis zum gegenwärtigen Augenblick.

Dann kam Mary an die Reihe. Sie fand nicht gleich die rechten Worte, als sie dem Präsidenten zu erläutern suchte, weshalb sie erwarte, daß ihre Reize auf normale Männer eine bestimmte Wirkung ausübten, aber bei den beiden McLains, bei dem Wachtmeister und bei Barnes versagt hatten. Der Präsident kam ihr jedoch zu Hilfe, lächelte freundlich und meinte: »Meine liebe junge Dame, das glaube ich durchaus.«

Mary errötete. Während sie zu Ende sprach, lauschte der Präsident ernst, dann blieb er einige Minuten still sitzen. Zuerst wandte er sich an den Alten. »Andrew, Ihre Abteilung ist von unschätzbarem Wert für mich, und Ihre Berichte haben manchmal bei schwerwiegenden Entscheidungen der Weltgeschichte den Ausschlag gegeben.«

Der Alte schnaubte: »Das heißt also ›Nein‹, nicht wahr?«

»Das habe ich nicht gesagt.«

»Aber Sie hatten die Absicht.«

Der Präsident zuckte mit den Achseln. »Ich wollte gerade vorschlagen, daß sich Ihre jungen Leute zurückziehen. Andrew, Sie sind ein Genie, aber auch Genies irren. Sie arbeiten zu viel und verlieren Ihre Urteilsfähigkeit. Ich selbst bin kein Genie, aber ich habe schon vor mehr als vierzig Jahren begriffen, daß ich gelegentlich ausspannen muß. Wie lange ist es her, seit sie zuletzt Urlaub gemacht haben?«

»Sehen Sie, Tom, das habe ich geahnt; deshalb brachte ich

Zeugen mit. Sie stehen weder unter der Wirkung von Drogen, noch handeln sie unter Zwang. Rufen Sie Ihre Psychologen herein und versuchen Sie, ihre Aussagen zu erschüttern.«

Der Präsident schüttelte den Kopf. »Sie würden keine Zeugen mitbringen, die man knacken könnte. Ich bin überzeugt, daß Sie von diesen Dingen mehr verstehen als jeder Fachmann, den ich beibringen könnte, um diese beiden zu überprüfen. Nehmen Sie einmal diesen jungen Mann – er war bereit, sich wegen eines Mordes anklagen zu lassen, nur um Sie zu decken. Andrew, Sie haben treue und ergebene Gefolgsleute. Und was die junge Dame angeht, so kann ich wirklich nicht auf Grund ihrer Intuition Maßnahmen ergreifen, die einem Kriegszustand gleichkommen.«

Mary trat einen Schritt vor. »Herr Präsident, hier handelt es sich nicht um Intuition, ich weiß es«, sagte sie tiefernst, »ich weiß es todsicher in jedem einzelnen Fall. Woher ich dieses Wissen habe, kann ich nicht erklären, aber – *jene Männer waren nicht normal.*«

Er antwortete: »Sie haben eine naheliegende Erklärung nicht berücksichtigt. Es könnte sich tatsächlich ... – um Haremswächter gehandelt haben. Verzeihen Sie, mein Fräulein, aber derartige Unglückliche hat es allezeit gegeben. Nach den Gesetzen der Wahrscheinlichkeit könnten Ihnen vier am Tag über den Weg laufen!«

Mary verstummte. Aber der Alte nicht. »Verdammt noch einmal, Tom«, – ich war entsetzt, wie er mit dem Präsidenten sprach – »ich kannte Sie schon, als Sie noch Senator im Untersuchungsausschuß waren, und bei Ihren Nachforschungen war ich der Mann, in dessen Händen alle Fäden zusammenliefen. Sie wissen, daß ich mit diesem Bericht, der wie ein Märchen klingt, nicht zu Ihnen käme, wenn man die Tatsachen mit Erläuterungen aus der Welt schaffen könnte. Was halten Sie von dem Raumschiff? Was war sein Inhalt? Warum konnte ich nicht einmal in die Nähe der Landestelle gelangen?« Er zog die Photographie heraus, die von der Raumstation Beta aus aufgenommen worden war, und hielt sie dem Präsidenten vor die Nase.

Der Präsident schien unerschüttert. »Ja, ja, Tatsachen! Andrew, dafür haben wir beide eine Schwäche. Aber ich besitze außer Ihrer Abteilung noch andere Nachrichtenquellen. Nehmen Sie dieses Bild. Als Sie anriefen, haben Sie es besonders erwähnt. Die Maße und Grenzen der McLainschen Farm, die in den Grundbüchern des dortigen Amtsgerichts eingetragen sind, stimmten mit Längen- und Breitengrad der Dreiecksvermessung auf der Photographie überein.« Der Präsident blickte auf. »Ich habe mich sogar in meiner eigenen Nachbarschaft schon verirrt. Sie, Andrew, befanden sich nicht einmal in vertrautem Gelände.«

»Tom ...«

»Ja, Andrew?«

»Sie sind aber nicht hinausgefahren und haben die Grundbücher selbst eingesehen?«

»Natürlich nicht.«

»Gott sei Dank! Sie würden sonst drei Pfund pulsierender Gallerte zwischen den Schultern tragen, und dann könnte nur noch ein Wunder die Vereinigten Staaten retten! Nehmen Sie eines als gewiß an: Der Schreiber im Amtsgericht und der Agent, den Sie vielleicht hingesandt haben, sind jetzt – in diesem Augenblick – beide von einem solchen Unhold besessen. Ja, und desgleichen der Polizeichef von Des Moines, die Zeitungsverleger der Stadt, die Postbeamten, die Schutzleute und alle möglichen einflußreichen Persönlichkeiten. Tom, ich weiß nicht, mit welchen Wesen wir es zu tun haben, aber *sie* wissen, wer *wir* sind, und sie schalten die maßgebenden Nervenzellen in unserem Staatsorganismus aus, ehe uns Nachrichten über den wahren Sachverhalt erreichen; oder sie unterschieben falsche Auskünfte an Stelle der wahren, wie sie es bei Barnes getan haben. Herr Präsident, Sie müssen das Gebiet sofort vollkommen abriegeln lassen. Es gibt keinen anderen Ausweg!«

»Barnes«, wiederholte der Präsident sanft. »Andrew, ich hatte gehofft, Ihnen das ersparen zu können, aber ...«, er drückte schnell auf eine Taste an seinem Schreibtisch. »Bitte, die Station WDES, Des Moines und das Büro des Direktors.«

Kurz darauf blinkte ein Bildschirm an seinem Schreibtisch auf. Der Präsident bediente einen anderen Schalter, und in der Wand erschien die leuchtende Fläche eines Vorführgeräts. Wir blickten in den Raum, in dem wir vor ein paar Stunden gewesen waren. Und den Vordergrund beherrschte ein Mann – Barnes!

Oder sein Zwillingsbruder. Wenn ich einen Menschen erschieße, dann erwarte ich, daß er tot bleibt. Ich war erschüttert, aber ich glaubte noch immer an mich und – an meine Strahlenpistole.

Der Mann sagte: »Sie haben nach mir gefragt, Herr Präsident?« Es klang, als sei er von der Ehre verwirrt.

»Ja, Herr Barnes. Erkennen Sie diese Leute wieder?«

Der Mann sah erstaunt drein. »Ich fürchte nein. Erwartet man es von mir?«

Der Alte unterbrach ihn. »Sagen Sie ihm, er solle seine Bürokräfte hereinrufen.«

Der Präsident machte ein spöttisches Gesicht, aber er tat unserem Chef den Gefallen. Sie kamen in Scharen, hauptsächlich Mädchen, und ich erkannte die Sekretärin wieder, die vor der Türe gesessen hatte. Eine kreischte: »Oh, der Präsident!«

Keine von ihnen erkannte uns wieder. Das war bei dem Alten und mir nicht verwunderlich, aber Mary sah völlig unverändert aus, und ich wette, daß sich ihr Anblick jeder Frau, die sie einmal gesehen hatte, ins Gedächtnis eingebrannt haben müßte.

Doch eines fiel mir an ihnen auf: Sie hatten ausnahmslos runde Schultern.

Der Präsident verabschiedete uns huldvoll. Er legte dem Alten die Hand auf die Schulter: »Im Ernst, Andrew, die Republik wird nicht untergehen, wir werden sie schon durchbringen.«

Zehn Minuten später wehte uns der Wind auf der Creek-Plattform um die Ohren. Der Alte sah richtig eingefallen aus.

»Was nun, Chef?«

»Wie? Für euch zwei gibt es nichts zu tun. Ihr habt beide Urlaub, bis ich euch rufe.«

»Ich würde gerne das Büro dieses Herrn Barnes nochmals aufsuchen.«

»In Iowa hast du nichts verloren. Das ist ein Befehl.«

»Was hast du vor, wenn ich fragen darf?«

»Ich fahre nach Florida, lege mich in die Sonne und warte darauf, daß die Welt zum Teufel geht. Wenn du einen Funken Verstand hast, machst du es mir nach. Uns bleibt verdammt wenig Zeit mehr.«

Trotzig und ungebeugt stapfte er davon. Ich wandte mich um und wollte etwas zu Mary sagen, aber sie war verschwunden. Der Vorschlag des Alten war bedauerlicherweise ganz vernünftig, und ich hatte die plötzliche Eingebung, daß es gar nicht so übel sein würde, das Ende der Welt abzuwarten, solange Mary mich dabei unterstützte. Sofort begann ich sie überall zu suchen, aber sie war nicht zu entdecken. Schließlich trabte ich davon und holte den Alten ein. »Entschuldige, Chef. Wohin ist Mary gegangen?«

»Zweifellos in Urlaub. Fall mir nicht auf die Nerven!«

Ich überlegte, ob ich sie über das Nachrichtennetz der Abteilung finden könnte, aber mir fiel ein, daß ich ihren wahren Namen, ihren Decknamen oder ihre Geheimnummer nicht kannte. Dann fragte ich mich, ob ich mein Ziel mit einer Beschreibung ihrer Person erreichen würde; aber das war unsinnig. Nur in den Akten des Schönheitssalons war verzeichnet, wie ein Agent wirklich aussah, und von dieser Stelle erhielt man keine Auskunft. Ich wußte nur, daß sie zweimal mit roten Haaren herumgelaufen war und daß sie, meinem Empfinden nach, von jener Art war, um die sich die Männer raufen. Nun versuche mal einer, diesen Steckbrief über Funk durchzugeben!

So begnügte ich mich, ein Zimmer für die Nacht zu suchen. Nachdem ich eins gefunden hatte, fragte ich mich, warum ich die Hauptstadt nicht verlassen hatte und in mein eigenes Appartment zurückgekehrt war. Dann fragte ich mich, ob die Blondine wohl noch dort war. Und schließlich fragte ich mich, wer diese Blondine überhaupt gewesen war. Zu guter Letzt legte ich mich aufs Ohr.

4

Als der Abend dämmerte, wurde ich munter und blickte durch das Fenster auf die Hauptstadt hinaus, die zu nächtlichem Leben erwachte. Als breites Band strömte der Fluß unten am Memorial vorbei; im Oberlauf fügte man dem Wasser Fluorescin hinzu, so daß die mächtigen Windungen rosig, bernsteinfarben und smaragdgrün aufschimmerten und sich in feurigem Schein von der Umgebung abhoben. Vergnügungsboote durchschnitten die farbigen Fluten, jedes zweifellos von einem Pärchen besetzt, das Unfug trieb, aber Spaß daran hatte.

An Land leuchteten zwischen älteren Gebäuden blasenförmige Kuppeln auf und verliehen der Stadt ein märchenhaftes Aussehen. Im Osten, wo seinerzeit eine Bombe gefallen war, gab es überhaupt keine alten Gebäude mehr, und die Stadt glich dort einem bunten Osterkörbchen mit Rieseneiern, in deren Innerem Lichter glühten. Ich habe öfter als die meisten Leute die Hauptstadt bei Nacht gesehen und mir nie viel dabei gedacht. Aber heute hatte ich das Gefühl, als wäre es ein letztes Beieinandersein. Es war nicht die Schönheit des Anblicks, die mir die Kehle zuschnürte, sondern das Bewußtsein, daß unter jenen warmen Lichtern Menschen wohnten, Charaktere voller Leben, die ihren ehrbaren Geschäften nachgingen, sich liebten oder haßten, wie es ihnen behagte; kurz gesagt: Jeder von ihnen war ein König in seinem kleinen Reich und konnte nach Belieben schalten und walten, ohne sich vor jemandem fürchten zu müssen. Alle diese netten, gutmütigen Menschen sah ich plötzlich von jenen grauen Mollusken befallen, die ihnen im Nacken hafteten, ihnen wie Marionetten Beine und Arme zappeln ließen und sie zwangen, ihnen alles nach Wunsch und Willen zu tun.

Teufel auch – selbst unter den Polit-Kommissaren konnte das Leben nicht derart schlimm sein. Und ich weiß, wovon ich rede – ich war jenseits des Eisernen Vorhangs.

Ich gab mir selbst ein feierliches Versprechen: Wenn die Parasiten siegten, wollte ich lieber tot sein, als eines dieser Scheusale auf mir reiten lassen. Für einen Agenten war das einfach; ich brauchte nur an den Nägeln zu kauen oder, sollten die Hände nicht mehr zu gebrauchen sein, blieben mir noch andere Mittel und Wege. Der Alte hatte für alle Notfälle vorgesorgt.

Aber für einen solchen Zweck hatte er diese Maßnahmen nicht geplant, das wußte ich. Es war seine – und meine – Aufgabe, die Leute dort unten vor Gefahren zu schützen und nicht davonzulaufen, wenn es scharf herging.

Ich wandte mich ab. Zum Kuckuck! Im Augenblick konnte ich eben nichts unternehmen. Was ich jetzt brauchte, war ein wenig Gesellschaft. Im Zimmer lag der übliche Katalog mit Angeboten von ›Begleit-Service-Büros‹ und ›Model-Agenturen‹, wie man ihn in praktisch jedem größeren Hotel findet. Ich blätterte ihn durch, schaute mir die Mädchen an – und knallte ihn dann entschlossen zu. Doch mir lag nur eine ganz bestimmte Frau im Sinn – eine, die nicht nur eine nette Freundin war, sondern notfalls auch mit der Schußwaffe umzugehen verstand. Und ich wußte nicht, wohin sie verschwunden war.

Ich trage immer ein Röhrchen ›Tempus fugit‹-Pillen bei mir; denn man weiß nie, wann man seine Nerven ein wenig aufrütteln muß, um in einer heiklen Lage durchzuhalten. Obwohl vor dem Gebrauch der Tempus-Pillen gewarnt wird, führen sie bei mir zu keiner schädlichen Gewohnheit.

Dennoch würde ein Wortklauber mich als süchtig bezeichnen, weil ich die Droge gelegentlich nahm, damit mir ein Urlaub von vierundzwanzig Stunden wie eine Woche vorkam. Ich genoß dann das leicht beschwingte Gefühl, das die Pillen hervorriefen. Doch vor allem schienen sie die Zeit um mehr als das Zehnfache zu strecken. Eine gewisse Spanne wird sozusagen in kleinere Stückchen zerhackt, so daß man bei gleicher Zahl von Tagen und Stunden ›länger‹ lebt. Allerdings ist mir das schauerliche Beispiel eines Mannes bekannt, der innerhalb eines Monats an Altersschwäche starb, weil er die Pillen ständig einnahm; aber ich griff nur hin und wieder zu ihnen.

Vielleicht hatte jener Mann nicht so unrecht. Er verbrachte

ein langes und glückliches Leben – es war bestimmt glücklich – und starb am Ende eines seligen Todes. Was machte es aus, wenn die Sonne in Wahrheit nur dreißigmal aufging? Wer wollte bei diesem Spiel die Regeln setzen und Schiedsrichter sein?!

So saß ich dort, starrte auf das Röhrchen mit den Pillen und rechnete mir aus, daß sie mich für mindestens ›zwei Jahre‹ glücklich machen könnten. Wenn ich wollte, könnte ich mich also in ein Loch verziehen und in ihm verschwinden.

Schon hatte ich zwei Pillen herausgenommen und mir ein Glas Wasser geholt. Doch dann steckte ich sie wieder weg, schnallte mir die Pistole um, befestigte mein Funktelephon und verließ das Hotel. Ich schlug den Weg zur Kongreß-Bibliothek ein.

Unterwegs suchte ich noch ein Lokal auf und sah mir die Nachrichten an. Aus Iowa nichts Neues, aber wann hörte man aus diesem Erdenwinkel schon etwas?

In der Bibliothek ging ich zum Katalog, setzte die Brille auf und blätterte unter den entsprechenden Stichworten nach; von ›fliegenden Untertassen‹ gelangte ich zu ›fliegenden Scheiben‹, dann zum ›Projekt Untertasse‹, ›Lichtern am Himmel‹, ›Feuerkugeln‹, sowie zu einer ›kosmischen Diffusionstheorie über den Ursprung des Lebens‹; dabei verrannte ich mich in zwei Dutzend Sackgassen und Seitenwege merkwürdigster Literaturzweige. Ich hätte einen Geigerzähler gebraucht, um mir zu sagen, was sich nicht anzusehen lohnte, zumal sich das Gebiet, das ich erkunden wollte, bestimmt hinter einem Zauberwort versteckte, das zwischen Äsops Fabeln und den Sagen von versunkenen Kontinenten stand.

Trotzdem hatte ich nach einer Stunde eine Handvoll Auswahlkarten beisammen. Ich reichte sie der vestalischen Jungfrau an der Ausgabestelle und wartete, während sie meinen Wunschzettel in die Bestellklappe schob. Bald darauf erklärte sie: »Die meisten der verlangten Filme sind bereits ausgegeben. Die übrigen lasse ich ins Studio 9-A bringen. Benützen Sie bitte die Rolltreppe.«

In Raum 9-A befand sich bereits jemand, der hochblickte und sagte: »Ach, Graf Toggenburg persönlich. Wie hast du mich entdeckt? Ich hätte schwören können, daß ich dir entwischt sei.«

»Hallo, Mary«, rief ich.

»Guten Tag«, sagte sie, »und auf Wiedersehen. Johanna ist immer noch nicht ›willig‹. Ich habe zu arbeiten.«

Das langte mir. »Hör mal, du eingebildeter Gartenzwerg, so unglaubwürdig es scheinen mag, aber ich bin nicht hierhergekommen, um deinen zweifellos schönen Körper zu bewundern. Hin und wieder arbeite ich nämlich auch. Sobald meine Filmspulen hier sind, werde ich wie der Blitz verschwinden und mir ein anderes Studio aussuchen – nur für Herren!«

Anstatt zornig aufzubrausen, wurde sie sogleich sanft. »Entschuldige, Sam. Eine Frau hört immer wieder das gleiche. Setz dich hin.«

»Nein, danke, ich gehe«, erwiderte ich. »Ich muß wirklich arbeiten.«

»Bleib«, bat sie eindringlich. »Lies diesen Anschlag hier. Wenn du Filmspulen aus dem Raum entfernst, für den sie bestimmt sind, wirst du nicht nur schuld daran sein, daß beim Sortierapparat ein Dutzend Röhren durchbrennen, sondern auch daran, daß der Mann, der im Archiv die Kartei in Ordnung hält, einen Nervenzusammenbruch erleidet.«

»Wenn ich fertig bin, bringe ich sie zurück.«

Sie packte mich beim Arm, und mich überlief es prickelnd heiß.

»Bitte, Sam. Es tut mir leid ...«

Ich setzte mich und grinste. »Nichts bringt mich mehr von hier fort. Ich gedenke, dich nicht aus den Augen zu lassen, ehe ich nicht deine geheime Funknummer, deine Adresse und deine echte Haarfarbe weiß.«

»Liebling«, sagte sie weich: »Keines von den dreien wirst du jemals erfahren.« Und schon wandte sie sich ab und versuchte mit viel Umstand, den Kopf wieder in den Vorführapparat einzupassen. Ich war anscheinend Luft für sie. In dem Zuleitungsrohr, das die bestellten Filmbänder anlieferte, raschelte es, und meine Spulen quollen in den Korb. Ich stapelte sie neben dem zweiten Bildgerät auf. Ein Streifen rollte zu Marys Vorrat hinüber und warf ihren aufgerichteten Turm über den Haufen. Ich hob einen Film auf, den ich für mein Eigentum hielt, und blickte das Ende an – das verkehrte, denn es enthielt nur die Seriennummer und das Punktmuster, das der Selektor auswertete. Ich drehte die Spule um, las das Schild und stellte sie zu mir.

»He!« brummte Mary. »Die gehört mir.«

»Spiel dich nicht so auf«, entgegnete ich höflich.

»Es ist aber so, und gerade diesen Film möchte ich mir jetzt angucken.«

Früher oder später merkte sogar ich das Naheliegendste. Mary war sicher nicht hierhergekommen, um Schuhmoden zu studieren. Ich hob andere Streifen auf, die ihr gehörten, und las die Aufschriften. »Also deshalb war nichts mehr zu haben«, meinte ich. »Aber gründlich hast du nicht gesucht.« Ich zeigte ihr meine eigene Auswahl.

Mary sah die Filme durch, dann schob sie alles zu einem einzigen Stoß zusammen. »Wollen wir teilen oder beide alles ansehen?«

»Machen wir halb und halb, um den Ramsch auszuscheiden, und was übrigbleibt, wollen wir uns beide vornehmen«, entschied ich. »Und nun ran an die Arbeit!«

Ich hatte zwar den Parasiten auf dem Rücken des armen Barnes persönlich gesehen, und der Alte hatte mir versichert, daß tatsächlich eine fliegende Untertasse gelandet war, aber trotzdem war ich nicht auf die Fülle von Beweisen gefaßt, die ich hier in einer öffentlichen Bibliothek vergraben fand. Die Pest über Digby und seine Auswertungsformel! Das Material zeigte eindeutig, daß die Erde nicht nur einmal, sondern öfters von Schiffen aus dem Weltraum besucht worden war.

Die Berichte gingen bis auf die Zeit zurück, in der wir selbst noch keine Raumschiffahrt besaßen; manche reichten bis ins siebzehnte Jahrhundert, aber man konnte unmöglich Angaben beurteilen, die aus einer Welt stammten, in der ›Naturwissenschaften‹ gleichbedeutend mit den Ansichten des Aristoteles waren. Die ersten zuverlässigen Daten kamen aus den Vereinigten Staaten und stammten aus den vierziger und fünfziger Jahren des zwanzigsten Jahrhunderts. Der nächste Masseneinflug folgte in den achtziger Jahren, und zwar hauptsächlich über Sibirien. Diese Meldungen waren schwer zu beurteilen, denn unsere eigenen Agenten hatten keine Beobachtungen gemacht, und insofern war alles, was durch den Eisernen Vorhang drang, im Grunde nur ein Gerücht. Eine merkwürdige Tatsache fiel mir dabei auf, und ich notierte sie mir. In Abständen von ungefähr dreißig Jahren schienen ›merkwürdige Gebilde am Himmel‹ regelmäßig wiederzukehren. Ein Statistiker konnte dieses Zusammentreffen vielleicht auswerten – oder auch der Alte selbst, der, wenn ich ihm davon erzählte, vermutlich irgend etwas in der Kristallkugel sehen würde, die er anstelle eines Gehirns benutzte.

Fliegende Untertassen hingen mit ›geheimnisvollem Verschwinden von Personen‹ zusammen, nicht nur weil sie in die gleiche Gruppe wie Seeschlangen, Blutregen und ähnliche phantastische Erscheinungen gerechnet wurden; in gut belegten Fällen hatten Piloten Untertassen gejagt und waren nicht mehr zurückgekehrt. Das heißt: Amtlich meldete man sie als ›in unwegsamem Gelände abgestürzt und nicht geborgen‹, aber ich hielt diese Erklärung für eine faule Ausrede.

Außerdem regte sich in mir noch eine andere kühne Vermutung: Ich versuchte zu überblicken, ob auch bei dem geheimnisvollen Verschwinden von Personen ein Zyklus von dreißig Jahren bestand; deckte er sich mit der regelmäßigen Wiederkehr merkwürdiger Himmelserscheinungen? Mit Sicherheit ließ sich das nicht feststellen, die Daten waren zu zahlreich und zeigten keine gleichmäßige Streuung. Zu viele Menschen verschwinden alljährlich auch aus anderen Gründen, sei es, weil sie das Gedächtnis verloren haben, oder auch wegen ihrer Schwiegermutter. Aber für große Zeiträume besaßen wir die nötigen Unterlagen, und nicht alle waren bei den Bombenangriffen verlorengegangen. Ich merkte sie mir vor, um sie später mathematisch auswerten zu lassen.

Der Umstand, daß sich die Berichte immer wieder auf bestimmte geographische und auch politische Gegebenheiten konzentrierten, bereitete mir kein großes Kopfzerbrechen. Ich listete sie auf, nachdem ich eine große Hypothese erstellt hatte. Versetzen Sie sich in die Lage der Eindringlinge: Wenn Sie einen fremden Planeten erkunden wollten, würden Sie dann alles gleichmäßig untersuchen, oder würden Sie sich bestimmte Gebiete, die Ihnen – aus welchen Gründen auch immer – interessant erscheinen, herauspicken und sich dann darauf konzentrieren?

Natürlich war das nur eine Vermutung von mir. Sollte es sich als nötig erweisen, würde ich sie eben schleunigst revidieren.

Die ganze Nacht hindurch wechselten Mary und ich keine drei Worte. Schließlich standen wir auf und streckten die müden Glieder. Dann lieh ich Mary Kleingeld, damit sie die Maschine bezahlen konnte, mit der sie sich Auszüge zum Mitnehmen gemacht hatte. Merkwürdig, daß Frauen nie Kleingeld bei sich tragen! Dann löste ich auch meine Bandaufnahmen aus. »Nun, welches Urteil hast du dir darüber gebildet?« fragte ich.

»Ich komme mir wie ein Spatz vor, der sein hübsches Nest in einer Dachtraufe gebaut hat.«

Worauf ich das alte Sprüchlein zitierte: »Und wir werden es genauso machen: nichts daraus lernen und wieder in der Traufe bauen.«

»Nein, Sam, wir müssen etwas unternehmen! Der Ablauf der Ereignisse zeichnet sich deutlich ab; diesmal kommen sie, um endgültig hierzubleiben.«

»Möglich. Mir scheint es auch so.«

»Und was wollen wir dagegen tun?«

»Mein süßes Kind, du wirst es noch erfahren, daß es im Laufe der Blinden der Einäugige höllisch schwer hat.«

»Laß die grausamen Scherze. Dazu haben wir keine Zeit.«

»Nein. Gehen wir ...«

Es dämmerte schon, und die Bibliothek war fast leer. »Weißt du was?« sagte ich. »Holen wir uns ein Fäßchen Bier, das nehmen wir in mein Hotelzimmer mit, zapfen es an und besprechen die Lage.«

Sie schüttelte den Kopf. »Ich komme nicht auf dein Zimmer mit.«

»Verdammt noch mal, wir sind doch im Dienst.«

»Fahren wir in meine kleine Wohnung. Sie ist nur ein paar hundert Kilometer entfernt; dort werde ich uns ein Frühstück machen.«

Ich erinnerte mich an meinen Vorsatz, zur gegebenen Zeit stets unverschämt zu grinsen. »Das ist das beste Angebot, das ich heute nacht erhalten habe. Doch im Ernst – warum gehst du nicht in mein Hotel? Wir würden eine halbe Stunde Weg sparen.«

»Willst du nicht in meine Wohnung kommen? Ich beiße nicht.«

»Schade, ich hatte es gehofft. Nein, ich wunderte mich nur, warum du es dir plötzlich anders überlegt hast.«

»Nun, vielleicht will ich dir die Bärenfallen rings um mein Bett zeigen oder dir beweisen, daß ich kochen kann.« Sie lächelte und bekam reizende Grübchen in den Wangen.

Ich winkte ein Taxi herbei, und wir fuhren zu ihrer Wohnung.

Als wir eintraten, durchsuchte sie zuerst sorgfältig alle Räume; dann kam sie zurück und sagte: »Dreh dich um, ich möchte deinen Rücken abtasten.«

»Warum, ich ...«

»Dreh dich um!«

Ich verstummte. Sie klopfte mich kräftig ab, dann meinte sie: »So, jetzt komme ich dran.«

»Mit Vergnügen!« Trotzdem leistete ich gründliche Arbeit, denn ich begriff, worauf sie hinauswollte. Unter den Kleidern steckten nur ein Mädchen und eine Sammlung lebensgefährlicher Schießeisen.

Sie wandte sich um und seufzte. »Deshalb wollte ich nicht in dein Hotel gehen. Seit ich jenes unheimliche Wesen auf dem Rücken des Direktors der Fernsehstation erblickte, fühle ich mich jetzt das erstemal wirklich sicher. Diese Wohnung hält dicht; jedesmal wenn ich sie verlasse, schließe ich sogar den Lüftungsschacht, und die Räume bleiben fest verriegelt wie ein Tresor.«

»Sag, wie steht es mit den Zufuhrkanälen für die Klima-Anlage?«

»Ich habe jetzt die Anlage nicht eingeschaltet, sondern eine Sauerstoffflasche geöffnet, die ich für Luftalarm bereithalte. Du kannst also unbesorgt sein; was möchtest du gerne essen?«

»Vielleicht ein Steak – halb durchgebraten?«

Mary hatte es vorrätig. Während wir mit vollen Backen kauten, sahen wir uns die letzte Tagesschau an. Immer noch nichts Neues aus Iowa.

5

Die ›Bärenfallen‹ bekam ich nicht zu Gesicht; Mary sperrte ihr Schlafzimmer ab. Drei Stunden später weckte sie mich, und wir frühstückten zum zweitenmal. Dann zündeten wir uns Zigaretten an und schalteten den Fernsehapparat ab, denn man zeigte jetzt die Bewerberinnen um den Titel der Miß Amerika. Ein andermal hätten sie mich interessiert, aber da keine der jungen Damen runde Schultern besaß und sich unter der spärlichen Bekleidung für den Entscheidungskampf kein Buckel verbergen konnte, der größer als ein Mückenstich war, erschienen sie mir bedeutungslos.

»Nun?« fragte ich.

»Wir müssen die Tatsachen ordnen und sie dem Präsidenten vor die Nase halten.«

»Aber wie?«

Darauf wußte sie keine Antwort.

»Es gibt nur einen Weg – über den Alten«, sagte ich.

Im nächsten Augenblick stellte ich die Funkverbindung her und verwendete beide Geheimnummern, so daß Mary mithören konnte. Sogleich meldete sich jemand: »Hier Oldfield, Stellvertreter des Chefs. Schießen Sie los.«

»Ich muß den Alten persönlich sprechen.«

Nach einer Pause kam die Frage: »Amtlich oder privat.«

»Vermutlich würden Sie es privat nennen.«

»Privat verbinde ich nicht, und amtliche Fragen erledige ich.«

Ehe ich fluchte, schaltete ich ab. Dann versuchte ich es auf einem anderen Wege. Der Alte war nämlich noch über ein besonders verschlüsseltes Kennwort zu erreichen, das ihn sogar aus dem Sarg geholt hätte; aber gnade Gott dem Agenten, der es ohne zwingenden Grund angewendet hätte!

Der Alte antwortete mit einer Flut von Schimpfworten.

»Chef«, sagte ich, »es handelt sich um Iowa ...«

Sogleich verstummte er. »Ja?«

»Mary und ich haben die ganze Nacht damit zugebracht, Daten aus den Akten auszugraben. Wir möchten gerne darüber mit dir sprechen.«

Erneut fing der Alte zu poltern an. Gleich darauf befahl er mir, meine Notizen zur Analyse weiterzuleiten und drohte mir an, sich meine Ohren für ein Sandwich braten zu lassen.

»Chef!« sagte ich scharf.

»He?«

»Wenn du davonläufst, können wir es auch. Hiermit legen Mary und ich die Arbeit nieder. Das ist amtlich!«

Mary zog die Augenbrauen hoch, aber sie schwieg. Eine lange Stille folgte, dann murmelte er mit müder Stimme: »Hotel Palmglade, Nord-Miami – Strand. Ich bin der dritte Sonnenbrand vom Ende der Reihe aus.«

»Wir erscheinen sofort!« Ich rief ein Taxi herbei, und wir starteten vom Dach aus. Um den Geschwindigkeits-Schnüfflern über Carolina auszuweichen, schlugen wir einen Haken über den Ozean und kamen schnell voran.

Der Alte lag im Sand, ließ die Körnchen durch die Finger rieseln und machte ein mürrisches Gesicht, während wir berichteten. Wir hatten ein Tonband mit, und so konnte er sich die Ergebnisse selbst anhören.

Als wir zu dem Punkt gelangten, an dem von den Zyklen von dreißig Jahren die Rede war, blickte er hoch, ließ aber die Frage auf sich beruhen. Erst nachdem ich später noch die Möglichkeit ähnlicher Perioden beim Verschwinden von Menschen erwähnt hatte, rief er die Abteilung an. »Bitte Analyse. Hallo – Peter? Hier spricht der Chef. Ich möchte von achtzehnhundert an eine Kurve über ungeklärtes Verschwinden. Was? Menschen natürlich – oder denkst du, ich suche verschwundene Haustürschlüssel? Bekannte Umstände scheide aus und vermeide unnötigen Ballast. Ich wünsche eindeutige Minima und Maxima. Wann? In zwei Stunden. Worauf wartest du noch?«

Er richtete sich mühsam auf, ließ sich von mir den Stock reichen und murrte: »Nun geht's wieder in die Tretmühle zurück.«

»Ins Weiße Haus?« fragte Mary eifrig.

»Wie? Sei kein Kindskopf. Ihr zwei habt nichts entdeckt, was die Ansicht des Präsidenten ändern könnte.«

»Ach so. Was nun?«

»Ich weiß es nicht. Solange euch nichts Gescheites einfällt, verhaltet euch ruhig.«

Der Alte hatte einen Wagen und brachte uns zurück. Nachdem ich das Fahrzeug auf automatische Blocksteuerung umgeschaltet hatte, sagte ich: »Chef, ich weiß einen Dreh, wie man den Präsidenten vielleicht überzeugen könnte.«

Er knurrte nur. Ich fuhr fort: »Ungefähr so: Setze zwei Agenten ein, mich und einen anderen. Mein Begleiter trägt einen Fernsehsender mit sich und läßt das Gerät dauernd auf mich eingestellt. Du veranlaßt den Präsidenten, sich die Übertragung anzusehen.«

»Und wenn sich nichts ereignet?«

»Dafür laß mich nur sorgen. Zuerst will ich an die Stelle, an der das Raumschiff gelandet ist, und wenn ich mir den Weg dorthin mit Gewalt bahnen muß. Wir werden Großaufnahmen des Schiffs bekommen und sie in das Weiße Haus weiterleiten. Dann fahre ich in das Büro von Barnes und untersuche die runden Schultern. Vor der Kamera werde ich ihnen die Hemden herunterreißen. Irgendwelche zarte Rücksichten kann ich dabei nicht nehmen, ich muß mit allen Mitteln die Wahrheit ans Licht bringen.«

»Du bist dir klar, daß du die gleichen Aussichten auf Erfolg hast wie eine Maus in einer Katzenversammlung?«

»Davon bin ich nicht so überzeugt. Nach meiner Ansicht besitzen diese Geschöpfe keine übermenschlichen Fähigkeiten. Ich möchte wetten, daß sie nicht mehr leisten können als der Mensch, den sie befallen haben. Ich habe nicht vor, ein Märtyrer zu werden. Auf jeden Fall werde ich dir Aufnahmen von den Parasiten verschaffen.«

»Nun ...«

»Vielleicht gelingt es«, warf Mary ein. »Ich werde der zweite Agent sein. Dann kann ich ...«

Gleichzeitig sagten der Alte und ich »Nein!« Und dann wurde ich rot; ich hatte kein Recht, ihr etwas zu verbieten. Mary fuhr fort: »Noch eines: Vernünftigerweise müßte ich mit von der Partie sein, weil ... weil ich die Gabe habe, einen Mann mit einem Schmarotzer zu erkennen.«

»Nein«, wiederholte der Alte. »Wo er hingeht, sind alle Menschen davon befallen. Solange nicht das Gegenteil bewiesen ist, dürfen wir das getrost annehmen. Abgesehen davon, habe ich dich für etwas anderes aufgespart.«

Mary hätte den Mund halten sollen, aber sie tat es nicht. »Wofür denn? Sams Vorhaben ist wichtig genug.«

Ruhig erklärte der Alte: »Das ist der andere Auftrag auch. Ich habe den Plan, dich dem Präsidenten als Leibwache beizugeben.«

»Oh.« Sie dachte nach und entgegnete: »Ach Chef, ich bin nicht sicher, ob ich auch bei einer Frau festzustellen vermag, ob sie befallen ist. Das kann ich nicht.«

»So werden wir die Sekretärinnen aus seiner Nähe entfernen. Und, Mary, du darfst auch ihn selbst nicht aus den Augen lassen.«

Sie überlegte. »Und wenn ich nun entdecke, daß sich trotz allem ein solches Geschöpf an ihn herangemacht hat?«

»Dann mußt du das Notwendige veranlassen. Der Vizepräsident übernimmt die Regierung, und du wirst wegen Hochverrats erschossen. Nun zum anderen Auftrag. Jarvis soll das Aufnahmegerät bedienen und Davidson das Kriegsbeil schwingen. Während Jarvis dich mit der Kamera deckt, kann Davidson Jarvis überwachen und du ihn.«

»Du glaubst also, daß es gelingen wird?«

»Nein. Aber irgendein Plan ist besser als keiner. Vielleicht kommt ein wenig Schwung in die Angelegenheit.«

Während wir – Jarvis, Davidson und ich – uns nach Iowa aufmachten, fuhr der Alte nach Washington. Als wir aufbrachen, fing Mary mich in einem Winkel ab, packte mich bei den Ohren, küßte mich herzhaft und mahnte: »Sam – komm wieder.«

Mich überlief ein Prickeln, und ich kam mir vor wie ein Fünfzehnjähriger. Die zweite Kindheit, vermutlich.

Jenseits der Stelle, wo ich seinerzeit durch die zerstörte Brücke aufgehalten worden war, landete Davidson mit dem Flugwagen auf der Straße. Ich wies den Weg und verwendete dazu eine Karte, auf der ich den Landeplatz des echten Raumschiffes abgesteckt hatte. Die Brücke gab einen genauen Anhaltspunkt. Etwa dreihundert Meter östlich davon bogen wir ab und fuhren mit unserem geländegängigen Allzweck-Fahrzeug durch das Unterholz bis zu der gesuchten Örtlichkeit.

Besser gesagt, beinahe bis dorthin. Wir stießen auf ein Gebiet, das niedergebrannt war, und beschlossen zu Fuß zu gehen. Das Geviert, das die Photographie von der Raumstation aus zeigte, lag innerhalb des Bezirks, den ein Waldbrand verheert hatte, und keine fliegende Untertasse war zu sehen. Es hätte eines weit geschickteren Detektivs bedurft, als ich einer war, um zu beweisen, daß hier überhaupt jemals ein Raumschiff gelandet war. Das Feuer hatte alle Spuren vernichtet.

Trotzdem tastete Jarvis mit seinem Aufnahmegerät alles ab. Mir war jedoch klar, daß die Ungeheuer erneut eine Runde gewonnen hatten. Als wir uns wieder in freiem Gelände befanden, begegnete uns ein alter Farmer; laut Vorschrift hielten wir uns in entsprechender Entfernung und waren auf der Hut.

»Ein ganz schönes Feuer«, bemerkte ich und machte einen Bogen um ihn.

»Das war es wirklich«, meinte er kummervoll. »Hat mich zwei meiner besten Milchkühe gekostet, arme dumme Tiere. Seid ihr Reporter?«

»Ja, aber unsere Jagd war bisher ergebnislos.« Ich wünschte, Mary wäre jetzt bei uns. Wahrscheinlich hatte dieser Mann von Natur aus runde Schultern. Nahm man jedoch an, daß der Alte mit dem Raumschiff recht hatte – und er konnte sich nicht geirrt haben –, dann mußte dieser allzu unschuldsvolle Bauerntölpel etwas davon wissen und verschwieg es nur. Also war er befallen.

Ich mußte handeln. Die Aussichten, einen Parasiten zu fangen und sein Bild über die Fernsehkabel ins Weiße Haus zu leiten, waren hier günstiger als in einer dichten Menschenmenge. Ich warf einen Blick auf meine Kameraden; sie waren auf dem Sprung, und Jarvis hielt die Kamera bereit.

Als der Farmer sich umwandte, stellte ich ihm ein Bein. Er fiel nieder, ich klammerte mich an seinen Rücken und riß ihm das Hemd herunter. Jarvis näherte sich und machte eine Großaufnahme. Ehe der Mann zum Schnaufen kam, hatte ich den Rükken entblößt.

Doch der war leer – ohne einen Parasiten –, und weder an ihm noch an einer anderen Körperstelle war eine Spur davon zu finden.

Ich war dem Mann beim Aufstehen behilflich und säuberte ihn, weil seine Kleider voll Asche waren. »Es tut mir schrecklich leid«, murmelte ich.

Er bebte vor Wut. »Du junger ...« Er fand keine Worte, die schlimm genug waren. Er blickte uns an, und um seinen Mund zuckte es. »Ich werde euch anzeigen. Wenn ich zwanzig Jahre jünger wäre, würde ich euch alle drei verhauen.«

»Glaube mir, guter Alter, es war ein Mißverständnis.«

»Mißverständnis!« Sein Gesicht verzerrte sich und ich glaubte, er werde weinen. »Ich komme aus Oklahoma zurück und finde mein Haus niedergebrannt, meine halbe Viehherde ist verschwunden und mein Schwiegersohn nirgends zu entdecken. Dann mache ich mich auf, um nachzusehen, warum hier Fremde auf meinem Grund und Boden herumschnüffeln, und werde noch überfallen! Soll mir das vielleicht angenehm sein? ›Ein Mißverständnis‹! Ich begreife diese Welt nicht mehr.«

Ich hätte ihm ein Licht aufstecken können, aber ich verzichtete darauf. Doch für die Unbill, die er erlitten hatte, wollte ich ihn mit Geld entschädigen; aber er schlug mir die Banknote aus der Hand, daß sie zu Boden flatterte. Recht betreten zogen wir von dannen.

Als wir wieder dahinrollten, meinte Davidson: »Bist du deiner Sache auch sicher?«

»Ich kann mich schon irren, aber habt ihr das jemals beim Alten erlebt?« schrie ich wütend.

»Hm – nein. Wohin geht es nun?«

»WDES Hauptstation. Bei der wird es kein Mißverständnis geben.«

An den Schranken der Einfahrt nach Des Moines zögerte der Aufsichtsbeamte, uns durchzulassen. Er blickte in sein Notizbuch und dann auf unser Nummernschild. »Der Sheriff sucht diesen Wagen«, sagte er. »Fahrt rechts heran und bleibt stehen.«

»Schon gut«, bemerkte ich gelassen, fuhr neun Meter zurück und gab Gas. Erfreulicherweise waren die Wagen der Abteilung so stark gebaut, daß es kaum ein Hindernis für sie gab. So fiel denn auch diese Schranke, obwohl sie nicht von Pappe war. Als wir sie hinter uns hatten, raste ich im gleichen Tempo weiter.

»Interessant«, murmelte Davidson versonnen. »Bist du deiner Sache immer noch sicher?«

»Laß das alberne Geschwätz«, fuhr ich ihn an. »Merkt euch eines, ihr beiden: Wahrscheinlich kommen wir hier nicht mehr lebend heraus. Aber wir werden Aufnahmen machen.«

»Wie du meinst, edler Häuptling.«

Ich fuhr so schnell, daß mich kein Verfolger einholen konnte. Vor der Sendestation zog ich die Bremsen, daß es krachte, und wir sprangen aus dem Wagen. Wir wendeten keine von ›Onkel Charlies‹ umständlichen Methoden an, sondern eilten in den ersten Aufzug und drückten auf den Knopf, der zu Barnes' Stockwerk führte. Als wir es erreichten, ließ ich die Tür des

Lifts offen. Die Empfangsdame im Vorraum versuchte uns aufzuhalten, aber wir rannten an ihr vorbei. Die Mädchen blickten verblüfft hoch. Ich ging geradewegs zur Tür, die in Barnes' Büro führte, und versuchte sie zu öffnen; sie war versperrt. Ich wandte mich an die Sekretärin. »Wo steckt Barnes?«

»Wen darf ich bitte melden?« fragte sie mit aalglatter Höflichkeit. Ich blickte auf ihre Schultern hinunter. Buckelig. Bei Gott, sagte ich mir, dieses Mädel muß einen Parasiten tragen. Sie war hier, als ich Barnes tötete.

So beugte ich mich über sie und riß ihr die Bluse hoch.

Ich hatte mich nicht geirrt. Zum zweitenmal starrte ich auf eines der schleimigen Geschöpfe.

Das Mädchen wehrte sich verzweifelt, sie kratzte und versuchte zu beißen. Ich versetzte ihr einen Judoschlag ins Genick, geriet dabei um ein Haar in die gallertartige Masse, aber das Mädchen sackte zusammen. Mit drei Fingern packte ich sie vorne am Rock und riß sie herum. »Jarvis, mache eine Großaufnahme«, brüllte ich.

Der Dummkopf hantierte an seinem Gerät herum, wobei sein breiter Rücken zwischen mir und der Kamera war. Dann richtete er sich auf. »Der Traum ist aus. Eine Röhre durchgebrannt«, sagte er.

»Setze eine neue ein – aber flink!«

Am anderen Ende des Zimmers erhob sich eine Stenotypistin und schoß auf unseren Apparat; sie traf ihn. Im nächsten Augenblick hatte Davidson seine Strahlenpistole auf sie gerichtet. Er brannte das Mädchen nieder. Als wäre das ein Signal, stürzten sich etwa sechs andere auf Davidson. Waffen schienen sie keine zu besitzen, sie gingen nur mit Fäusten gegen ihn los.

Ich hielt die Sekretärin noch immer fest und feuerte von meinem Platz aus. Mit einem Seitenblick erhaschte ich in meinem Rücken eine Bewegung, drehte mich um und entdeckte ›Barnes Nummer zwei‹, der in der Türe stand. Ich schoß ihn durch die Brust, um die Schnecke zu treffen, die auf seinem Rücken sitzen mußte. Dann wandte ich mich wieder dem Gemetzel im Raum zu.

Davidson hatte sich freigekämpft. Ein Mädchen kroch auf ihn zu, es schien verwundet. Er traf sie ins Gesicht, und sie regte sich nicht mehr. Die nächste Ladung pfiff an meinem Ohr vorbei. »Vielen Dank auch«, sagte ich »Jarvis, kommt, wir türmen!«

Der Aufzug stand offen; wir rasten hinein, ich schleppte immer noch Barnes' Sekretärin mit. Dann knallte ich die Tür zu, und wir fuhren abwärts. Davidson zitterte, und Jarvis war weiß wie die Wand. »Reißt euch zusammen«, mahnte ich. »Ihr habt keine Menschen erschossen, sondern Ungeheuer wie dieses hier.« Ich hielt das Mädchen hoch und blickte auf ihren Rücken.

Da hätte mich beinahe der Schlag getroffen. Mein Musterstück, das einzige, das ich erwischt hatte und lebend heimbringen wollte, war verschwunden. Wahrscheinlich war es während des Spektakels zu Boden geglitten und davongekrochen. »Jarvis, hast du irgend etwas aufnehmen können?« Er schüttelte den Kopf.

Der Rücken des Mädchens war mit einem Hautausschlag bedeckt, der aussah, als wäre sie an der Stelle, wo der Parasit gesessen hatte, von Millionen Stecknadeln gestochen worden. Ich lehnte sie im Lift an die Wand. Sie war immer noch bewußtlos, so ließen wir sie zurück. Als wir durch die Eingangshalle auf die Straße hinausgingen, blieb alles still, und keiner machte Jagd auf uns.

Ein Polizist hatte seinen Fuß auf das Trittbrett unseres Wagens gestellt und schrieb gerade einen Strafzettel aus. Er reichte ihn mir und meinte: »Menschenskind, hier darf man doch nicht parken.«

Ich entschuldigte mich und unterschrieb. Dann gab ich Gas und sauste davon; dabei wich ich dem Verkehr nach Möglichkeit aus und stieg geradewegs von einer Straße der Innenstadt in die Luft empor. Ich hätte gerne gewußt, ob der Schutzmann auch das noch auf seinem Strafzettel vermerkte. Als ich mein Fahrzeug auf eine gewisse Höhe gebracht hatte, wechselte ich das Nummernschild und die verschlüsselte Kennziffer aus. Unser Alter dachte eben an alles.

Doch von mir hielt er nicht viel. Ich versuchte auf dem Heimweg Meldung zu machen, aber er hieß mich schweigen und befahl uns, in das Abteilungsbüro zu kommen. Dort stand Mary neben ihm. Er ließ mich berichten und unterbrach mich nur hin und wieder mit einem Brummen. »Wieviel habt ihr gesehen?« fragte ich, als ich geendet hatte.

»Als du die Schranke überrannt hattest, wurde die Übertragung unterbrochen. Der Präsident war nicht sehr beeindruckt von dem, was er sah.«

»Das glaube ich.«

»Er riet mir, dich zu entlassen.«

Ich erstarrte. Ich war bereit gewesen, meinen Rücktritt einzureichen, aber das überraschte mich denn doch. »Ich bin durchaus ...«, begann ich.

»Sei still!« herrschte mich der Alte an. »Ich erklärte ihm, daß er mich entlassen könne, aber nicht meine Angestellten. Du bist zwar ein Einfaltspinsel, der nur Daumen anstatt der Finger hat«, fuhr er gelassen fort, »aber im Augenblick bist du unentbehrlich.«

»Danke.«

Mary war unterdessen im Zimmer herumgewandert. Ich versuchte einen Blick von ihr zu erhaschen, aber sie hatte keinen für mich übrig. Nun blieb sie hinter Jarvis' Stuhl stehen und – gab dem Alten das gleiche Zeichen wie damals bei Barnes.

Ich schlug Jarvis mit der Pistole über den Kopf, daß er zusammensackte und aus dem Stuhl fiel.

»Zurück, Davidson!« stieß der Alte hervor. Er hatte die Pistole gezogen und sie auf die Brust des Agenten gerichtet. »Mary, wie steht es mit ihm?«

»Er ist in Ordnung.«

»Und der da?«

»Sam ist auch sauber.«

Die Augen des Alten glitten über uns; ich hatte mich noch nie dem Tode so nahe gefühlt. »Herunter mit den Hemden«, befahl er barsch.

Wir gehorchten. Mary hatte recht gehabt. Doch ich fragte

mich, ob ich es merken würde, wenn ich selbst einen Parasiten an mir trüge. »Jetzt Jarvis! Aber nehmt Handschuhe«, befahl der Alte.

Wir legten Jarvis ausgestreckt nieder und schnitten vorsichtig die Kleider auf. Da hatten wir unser lebendes Musterstück.

6

Mir war, als müsse ich mich übergeben. Der Gedanke, daß dieses Wesen auf der ganzen Fahrt von Iowa dicht hinter mir gesteckt hatte, war mehr, als mein Magen aushalten konnte. Mich ekelt nicht so leicht vor etwas – immerhin habe ich mich mal vier Tage lang in der Kanalisation von Moskau versteckt –, aber wie einem bei einem solchen Anblick zumute ist, weiß keiner, der ihn nicht selbst wissentlich erlebt hat.

»Lösen wir den Parasiten ab. Vielleicht können wir Jarvis noch retten«, sagte ich, obwohl ich keineswegs daran glaubte, denn zutiefst im Herzen fühlte ich, daß jeder, der von diesen Geschöpfen befallen war, für immer verloren war.

Der Alte winkte ab. »Laßt Jarvis in Ruhe!«

»Aber ...«

»Keine Widerrede! Wenn er noch zu retten ist, dann spielt die Zeit keine Rolle. Auf jeden Fall ...« Er verstummte, und ich hielt ebenfalls den Mund. Ich wußte, was er meinte; es ging hier nicht um uns, sondern um die gesamte Bevölkerung der Vereinigten Staaten.

Der Alte hatte die Pistole gezogen und beobachtete mißtrauisch und unausgesetzt den Parasiten auf Jarvis' Rücken. Schließlich sagte er zu Mary: »Rufe den Präsidenten an. Unter Geheimnummer Null – Null – Null – Sieben.«

Mary trat an den Schreibtisch. Ich hörte sie in die schalldämpfende Muschel sprechen, aber mein Hauptaugenmerk galt dem Schmarotzer. Er machte keine Anstalten, den Wirt zu verlassen.

Kurz darauf meldete Mary: »Ich kann ihn nicht erreichen. Einer seiner Mitarbeiter ist am Apparat – ein gewisser McDonough.«

Der Alte erschrak sichtlich. McDonough war ein kluger und liebenswerter Mann, der seine Meinung noch nie geändert hatte, seit er im Weißen Haus diente. Aber der Präsident benützte ihn, um sich hinter ihm zu verschanzen.

Jetzt brüllte der Alte los, ohne sich um den Schalldämpfer zu kümmern.

Nein, der Präsident sei nicht zu sprechen. Nein, auch eine Nachricht könne ihn nicht erreichen. Nein, er, Donough überschreite keineswegs seine Befugnisse; der Alte stehe nicht auf der Liste der Ausnahmen – sofern es eine derartige Liste überhaupt gebe. Ja, McDonough werde sich glücklich schätzen, eine Zusammenkunft zu vereinbaren, das könne er zusichern. Ob es kommenden Freitag passe? Heute? Unmöglich. Morgen? Ausgeschlossen!

Der Alte legte den Hörer hin und sah aus, als ob ihn gleich der Schlag treffen würde. Dann holte er zweimal tief Atem, seine Gesichtszüge entspannten sich, und er sagte: »Dave, bitte Dr. Graves, er solle hereinkommen. Ihr übrigen haltet euch in angemessener Entfernung.«

Der Leiter des biologischen Laboratoriums erschien darauf. »Doktor, hier haben Sie ein solches Wesen, das noch nicht tot ist«, sagte der Alte.

Graves blickte aus nächster Nähe auf Jarvis' Rücken.

»Interessant!« bemerkte er und wollte sich hinknien.

»Zurück!«

Graves blickte auf. »Aber ich muß doch Gelegenheit haben ...«

»Sie stellen sich an wie meine irre Tante! Ja, ich wünsche, daß Sie dieses Geschöpf untersuchen, aber zuerst müssen Sie es am Leben erhalten, zweitens müssen Sie verhindern, daß es entkommt, und drittens müssen Sie sich selbst schützen.«

Graves lächelte. »Ich habe keine Angst davor, ich ...«

»Sie sollen aber Angst haben! Betrachten Sie dies als einen dienstlichen Befehl.«

»Ich wollte noch sagen, daß ich einen Brutraum anlegen muß, um das Wesen zu betreuen, nachdem wir es von seinem Wirt entfernt haben. Offensichtlich brauchen diese Parasiten Sauerstoff – keinen freien, sondern den eines Wirtes. Vielleicht würde ein großer Hund sich dazu eignen.«

»Nein, lassen Sie das Geschöpf, wo es ist«, fauchte der Alte ihn an.

»Na schön. Sagen Sie, hat sich dieser Mann aus freien Stükken dazu bereit erklärt?«

Da der Alte nicht antwortete, fuhr Graves fort: »Menschliche Versuchspersonen müssen Freiwillige sein. Berufsethos – wissen Sie.«

Diese Wissenschaftler lassen sich nie so weit zähmen, daß sie im Geschirr trotten! Aber der Alte wußte, was er zu antworten hatte: »Dr. Graves, jeder Agent dieser Abteilung ist Freiwilliger für jede Aufgabe, die ich für notwendig erachte. Führen Sie bitte meine Anordnung aus. Lassen Sie eine Bahre kommen. Und – sehen Sie sich vor!«

Nachdem man Jarvis hinausgerollt hatte, gingen Davidson, Mary und ich in die Kantine, um einen Schnaps zu trinken – vielleicht wurden auch vier daraus, denn wir hatten Stärkung nötig. Davidson zitterte. Als ihm nach dem ersten Glas noch nicht besser wurde, redete ich ihm gut zu: »Schau, Dave, mir tun jene Mädchen genauso leid wie dir; aber uns blieb doch keine andere Wahl. Siehst du das nicht ein?«

»War es denn so schlimm?« fragte Mary.

»Mir langte es. Wieviel Menschen wir getötet haben, weiß ich nicht. Uns blieb keine Zeit, behutsam vorzugehen. Im übrigen schossen wir ja nicht auf Menschen, sondern auf Marionetten der Parasiten.« Und zu Davidson gewandt: »Begreifst du das denn nicht?«

»Das ist es ja gerade, daß sie nichts Menschliches an sich hatten. Wenn es die Pflicht erforderte, könnte ich gegen meinen eigenen Bruder zur Waffe greifen. Aber diese Leute haben nichts mit Menschen gemein. Du schießt, und trotzdem kriechen sie weiter auf dich zu. Sie ...« Er brach ab und wandte sich zum Gehen. Ich empfand nur Mitleid für ihn.

Mary und ich unterhielten uns noch eine Weile und bemühten uns erfolglos, auf unsere Fragen Antwort zu finden. Dann verkündete sie, daß sie müde sei, und begab sich in den Schlafsaal für Frauen. Der Alte hatte alle Mitarbeiter angewiesen, diese Nacht im Hause zu verbringen. So zog auch ich mich in die Männerabteilung zurück und kroch in einen Schlafsack. Ich konnte nicht sofort einschlafen. Über mir hörte ich die Geräusche der Stadt, und ich stellte mir vor, wie es sein würde, wenn sie erst den gleichen Zustand erreicht hätte, in dem sich Des Moines jetzt schon befand.

Sirenengeheul weckte mich. Taumelnd schlüpfte ich in die Kleider, während die Sirenen gurgelnd verstummten. Dann brüllte über die Lautsprecher der Hausanlage die Stimme des Alten: »Gas- und Strahlungswarnung! Ausgänge sperren! Alles in den Konferenzraum. Sofort!«

Da ich im Außendienst tätig war, hatte ich im Haus keine besonderen Pflichten und ging ohne Eile den Tunnel zu den Büros hinunter. Der Alte stand bereits in dem großen Saal und blickte grimmig drein. Ich wollte ihn fragen, was los sei, aber ein Dutzend Schreiber, Agenten, Stenographen usw. waren schon vor mir eingetroffen. Nach einer Weile schickte mich der Alte hinaus, um von der Wache, die am Tor den Dienst versah, die Anwesenheitsliste zu holen. Wir wurden aufgerufen, und bald stellte sich heraus, daß sich alle, die am Eingang registriert worden waren, eingefunden hatten – von dem alten Fräulein Haines, der Sekretärin des Chefs, bis zum Kellner der Kantine –, nur Jarvis und die Wache fehlten noch. Die Liste stimmte, denn jeder, der aus- und einging, wurde genau aufgeschrieben und vielleicht noch sorgfältiger gebucht als die Einnahmen und Ausgaben einer Bank.

Erneut wurde ich ausgesandt, um die Wache zu holen. Doch ehe der Mann sich entschloß, seinen Posten zu verlassen, rief er nochmals den Alten an; dann drückte er auf einen Hebel, der automatisch den Eingang verriegelte, und folgte mir. Als wir in den Saal kamen, war auch Jarvis, von Graves und einem Laboranten begleitet, anwesend. Man hatte ihm einen Kittel angezogen, wie man ihn in Krankenhäusern verwendet; er war anscheinend bei Bewußtsein, aber noch etwas benommen.

Mir dämmerte langsam, weshalb Alarm gegeben worden war. Der Alte stand mit dem Gesicht zur Versammlung und hielt einen gewissen Abstand. Plötzlich zog er die Pistole. »Einer der Parasiten, die auf der Erde eingedrungen sind, befindet sich mitten unter uns in Freiheit«, sagte er. »Was das bedeutet, ist einigen von euch nur zu gut bekannt. Den übrigen werde ich erklären, worum es sich handelt, denn die Sicherheit aller hier Anwesenden, ja aller Menschen überhaupt hängt von eurer rückhaltlosen Zusammenarbeit und eurem unbedingten Gehorsam ab.« In knappen Worten, aber mit geradezu unangenehmer Deutlichkeit erklärte er ihnen, was ein Parasit war und in welcher gefährlichen Lage wir uns befanden. Er schloß: »Kurz gesagt – der Parasit hält sich wahrscheinlich hier in diesem Raum auf. Einer von uns sieht wie ein Mensch aus, ist aber nur ein Automat, der sich nach Wunsch und Willen unseres tödlichsten Feindes bewegt.«

Ein Murmeln ging durch die Reihen. Die Leute musterten sich gegenseitig mit verstohlenen Blicken. Einige versuchten sich abzusondern. Einen Augenblick zuvor hatten wir eine geschlossene Arbeitsgemeinschaft gebildet; jetzt waren wir nur mehr ein zusammengewürfelter Haufen, in dem jeder dem anderen mißtraute. Ich ertappte mich dabei, daß auch ich unwillkürlich von dem Mann abgerückt war, der mir am nächsten stand, von Ronald, dem Kellner; ich kannte ihn schon seit Jahren.

Graves räusperte sich. »Chef, ich habe jede erdenkliche ...«, begann er.

»Behalten Sie Ihre Weisheit für sich. Bringen Sie Jarvis nach vorn. Ziehen Sie ihm den Kittel aus.« Graves verstummte und führte gemeinsam mit seinem Helfer den Befehl aus. Jarvis schien seine Umgebung nur undeutlich wahrzunehmen. Über Schläfe und Wangenknochen erstreckte sich ein häßlicher blauer Fleck, aber das war nicht die Ursache; ich hatte ihn nicht derart hart getroffen. Graves mußte ihn mit einem Mittel betäubt haben.

»Drehen Sie ihn um«, befahl der Alte. Jarvis ließ es mit sich geschehen; auf Schultern und Nacken bemerkte man einen roten Hautausschlag. »Sie sehen, wo sich der Parasit angeheftet hatte.« Als Jarvis entkleidet worden war, hatte man Geflüster und ein verlegenes Kichern gehört; nun wurde es totenstill.

»Jetzt müssen wir diese Kreatur wieder in die Hand bekommen! Mehr noch, wir müssen sie lebend fangen. Das sage ich speziell für die schnellen Burschen mit den nervösen Zeigefingern. Wo ein Parasit auf einem Menschen sitzt, habt ihr alle gesehen. Ich warne euch; wenn das Geschöpf getötet wird, brenne ich den Mann, der daran schuld ist, nieder. Falls man schießen muß, dann nur auf die Beine. Komm her!« Er richtete seine Waffe auf mich.

Auf halbem Wege zwischen den Leuten und ihm hieß er mich stehenbleiben. »Graves, setzen Sie Jarvis hinter mich. Nein, lassen Sie ihn ausgezogen.« Der Alte wandte sich wieder mir zu. »Wirf deine Pistole zu Boden.«

Er selbst hatte seine auf meinen Leib gerichtet; als ich meine zog, hütete ich mich vor jeder verdächtigen Bewegung. Ich ließ die Waffe zwei Meter von mir wegschlittern.

»Zieh alle deine Kleider aus.«

Diesem Befehl Folge zu leisten war peinlich, doch die Pistole des Alten beseitigte jede Hemmung. Es war auch keineswegs aufmunternd, daß einige Mädchen kicherten, als ich mich splitternackt auszog. Eine von ihnen wisperte: »Nicht übel!« und eine andere entgegnete: »Stämmiger Bursche.« Ich wurde rot.

Nachdem mich der Alte genau besehen hatte, befahl er mir, meine Waffe wieder an mich zu nehmen. »Decke mir den Rücken und behalte die Eingangstür im Auge«, ordnete er an. »Dotty – deinen Zunamen weiß ich nicht –, du kommst als nächste dran.«

Dotty war ein Mädchen von strengen Sitten. Sie besaß natürlich keine Waffe und war in ein Gewand gehüllt, das bis zum Boden reichte. Nun trat sie vor, blieb stehen und rührte sich nicht.

Der alte Herr schwang seine Pistole. »Vorwärts, zieh dich aus!«

»Ist das wirklich Ihr Ernst?« fragte sie ungläubig.

»Los!«

Die Donnerstimme des Alten ließ sie förmlich zusammenzukken. »Schon gut, schließlich braucht man sich deshalb nicht den Kopf abreißen zu lassen.« Sie biß sich auf die Lippen und öffnete dann den Verschluß an der Hüfte. »Dafür müßte man ein Sonderhonorar bekommen«, erklärte sie trotzig und warf ihr Gewand von sich.

Dann ruinierte sie ihren sorgfältig inszenierten Auftritt, indem sie sich für einen Moment in Positur stellte – nicht lange, aber unübersehbar. Ich gebe zu, daß sie einiges vorzuzeigen hatte, auch wenn ich gerade nicht in der Stimmung war, es zu genießen.

»Dort drüben an die Wand stellen!« schrie der Alte wütend. »Jetzt Renfrew!«

Ich weiß nicht, ob es Zufall oder Absicht war, daß der Alte immer abwechselnd Männer und Frauen vortreten ließ, aber es war mit Sicherheit ganz gut so, denn dadurch wurde der Widerstand auf ein Minimum beschränkt. Ach, Quatsch, ich weiß es doch ganz genau – der Alte hat noch nie etwas rein zufällig gemacht.

Nachdem ich mich in mein Schicksal ergeben hatte, entledigten sich auch die anderen Männer ihres Auftrags ganz geschäftsmäßig, wenn einige auch etwas verlegen waren. Was die Frauen anging, so kicherten einige, andere erröteten, aber keine sträubte sich allzusehr. Unter anderen Umständen hätte ich das alles höchst interessant gefunden. Trotzdem erfuhren wir alle Dinge übereinander, die wir vorher nicht gewußt hatten. Beispielsweise gab es da ein Mädchen, das wir immer wegen seiner Oberweite bestaunt hatten – na ja, reden wir nicht mehr davon. In zwanzig Minuten gab es mehr nackte Gänsehaut zu sehen, als ich je zuvor erblickt hatte, und der Stapel Waffen glich einem Arsenal.

Als Mary an die Reihe kam, legte sie ihre Kleidung flink und ohne sich zu zieren ab. Sie machte kein Aufhebens davon und stellte ihre Haut mit ruhiger Würde zur Schau. Zu dem Berg an

Schießeisen trug sie einen erheblichen Anteil bei. Mir kam es vor, als habe sie eine ausgesprochene Schwäche für Waffen.

Schließlich waren wir alle ›abgebalgt‹ und offensichtlich frei von Parasiten. Nur der Alte und seine altjüngferliche Sekretärin blieben noch übrig. Sie war älter als er und neigte dazu, ihn herumzukommandieren. So langsam dämmerte mir, auf wem sich der Parasit befinden mußte – sofern der Alte recht hatte. Natürlich konnte er sich auch irren – nach allem, was wir wußten, mochte das Ding auch hinter irgendeinem Lüftungsgitter lauern und darauf warten, sich jemandem ins Genick fallen zu lassen. Ich glaube, er hatte eine gewisse Scheu vor Fräulein Haines. Verlegen sah er zu Boden und stocherte mit seinem Stock in dem Kleiderhaufen herum. Schließlich blickte er zu ihr auf. »Fräulein Haines, wenn Sie so gut sein wollten …«

Ich dachte bei mir: Brüderchen, diesmal wirst du Gewalt anwenden müssen.

Sie stand vor ihm, sah ihn von oben bis unten an, ein Bild gekränkter Bescheidenheit. Ich rückte näher heran und flüsterte ihm zu: »Chef, wie steht es mit dir selbst? Geh mit gutem Beispiel voran.«

Er blickte verdutzt drein. »Ich meine es ernst«, flüsterte ich. »Du und sie, ihr allein kommt noch in Frage. Los, Kleider runter!«

Der Alte verstand es, sich gelassen ins Unvermeidliche zu schicken. »Sorge dafür, daß sie ausgezogen wird«, sagte er und begann selbst mit grimmigem Blick an seinen Reißverschlüssen zu zerren. Ich befahl Mary, sich mit ein paar Helferinnen Fräulein Haines vorzuknöpfen. Als ich mich wieder umwandte, hatte der Alte gerade seine Hose auf Halbmast und – Fräulein Haines stürmte davon.

Zwischen uns stand der Alte, ich konnte keinen Schuß anbringen, und alle anderen Agenten im Raum waren unbewaffnet! Das war sicher kein Zufall; der Chef traute ihnen nicht so viel Beherrschung zu, daß sie mit ihren Pistolen keinen voreiligen Schuß abfeuerten. Er wollte aber den Parasiten lebend fangen.

Ehe ich die Lage recht überblickt hatte, war das alte Fräulein bei der Türe draußen und rannte den Gang hinunter. Dort hätte ich auf ihre Arme oder Beine zielen können, aber ich bekam Hemmungen. Sie war für mich immer noch die alte Dame, die Sekretärin des Chefs, die mich wegen der mangelhaften Grammatik meiner Meldungen abkanzelte. Und falls sie den Schmarotzer an sich trug, fürchtete ich, ihn zu versengen.

Sie schlüpfte in ein Zimmer; wiederum zögerte ich rein gewohnheitsmäßig, weil es der Raum für die weiblichen Angestellten war.

Doch nur einen Augenblick. Dann riß ich die Türe auf und blickte mit schußbereiter Waffe um mich.

Irgend etwas versetzte mir einen Schlag hinter das rechte Ohr.

Von den nächsten paar Sekunden kann ich keine klare Rechenschaft geben. Zumindest eine Zeitlang war ich ohne Bewußtsein. Dunkel erinnere ich mich an ein wildes Handgemenge und an Rufe wie »Paß auf! Der Teufel hol sie, jetzt hat sie mich gebissen! Gib auf deine Hände acht!« Dann sagte jemand ruhig: »Faßt sie an Händen und Beinen an – aber behutsam. Und wie steht es mit ihm«, hörte ich fragen, und eine andere Stimme antwortete: »Später, er ist nicht verletzt.«

Als sie forteilten, war ich noch immer betäubt, aber allmählich spürte ich, daß neues Leben mich durchflutete und ich wieder munter wurde. Ich setzte mich auf und hatte das Gefühl, irgend etwas außerordentlich Dringendes tun zu müssen. Taumelnd erhob ich mich und ging zur Tür. Dort spähte ich vorsichtig hinaus; niemand war in Sicht. So trottete ich den Gang hinunter, aber nicht zum Versammlungsraum, sondern zum Ausgang.

Am Tor bemerkte ich erschrocken, daß ich nackt war, und raste den Flur entlang zur Männerabteilung. Dort packte ich die ersten Kleider, die ich fand, und zog sie an. Die Schuhe waren mir viel zu klein, aber das schien nichts auszumachen.

Ich rannte zum Ausgang zurück, tastete nach dem Schalter für den Riegel und die Tür sprang auf.

Schon glaubte ich unbemerkt entkommen zu können, als jemand schrie: »Sam!« Ich stürzte weiter, um ins Freie zu gelangen, wo ich mich sogleich zwischen sechs Fluchtwegen entscheiden mußte. Nachdem ich einen davon eingeschlagen hatte, blieb mir kurz danach wieder die Wahl zwischen drei verschiedenen Toren, denn der Kaninchenbau, den wir als unsere Büros bezeichneten, stand durch eine Anzahl Tunnel, die wie Spaghetti ineinandergeschlungen waren, mit der Außenwelt in Verbindung. Schließlich kam ich in einem Verkaufsstand der Untergrundbahn heraus, in dem Obst und Bücher feilgeboten wurden, nickte dem Besitzer zu, schwang die Klappe des Ladentisches hoch und mischte mich unter die Menschenmenge.

Ich erwischte den Düsenexpreß, der stromaufwärts fuhr, und stieg an der ersten Station wieder aus. Dann ging ich zu der Gegenstrecke, die den Fluß hinunterführte, und wartete in der Nähe des Fahrkartenschalters, bis ein Mann auftauchte, der beim Lösen seines Fahrscheins eine gefüllte Brieftasche sehen ließ. Ich nahm den gleichen Zug wie er und stieg mit ihm aus. An der ersten dunklen Ecke schlug ich ihn mit einem Fausthieb nieder. Nun besaß ich Geld und war bereit, mich zu betätigen. Warum ich Geld haben mußte, wußte ich nicht, aber ich war überzeugt, daß ich es für mein nächstes Vorhaben benötigte.

7

Sprache, so heißt es, entsteht, um die Erfahrungen der Rasse zu beschreiben, die sie benutzt. Erfahrung zuerst – dann kommt die Sprache. Wie soll ich beschreiben, was ich empfand?

Meine Umwelt sah ich auf eine merkwürdig zwiespältige und verzerrte Weise, als starrte ich durch leicht bewegtes Wasser.

Doch empfand ich weder Staunen noch Neugierde. Ich schritt dahin wie ein Schlafwandler und hatte keine Ahnung, was meine nächste Aufgabe sein werde; andrerseits wieder war ich hellwach, wußte genau, wer ich war, wo ich mich befand und was für eine Arbeit ich in der Abteilung geleistet hatte. Was ich nun zu tun gedachte, hätte ich nicht sagen können, aber jeder Handgriff, alles, was ich im Augenblick ausführte, war wohlüberlegt und erschien mir unbedingt richtig und notwendig.

Angeblich sollen post-hypnotische Befehle so ähnlich wirken. Ich kann das nicht beurteilen, auf Hypnose spreche ich so gut wie gar nicht an.

Irgendwelche Gefühle bewegten mich dabei zumeist nicht, ich war nur befriedigt wie immer, wenn ich meine Pflicht erfüllt hatte. Dies alles spielte sich in meinem Bewußtsein ab; irgendwo, in den Schichten des Unterbewußtseins, die sich dem Einfluß meines Verstandes entzogen, war ich todunglücklich, von Angst gepeinigt und von Schuld bedrückt, aber diese Regungen waren verdrängt, sie ruhten abgrundtief hinter Schloß und Riegel; ich wurde sie nur am Rande gewahr, und sie rührten mich nicht weiter.

Man hatte mich aus der Abteilung fortlaufen sehen. Der Ruf »Sam« hatte mir gegolten; nur zwei Menschen kannten mich bei diesem Namen, und der Alte hätte meinen richtigen gebraucht. Also hatte Mary bemerkt, daß ich mich aus dem Staub gemacht hatte. Nur gut, daß sie mir ihre Wohnung gezeigt hat, dachte ich. Ehe Mary sie das nächste Mal betrat, wäre es notwendig, einen getarnten Sprengkörper darin zu verstecken. In der Zwischenzeit hatte ich zu arbeiten und durfte mich dabei nicht erwischen lassen.

Ich wanderte durch ein Warenhausviertel, um nicht entdeckt zu werden. Bald fand ich ein Gebäude, das mir zusagte; es trug ein Schild: Mansarde zu vermieten – Auskunft beim Agenten im Erdgeschoß. Ich prägte mir die Lage ein, notierte mir die Adresse, dann machte ich kehrt und fand zwei Häuserzeilen weiter eine Fernschreibzelle der Western Union. Dort benützte ich eine freie Maschine und gab folgende Botschaft auf: »Sendet zwei Kisten ›Tiny Tots Talky Tales‹ zum gleichen ermäßigten Preis, gez. Joel Freeman.« Ich fügte noch die Adresse der Dachwohnung hinzu und sandte die Nachricht an Roscoe und Dillard, Makler und Vertreter in Des Moines, Staat Iowa.

Als ich die Fernschreibzelle verließ, erinnerte mich der Anblick einer Schnell-Imbiß-Gaststätte daran, daß ich hungrig war, aber das Gefühl verflüchtigte sich schnell, und ich vergaß es wieder. Dann kehrte ich in die Nähe des Warenhauses zurück, fand eine dunkle Ecke auf der Rückseite, wo ich es mir bequem machte und wartete, bis der Morgen dämmerte und die Geschäfte geöffnet wurden.

Ich erinnere mich dunkel an ständig wiederkehrende Alpträume, in denen ich das Gefühl hatte, eingekerkert zu sein. Um neun Uhr früh suchte ich den Wohnungsagenten auf, der gerade sein Büro aufsperrte, mietete das Dachgeschoß und bestach ihn mit einer runden Summe, damit ich sofort einziehen durfte. Ich ging in die Mansarde hinauf, trat ein und wartete.

Um halb elf Uhr wurden meine Kisten geliefert. Als die Männer von der Eilzustellung fort waren, öffnete ich eine Kiste, nahm eine Zelle heraus, wärmte sie an und bereitete sie für den Einsatz vor. Dann begab ich mich wieder zu dem Agenten und sagte: »Herr Greenberg, könnten Sie einen Augenblick mit hinaufkommen? Ich möchte gern sehen, ob sich die Beleuchtung nicht ändern läßt.«

Er wollte erst nicht recht, aber schließlich begleitete er mich. Nachdem wir die Wohnung betreten hatten, schloß ich die Tür und führte ihn an die offene Kiste. »Wenn Sie sich hier darüberbeugen, werden Sie verstehen, was ich meine. Wenn ich nur …« Ich packte ihn mit einem Griff, daß ihm die Luft wegblieb, riß ihm Jacke und Hemd hoch, und mit meiner freien Hand übertrug ich aus der Zelle einen Parasiten auf seinen nackten Rücken; dann hielt ich den Mann fest, bis er sich beruhigt hatte. Ich half ihm, sich aufzurichten, steckte ihm das Hemd in den Hosenbund und staubte ihn ab. Als er wieder zu Atem kam, fragte ich: »Was gibt es Neues aus Des Moines?«

»Was möchtest du wissen? Wie lange bist du schon draußen?« erkundigte er sich.

Gerade wollte ich ihm alles erklären, da unterbrach er mich: »Nehmen wir lieber unmittelbar Fühlung miteinander und verschwenden wir keine Zeit.« Ich schob mein Hemd hoch, der andere ebenfalls, und wir setzten uns Rücken an Rücken auf die noch verpackte Kiste, so daß unsere ›Herren und Meister‹ sich berührten. Ich selbst dachte überhaupt nichts. Wie lange die Sitzung dauerte, davon hatte ich keine Ahnung. Ich sah einer Fliege zu, die surrend um ein staubiges Spinnennetz kreiste.

Unser nächstes Opfer war der Hausverwalter. Er war ein großer Schwede, mit dem wir nur zu zweit fertig werden konnten. Anschließend rief Herr Greenberg den Besitzer des Hauses an und bestand darauf, daß er persönlich kommen müsse, um sich einen Schaden anzusehen, den das Gebäude erlitten habe. Der Verwalter und ich waren indessen emsig beschäftigt, weitere Zellen zu öffnen und anzuwärmen.

Der Eigentümer der Mietskaserne bedeutete einen großen Gewinn für uns, und wir alle – er selbst natürlich eingeschlossen – waren sehr befriedigt. Er gehörte dem Klub der Verfassungstreuen an, und wer zu dessen Mitgliedern zählte, war sicher im Nachschlagewerk für bedeutende Persönlichkeiten der Hochfinanz, Regierung und Industrie zu finden.

Die Mittagszeit rückte näher; wir hatten keine Zeit zu verlieren. Der Hausverwalter ging fort, um für mich Kleider und ein Köfferchen zu besorgen, und nebenbei schickte er noch den Fahrer des Hausbesitzers herauf, den wir ebenfalls in unsere Schar aufnahmen. Um zwölf Uhr dreißig verließen der Hausbesitzer und ich in seinem Stadtwagen die Wohnung. Mein Ränzel enthielt zwölf unserer Gebieter, die noch in ihren Zellen steckten, aber einsatzbereit waren.

Im Klub unterschrieb mein Begleiter als J. Hardwick Potter mit Gast. Ein Lakai versuchte meine Tasche an sich zu nehmen, aber ich beharrte darauf, daß ich sie brauche, um vor dem Essen noch das Hemd zu wechseln. Wir trödelten im Waschraum herum, bis wir mit dem Wärter allein darin waren;

darauf reihten wir auch ihn in unsere Gruppe ein und sandten ihn mit der Botschaft zum Direktor, daß einem Gast schlecht geworden sei.

Nachdem wir uns den Direktor gesichert hatten, holte er einen weißen Arbeitskittel für mich, und ich betätigte mich ebenfalls als Wärter. Nun besaß ich nur noch zehn von unseren Beherrschern, aber die angekommenen Kisten sollten in Kürze von der Mansarde abgeholt und im Klub angeliefert werden. Ehe der Andrang zur Mittagszeit vorüber war, brachten wir beiden Wärter noch die restlichen neuen Gebieter unter. Ein Gast überraschte uns bei dieser Beschäftigung, und ich mußte ihn töten. Wir verstauten ihn in der Besenkammer. Danach gab es eine Ruhepause, weil der Nachschub noch nicht eingetroffen war. Ich brach vor Hunger beinahe zusammen, dann ließ das Empfinden etwas nach, aber ganz verging es nicht mehr; ich wandte mich deshalb an den Direktor, der mir in seinem Büro ein Essen servieren ließ. Als ich die Mahlzeit gerade beendet hatte, kamen die Kisten an.

Während der schläfrigen Zeit am Nachmittag sicherten wir uns das Lokal. Bis um vier Uhr waren alle – Mitglieder, Personal und Gäste – auf unserer Seite; von da an behandelten wir die neuen Fälle sofort im Vorraum, nachdem der Portier sie eingelassen hatte. Später rief der Direktor in Des Moines an und bat um eine weitere Sendung. An jenem Abend erzielten wir auch noch einen ganz großen Erfolg, indem wir den Staatssekretär des Finanzministeriums gewannen, worin wir einen eindeutigen Sieg erblickten, denn dieser Behörde war auch die Sicherheit des Präsidenten anvertraut.

8

Ganz am Rande bereitete es mir eine gewisse Genugtuung, einen hohen Beamten in einer Schlüsselstellung geschnappt zu haben, doch bald dachte ich nicht mehr daran.

Wir – ich meine die Menschen, die im Dienst jener Wesen standen – dachten überhaupt kaum etwas; wir wußten, was wir zu tun hatten, doch immer nur für den betreffenden Augenblick – wie ein Pferd, das Hohe Schule reitet. Es bekommt seine Befehle, spricht darauf an und hält sich für das nächste Zeichen des Reiters bereit.

Dieses Bild ist ein guter Vergleich, aber er wird den Tatsachen bei weitem nicht ganz gerecht. Unsere Gebieter verfügten nicht nur über unser gesamtes Denkvermögen, sie konnten sich ebenso unser Gedächtnis und unsere Erfahrungen unmittelbar zunutze machen; wir bildeten auch das Sprachrohr zwischen ihnen; hin und wieder wußten wir, worüber sie sich unterhielten, manchmal dagegen nicht. Gesprochene Worte mußten über den Menschen ausgetauscht werden, der ihnen diente, aber wir, die Knechte, hatten keinen Anteil an wichtigeren, unmittelbar von Gebieter zu Gebieter geführten Beratungen. Während diese stattfanden, blieben wir still sitzen und warteten, bis unsere Reiter fertig waren, dann ordneten wir unsere Kleider wieder und führten Befehle aus.

Mit den Worten, die ich für meinen Auftraggeber sprach, hatte ich nicht mehr zu tun als ein Telefon. Ich übermittelte nur Nachrichten. Einige Tage nachdem ich in den Dienst dieser Wesen getreten war, gab ich dem Klubdirektor Weisungen, wie er Zellen befördern müsse, die jene Geschöpfe enthielten. Während ich dies tat, kam mir flüchtig zum Bewußtsein, daß drei weitere Raumschiffe gelandet waren, aber genau erfuhr ich nur eine einzige Stelle in New Orleans.

Doch dachte ich mir nichts dabei, sondern setzte meine Tätigkeit fort. Ich wurde zum ›besonderen Privatsekretär‹ Herrn Potters ernannt und verbrachte die Tage wie die Nächte in seinem

Büro. Mein Verhältnis zu ihm dürfte in Wirklichkeit gerade umgekehrt gewesen sein; ich gab Potter häufig mündliche Befehle. Oder vielleicht begriff ich die Organisation der Parasiten damals so wenig wie heute; die Verbindungen zwischen ihnen mochten durchaus flexibler, anarchistischer und subtiler sein, als ich mir das vorstellen kann.

Es war mir wie auch meinem Befehlsgeber klar, daß ich mich besser verborgen hielt. Da er alles wußte, was mir selbst bekannt war, war ihm auch nicht entgangen, daß der Alte über meine Lage im Bilde war und nicht ablassen würde, nach mir und meinem Drahtzieher zu suchen, um mich wieder einzufangen oder zu töten.

Merkwürdig erscheint es, daß dieses Geschöpf sich nicht einen anderen Sklaven aussuchte und mich umbringen ließ; wir hatten viel mehr Menschen als Parasiten. Irgendein Gefühl, das unseren Skrupeln entsprach, war jenen Wesen sicher fremd; die neu angekommenen, die aus ihren Lieferzellen auf einen menschlichen Wirt kamen, verletzten ihn oft; wir vernichteten stets das Opfer und suchten uns ein neues. Allerdings hatte mein Gebieter zu dem Zeitpunkt, als er mich übernahm, schon drei andere Wirte kontrolliert – Jarvis, Miss Haines und das Mädchen aus Barnes' Büro –, und zweifellos hatte er dabei genügend Erfahrung und Geschick erworben, um Menschen zu steuern. Er hätte also mit Leichtigkeit das ›Pferd wechseln‹ können. Aber andererseits würde sich ein tüchtiger Viehtreiber kaum eines gut abgerichteten Arbeitspferdes entledigen und an dessen Stelle einen fremden Gaul besteigen, den er noch nicht kannte. Vielleicht hatte man mich aus diesem Grund verschont – vielleicht weiß ich aber auch gar nicht, wovon ich da eigentlich rede; was versteht eine Biene schon von Beethoven?

Nach einiger Zeit war die Stadt ›sichergestellt‹, und mein ›Chef‹ begann mit mir auf die Straße zu gehen. Damit möchte ich nicht behaupten, daß nun jeder Einwohner einen Buckel trug – keineswegs! Menschen gab es in großer Zahl, beherrschende Dämonen aber noch immer verschwindend wenig; immerhin waren die Schlüsselstellungen in der Stadt im Besitz unserer Leute, vom Schutzmann an der Straßenecke bis zum Bürgermeister und Polizeichef, nicht zu vergessen Krankenhausleiter, Geistliche, Behördenmitglieder sowie ausnahmslos alle Personen, die mit Nachrichten- und Zeitungswesen zu tun hatten. Die Mehrzahl der Bewohner ging nach wie vor ihren gewohnten Geschäften nach. Die Maskerade störte sie nicht, sie merkten nicht einmal etwas davon.

Natürlich kam es vor, daß einer von ihnen unseren Beherrschern bei irgendeinem Vorhaben hinderlich war, in diesem Falle räumten wir ihn aus dem Wege. Auf diese Weise wurden zwar potentielle Wirte vernichtet, aber es gab keinen Grund, besonders ökonomisch vorzugehen.

Einer der Nachteile, mit dem unsere Befehlsgeber bei ihrer Arbeit rechnen mußten, war die Schwierigkeit, sich über weite Entfernungen miteinander zu verständigen. Der Meinungsaustausch beschränkte sich auf das, was die menschlichen Wirte in ihrer Sprache über die üblichen Nachrichtenmittel weitergeben konnten. Waren die Verbindungswege nicht durchgehend gesichert, blieb der Verkehr auf ähnliche verschlüsselte Botschaften begrenzt, wie ich eine abgesandt hatte, um die ersten Übertragungszellen anzufordern. Oh, zweifellos konnten sich die Gebieter von Schiff zu Schiff verständigen und wahrscheinlich auch von den Schiffen aus ihre Heimatbasis erreichen, doch hier gab es kein Schiff in greifbarer Nähe; diese Stadt war durch einen Glückstreffer erobert worden, und zwar als direkte Folge meiner Aktion in Des Moines, damals, in meinem früheren Leben. Ich bin kein Fachmann für exotische Psychologie; jene, die auf dem Gebiet tatsächlich Experten sind, vermuten, daß es sich bei den Parasiten nicht um isolierte Individuen handelt, sondern um Zellen eines größeren Organismus, was bedeuten würde – aber warum soll ich das weiter ausführen? Jedenfalls schien es so, als seien sie auf Konferenzen angewiesen, die ihnen den direkten Kontakt untereinander ermöglichten.

Zu einer solchen Konferenz wurde ich nach New Orleans geschickt. Wie gewöhnlich ging ich eines Morgens auf die Straße, begab mich zu der Startplattform in der Oberstadt und bestellte ein Taxi. Nachdem ich eine Weile gewartet hatte, wurde mein Fahrzeug zur Laderampe hochgehoben, und ich wollte gerade hineinschlüpfen, als ein alter Herr angetrabt kam und vor mir einstieg.

Ich erhielt den Befehl, mich seiner zu entledigen, aber sogleich wurde dieser Auftrag widerrufen und mir statt dessen geboten, langsam und vorsichtig zu Werke zu gehen. Daher sagte ich: »Entschuldigen Sie, mein Herr, aber dieser Wagen ist besetzt.«

»Ganz richtig«, entgegnete er. »Von mir.«

Er war geradezu ein Musterbeispiel für Wichtigtuerei, angefangen bei seinem Aktenkoffer bis hin zu seiner herrischen Art. Man hätte ihn für ein Mitglied im Klub der Verfassungstreuen halten können, aber er gehörte nicht zu uns, wie mir mein Gebieter mitteilte.

»Sie werden sich einen anderen suchen müssen«, erklärte ich ruhig. »Lassen Sie Ihre Karte mit der Vormerknummer sehen.«

Damit hatte ich ihn ertappt; das Taxi zeigte die Startnummer, die auf meinem Schein stand, aber der Mann rührte sich nicht vom Fleck. »Wohin fahren Sie?« fragte er herrisch.

»Nach New Orleans«, antwortete ich und erfuhr zum ersten Mal, wohin die Reise gehen sollte.

»Dann können Sie mich in Memphis absetzen.«

»Das liegt nicht auf meiner Strecke.«

»Ganze fünfzehn Minuten Umweg!« Er schien seinen Unwillen nur mühsam zu zügeln. »Sie können nicht ohne vernünftigen Grund ein öffentliches Verkehrsmittel für sich allein beanspruchen.« Er wandte sich von mir ab. »Fahrer! Erklären Sie diesem Mann die Vorschriften.«

Der Fahrer hörte auf, sich in den Zähnen herumzustochern. »Das geht mich nichts an. Ich hole die Leute ab, befördere sie und lade sie irgendwo aus. Machen Sie das untereinander aus, oder ich lasse mir einen anderen Fahrgast zuteilen.«

Ich zögerte, weil ich noch keine Weisung hatte. Dann kletterte ich in den Wagen. »New Orleans mit Aufenthalt in Memphis.« Der Fahrer zuckte mit den Achseln und gab dem Kontrollturm ein Signal. Mein Widersacher schnaubte und beachtete mich überhaupt nicht.

Als wir in der Luft oben waren, öffnete er seine Aktenmappe und breitete Papiere auf seinen Knien aus. Ich beobachtete ihn teilnahmslos. Doch änderte ich unwillkürlich meine Stellung, um leicht nach meiner Waffe greifen zu können. Blitzschnell streckte der Mann den Arm aus und umfaßte mein Handgelenk. »Nicht so eilig, mein Sohn«, mahnte er, und sein Gesicht verzog sich zu dem unverkennbaren satanischen Grinsen unseres Alten.

Früher hatte ich ein schnelles Reaktionsvermögen, aber jetzt befand ich mich in der unangenehmen Lage, daß ich alle meine Eindrücke erst an meinen ›Chef‹ weitergeben mußte; er nahm sie entgegen, und der Befehl zum Handeln wurde wieder an mich zurückgeleitet. Wie lange verzögerte das eine Entscheidung? Ich weiß es nicht. Jedenfalls fühlte ich, als ich meine Waffe zog, die Mündung einer Pistole an meinen Rippen. »Immer mit der Ruhe«, brummte der Alte.

Mit der anderen Hand stieß er mir etwas in die Weichen; ich fühlte einen Stich, und im gleichen Augenblick breitete sich prickelnd warm eine Ladung ›Morpheus‹ in meinen Adern aus und wirkte im Nu. Ich versuchte noch einmal nach meinem Schießeisen zu tasten, dann sank ich vornüber.

Ich vernahm undeutliche Stimmen. Irgendwer ging grob mit mir um, und ich hörte die Worte: »Nimm dich vor dem Affen in acht!« Eine andere Stimme entgegnete: »Schon gut; er hat die Sehnen durchschnitten«, worauf einer erwiderte: »Aber Zähne hat er noch.«

Ja, dachte ich aufgebracht, und wenn ihr mir nahe kommt, werde ich euch damit beißen. Die Bemerkung über durchschnittene Sehnen schien zu stimmen; ich konnte kein Glied rühren, aber das störte mich nicht so sehr wie Affe genannt zu werden. Es war eine Schmach, einen Mann mit Schimpfnamen zu belegen, der sich nicht wehren konnte. Ich weinte ein wenig und wurde wieder bewußtlos.

»Fühlst du dich besser, mein Sohn?«

Der Alte beugte sich über mein Bettende und starrte mich nachdenklich an. Er hatte eine nackte Brust, die mit grauen Haaren bedeckt war.

»Scheint so, als ob es mir schon ziemlich gutgeht«, sagte ich und wollte mich aufsetzen, aber es war mir unmöglich.

Der Alte trat neben mein Bett. »Diese Fesseln dürfen wir jetzt abnehmen«, meinte er und fingerte an Verschlußhaken herum. »Ich wollte nur nicht, daß du dich verletzt. So – jetzt ist es gut.«

Ich richtete mich auf und rieb mir die Glieder. »Nun, woran erinnerst du dich noch? Berichte.«

»Erinnern?«

»Unsere Gegner hatten dich eingefangen. Ist dir noch irgend etwas aus jener Zeit im Gedächtnis geblieben?«

Jäh übermannte mich eine wilde Angst, und ich klammerte mich ans Bett. »Chef! Die Unholde wissen, wo diese Räume liegen. *Ich habe es ihnen verraten.*«

»Nein, sei ohne Sorge«, antwortete er ruhig. »Wir befinden uns nicht mehr in den Büros, die du kennst. Die alten Unterkünfte habe ich räumen lassen. Diese Bude hier kennen die Parasiten nicht. Ich hoffe es zumindest. So entsinnst du dich also?«

»Natürlich. Ich rannte von hier fort – das heißt aus unserem alten Bau und kam auf die Straße ...« Meine Gedanken eilten den Worten voraus; plötzlich sah ich das Bild vor mir, wie ich einen lebenden Parasiten in den bloßen Händen hielt, bereit, ihn auf den Wohnungsagenten zu setzen.

Ich übergab mich. Der Alte wischte mir den Mund ab und sagte sanft: »Erzähle weiter.«

Ich schluckte und meinte: »Chef, sie sind überall um uns. Sie haben die Stadt erobert.«

»Ich weiß. Das gleiche Spiel wie in Des Moines, in Minneapolis, St. Paul, New Orleans und der Stadt Kansas. Vielleicht noch an weiteren Orten, doch behaupten will ich das nicht, denn ich kann nicht an allen Stellen gleichzeitig sein und nachsehen.« Er runzelte die Stirn. »Es kommt mir vor, als fechte man, während die Füße in einem Sack stecken. Wir verlieren schnell an Boden. Nicht einmal in jenen Städten, über die wir uns im klaren sind, können wir zupacken.«

»Das ist ein Jammer! Und warum nicht?«

»Dir müßte das bekannt sein. Weil ›ältere und weisere Köpfe‹ immer noch nicht überzeugt sind. Denn in einer Stadt, die von den Parasiten eingenommen ist, geht das Leben weiter wie zuvor.«

Ich starrte ins Leere. »Mach dir nichts draus«, tröstete er mich liebevoll. »Bei dir haben wir das erste Mal Glück gehabt, weil du das einzige Opfer bist, das wir bis jetzt lebend wieder geborgen haben. Und nun entdecken wir, daß du dich an deine Erlebnisse erinnerst. Das ist wichtig. Und dein Parasit ist das erste Musterstück, das wir gefangen und am Leben erhalten haben. So haben wir die Möglichkeit ...«

Mein Gesicht muß eine Maske des Grauens gewesen sein; die Vorstellung, daß mein Inkubus noch lebte und mich wieder überfallen könnte, war mehr, als ich zu ertragen vermochte.

Der Alte rüttelte mich aufmunternd. »Beruhige dich«, sagte er freundlich. »Du bist noch immer recht schwach.«

»Wo steckt er?«

»Wer? Der Parasit? Darüber mache dir keine Sorgen. Er lebt auf Kosten deines Ersatzmanns, eines rothaarigen Orang-Utans namens Napoleon. Er ist sicher aufgehoben.«

»Töte ihn!«

»Das werde ich schwerlich tun. Wir brauchen ihn lebend, um ihn zu studieren.«

Ich muß völlig außer mir gewesen sein, denn er gab mir einen Klaps. »Reiß dich zusammen«, mahnte er. »Ich belästige dich höchst ungern, solange du krank bist, aber es ist unvermeidlich. Wir müssen alles, woran du dich erinnerst, auf Tonband aufnehmen. Also Kopf hoch und schieß los.«

So raffte ich mich auf und gab ihm einen genauen Bericht über alles, was mir im Gedächtnis haften geblieben war. Ich beschrieb, wie ich die Mansarde gemietet und mein erstes Opfer gefunden hatte, und ging dann zu meiner Tätigkeit im

Klub der Verfassungstreuen über. Der Alte nickte. »Logisch. Selbst für die Feinde warst du ein guter Agent.«

»Das verstehst du nicht«, wandte ich ein. »Ich selbst dachte überhaupt nichts. Was im Augenblick vorging, wußte ich, aber das war auch alles. Es war, als ob ... als ob ...« Ich hielt inne, weil mir die passenden Worte fehlten.

»Laß gut sein. Erzähle weiter.«

»Nachdem wir den Direktor des Klubs in unsere Reihen aufgenommen hatten, war der Rest kinderleicht. Wir überfielen sie, wie sie gerade kamen, und ...«

»Namen?«

»O gewiß. M. C. Greenberg, Thor Hansen, J. Hardwick Potter, sein Fahrer, Jim Wakeley, ein kleiner Kerl, der Jake genannt wurde und Wärter im Waschraum war; doch er mußte später beseitigt werden – sein ›Gebieter‹ ließ ihm nicht einmal Zeit für das Lebensnotwendige; dann noch der Direktor, dessen Namen ich nie erfuhr.« Ich machte eine Pause, meine Gedanken eilten zurück, und ich versuchte, keinen der Leute, denen wir solch einen Dämon in den Nacken gesetzt hatten, auszulassen. »O mein Gott!«

»Was gibt es?«

»Der Staatssekretär des Finanzministeriums war auch dabei.«

»An den bist du herangekommen?«

»Ja, am ersten Tag. Wie lange ist das her? Mein Gott, Chef, das Finanzministerium ist auch für die Sicherheit des Präsidenten verantwortlich!«

Wo der Alte gesessen hatte, war nur mehr ein Loch in der Luft.

Erschöpft sank ich zurück. Ich schluchzte in mein Kissen, und nach einer Weile schlief ich ein.

9

Mit einem faulen Geschmack im Munde erwachte ich; mir brummte der Schädel, und ich hatte das Gefühl, als stehe mir ein Unheil bevor. Trotzdem war mir im Vergleich zu vorher wohl zumute. Eine fröhliche Stimme fragte: »Geht es schon besser?«

Ein kleines braunhaariges Mädchen beugte sich über mich. Sie war ein netter Käfer, und ich war schon wieder so gut beisammen, daß ich das ein wenig zu würdigen wußte. Ihre Aufmachung war merkwürdig: Sie trug eine kurze weiße Hose, ein dünnes Stückchen Stoff hielt ihren Busen, und eine Art Metallschild bedeckte Nacken, Schultern und Wirbelsäule.

»Mir ist leichter«, gab ich zu und schnitt ein Gesicht.

»Unangenehmer Geschmack im Mund?«

»Wie bei einer Kabinettsitzung auf dem Balkan.«

»Hier.« Sie reichte mir ein Glas mit einer Flüssigkeit, die ein wenig brannte und den üblen Geruch fortspülte. »Nein, nicht schlucken«, meinte sie. »Wieder ausspucken, und dann hole ich Ihnen Wasser.« Ich gehorchte.

»Mein Name ist Doris Marsden, und ich bin tagsüber Ihre Krankenschwester.«

»Ich freue mich, Sie kennenzulernen, Doris«, erwiderte ich und starrte sie an. »Sagen Sie, warum dieser Aufputz? Nicht als ob es mir mißfiele, aber Sie sehen aus, als wären Sie einem Witzblatt entsprungen.«

Sie kicherte. »Ich komme mir vor wie ein Mädel vom Ballett. Aber Sie werden sich ebenso daran gewöhnen wie ich.«

»Mir gefällt es. Aber warum das Theater?«

»Befehl des Alten.«

Da wußte ich den Grund, und mir wurde gleich wieder flau. Doris fuhr fort: »Jetzt kommt Ihr Essen.« Sie holte ein Servierbrett.

»Ich mag nichts essen.«

»Mund auf, oder ich reibe Ihnen die Haare damit ein.«

Zwischen den Bissen, die ich gezwungenermaßen schluckte,

vermochte ich noch hervorzustoßen: »Ich fühle mich recht wohl. Eine Spritze Gyro, und ich bin wieder auf den Beinen.«

»Keinerlei Anregungsmittel«, erklärte sie bündig und schaufelte mir das Essen weiter in den Mund. »Besondere Kost, viel Ruhe und später eine Schlafpille. So lautet die Vorschrift.«

»Was fehlt mir denn?«

»Sie sind völlig erschöpft, unterernährt und haben Skorbut im Anfangsstadium. Dazu noch Krätze und Läuse – aber die haben wir schon beseitigt. Nun wissen Sie's – aber wenn Sie es dem Doktor verraten, werde ich Sie Lügen strafen. Drehen Sie sich um.«

Das tat ich, und sie begann die Verbände zu wechseln; ich schien an unzähligen Stellen wund zu sein; ihre Worte gingen mir im Kopf herum, und ich versuchte mich zu entsinnen, wie ich unter meinem Inkubus gelebt hatte.

»Hören Sie doch zu zittern auf«, meinte die Schwester. »Ist es denn so schlimm?«

»Mir fehlt ja nichts«, erwiderte ich. Wenn ich mich nicht irrte, hatte ich während der Zeit nicht öfter als jeden zweiten oder dritten Tag gegessen. Ich überlegte. Wahrhaftig, gebadet hatte ich überhaupt nicht! Ich hatte mich nur jeden Tag rasiert und ein sauberes Hemd angezogen; das war für die Tarnung nötig, und mein Dämon wußte das.

Dagegen hatte ich die Schuhe von dem Zeitpunkt an, als ich sie gestohlen hatte, bis mich der Alte wieder einfing, nicht mehr ausgezogen; und sie waren von Anfang an zu eng gewesen.

»Wie sehen denn meine Füße aus?« fragte ich.

»Nicht so neugierig sein!« wies Doris mich zurecht.

Krankenschwestern kann ich gut leiden, sie wirken beruhigend, stehen mit beiden Beinen auf der Erde und sind geduldig. Fräulein Briggs, die Nachtschwester, war nicht so anziehend wie Doris; sie hatte ein Gesicht wie ein Pferd. Zwar trug sie das gleiche Operettenkostüm, aber mit einer Miene, die keinen Spaß duldete. Außerdem hatte sie einen Gang wie ein Grenadier.

Die gutherzige Doris dagegen schien förmlich über den Boden zu schweben.

Als ich in der Nacht aufschreckte und mich das Grauen überkam, weigerte sich Fräulein Briggs, mir eine zweite Schlaftablette zu geben, aber sie spielte Poker mit mir und prellte mich dabei geschickt um ein halbes Monatsgehalt. Ich versuchte sie über den Präsidenten auszuhorchen, aber sie verriet nichts. Angeblich hatte sie keine Ahnung von Parasiten, fliegenden Untertassen oder dergleichen und lief dabei in einem Aufzug herum, der nur einem einzigen Zweck dienen konnte!

Dann fragte ich sie, was es sonst Neues gebe; doch sie versteifte sich darauf, daß sie viel zu beschäftigt gewesen sei, um sich eine Fernsehsendung anzugucken. Ich bat sie daher, in meinem Zimmer einen Apparat aufstellen zu lassen. Darauf erklärte sie, daß sie erst den Arzt fragen müsse, denn ich stünde auf der ›Ruheliste‹. So verlangte ich diesen sogenannten Doktor zu sehen. Doch da ertönte die Glocke, und die Schwester ging hinaus.

Ich zahlte es ihr heim. Während sie fort war, mischte ich die Karten so geschickt, daß sie aus der Hand spielen mußte.

Später schlief ich erneut ein und wurde von Fräulein Briggs geweckt, indem sie mir einen Waschlappen ins Gesicht klatschte. Sie bereitete mich fürs Frühstück vor, das mir bald darauf Doris brachte. Während ich kaute, bemühte ich mich, ihr die jüngsten Neuigkeiten zu entlocken – mit dem gleichen Mißerfolg wie bei Fräulein Briggs. Schwestern führen ein Krankenhaus, als wäre es eine Anstalt für schwachsinnige Kinder.

Nach dem Frühstück besuchte mich Davidson. »Ich hörte, du seist hier«, sagte er. Auch er trug eine kurze Hose, und den linken Arm bedeckte ein Verband.

»Dann hast du mehr als ich gehört«, beschwerte ich mich. »Was ist dir denn zugestoßen?«

»Eine Biene hat mich gestochen.«

Wenn er mir nicht verraten wollte, wie er sich seine Brandwunden zugezogen hatte, war das seine Sache. Ich fuhr fort: »Der Alte war gestern hier, verschwand aber urplötzlich wieder. Hast du ihn seither gesehen?«

»Ja.«

»Und?« drängte ich.

»Reden wir lieber von *dir*! Haben die Herren Psychologen dich schon wieder k. v. erklärt?«

»Bestand darüber irgendein Zweifel?«

»Und ob, du verdammter Angeber. Unser armer alter Jarvis hat sich nicht wieder erholt.«

»Ach?« An Jarvis hatte ich nicht mehr gedacht. »Wie geht es ihm denn jetzt?«

»Er hat es nicht überstanden. Einen Tag, nachdem du getürmt warst, besser gesagt, nachdem du in die Hände der Verbrecher gefallen warst, versank er in Bewußtlosigkeit, aus der er nicht mehr erwachte.«

Davidson musterte mich. »Du mußt wirklich zäh sein.«

Das Gefühl hatte ich keineswegs. Tränen der Schwäche stiegen mir wieder in die Augen, und ich zwinkerte, um sie zu verbergen. Davidson tat, als bemerke er sie nicht, und plauderte weiter: »Du hättest das Spektakel sehen sollen, nachdem du entwischt warst. Der Alte setzte dir nach – stell dir vor – völlig nackt und nur mit seiner Pistole ausgerüstet und einem grimmig entschlossenen Gesicht. Er hätte dich eingeholt, aber die Polizei griff ihn auf, und wir mußten ihn auslösen.« Davidson grinste.

Ich lächelte schwach. Daß der Alte im Adamskostüm auszog, um die Welt zu erretten, hatte etwas Komisches und zugleich Ritterliches an sich. »Schade, daß ich das versäumt habe. Was ist sonst noch vorgefallen – in jüngster Zeit?«

Davidson sah mich forschend an, dann meinte er: »Warte einen Augenblick.« Er ging hinaus und blieb kurze Zeit weg. Als er zurückkam, sagte er: »Der Alte genehmigt es. Was möchtest du wissen?«

»Alles! Was war denn gestern los?«

»Da habe ich mir das hier geholt.« Er schwenkte den verletzten Arm. »Ich hatte noch Glück. Drei Agenten wurden getötet. Es gab allerhand Aufsehen!«

»Wie steht es mit dem Präsidenten? Wurde er ...«

Doris stürzte aufgeregt herein. »Oh, hier stecken Sie also!«

herrschte sie Davidson an. »Ich habe Ihnen doch erklärt, daß Sie im Bett bleiben sollen. Jetzt müßten Sie bereits im Mercy-Krankenhaus sein. Das Sanitätsauto wartet seit zehn Minuten.«

Er stand auf, grinste und kniff sie mit der heilen Hand. »Ehe ich nicht dort bin, kann es nicht losgehen.«

»Nun eilen Sie doch!«

»Ich komme schon.«

»He, wie geht es dem Präsidenten?« rief ich ihm nach.

Davidson blickte über die Achsel zurück. »Ach der? Dem geht es gut, er hat keinen Kratzer abbekommen.« Damit war er verschwunden.

Ein paar Minuten später kehrte Doris wutschnaubend zurück. »Diese Patienten!« rief sie, und es klang wie ein Schimpfwort. »Schon vor zwanzig Minuten hätte ich ihm die Injektion geben sollen, damit sie wirkte; so bekam er sie jetzt erst, ehe er in den Krankenwagen stieg.«

»Wozu denn eine Injektion?«

»Erzählte er es Ihnen nicht?«

»Nein.«

»Nun, ich wüßte nicht, warum Sie es nicht erfahren dürften. Der linke Unterarm wird amputiert und erneuert.«

»Oh.« Nun, von Davidson würde ich das Ende der Geschichte nicht hören, dachte ich; ein neues Glied einzusetzen bedeutete einen schweren Schock. Der Patient mußte mindestens zehn Tage lang eingesperrt bleiben. Ich dachte an den Alten: Hatte er die Sache lebendig überstanden? Natürlich hatte er, wies ich mich selbst zurecht; Davidson hatte schließlich bei ihm nachgefragt, ob er mit mir reden durfte.

Aber das hieß nicht unbedingt, daß er auch unverletzt geblieben war. So setzte ich Doris wieder mit Fragen zu. »Wie geht es dem Alten? Wurde er verwundet? Oder verstößt es gegen Ihre geheiligten Regeln, wenn Sie mir das verraten?«

»Sie reden zuviel«, antwortete sie. »Jetzt kommt die Morgenmahlzeit dran, und dann halten Sie ein kleines Schläfchen.« Sie zauberte ein Glas mit einer milchigen Wassersuppe hervor.

»Sprich, oder ich spucke dir das Zeug ins Gesicht.«

»Der Alte? Meinen Sie den Chef der Abteilung?«

»Wen denn sonst?«

»Er steht nicht auf der Krankenliste.« Sie schnitt ein Gesicht. »Den möchte ich nicht als Patienten haben.«

Ich war geneigt, ihr da zuzustimmen.

10

Zwei oder drei Tage wurde ich noch im Bett gehalten und wie ein Kind behandelt. Es machte mir nichts aus; ich genoß die erste richtige Ruhe und Erholung seit Jahren. Die Wunden heilten, und bald redete man mir zu, besser gesagt, verlangte man von mir, im Zimmer einen kleinen Rundgang zu machen.

Der Alte besuchte mich. »Nun, spielst du noch immer den Schwerkranken?«

Ich wurde rot. »Hol der Kuckuck deine schwarze Seele! Bring mir eine Hose, und ich werde dir zeigen, wer hier simuliert.«

»Sachte!« Er nahm meine Krankenkarte und betrachtete sie.

»Schwester, bringen Sie diesem Mann eine kurze Hose. Von mir aus kann er wieder Dienst tun.«

Doris blickte wie ein krankes Huhn zu ihm auf. »Sie mögen zwar ein allgewaltiger Chef sein, aber hier haben Sie nichts zu befehlen. Der Arzt wird ...«

»Genug davon! Hol ihm die Hose!«

»Aber ...«

Er packte sie, schwang sie herum und klopfte sie auf die Kehrseite. »Los!«

Sie kreischte empört auf und sprudelte allerlei hervor, während sie hinausging. Einen Augenblick später kam sie mit dem Arzt zurück. Ohne die Ruhe zu verlieren, meinte der Alte: »Doktor, ich habe nach Beinkleidern verlangt, und nicht nach Ihnen.«

Der Mediziner entgegnete: »Ich wäre Ihnen dankbar, wenn Sie sich in die Behandlung meiner Patienten nicht einmischten.«

»Er ist nicht mehr Ihr Patient, er tut wieder Dienst.«

»So? Mein Herr, wenn Ihnen die Art und Weise, in der ich meine Abteilung leite, nicht paßt, kann ich auch kündigen.«

Der Alte erwiderte: »Entschuldigen Sie. Manchmal bin ich so zerstreut, daß ich vergesse, den vorgeschriebenen Weg einzuhalten. Wollen Sie mir bitte den Gefallen erweisen, diesen Kranken zu untersuchen? Falls er wieder arbeitsfähig ist, wäre es mir sehr erwünscht, wenn er sofort wieder eingesetzt werden dürfte.«

In dem Gesicht des Arztes sah man die Muskeln arbeiten, aber er sagte nur: »Gewiß, mein Herr!« Mit gespielter Gründlichkeit studierte er meine Fieberkurve, dann prüfte er meine Reflexe. Für seinen Geschmack waren sie miserabel. Schließlich klappte er meine Lider zurück, leuchtete mit einer Lampe in meine Augen und sagte dann: »Er hätte noch Erholung nötig, aber meinethalben können Sie ihn haben. Schwester, holen Sie für den Mann etwas zum Anziehen.«

Die Kleidung bestand aus einer kurzen Hose und Schuhen. Aber die anderen waren genauso ausgestattet, und es war tröstlich, all die nackten Schultern ohne Parasiten zu sehen. Ich erwähnte das dem Alten gegenüber. »Die beste Abwehr, die wir haben«, knurrte er. »Wenn auch die Bude hier wie eine Sommerfrische aussieht. Sollten wir das Spiel nicht gewinnen, ehe das Winterwetter einsetzt, sind wir erledigt.«

Er hielt vor einer Tür mit der Aufschrift: »Biologisches Laboratorium – Kein Zutritt!«

Ich blieb zurück. »Wohin gehen wir?«

»Wir schauen deinen Zwillingsbruder, den Affen mit deinem Parasiten an.«

»Das habe ich mir gedacht. Ohne mich – nein, danke!« Ich fühlte, wie ich zitterte.

»Aber, aber!« sagte er geduldig. »Überwinde deine sinnlose Angst. Das beste Mittel ist, den Tatsachen ins Gesicht zu sehen. Ich weiß, es ist schwer, ich selbst habe diese Kreatur stundenlang angestarrt, um mich an den Anblick zu gewöhnen.«

»Nichts weißt du – du kannst es nicht verstehen!« Es schüttelte mich so arg, daß ich mich haltsuchend an den Türrahmen lehnen mußte.

»Ich glaube schon, daß es ein Unterschied ist, ob man tatsächlich ein solches Geschöpf an sich getragen hat. Jarvis ...« Er brach ab.

»Du hast verdammt recht – es ist ein himmelweiter Unterschied! Mich bekommst du dort nicht hinein!«

»Nein, vermutlich nicht. Nun, der Arzt hatte recht. Geh wieder zurück, mein Sohn, und melde dich in der Krankenstube.« Er selbst schickte sich an, das Laboratorium zu betreten.

Ehe er drei bis vier Schritte gegangen war, rief ich aus: »Chef!«

Er blieb stehen und drehte sich mit ausdruckslosem Gesicht um. »Warte, ich begleite dich«, erklärte ich ihm.

»Du brauchst nicht.«

»Ich tue es aber. Es – es dauert nur – eine Weile, bis man wieder die nötige Kraft findet.«

Als ich ihn eingeholt hatte, nahm er mich herzlich und liebevoll beim Arm und hielt mich auch im Weitergehen noch fest. Wir traten ein, durchschritten eine zweite, versperrte Tür und gelangten in einen Raum, in dem es feucht und warm war. Dort befand sich in einem Käfig der Affe.

Sein Rumpf steckte in einem Mieder aus Metallbändern, das ihn stützte und gefangen hielt. Die Arme und Beine hingen schlaff herab, als habe er keine Herrschaft über sie – was ja auch zutraf, wie ich selbst erfahren hatte. Er blickte hoch und sah uns mit klugen feindseligen Augen an; dann erlosch das Feuer in ihnen; sie waren nur mehr die eines dummen Tiers, das Schmerzen litt.

»Gehen wir auf die andere Seite hinüber«, forderte der Alte mich sanft auf. Ich wäre zurückgewichen, aber er hielt mich immer noch am Arm gepackt. Der Affe folgte uns mit den Augen. Von meinem Platz aus konnte ich nun ›ihn‹ sehen – meinen Dämon, der während einer endlos langen Zeit auf meinem Rücken gesessen, mit meinem Mund gesprochen und mit meinem Gehirn gedacht hatte – meinen Beherrscher!

»Beruhige dich«, redete der Alte mir gütig zu. »Du wirst dich daran gewöhnen. Wende den Blick ein Weilchen davon ab. Das hilft.«

Ich befolgte den Rat, und er nützte wirklich. Ein paarmal holte ich tief Atem und vermochte den Schlag meines Herzens wieder zu verlangsamen. Ich zwang mich, das Geschöpf anzustarren.

Es ist nicht das Aussehen eines Parasiten, das Grauen erregt. Sicher, sie sind ausgesprochen häßlich, aber nicht schlimmer als Schleim in einem Teich – und keineswegs so übel wie Maden im Abfall. Er wirkte auch nicht allein deshalb so furchtbar, weil man weiß, wozu er fähig ist; denn ehe ich noch ahnte, worum es sich handelte, ergriff mich Entsetzen, als ich das erstemal einen Parasiten erblickte.

Ich versuchte, das dem Alten klarzumachen. Er nickte, ohne den Unhold aus den Augen zu lassen. »Das geht jedem so«, bestätigte er. »Grundlose Angst, wie sie ein Vogel gegenüber einer Schlange empfindet. Wahrscheinlich ist das seine Hauptwaffe.« Er wandte sich ab, als wäre es selbst für seine Drahtseilnerven zu viel, allzulange hinzusehen.

Ich harrte mit ihm aus, versuchte mich daran zu gewöhnen und würgte mein Frühstück wieder hinunter, das mir hochkam. Dabei sagte ich mir dauernd vor, daß dieses Geschöpf *mir* nichts zuleide tun könne. Als ich wieder beiseite blickte, merkte ich, daß der Alte mich beobachtete. »Wie steht es?« erkundigte er sich. »Schon abgehärtet?«

Erneut betrachtete ich den Parasiten. »Ein wenig«, brummte ich wütend. »Ich habe nur einen Wunsch: das Scheusal zu töten! Alle möchte ich sie umbringen, ich könnte es zu meiner Lebensaufgabe machen, sie samt und sonders auszurotten.« Ein Schauer überlief mich.

Prüfend musterte mich der Alte. »Hier«, sagte er und reichte mir seine Pistole.

Ich war verblüfft. Weil ich geradewegs aus dem Bett kam, hatte ich keine Waffe bei mir. Ich nahm die Pistole, blickte ihn aber fragend an. »Wozu?«

»Du möchtest den Schmarotzer töten. Wenn es sein muß, tu es. Vernichte ihn auf der Stelle.«

»Wie? Aber – Chef, du hast mir doch gesagt, daß du dieses Musterstück für Forschungszwecke brauchst.«

»Das schon, aber wenn du das Gefühl hast, du solltest es unbedingt aus der Welt schaffen, dann schieße. Dieser ganz besondere Vertreter seiner Art gehört dir. Wenn sein Tod erforderlich ist, um aus dir wieder einen vollwertigen Mann zu machen, dann laß dich nicht aufhalten.«

›Um aus mir wieder einen vollwertigen Mann zu machen‹ – der Gedanke ging mir nicht aus dem Sinn. Der Alte wußte, welche Arznei mir nottat, damit ich geheilt würde. Ich zitterte nicht mehr. Die Waffe lag in meiner Hand, bereit, Feuer zu speien und meinen Inkubus zu vernichten …

Wenn ich *diesen* Parasiten umbrachte, war ich wieder ein freier Mann, aber nicht, solange *er* lebte. Ich sehnte mich danach, jeden einzelnen von ihnen aufzuspüren und niederzubrennen, aber vor allem diesen hier.

Mein Dämon … wenn ich ihn nicht auslöschte, blieb ich ihm untertan. Ich hegte den unheimlichen, aber sicheren Verdacht, daß ich – allein mit ihm in diesem Raum – unfähig wäre, etwas zu unternehmen, sondern daß ich stillhalten würde, während er an mir hochkroch, sich erneut zwischen meinen Schulterblättern zurechtsetzte, sich an meine Wirbelsäule heftete und von meinem Gehirn, von meiner ganzen Person Besitz ergriff.

Aber ich hatte es jetzt in der Hand, ihm das Lebenslicht auszublasen!

Ich hatte keine Angst mehr, ich hob in wildem Triumph die Pistole.

Der Alte belauerte mich.

Ich senkte die Waffe und fragte unsicher: »Chef, wenn ich es nun täte. Besitzt du noch einen anderen?«

»Nein.«

»Aber du brauchst ihn doch.«

»Ja.«

»Aber – um Gottes willen, warum hast du mir dann die Waffe gegeben?«

»Du weißt, warum. Wenn du nicht anders kannst, dann wende sie an. Bist du bereit, darauf zu verzichten, dann wird die Abteilung ihn für ihre Zwecke verwenden.«

Ich stand wie unter einem Zwang. Selbst wenn ich alle anderen ausrottete, würde ich mich immer noch im Dunkeln ducken und vor Angst schlottern. Und als Ersatz konnten wir im Klub der Verfassungstreuen ein Dutzend fangen. War dieser hier erst tot, wollte ich selbst den Überfall leiten. Ich atmete ganz schnell und legte erneut an.

Dann wandte ich mich um und warf dem Alten das Schießeisen zu; er fing es im Flug auf. »Was ist denn los?« fragte er.

»Ach, ich weiß nicht. Als ich soweit war, genügte es mir, daß es in meiner Macht stand.«

»Genauso hatte ich es mir vorgestellt.«

Ich hatte ein wohlig warmes und entspanntes Gefühl, als hätte ich etwas Großes vollbracht – als hätte ich meinen Beherrscher tatsächlich beseitigt. Ich war sogar imstande, ihm den Rücken zuzukehren, und ich war auch nicht einmal dem Alten gram, daß er so gehandelt hatte. »Verdammt noch mal, du weißt doch immer alles im voraus. Wie fühlst du dich eigentlich, wenn du uns alle immer so gängelst – wie ein Marionettenspieler?«

Er nahm den Hohn nicht als Spaß auf, sondern antwortete ernst: »Du irrst. Ich leite höchstens einen Menschen auf den Weg, den er selbst einzuschlagen bereit ist. Aber auf jenen Parasiten dort paßt deine Bezeichnung ›Marionettenspieler‹.«

Ich blickte mich nach dem Scheusal um. »Ja«, pflichtete ich ihm leise bei. »Er läßt die Marionetten tanzen! Du glaubst zu wissen, wovon du sprichst, aber – du kannst es dir nicht vorstellen. Und, Chef ... Ich hoffe, daß du es nie am eigenen Leibe zu erfahren brauchst.«

»Das hoffe ich auch«, entgegnete er nachdenklich.

Ich konnte jetzt den Parasiten anblicken, ohne zu erschauern. Während ich ihn anstarrte, fuhr ich fort: »Chef, sobald du mit der Untersuchung fertig bist, töte ich ihn.«

»Das verspreche ich dir.«

Wir wurden von einem Mann unterbrochen, der aufgeregt hereinstürzte. Er trug eine kurze Hose und einen Laborkittel; das wirkte ein wenig lächerlich. Graves war es nicht; den bekam ich auch später nie wieder zu Gesicht. Wahrscheinlich hatte ihn der Alte mit Haut und Haar gefressen.

»Chef«, sagte er, »ich wußte nicht, daß Sie hier sind. Ich ...«

»Nun, ich bin aber hier«, fiel ihm der Alte ins Wort. »Warum tragen Sie einen Kittel?« Er hatte bereits die Pistole auf den Mann angelegt.

Der Mann starrte die Waffe an, als handele es sich um einen schlechten Scherz. »Ach, ich arbeitete gerade. Da besteht immer die Gefahr, daß man sich vollspritzt. Einige unserer Lösungen sind ziemlich ...«

»Ziehen Sie sich aus!«

»Ich soll mich ...«

Der Alte fuchtelte mit der Waffe herum. »Halte dich bereit, ihn zu fassen«, unterbrach er ihn kurz.

Der Mann zog den Kittel aus. Die Schultern waren nackt und zeigten keine Spur des verräterischen Hautausschlags. »Nehmen Sie den verdammten Mantel und verheizen Sie ihn«, befahl ihm der Alte. »Dann können Sie weiterarbeiten.«

Mit rotem Gesicht eilte der Biologe davon, dann blieb er unvermittelt stehen und fragte: »Chef, sind Sie bereit für den ... Versuch?«

»Bald. Ich gebe Ihnen Bescheid.«

Der andere ging. Müde steckte der Alte die Pistole ein. »Man schlägt einen Befehl an«, brummte er, »liest ihn laut vor, läßt alle unterschreiben, tätowiert ihn jedem auf die Brust, und irgendein neunmalkluger Lausejunge denkt, ihn gehe das nichts an. O diese Wissenschaftler!« Das letzte Wort sagte er im gleichen Tonfall wie Doris, wenn sie »Patienten!« seufzte.

Ich wandte mich wieder meinem ehemaligen ›Gebieter‹ zu. Er wirkte noch immer abstoßend auf mich, aber zugleich verspürte ich die aufwühlende Nähe einer drohenden Gefahr, was nicht ohne einen gewissen Reiz war. »Chef, was hast du mit diesem Scheusal vor?«

»Ich habe den Plan, es auszufragen.«

»Höre ich recht? Aber wie? Soll es ... soll der Affe vielleicht ...«

»Nein, der Affe kann nicht reden. Wir müssen einen Menschen finden, der sich freiwillig zur Verfügung stellt.«

Als ich mir allmählich vergegenwärtigte, was das bedeutete, überkam mich das Grauen beinahe wieder mit voller Wucht. »Das ist doch nicht dein Ernst? Das kannst und darfst du niemandem antun.«

»Ich kann und werde es aber tun. Was sein muß, muß sein.«

»Du wirst keine Freiwilligen bekommen!«

»Ich habe schon einen.«

»So? Wen denn?«

»Den, der sich gemeldet hat, möchte ich bloß nicht verwenden. Darum bin ich immer noch auf der Suche nach dem richtigen Mann.«

Ich war entsetzt, und machte kein Hehl daraus. »Du solltest nicht nach jemand suchen, ob es nun ein Freiwilliger ist oder nicht. Einer mag dir auf den Leim gegangen sein, einen zweiten wirst du nicht mehr finden; zwei so Verrückte gibt es einfach nicht.«

»Möglich«, stimmte er bei. »Aber trotzdem möchte ich die Versuchsperson, die sich angeboten hat, nicht einsetzen. Mein Sohn, wir müssen den Parasiten unbedingt aushorchen; denn uns fehlt jede Unterlage für einen vernünftigen Schlachtplan. Wir kennen den Feind überhaupt nicht. Läßt er mit sich verhandeln? Woher kommt er, und was ist die Triebfeder seines Verhaltens? Das müssen wir herausbekommen; der Fortbestand der Menschheit hängt davon ab. Der einzige Weg, mit ihm zu reden, führt über seinen menschlichen Wirt. Aber ich sehe mich noch nach einem anderen Freiwilligen um.«

»Nicht nach mir!«

»Gerade auf dich habe ich es abgesehen!«

Meine Erwiderung war nur ein halb scherzhaftes Wortspiel gewesen; seine Antwort erschreckte mich so, daß mir die Sprache wegblieb. Schließlich brachte ich es fertig hervorzusprudeln: »Du bist verrückt! Ich hätte das Untier töten sollen, als du mir die Waffe gabst. Und wäre mir bekannt gewesen, warum du es am Leben erhalten wolltest, hätte ich es umgebracht. Aber wenn du glaubst, daß ich mich aus freien Stücken dazu hergebe und mir diesen Schleimklumpen ... Nein! Ich habe genug davon.«

Hartnäckig, als habe er mir nicht zugehört, verfolgte er sein Ziel. »Es kann nicht einfach eine beliebige Person sein; wir benötigen einen Mann, der es auszuhalten vermag. Jarvis war nicht kräftig oder zäh genug. Von dir wissen wir es.«

»Von mir?! Ihr habt nur erlebt, daß ich es einmal überstanden habe. Ich – ich könnte es ein zweites Mal nicht ertragen.«

»Nun, wahrscheinlich würde dir dieses Geschöpf nicht so leicht etwas anhaben wie einem anderen. Du hast die Probe bestanden und bist gefeit; bei jedem anderen wäre die Gefahr, einen Agenten zu verlieren, größer.«

»Wann hast du dir je Sorgen gemacht, ob ein Agent im Einsatz zugrunde ging?« meinte ich bitter.

»Immer, glaube mir. Ich gebe dir noch einmal Gelegenheit, dich zu entscheiden: willst du diese Aufgabe übernehmen, weil du weißt, daß sie gelöst werden muß, und weil du die besten Aussichten dazu hast? Außerdem kannst du von unschätzbarem Nutzen für uns sein, denn du hast bereits mit einem Parasiten gelebt. Oder willst du zulassen, daß an deiner Stelle ein anderer Agent Verstand und Leben aufs Spiel setzt?«

Ich hätte ihm gerne zu erklären versucht, wie mir zumute war. Die Vorstellung zu sterben, während ich von einem Parasiten besessen war, ging über meine Kräfte. Irgendwie hatte ich das Gefühl, ein solcher Tod wäre gleichbedeutend mit ewiger Verdammnis in einer unerträglichen Hölle. Noch ärger war der Gedanke, weiterleben zu müssen, sobald das Scheusal mich berührt hatte. Aber mir fehlten die Worte, diese Empfindungen richtig auszudrücken.

So zuckte ich nur mit den Achseln. »Du kannst mich meines Postens entheben. Es gibt eine Grenze für das, was ein Mensch über sich ergehen lassen kann. Ich kann mich nicht mehr dazu bereit finden.«

Er trat an das Haustelefon an der Wand. »Laboratorium, wir wollen jetzt anfangen. Gleich!«

Ich erkannte die Stimme des Mannes wieder, der vorhin hereingekommen war. »Mit welcher Versuchsperson?« fragte er.

»Mit der, die sich gemeldet hat.«

»Den kleineren Apparat also?« Es klang zweifelnd.

»Ganz recht. Schafft ihn herein.«

Ich wandte mich zur Tür, doch der Alte fuhr mich an: »Wohin gehst du?«

»Hinaus!« erwiderte ich ebenso scharf. »Mit dieser Sache will ich nichts zu schaffen haben.«

Er packte mich und riß mich herum. »Nein. Du bleibst. Du kennst diese Kreaturen; dein Rat kann uns helfen.«

»Laß mich los!«

»Ich denke nicht daran«, schrie er wütend, »und wenn ich dich festbinden müßte. Bisher habe ich Rücksicht auf deinen Gesundheitszustand genommen, aber jetzt habe ich genug von deinem unsinnigen Gehabe.«

Ich war zu abgekämpft, um Widerstand zu leisten. »Du bist der Herr im Hause«, murmelte ich.

Die Männer rollten eine Art Sessel herein, der dem Modell eines Hinrichtungsstuhls von Sing Sing stark ähnelte. Er besaß Klemmschrauben für Knöchel, Knie, Handgelenke und Ellbogen. Auch ein Mieder war vorhanden, um Brust und Mitte festzuschnallen, aber am Rücken war es ausgeschnitten, um die Schultern des Opfers freizulassen.

Die Männer stellten den Apparat neben den Affenkäfig, dann entfernten sie auf der Seite, die dem Folterstuhl zunächst lag, die Gitterstäbe. Der Affe sah gespannt mit klugen Augen zu, aber seine Glieder baumelten kraftlos am Körper. Als man den Käfig öffnete, konnte ich kaum noch an mich halten. Nur die Drohung des Alten, mich festzubinden, hinderte mich daran, davonzulaufen. Der Techniker, der offensichtlich alles vorbereitet hatte, trat zurück. Die Zimmertür öffnete sich, und etliche Leute, unter ihnen Mary, kamen herein.

Darauf war ich nicht gefaßt; ich hatte mich danach gesehnt, sie wiederzusehen, und einige Male versucht, ihr durch die Schwester Nachricht zukommen zu lassen. Aber entweder konnten sie sie nicht ausfindig machen, oder sie hatten entsprechende Weisung erhalten. Nun traf ich sie unter *diesen* Umständen. Ich konnte nicht anders als den Alten verwünschen! Dies war keine Vorführung, die man einer Frau zumuten konnte, selbst wenn sie Agentin war. Irgendwo sollte es eine Grenze geben, die der Anstand vorschrieb.

Mary blickte erstaunt drein und nickte. Ich ließ es dabei bewenden; für oberflächliche Plauderei war jetzt nicht der rechte Zeitpunkt. Sie sah sehr hübsch aus, war aber ernst und trug das gleiche Kostüm wie die Krankenschwestern, doch ohne den lächerlichen Kopfputz und die Rückenplatte. Die übrigen Anwesenden waren Männer, die mit Meßinstrumenten, Aufnahmegeräten und allerlei anderen Apparaten ausgerüstet waren.

»Fertig?« fragte der Leiter des Laboratoriums.

»Fangen wir an«, antwortete der Alte.

Mary schritt geradewegs auf den ›Stuhl‹ zu und setzte sich hinein. Zwei Techniker knieten nieder und begannen die Fesseln anzulegen. Wie betäubt sah ich zuerst untätig zu. Dann packte ich den Alten, schleuderte ihn buchstäblich beiseite und stand im Nu neben dem Stuhl. Die Techniker räumte ich mit einem Fußtritt aus dem Wege. »Mary, steh auf!« schrie ich.

Nun hatte der Alte die Pistole auf mich gerichtet. »Weg von ihr und – ihr drei faßt ihn und bindet ihn.«

Ich blickte auf die Waffe, dann auf Mary hinunter. Ihre Füße waren bereits festgeklammert. Sie rührte sich nicht, sie blickte mich nur teilnahmsvoll an. »Steh auf, Mary, laß mich niedersitzen«, sagte ich, ohne zu denken.

Man entfernte den Stuhl und brachte einen größeren herein. Denn ihren hätte ich nicht benützen können; beide waren genau nach Maß gefertigt. Nachdem man mich angeschnallt hatte, war ich so unbeweglich, als steckte ich in einer Betonhülle. Obwohl meinen Rücken bis jetzt noch nichts berührt hatte, begann er unerträglich zu jucken.

Mary befand sich nicht mehr im Raum. Ich hatte sie nicht fortgehen sehen, und es schien mir auch völlig gleichgültig. Nachdem ich für den Versuch gerüstet war, legte der Alte mir die Hand auf den Arm und sagte leise: »Mein Sohn, ich danke dir.« Ich gab ihm keine Antwort.

Wie sie den Parasiten handhabten, um ihn mir auf den Rükken zu setzen, konnte ich nicht beobachten. Selbst wenn ich fähig gewesen wäre, den Kopf zu wenden – was mir unmöglich war –, hegte ich kein Verlangen zuzuschauen. Einmal heulte der Affe kurz auf, dann schrie er, und irgend jemand rief: »Vorsicht!«

Es herrschte eine Stille, als hielten alle den Atem an. Dann berührte etwas Feuchtes meinen Nacken, und ich wurde ohnmächtig.

Mit der gleichen prickelnden Unternehmungslust, die ich schon einmal erlebt hatte, erwachte ich aus meiner Betäubung. Ich wußte, daß ich mich in einer schwierigen Lage befand, aber ich war wachsam und entschlossen, mit meinem Verstand einen Ausweg zu finden. Furcht hatte ich keine; ich verachtete meine Umgebung und war überzeugt, daß ich sie übertölpeln würde.

In scharfem Ton fragte der Alte: »Kannst du mich hören?«

»Laß das Brüllen«, wies ich ihn zurecht.

»Erinnerst du dich, wozu wir hier sind?«

»Du möchtest Fragen stellen. Worauf wartest du noch?«

»Wer bist du?«

»Stell dich nicht so albern an. Ich bin einen Meter fünfundachtzig groß, besitze mehr Muskeln als Hirn und wiege ...«

»Dich *meine* ich nicht. Du weißt nur zu gut, zu wem ich spreche ... zu *dir*.«

»Willst du mir Rätsel aufgeben?«

Der Alte wartete ein wenig, ehe er entgegnete: »Es hat keinen Sinn, vorzugeben, ich wüßte nicht, wer du bist ...«

»Aber du weißt es wirklich nicht.«

»Du bist dir doch klar, daß ich dich die ganze Zeit, während du auf dem Körper des Affen gelebt hast, beobachtet habe. Ich kenne einige Tatsachen, die für mich von Vorteil sind.« Er begann sie herunterzuleiern. »Erstens: Ich kann dich töten.

Zweitens: Du bist verwundbar. Elektroschock liebst du nicht, und du bist nicht imstande, einen Hitzegrad zu ertragen, der einem Menschen nichts ausmacht. Drittens: Ohne Wirt bist du hilflos. Ich hätte dich von ihm trennen können, dann wärst du gestorben. Viertens: Deine Macht beruht nur auf geborgten Fähigkeiten und – dein jetziger Sklave ist wehrlos. Versuche doch, wie fest deine Fesseln sind. Du mußt dich meinem Willen fügen oder zugrundegehen.«

Meine Klemmschrauben hatte ich bereits überprüft, und wie ich vorausgesehen hatte, war es unmöglich, ihnen zu entrinnen. Aber das bereitete mir keine Sorge; ich war merkwürdig zufrieden, wieder mit meinem Gebieter vereint und frei von Nöten und Zweifeln zu sein. Meine Aufgabe war es zu dienen; die Zukunft würde sich von selbst regeln. Ein Knöchelriemen schien weniger eng als der andere zu sein; ob ich wohl meinen Fuß herausziehen konnte? Ich musterte die Armklammern; wenn ich mich vielleicht völlig entspannte …

Sogleich erhielt ich einen Befehl – oder ich entschied mich; in meinem Fall bedeutete beides das gleiche. Zwischen meinem Gebieter und mir gab es keine Meinungsverschiedenheit; wir waren eins. Ob Auftrag oder eigener Entschluß, ich wußte nun, daß ich im Augenblick keine Flucht wagen durfte. Ich ließ meine Blicke im Zimmer umherschweifen und versuchte zu ergründen, wer bewaffnet war. Vermutlich nur der Alte. Das ließ meine Aussichten günstiger erscheinen.

Irgendwo tief im Unterbewußtsein empfand ich ein schmerzliches Gefühl der Schuld und Verzweiflung, wie es nur jene erlebten, die den fremden Herrn dienten, aber ich war viel zu beschäftigt, um davon ernstlich beunruhigt zu werden.

»Nun, gedenkst du Fragen zu beantworten, oder soll ich dich züchtigen?«

»Welche Fragen?« höhnte ich. »Bis jetzt hast du nur Unsinn geredet.«

Der Alte wandte sich an einen der Techniker. »Geben Sie mir den Apparat, ich werde ihn etwas kitzeln.«

Ich empfand keine Furcht, weil ich noch immer emsig

bemüht war, meine Fesseln zu untersuchen. Wenn ich ihn dazu verleiten konnte, seine Pistole in Reichweite zu legen – vorausgesetzt, daß ich einen Arm freibekam – dann wollte ich …

Der Alte fuhr mit einem Stab an meiner Achsel vorbei. Ich verspürte einen heftigen Schmerz; der Raum wurde finster, als hätte man einen Schalter ausgedreht. Ich schien entzweizubrechen. Einen Augenblick war ich ohne Gebieter.

Die Pein verebbte, nur eine quälende Erinnerung daran blieb zurück. Ehe ich zusammenhängend denken konnte, war das sonderbare ›Gespaltensein‹ vorbei, und ich ruhte wieder sicher in den Armen meines Inkubus. Doch zum ersten und einzigen Mal während ich ihm untertan war, fühlte ich mich nicht frei von Sorge; etwas von seiner wilden Angst und seiner furchtbaren Qual ging auf mich über.

Ich schaute an mir herab und entdeckte eine rote Linie, die sich an meinem linken Handgelenk entlangschlängelte; als ich mich verkrampfte, hatte ich mich an der Klammer geschnitten. Aber das spielte keine Rolle – ich würde mir Hände und Füße abreißen und auf blutigen Stümpfen davonkriechen, wenn es meinem Meister möglich wäre, auf diese Weise zu entkommen.

»Nun, wie gefiel dir diese Kostprobe?«

Der panische Schrecken wich; erneut war ich von unbekümmertem Wohlbehagen durchdrungen, doch beobachtete ich scharf und war auf der Hut. Meine Handgelenke und Fußknöchel, die sich unangenehm bemerkbar gemacht hatten, hörten auf zu schmerzen. »Warum hast du das getan?« fragte ich. »Gewiß, du kannst mir weh tun – aber warum?«

»Beantworte meine Fragen.«

»Stelle sie.«

»Was bist du für ein Wesen?«

Die Antwort ließ auf sich warten. Der Alte griff nach dem Stab; ich hörte mich sagen: »Wir sind das Volk.«

»Was für ein Volk?«

»Das einzige seiner Art. Wir haben euch genau beobachtet, und wir kennen eure Eigenheiten. Wir …« Ich hielt plötzlich inne.

»Sprich weiter«, befahl der Alte und winkte mit der Rute.

»Wir kommen, um euch ...« fuhr ich fort.

» ... was zu bringen?«

Ich wollte sprechen; der Stab war erschreckend nahe. Aber ich hatte Mühe, die rechten Worte zu finden. »Euch Frieden zu bringen«, platzte ich heraus.

Der Alte schnaubte.

»Frieden, Zufriedenheit und die Freude der – der Unterwerfung.« Wiederum zögerte ich. ›Unterwerfung‹ war nicht der richtige Ausdruck. Ich mühte mich ab, wie man mit einer fremden Sprache kämpft. »Die Freude«, wiederholte ich, »die Freude des ... Nirwana.« Das Wort paßte. Mir war zumute wie einem Hund, der gestreichelt wird, weil er einen Stock herbeigebracht hat; ich rannte förmlich vor Vergnügen hin und her.

»Wenn ich recht verstehe, versprichst du dem Menschengeschlecht, daß ihr für uns sorgen und uns glücklich machen werdet, sofern wir uns euren Wünschen fügen. Stimmt das?« sagte der Alte.

»Genau!«

Der Alte überlegte und blickte mir dabei über die Achseln. Er spuckte auf den Boden. »Weißt du, mir und meinesgleichen ist dieser Handel schon oft angeboten worden«, sagte er langsam. »Doch ist dabei niemals der geringste Gewinn herausgesprungen.«

»Versuche es doch selbst«, riet ich. »Es ließe sich bewerkstelligen – dann wirst du Bescheid wissen.«

Diesmal starrte er mir ins Gesicht. »Vielleicht sollte ich es tun, ich wäre es auch einem ganz bestimmten Menschen schuldig. Möglicherweise werde ich eines Tages soweit sein. Aber jetzt hast du mir Auskunft zu geben«, fuhr er lebhaft fort. »Und gib sie flink und richtig, dann bleibst du ungeschoren. Bist du aber langsam, werde ich einen etwas stärkeren Strom einschalten.« Er schwang den Stab.

Ich zuckte zurück und fühlte bestürzt, daß ich eine Niederlage erlitten hatte. Einen Augenblick lang hatte ich geglaubt, er werde meinen Vorschlag annehmen, und hatte mir zurechtgelegt, wie ich entrinnen könnte. »Nun, woher kommst du?« unterbrach er meine Gedanken.

Schweigen. Ich empfand kein Bedürfnis, etwas zu erwidern.

Der Stab näherte sich. »Von weither«, stieß ich hervor.

»Das ist nichts Neues. Wo liegt deine Urheimat, dein eigener Planet?«

Der Alte wartete, dann sagte er: »Ich muß deinem Gedächtnis ein wenig nachhelfen.« Stumpfsinnig, ohne etwas zu denken, musterte ich ihn. Ein Helfer flüsterte ihm etwas zu.

»Wie?« fragte er.

»Die Bedeutung der Worte könnte unklar für ihn sein, vielleicht hat er andere astronomische Begriffe«, wiederholte der Mann.

»Weshalb denn?« fragte der Alte. »Diese Kreatur weiß das gleiche wie sein Wirt; das haben wir nachgewiesen.« Aber er versuchte trotzdem auf andere Weise zum Ziel zu gelangen. »Sieh mal, du kennst unser Sonnensystem. Liegt dein Planet inner- oder außerhalb?«

Ich zauderte, dann erklärte ich: »Alle Planeten gehören uns.«

Der Alte kaute an seiner Lippe. »Was meinst du damit?« brummte er grübelnd. Dann raffte er sich auf. »Das hat nichts zu bedeuten; ihr könnt von mir aus das ganze verdammte Weltall für euch beanspruchen. Wo ist euer Zuhause? Von woher kommen eure Raumschiffe?«

Ich hätte es ihm nicht sagen können; so verharrte ich in Schweigen.

Plötzlich holte er aus, und ich verspürte einen heftigen Schlag im Rücken.

»Verdammt noch mal, rede! Welcher Planet? Mars? Venus? Jupiter? Saturn? Uranus? Neptun? Pluto?« Er schnurrte sie nur so herunter, und ich sah sie vor mir. Dabei war ich nie weiter von der Erde weggewesen als bis zu den Raumstationen. Aber es war, als werde mir dieser Gedanke im Nu wieder ausgelöscht.

»Sprich!« brüllte er mich an. »Oder du bekommst die Peitsche zu spüren.«

»Keiner von ihnen«, hörte ich mich sagen. »Unsere Heimat liegt weiter weg.«

Er blickte mir über die Achsel und dann in die Augen. »Du lügst. Damit du ehrlich bleibst, muß du anscheinend ein wenig aufgepulvert werden.«

»Nein! Nein!«

»Ein Versuch kann nicht schaden.« Langsam schob er den Stab hinter mich. Wiederum wußte ich die Antwort und war gerade dabei, sie ihm zu geben, als mich etwas an der Kehle zu packen schien. Dann setzte der Schmerz ein. Er nahm kein Ende. Ich wurde in Stücke gerissen; ich versuchte zu sprechen, irgend etwas zu sagen, um das Leiden zu beenden, aber die Hand an meinem Hals gab nicht nach.

Die Qual ließ mich das Gesicht des Alten wie durch einen Schleier sehen, es schwebte flimmernd vor mir. »Hast du genug?« fragte er. Ich setzte zu einer Antwort an, aber ich würgte wie geknebelt. Wiederum sah ich ihn den Stab ausstrekken. Dann zerbarst ich und starb.

Sie beugten sich über mich. Jemand rief: »Er kommt zu sich.« Ich blickte in das Gesicht des Alten, der mich voller Sorge fragte: »Wie geht es dir, mein Sohn?« Ich konnte mich nur abwenden.

»Drehen Sie ihn bitte auf die Seite«, sagte eine andere Stimme. »Ich möchte ihm eine Injektion geben.«

»Wird sein Herz das aushalten?«

»Mit Sicherheit – sonst würde ich sie ihm nicht geben.«

Der Sprecher kniete sich neben mich und führte sein Vorhaben aus. Dann erhob er sich, blickte seine Hände an und wischte sie an der kurzen Hose ab.

Gyro, dachte ich geistesabwesend, oder etwas Ähnliches. Was es auch war, es machte mich jedenfalls bald so munter, daß ich mich ohne Hilfe aufsetzen konnte. Ich befand mich noch immer in dem Raum, in dem der Käfig stand, und sah unmittelbar vor mir den verdammten Stuhl. Mühsam stand ich auf; der Alte reichte mir die Hand. Ich schüttelte sie ab. »Rühr mich nicht an!«

»Entschuldige«, entgegnete er, dann befahl er barsch: »Jones! Du und Ito – ihr holt die Trage. Bringt ihn in die Krankenstube. Doktor, Sie gehen mit.«

»Gewiß.« Der Mann, der mir die Spritze verabreicht hatte wollte mich beim Arm nehmen. Ich wich zurück. »Hände weg!« schrie ich.

Der Arzt blickte den Alten an, der zuckte die Achseln und gab ihnen allen einen Wink zurückzutreten. Ich schritt allein zum Ausgang und durch die zweite Tür auf den Flur hinaus. Dort blieb ich stehen, betrachtete meine Handgelenke und Knöchel und beschloß, nun doch in die Krankenstube zu gehen. Doris würde mich versorgen, und vielleicht durfte ich dann schlafen. Mir war zumute, als hätte ich fünfzehn Runden gekämpft und sie alle verloren.

»Sam, Sam!«

Diese Stimme kannte ich. Mary eilte mir nach, stellte sich vor mich hin und sah mich mit großen, kummervollen Augen an. »O Sam! Was haben sie dir angetan?« Ihre Stimme klang so erstickt, daß ich sie kaum verstehen konnte.

»Das müßtest *du* doch wissen«, höhnte ich und besaß noch so viel Kraft, ihr eine Ohrfeige zu geben.

»Du Biest!« knurrte ich verächtlich.

Mein Zimmer war noch nicht wieder belegt, auch Doris war nicht darin. Mir war bewußt, daß mir irgend jemand gefolgt war, möglicherweise der Doktor, aber ich wollte weder ihn noch einen der anderen sehen.

Ich schloß die Tür, warf mich vornüber auf das Bett und versuchte, nichts zu denken und zu fühlen. Bald darauf hörte ich einen unterdrückten Schrei des Entsetzens und öffnete ein Auge. Doris stand an meinem Bett. »Was in aller Welt ist geschehen?« rief sie aus. Ich fühlte ihre sanften Hände auf meinem Körper. »Ach Sie armes, armes Kerlchen! Bleiben Sie so liegen und rühren Sie sich nicht. Ich werde den Doktor holen.«

»Nein!«

»Aber Sie brauchen einen Arzt.«

»Ich will ihn nicht sehen. Sie müssen mir allein helfen.« Sie erwiderte nichts, ich hörte sie nur hinausgehen. Einen Augenblick später – ich glaube wenigstens, daß es nur ein Augenblick war – kam sie wieder zurück und fing an, meine Wunden zu baden. Der Doktor ließ sich nicht blicken.

Obgleich sie nicht mal halb so groß war wie ich, schaffte sie es, mich bei Bedarf aufzuheben und umzudrehen, ganz so, als wäre ich wirklich nur das Kerlchen, als das sie mich bezeichnet hatte. Ich war darüber nicht erstaunt; ich wußte, daß ich mich bei ihr in guten Händen befand.

Als sie meinen Rücken berührte, hätte ich am liebsten aufgeschrien. Aber sie verband ihn flink und sagte: »Nun drehen Sie sich vorsichtig um.«

»Ich bleibe auf dem Bauch liegen.«

»Nein, ich möchte Ihnen etwas zu trinken geben. Seien Sie ein guter Junge.«

Ich wälzte mich herum, wobei sie tüchtig nachhalf, und trank folgsam, was sie mir einflößte. Nach einer kleinen Weile schlief ich ein.

Dunkel glaube ich mich zu erinnern, daß ich einmal aufgeweckt wurde, den Alten erblickte und ihn kräftig verwünschte. Auch der Arzt war da – es mochte aber auch nur ein Traum gewesen sein.

Fräulein Briggs weckte mich, und Doris brachte mir das Frühstück: Es war, als sei ich nie von der Krankenliste gestrichen gewesen. Doris wollte mich füttern, doch ich war schon wieder in der Lage, das selbst zu tun. Mein Zustand war nicht allzu schlimm. Mir war nur zumute, als sei ich in einem Faß den Niagarafall hinuntergeschwommen; an beiden Armen und Beinen trug ich, wo die Fesseln eingeschnitten hatten, Verbände, aber Knochen waren keine gebrochen. Wirklich krank war nur mein Gemüt.

Man mißverstehe mich nicht. Der Alte hätte mich jederzeit an einen gefährlichen Platz stellen dürfen – und hatte das auch schon mehr als einmal gemacht – ohne daß ich mich deswegen beschweren würde. Dazu hatte ich mich mit meiner Unterschrift verpflichtet. Aber das hieß nicht, daß ich mit einem so üblen Streich einverstanden war, wie er ihn mir gespielt hatte. Er wußte, wie er mich anzupacken hatte, und zwang mich damit zu etwas, das ich aus freien Stücken niemals getan hätte. Nachdem er mich so weit gebracht hatte, wie er wollte, mißbrauchte er mich erbarmungslos. Oh, ich selbst habe auch Männer geschlagen, um sie zum Reden zu bringen. Manchmal ist das nicht zu umgehen. Doch *dieses* Vorgehen war gemein, das kann man mir glauben.

Es war das Verhalten des Alten, das mich wirklich kränkte. Mary? Wer war sie schon? Nur ein Mädel unter vielen. Gewiß, ich verachtete sie, weil sie sich als Lockvogel hatte verwenden lassen. Daß sie als Agentin sich ihrer Reize bediente, war ganz in Ordnung. Die Abteilung mußte Frauen als Mitarbeiter haben. Schließlich hat es immer schon weibliche Spione gegeben, und die jungen und hübschen haben immer die gleichen Waffen gebraucht.

Aber sie hätte nicht einwilligen dürfen, sie gegen einen Kameraden einzusetzen – zumindest nicht gegen *mich*!

Nicht sehr logisch gedacht, nicht wahr? Aber mir kam es so vor. Ich hatte genug von dem Theater. Das ›Unternehmen Parasit‹ konnte ohne mich weitergeführt werden. Ich besaß eine Hütte in den Adirondacks; dort lagerten tiefgekühlte Vorräte, die auf alle Fälle für ein Jahr reichten. Dazu hatte ich eine Menge Tempuspillen. Ich wollte mich in die Berge zurückziehen und das Mittel einnehmen. Die Welt mochte indessen gerettet werden oder zur Hölle fahren – ohne mich!

Wenn sich mir dort jemand auf hundert Meter näherte, hieß es: den nackten Rücken vorweisen, oder ich würde den Besucher niederbrennen.

11

Ich mußte jemandem mein Herz ausschütten, und Doris war das Opfer. Möglicherweise gab ich ihr Geheiminformationen, aber was scherte mich das. Wie sich herausstellte, wußte Doris praktisch alles über das ›Unternehmen Parasit‹; es gab ja auch keinen Grund, Teile davon geheimzuhalten. Das Problem bestand ja ohnehin eigentlich darin, die Sache bekanntzumachen. Sie war empört. Ja, sie war wütend wie eine gereizte Tigerin. Sie hatte die Wunden gepflegt, die man mir zugefügt hatte. Als Schwester hatte sie schon viel Schlimmeres zu sehen bekommen, aber an diesen Verletzungen waren unsere eigenen Leute schuld. Ich platzte mit dem Geständnis heraus, wie ich Marys Rolle in diesem Spiel empfand.

»Kennen Sie diesen alten Schlachthof-Trick?« fragte ich sie, »wo sie ein dressiertes Tier benutzen, um die anderen hineinzuführen? Das ist genau das, wozu sie Mary bei mir benutzt haben.«

Sie hatte noch nie von diesem Trick gehört, aber sie verstand, was ich meinte.

»Wenn ich Sie recht verstehe, wollten Sie dieses Mädchen doch heiraten?«

»Richtig. Schön dumm, wie?«

»Alle Männer sind dumm, wenn es um Frauen geht – aber das ist nicht der Punkt. Es spielt auch keine Rolle, ob sie Sie nun heiraten wollte oder nicht. Was zählt, ist: Sie wußte, daß Sie sie heiraten wollten, und das macht die ganze Sache tausendmal schlimmer. Sie *wußte*, wozu sie Sie bringen konnte. Das war nicht anständig.« Sie hielt mit dem Massieren inne, und ihre Augen blitzten. »Ich habe Ihre rothaarige Freundin nie kennengelernt, aber wenn ich sie treffe, werde ich ihr das Gesicht zerkratzen!«

Ich lächelte ihr zu. »Doris, du bist ein gutes Kind. Ich glaube, du würdest kein unehrliches Spiel mit einem Mann treiben.«

»Oh, ich habe auch schon allerlei geliefert. Doch wenn ich

nur etwas halb so Arges angestellt hätte, würde ich jeden Spiegel zerbrechen, weil ich mir selbst nicht mehr in die Augen sehen könnte. Drehen Sie sich um, ich will das andere Bein behandeln.«

Mary tauchte auf. Ich merkte es erst, als ich Doris ärgerlich sagen hörte: »Sie dürfen nicht hineingehen.«

»Ich tue es aber«, antwortete Mary.

Doris kreischte. »Zurück, oder ich reiße Ihnen die gefärbten Haare mit den Wurzeln aus!«

Man hörte Geräusche, die auf eine Balgerei hindeuteten, und ein Klatschen, als bekomme jemand eine schallende Ohrfeige.

»He, was geht hier vor?« brüllte ich.

Gemeinsam erschienen sie im Türrahmen. Doris atmete schwer, ihr Haar war zerzaust. Mary brachte es fertig, würdevoll auszusehen, aber auf ihrer Wange leuchtete ein grellroter Fleck in der Größe von Doris' Hand.

Doris holte tief Luft. »Verlassen Sie das Zimmer. Er wünscht Sie nicht zu sehen.«

»Das will ich von ihm selbst hören«, erklärte Mary.

Ich blickte von einer zur anderen, dann knurrte ich: »Teufel noch mal. Da sie nun schon einmal hier ist, habe ich ihr etwas zu sagen. Ich danke dir, Doris.«

»So ein Narr«, fauchte meine Betreuerin und rauschte hinaus.

Mary trat an mein Bett. »Sam«, sagte sie. »Sam.«

»So heiße ich nicht.«

»Deinen richtigen Namen habe ich nie erfahren.«

Es war nicht der rechte Zeitpunkt zu erläutern, daß meine Eltern mir den Namen ›Elihu‹ aufgebürdet hatten. So entgegnete ich: »Was tut es schon. ›Sam‹ genügt vollauf.«

»Sam«, wiederholte sie, »mein lieber Sam.«

»Ich bin nicht dein ›lieber‹.«

Sie neigte den Kopf. »Ja, das weiß ich, aber ich habe keine Ahnung weshalb. Sam, ich bin gekommen, um zu erfahren, warum du mich haßt. Vielleicht kann ich es nicht ändern, aber ich muß klar sehen ...«

Ich konnte einen Laut des Abscheus nicht unterdrücken. »Nach allem, was du angestellt hast, weißt du nicht warum? Mary, du magst kalt wie ein Fisch sein, aber du bist nicht dumm.«

Sie schüttelte den Kopf. »Nur schwerfällig, Sam. Kalt bin ich nicht, aber oft recht begriffsstutzig. Sieh mich bitte an. Ich weiß, was man dir angetan hat. Du hast es erduldet, um mich davor zu bewahren, und ich bin dir zutiefst dankbar dafür. Aber ich verstehe nicht, warum du mich haßt. Ich habe dich nicht gebeten, an meine Stelle zu treten, und ich wünschte es auch nicht.«

Darauf entgegnete ich nichts. Und schon fragte sie: »Du glaubst mir nicht?«

Ich richtete mich auf einem Ellbogen auf. »Ich meine, daß du dir das nur selbst eingeredet hast. Nun will ich dir erzählen, wie es sich wirklich verhält.«

»Ja, bitte.«

»Du hast dich in den vertrackten Stuhl gesetzt und genau gewußt, daß ich den Versuch an dir niemals zulassen würde. Darüber warst du dir vollkommen klar, ob du es dir mit deinem unaufrichtigen Weiberverstand eingestandest oder nicht. Der Alte wäre nicht fähig gewesen, mich so weit zu bringen, weder mit Waffengewalt noch mit Drogen. Aber du hattest die Macht dazu und hast sie mißbraucht. Ich wäre lieber gestorben, als mich von einem Parasiten noch einmal berühren zu lassen, doch du hast mich dazu gezwungen, etwas zu tun, wonach ich mir wie beschmutzt und geschändet vorkomme. Das ist dein Werk.«

Sie wurde immer bleicher, bis ihr Gesicht fast grünlich von ihrem Haar abstach. Dann holte sie tief Atem und sagte: »Und das glaubst du, Sam?«

»Was denn sonst?«

»Sam, so war es nicht. Mir war nicht bekannt, daß auch du dort sein würdest, und ich erschrak furchtbar darüber. Aber ich durfte nicht zurücktreten; ich hatte mein Wort gegeben.«

»Dein Wort«, wiederholte ich. »Das erklärt alles. Das Wort eines Schulmädchens.«

»Das war es kaum.«

»Spielt keine Rolle. Ebenso ist es gleichgültig, ob du die Wahrheit sprichst oder nicht und ob du wirklich nicht ahntest, daß ich anwesend war. Entscheidend ist eines: Du warst in jenem Raum, und ich ebenfalls, und du konntest dir ausmalen, wie sich alles notgedrungen weiterentwickeln würde.«

»Oh.« Sie hielt einen Moment inne, dann fuhr sie fort: »So also siehst du die Sache. Nun, die äußeren Tatsachen kan ich nicht abstreiten.«

»Kaum.«

Lange Zeit blieb sie reglos stehen. Ich störte sie nicht. Schließlich meinte sie: »Sam, du hast einmal davon gesprochen, daß du mich heiraten wolltest.«

»Das war einmal.«

»Ich erwarte nicht, daß du dein Angebot erneuerst. Aber es war noch von einer anderen Möglichkeit die Rede. Sam, ganz abgesehen von deiner Ansicht über mich, möchte ich dir von ganzem Herzen für das, was du für mich getan hast, danken. Und – ich bin bereit, es durch die Tat zu beweisen. Sam, verstehst du, was ich meine?«

Ich grinste. »Ehrlich gesagt, bin ich fürwahr entzückt und zugleich verblüfft, wie wunderbar der weibliche Verstand arbeitet. Ihr denkt immer, ihr könntet mit eurem einzigen Trumpf alles wiedergutmachen und das Spiel von vorne anfangen.« Ich grinste noch immer, während sie rot wurde. »Bei mir zieht der Trick nicht. Ich werde dich nicht in Verlegenheit bringen, indem ich dein großzügiges Angebot annehme.«

Mit ruhiger Stimme entgegnete sie: »*Damit* mußte ich rechnen. Trotzdem habe ich es ernst gemeint, ob es sich darum handelt oder um irgend etwas anderes, das ich für dich tun kann.«

Ich ließ mich zurückfallen und legte mich nieder. »Gewiß kannst du mir einen Gefallen erweisen.«

Ihr Gesicht leuchtete auf. »Was denn?«

»Belästige mich nicht mehr. Ich bin müde.« Damit wandte ich mein Gesicht ab.

Ich hörte nicht, wie sie hinausging, aber ich bekam es mit, als

Doris zurückkehrte. Ihre Haare waren gesträubt wie bei einem Foxterrier – die beiden mußten sich draußen begegnet sein. Sie baute sich vor mir auf, die Hände in die Hüften gestemmt, und sah hübsch, begehrenswert und sehr unzufrieden aus. »Sie hat dich rumgekriegt, stimmt's?«

»Sieht nicht so aus.«

»Lüg mich nicht an. Du hast nachgegeben. Ich weiß Bescheid – Männer geben immer nach. Idiotenbande! Eine Frau wie die muß nur mit ihrem Körper vor einem Mann herumwackeln, und schon kippt er um.«

»Tja, ich aber nicht. Ich hab's ihr gegeben.«

»Wirklich?«

»Ja. Und ich hab sie weggejagt.«

Doris schaute zweifelnd. »Ich hoffe, das ist wahr. Vielleicht stimmt's sogar – sie sah jedenfalls nicht sehr zufrieden aus, als sie rauskam.« Sie wechselte das Thema. »Wie geht's dir jetzt?«

»Ganz gut« – was gelogen war.

»Soll ich dich massieren?«

»Nein, setz dich einfach zu mir aufs Bett und rede mit mir. Magst du eine Zigarette?«

»Na ja, solange der Doktor mich nicht erwischt.«

Sie hockte sich aufs Bett. Ich zündete zwei Zigaretten an und steckte ihr eine in den Mund. Sie nahm einen tiefen Zug, dehnte ihren Oberkörper und stemmte ihre frechen Brüste bis zum Anschlag gegen das Brusttuch. Mir fiel wieder mal auf, was für ein süßes Ding sie war; genau das, was ich brauchte, um mir Mary aus dem Kopf zu schlagen.

Wir plauderten ein Weilchen. Doris gab ihre Ansichten über Frauen zum besten. Wie es schien, mißtraute sie ihnen grundsätzlich, wobei sie sich selbst keineswegs ausnahm, ganz im Gegenteil. »Nimm mal die weiblichen Patienten als Beispiel«, sagte sie. »Einer der Gründe, warum ich hier arbeite, ist, daß wir nur alle Jubeljahre eine Patientin aufnehmen. Ein Mann weiß zu schätzen, was hier für ihn getan wird. Eine Frau setzt das einfach voraus und verlangt nach mehr.«

»Würdest du auch zu dieser Sorte gehören?« fragte ich, um sie ein wenig zu necken.

»Ich hoffe nicht. Gottlob bin ich gesund.« Sie drückte ihre Zigarette aus und hüpfte vom Bett herunter. »Zeit, weiterzumachen. Ruf, wenn du irgendwas brauchst.«

»Doris ...«

»Ja?«

»Hast du noch Urlaub übrig?«

»Ich will demnächst zwei Wochen nehmen. Warum?«

»Ich habe gerade nachgedacht. Wie's aussieht, werde ich hier kündigen. Ich besitze eine Hütte oben in den Adirondacks. Wie wär's damit? Wir könnten es uns dort hübsch machen und das Irrenhaus hier vergessen.«

Sie strahlte mich an. »Na, das ist ja mal ein nettes Angebot.« Dann kam sie zu mir und küßte mich mitten auf den Mund. »Und wenn ich nicht eine verheiratete Dame wäre, die auch noch Zwillinge am Hals hat, würde ich dein Angebot glatt annehmen.«

»Oh.«

»Tja, tut mir leid. Aber vielen Dank für das Kompliment. So etwas versüßt einem den Tag.«

Sie marschierte in Richtung Tür. »Doris, warte eine Sekunde«, sagte ich und fügte, als sie stehen blieb, hinzu: »Ich hab das nicht geahnt. Aber warum nimmst du mein Angebot nicht trotzdem an? Die Hütte, meine ich – nimm deinen Mann und die Kinder und macht euch ein paar nette Tage. Ich gebe dir die Adresse und den Code für das Schloß.«

»Meinst du das ernst?«

»Natürlich.«

»Wir reden später darüber.« Sie kam zurück und küßte mich nochmals, und ich wünschte mir, sie wäre nicht verheiratet, oder zumindest, daß sie es nicht so ernst nähme. Schließlich ging sie.

Etwas später kam der Doktor herein. Während er das machte, was Doktoren so machen, fragte ich: »Diese Schwester, Fräulein Marsden – ist die eigentlich verheiratet?«

»Was geht Sie das an?«

»Ich wollte es nur wissen.«

»Lassen Sie Ihre Finger von meinen Schwestern, sonst werde ich sie Ihnen bandagieren. Und jetzt strecken Sie mal die Zunge raus.«

Am Spätnachmittag dieses Tages steckte der Alte den Kopf herein. Zuerst war ich unwillkürlich erfreut. Mankann sich nur schwer dem Zauber seiner Persönlichkeit entziehen. Dann erinnerte ich mich und wurde sehr kühl.

»Ich möchte mit dir reden«, sagte er und trat ein.

»Aber ich nicht mit dir. Geh hinaus.«

Er beachtete meine Worte nicht und kam herein. »Hast du etwas dagegen, wenn ich mich setze?«

»Du scheinst es auch ohne meine Einwilligung zu tun.«

Auch diese Abfuhr schien er nicht zu hören. »Weißt du, mein Sohn, du bist einer meiner besten Kerls, aber manchmal vorschnell in deinem Urteil.«

»Darüber brauchst du dir keinen Kummer zu machen«, antwortete ich. »Sobald die Ärzte mich aufstehen lassen, habe ich hier nichts mehr verloren.«

Bis zu diesem Zeitpunkt war ich mir noch nicht ganz sicher gewesen, doch jetzt erschien es mir unumgänglich. Ich traute dem Alten nicht mehr; alles weitere ergab sich zwangsläufig daraus.

Wenn er etwas nicht wahrhaben wollte, stellte er sich einfach taub.

»Du ziehst übereilte Schlüsse; nimm einmal dieses Mädchen, die Mary ...«

»Welche Mary?«

»Du weißt schon, wen ich meine, du kennst sie als ›Mary Cavanaugh‹.«

»Die kannst *du* haben.«

»Du bist über sie hergefallen, ohne den wahren Sachverhalt zu kennen, und hast sie völlig aus der Fassung gebracht. Vielleicht hast du mir eine gute Agentin verdorben.«

»Ach, ich zerfließe in Tränen.«

»Hör mal, du junger Bursche, du hattest keinen Anlaß, mit ihr so grob zu sein. Du weißt nicht, wie es wirklich war.«

Ich schwieg. Wer viel erklärt, verteidigt sich schlecht.

»Natürlich kann ich mir denken, was du glaubst«, fuhr er fort. »Du meinst, sie hätte sich wissentlich als Lockvogel benutzen lassen. Nun, damit bist du auf dem Holzweg. Sie wurde als Köder verwendet, aber das war ausschließlich mein Werk.«

»Das weiß ich.«

»Warum wirfst du es ihr dann vor?«

»Weil du deine Absicht ohne ihr Einverständnis nicht hättest ausführen können. Es ist außerordentlich großmütig von dir, du Leuteschinder, die ganze Schuld auf dich zu nehmen, aber es gelingt dir nicht.«

Er überhörte meine Schimpfworte geflissentlich und sprach weiter: »Du hast alles richtig erfaßt – bis auf eines: Mary hatte keine Ahnung, und das ist das Entscheidende.«

»Zum Teufel, sie war doch *dort*.«

»Das schon, mein Sohn, aber habe ich dich jemals angelogen?«

»Nein«, gab ich zu, »aber ich glaube nicht, daß du davor zurückschrecken würdest.«

»Vielleicht verdiene ich diese Abfuhr«, meinte er. »Wenn die Sicherheit des Landes davon abhinge, würde ich auch meine eigenen Leute belügen. Bisher habe ich es nicht nötig gehabt, weil ich mir die Menschen, die für mich arbeiteten, sorgfältig aussuche. Aber diesmal hängt das Heil des Staates nicht davon ab, ich spreche die Wahrheit. Du wirst meine Worte abwägen und selbst entscheiden müssen, ob ich lüge oder nicht. Dieses Mädchen war ahnungslos. Sie wußte nicht, daß du dort sein würdest, und warum ich dich mitgebracht hatte. Es war ihr auch nicht bekannt, daß noch nicht feststand, wer auf jenem Stuhl sitzen sollte. Sie vermutete nicht im entferntesten, daß ich den Versuch nicht mit ihr durchführen wollte, sondern bereits dich als geeignetes Opfer ausersehen hatte, selbst wenn ich dich mit Gewalt hätte anbinden müssen. Dazu war ich entschlossen. Doch ich hatte dabei noch eine gezinkte Karte im

Spiel, mit der ich dich drankriegen wollte, dich freiwillig zu melden. Dich selbst kannst du zum Teufel wünschen, mein Sohn. Mary wußte nicht mal, daß du nicht mehr auf der Krankenliste standest.«

Ich hätte ihm so gerne geglaubt, um so mehr wehrte ich mich dagegen. Hatte er gerade jetzt nicht Grund zum Lügen? Wenn er zwei seiner besten Pferde damit wieder in seinen Stall brachte, wäre es nach seinem Dafürhalten im Augenblick vielleicht für die Rettung des Vaterlandes nötig. Der Alte war schwer zu durchschauen.

»Sieh mich mal an!« mahnte er. Ich schreckte aus meinem dumpfen Nachdenken hoch und schaute ihn an. »Etwas möchte ich dir noch unter die Nase reiben. Erstens: Jeder, mich selbst mit eingeschlossen – anerkennt, was du geleistet hast, ohne die Beweggründe zu berücksichtigen. Ich gedenke einen Bericht darüber einzureichen, und zweifellos wirst du einen Orden dafür erhalten. Das steht fest – ob du bei der Abteilung bleibst oder nicht. Aber gib nicht an wie der heldenhafte kleine Zinnsoldat ...«

»Bei Gott nicht!«

» ...weil dieser Orden der falschen Person verliehen wird. Verdient hätte ihn Mary.«

»Aber ...«

»Sei still; ich bin noch nicht fertig. Du mußtest gezwungen werden. Das soll kein Tadel sein; du hast reichlich viel mitgemacht. Aber Mary hat sich aus ureigenstem Antrieb zur Verfügung gestellt. Als sie sich in jenen Stuhl setzte, rechnete sie nicht damit, in letzter Minute noch abgelöst zu werden. Sie hatte allen Grund zu glauben, sie werde dabei das Leben – oder was noch ärger ist – den Verstand verlieren. Dennoch war sie bereit, sich zu opfern – weil sie eine Heldin ist, was man von dir nicht behaupten kann.«

Ohne meine Antwort abzuwarten, sprach er weiter: »Hör, mein Sohn, die meisten Frauen sind verdammte Närrinnen und Kindsköpfe. Aber bei ihnen geht alles tiefer. Die tapferen sind mutiger als wir Männer, die guten besser und – die gemeinen niederträchtiger. Mit dieser Feststellung suche ich dir eines klarzumachen: Diese Frau ist mannhafter als du, und du hast ihr bitter unrecht getan.«

Ich war so aufgewühlt, daß ich nicht beurteilen konnte, ob er die Wahrheit sprach oder mich nur wieder so lenkte, wie es ihm paßte. So entgegnete ich: »Vielleicht bin ich gegen die falsche Person ausfallend gewesen. Doch wenn das, was du sagst, stimmt ...«

»Das ist der Fall!«

» ...versüßt mir das keineswegs das angetane Unrecht, es verschlimmert alles nur.«

Er steckte den Hieb ein, ohne aufzumucken. »Mein Sohn, ich bedaure es, wenn ich deine Achtung verloren habe. Aber ich kann in meinen Mitteln genausowenig wählerisch sein wie ein General in der Schlacht. Noch weniger vielleicht, weil ich mit anderen Waffen kämpfe. Ich war stets bereit, im Notfall auch den eigenen Hund zu erschießen. Das mag ein schlechter Charakterzug sein, aber meine Arbeit erfordert es. Wenn du jemals in meinen Schuhen stecktest, müßtest du auch so handeln.«

»Der Fall wird nie eintreten.«

»Willst du dich nicht lieber erst ausruhen und dir die Sache durch den Kopf gehen lassen?«

»Ich werde Urlaub nehmen – für immer.«

»Gut.«

Er schickte sich an zu gehen. »Warte«, sagte ich.

»Ja?«

»Du hast mir ein Versprechen gegeben, und ich nehme dich nun beim Wort. Es geht um den Parasiten. Du hast mir erlaubt, ihn persönlich zu töten. Benötigst du ihn noch?«

»Nein, aber ...«

Ich richtete mich auf. »Kein ›aber‹! Gib mir deine Pistole, ich werde ihn auf der Stelle erschießen.«

»Das kannst du nicht. Er ist bereits tot ...«

»Was? Du hast es mir doch versprochen.«

»Ganz recht. Aber er ging zugrunde, als wir versuchten, dich – das heißt ihn – zu zwingen, uns Auskunft zu geben.«

Ich begann zu lachen, daß es mich schüttelte.

Der Alte faßte mich unsanft an. »Hör auf! Du schadest dir damit. Es tut mir leid. Doch das ist kein Anlaß zur Heiterkeit.«

»Oh, sage das nicht«, entgegnete ich, vor Lachen Tränen in den Augen. »Das ist der tollste Scherz, den ich je erlebt habe. All die Plage und für nichts und wieder nichts. Du selbst hast dir die Hände dabei beschmutzt, du hast Mary und mich unglücklich gemacht, und all das, ohne etwas zu erreichen.«

»So? Wie kommst du darauf?«

»Weil ich es weiß. Nicht den kleinsten Gewinn hast du herausgeschlagen – aus uns. Nichts hast du erfahren, was du nicht schon vorher wußtest.«

»Und ob!«

»Unsinn.«

»Es war ein größerer Erfolg, als du dir träumen läßt. Gewiß, aus dem Parasiten selbst haben wir nichts mehr herausgeholt, weil er zugrunde ging, aber dich haben wir ausgequetscht.«

»Mich?!«

»Letzte Nacht. Wir haben dich gründlich bearbeitet. Du bekamst allerlei Mittelchen, wurdest von Psychologen in die Mangel genommen und analysiert. Sie haben dein Gehirn untersucht, ausgewrungen und zum Trocknen aufgehängt. Wider Willen hatte dir der Parasit einiges verraten, und diese Tatsachen waren in deinem Unterbewußtsein so verwahrt, daß du sie nach deiner Befreiung in Hypnose ausgeplaudert hast.«

»Was sagte ich denn?«

»Wo die Parasiten hausen. Wir wissen nun, woher sie kommen, und können sie bekämpfen. Ihre Heimat ist Titan, der sechste Satellit des Saturn.«

Als er das sagte, fühlte ich, daß sich mir die Kehle zusammenschnürte, als sei ich geknebelt, und ich wußte: Es stimmte.

»Du hast dich wahrlich gegen das Ausfragen gewehrt; ich erinnere mich deutlich, daß wir dich niederhalten mußten, um dich davor zu bewahren, daß du um dich schlugst und dich noch schlimmer verletztest.«

Er legte sein lahmes Bein auf den Bettrand und zündete sich

eine Zigarette an. Dabei schien er ängstlich bemüht, freundlich zu sein. Ich für meine Person hatte nicht den Wunsch, weiter mit ihm zu kämpfen. Mir schwirrte der Kopf, und ich mußte erst einmal Ordnung in meine Gedanken bringen. Titan – das war weit draußen im Weltenraum. Mars war die größte Entfernung, die man bisher bewältigt hatte, wenn man von der Seagrave-Expedition absah, die zu den Jupitermonden auszog und niemals wiederkehrte.

Wenn es einen Grund gab, die Reise zu wagen, so konnten wir dorthin gelangen. Wir würden ihre Brutstätte ausbrennen!

Schließlich erhob sich der Alte. Als er zur Tür hinkte, hielt ich ihn zurück. »Vater ...«

So hatte ich ihn seit Jahren nicht mehr genannt. Er wandte sich um, mit einem überraschten und wehrlosen Gesichtsausdruck. »Ja, mein Sohn?«

»Warum haben Mutter und du mich ›Elihu‹ genannt?«

»Ach, es war der Name deines Großvaters mütterlicherseits.«

»So. Das ist meines Erachtens aber kein ausreichender Grund.«

»Vielleicht nicht.« Er wandte sich um, doch wiederum hatte ich eine Frage. »Vater, was für ein Mensch war meine Mutter eigentlich?«

»Deine Mutter? Ich weiß nicht recht, wie ich es dir erklären soll. Nun – sie war Mary ähnlich. Ja, mein Lieber, sogar sehr ähnlich.« Damit humpelte er hinaus, ohne mir noch einmal Gelegenheit zum Reden zu geben.

Ich wandte mein Gesicht zur Wand. Nach einer Weile wurde ich ruhiger.

12

Dies ist ein persönlicher Bericht, der die allseits bekannten Ereignisse aus meinem Blickwinkel schildert. Ich schreibe kein Geschichtsbuch. Dazu fehlt es mir unter anderem am nötigen Überblick.

Möglicherweise hätte ich mich um das Schicksal der Welt sorgen müssen, während ich über meinen eigenen Problemen brütete. Vielleicht. Aber ich habe noch nie gehört, daß sich ein Mann mit einer blutenden Wunde sonderlich um den Ausgang der Schlacht geschert hätte.

Wie dem auch sei, es schien gar nicht soviel zu geben, worum ich mir hätte Sorgen machen können. Der Präsident war unter Begleitumständen gerettet worden, die jedem die Augen öffnen mußten, sogar einem Politiker, und das war, so wie ich es sah, die letzte echte Hürde. Die Parasiten – die Titanier – brauchten die Geheimhaltung. Einmal ans Licht der Öffentlichkeit gezerrt, würden sie gegen die vereinte Macht der USA nicht standhalten können. Sie verfügten über keine anderen Kräfte als jene, die sie von ihren Sklaven erwarben, wie niemand besser wußte als ich selbst.

Jetzt konnten wir ihren Brückenkopf auf der Erde säubern. Und dann konnten wir ihnen dorthin folgen, wo sie herkamen. Doch interplanetarische Expeditionen waren nicht meine Angelegenheit. Ich verstand davon so viel wie von ägyptischer Kunst.

Nachdem der Arzt mich entlassen hatte, machte ich mich auf, um Mary zu suchen. Zwar konnte ich mich nur an die Worte des Alten halten, aber ich hegte den starken Verdacht, daß ich mich wie ein gewisses großes, haariges Geschöpf benommen hatte. Ich erwartete nicht, daß sie erfreut sein werde, mich zu sehen, aber ich mußte mein Sprüchlein aufsagen.

Man sollte meinen, in Kansas wäre eine schlanke rothaarige Frau so leicht zu finden wie ebene Erde. Aber Agenten, die auswärts Dienst tun, kommen und gehen, und der ständige Stab von Angestellten wird angehalten, sich um seine eigenen Angelegenheiten zu kümmern. Doris hatte sie ebenfalls nicht gesehen – sagte sie jedenfalls – und war nicht gerade begeistert darüber, daß ich sie suchte.

Im Personalbüro erhielt ich eine höfliche Abfuhr. Ich hatte keinen offiziellen Auftrag, ich kannte den Namen der Agentin nicht, und überhaupt, was dachte ich wohl, wer ich sei. Man verwies mich an das Hauptamt, das hieß: an den Alten. Das behagte mir nicht. Als ich es bei dem Mann versuchte, der den Eingang überwachte, wurde ich noch mißtrauischer behandelt. Allmählich kam ich mir in meiner eigenen Abteilung wie ein Spion vor.

Ich ging in das biologische Laboratorium, konnte den Leiter nicht finden und sprach mit dem Assistenten. Der wußte nichts von einem Mädchen, das mit dem Versuch zu tun gehabt hätte; er hatte nur die Aufzeichnung gesehen, und danach sei ein Mann das Versuchsobjekt gewesen. Ich forderte ihn auf, mich mal genau anzuschauen. Das machte er und meinte dann: »Oh, Sie waren das? Junge, Sie müssen ja einen Knall haben.« Der Mann ging wieder an seine Arbeit, kratzte sich und wälzte Akten. So verließ ich ihn und wanderte in das Büro des Alten. Es schien mir keine andere Wahl zu bleiben.

An Fräulein Haines' Schreibtisch bemerkte ich ein neues Gesicht. Die alte Sekretärin sah ich niemals wieder, und ich erkundigte mich auch nicht, was aus ihr geworden sei; ich wollte es nicht wissen. Die neue Kraft gab mein Kennwort weiter, und – o Wunder – der Alte befand sich in seinem Zimmer und war bereit, mich zu empfangen.

»Was wünschst du?« fragte er mürrisch.

»Ich dachte, du hättest vielleicht Arbeit für mich«, meinte ich, aber das war noch nicht alles, was ich von ihm wollte.

»Tatsächlich war ich gerade dabei, dich rufen zu lassen. Du hast lange genug gefaulenzt.« Er brüllte etwas in sein Telefon am Schreibtisch, stand auf und sagte: »Komm.«

Plötzlich hatte ich meinen Seelenfrieden wiedergefunden. »In den Schönheitssalon?« erkundigte ich mich.

»Dein eigenes häßliches Gesicht genügt. Wir fahren nach Washington.« Trotzdem hielten wir uns ein wenig in der kosmetischen Abteilung auf, aber nur, um uns zum Ausgehen anzuziehen. Ich nahm ein Schießeisen mit und ließ meine Funkanlage überprüfen.

Die Wache am Tor verlangte, daß wir den Rücken entblößten, ehe wir uns nähern durften; erst dann gab sie uns den Weg frei. Wir stiegen weiter nach oben und kamen in den tiefergelegenen Vierteln New Philadelphias heraus. »Ich nehme an, daß diese Stadt sauber ist«, wandte ich mich an den Alten.

»Wenn du das glaubst, ist dein Gehirn eingerostet«, antwortete er. »Halte die Augen offen!«

Zu weiteren Fragen hatte ich keine Gelegenheit. Die vielen bekleideten Menschen beunruhigten mich sehr; ich ertappte mich dabei, daß ich vor ihnen zurückwich und Ausschau nach höckerigen Schultern hielt. In einen vollbesetzten Aufzug zu steigen, um zur Startplattform zu gelangen, erschien mir geradezu leichtfertig. Als wir in unserem Wagen saßen und die Steuerung eingeschaltet hatten, sprach ich meine Gedanken aus. »Was stellen sich denn die Behörden eigentlich bei diesen Zuständen vor? Ich könnte schwören, daß ein Polizist, an dem wir vorbeikamen, einen Buckel hatte.«

»Möglich. Sogar ziemlich sicher.«

»Das ist ja himmelschreiend! Ich dachte, du hättest schon alles wie am Schnürchen laufen und bekämpfst den Feind an allen Fronten.«

»Was würdest du dafür vorschlagen?«

»Aber das liegt doch auf der Hand. Selbst wenn es im Freien eiskalt wäre, dürften wir nirgends mehr einen bedeckten Rükken sehen, bis wir nicht wissen, daß die Ungeheuer alle tot sind.«

»Ganz richtig.«

»Nun dann ... Aber der Präsident ist doch sicher über die Lage im Bilde, oder?«

»Freilich.«

»Worauf wartet er noch? Er sollte den Kriegszustand verkünden und etwas unternehmen.«

Der Alte starrte auf die Landschaft hinunter. »Mein Sohn, bildest du dir etwa ein, daß der Präsident den Staat allein regiert?«

»Natürlich nicht. Aber er ist der einzige Mann, der handeln kann.«

»Premierminister Tsvetkov nennt man manchmal den ›Gefangenen des Kreml‹. Ob das nun stimmt oder nicht, unser Präsident ist der Gefangene des Kongresses.«

»Willst du damit behaupten, der Kongreß habe nichts unternommen?«

»Seit wir den Anschlag auf den Präsidenten verhindert hatten, unterstützte ich ihn die ganze Zeit hindurch in seinem Bemühen, die Abgeordneten zu überzeugen. Bist du jemals in die Mühle eines Kongreßausschusses geraten, mein Sohn?«

Ich versuchte die Lage zu überblicken. Hier saßen wir, dumm wie die Dronten – ja, der Vergleich mit diesem ausgerotteten Vogel paßte, denn homo sapiens würde genauso aussterben wie er, wenn wir untätig blieben. Unvermittelt sagte der Alte: »Es wird Zeit, daß du lernst, wie es im politischen Leben tatsächlich zugeht. Der Kongreß hat sich schon bei augenfälligeren Gefahren geweigert vorzugehen. Und er sieht nicht ein, daß jetzt eine solche besteht. Die Beweise sind dürftig und schwer zu glauben.«

»Und der Parasit, den der Staatssekretär des Finanzwesens trug? Dieser Vorfall muß doch Aufsehen erregt haben.«

»Meinst du? Dem Staatssekretär wurde unmittelbar im Ostflügel des Weißen Hauses sein Parasit vom Rücken gerissen, und wir töteten zwei seiner Wachen vom Geheimdienst. Und jetzt liegt der ehrenwerte Herr mit einem Nervenzusammenbruch im Walter-Reed-Krankenhaus und kann sich an nichts mehr erinnern. Das Finanzministerium gab bekannt, daß ein Versuch, den Präsidenten meuchlings zu ermorden, vereitelt worden sei. Das stimmt, sagt aber nichts über die näheren Umstände des Anschlags aus.«

»Und trotzdem verhält sich der Präsident ruhig?«

»Seine Ratgeber erklärten, er solle abwarten. Er kann nicht mit einer absoluten Mehrheit für sich rechnen, und in beiden

Häusern gibt es Männer, die gerne seinen Kopf auf einer Silberschüssel sähen. Parteipolitik ist ein rauhes Spiel.«

»Guter Gott, in einem solchen Fall darf doch Klüngelwirtschaft nicht den Ausschlag geben.«

Der Alte zog eine Augenbraue hoch. »Nach deiner Meinung nicht, wie?«

Ich brachte es endlich zuwege, mich nach Mary zu erkundigen, deretwegen ich ihn aufgesucht hatte.

»Merkwürdige Frage von deiner Seite«, brummte er. Als ich darauf nichts erwiderte, ließ er sich herbei, mir Auskunft zu geben. »Dort, wo sie hingehört. Sie bewacht den Präsidenten.«

Zuerst begaben wir uns zur geschlossenen Sitzung eines Sonderausschusses. Als wir hinkamen, lief gerade ein Film über meinen Freund, den Menschenaffen Napoleon. Man sah Bilder mit dem Titanbewohner auf seinem Rücken, dann Großaufnahmen des Parasiten. Einer sieht zwar wie der andere aus, aber diesen hier kannteich, und ich war hocherfreut, daß er jetzt tot war.

Darauf zeigte man mich – an Stelle des Affen. Ich sah, wie ich an den Stuhl geschnallt wurde. Nur mit Widerwillen gestehe ich mir ein, daß ich einen jämmerlichen Anblick bot; echte Angst ist nicht schön. Ich erlebte es mit, als sie den Titanier von dem Affen lösten und mir auf den bloßen Rücken setzten. Dann wurde ich auf dem Bild ohnmächtig, und beinahe wäre ich es auch jetzt wieder geworden. Beschreiben möchte ich den Film nicht; es regt mich auf, davon zu erzählen.

Ich sah mich unter den Elektroschocks, die dem Titanier galten, erzittern – und zitterte jetzt wieder. Einmal schaffte ich es, meine rechte Hand aus den Klammern zu befreien. Davon war mir nichts bekannt gewesen, aber es erklärte, warum mein Handgelenk noch nicht verheilt war.

Aber ich sah meinen Plagegeist sterben. Das war es wert, die übrigen Aufnahmen über mich ergehen zu lassen.

Der Film endete, und der Vorsitzende fragte: »Nun, meine Herren?«

»Herr Vorsitzender!«

»Der Abgeordnete aus Indiana hat das Wort.«

»Wenn ich vorurteilslos zu dem Gebotenen Stellung nehmen soll, so habe ich aus Hollywood schon bessere Trickaufnahmen gesehen.«

Die Anwesenden kicherten und einer rief: »Hört, hört!«

Der Leiter des biologischen Laboratoriums bezeugte die Echtheit der Darbietung, dann wurde ich ans Rednerpult gerufen. Ich gab Namen, Adresse und Beruf an, darauf erkundigte man sich ohne wirkliche Anteilnahme nach meinen Erfahrungen mit den Titaniern. Die Fragen wurden von einem Blatt abgelesen. Eines fiel mir daran auf: Sie *wollten* meine Antworten nicht hören. Zwei Abgeordnete vertieften sich in eine Zeitung.

Aus dem Zuhörerkreis meldeten sich nur zwei Leute. Einer sagte zu mir: »Herr Nivens – Ihr Name ist doch Nivens?«

Ich bestätigte es. »Herr Nivens, Sie behaupten Agent im Geheimdienst zu sein?«

»Ja.«

»Zweifellos F.B.I.«

»Nein, mein Vorgesetzter erstattet dem Präsidenten persönlich Bericht.«

Der Senator lächelte. »Genau wie ich dachte. Nun, Herr Nivens, Sie sind doch ursprünglich Schauspieler von Beruf, nicht wahr?« Er schien in seinen Aufzeichnungen nachzusehen.

Ich bemühte mich zu sehr, bei der Wahrheit zu bleiben. So wollte ich sagen, daß ich zwar einmal in einem Kassenschlager einen Sommer lang Theater gespielt hatte, daß ich aber trotzdem ein waschechter Agent für Geheimsachen war. Doch dazu erhielt ich keine Gelegenheit. »Danke, das genügt vollauf, Herr Nivens.«

Die zweite Frage wurde von einem älteren Senator gestellt, der meine Ansicht darüber zu hören wünschte, ob man Steuergelder dazu verwenden sollte, andere Länder zu bewaffnen. Er benützte die Gelegenheit, um seine eigenen Ansichten darzulegen. Meine Meinung über dieses Problem war zwar geteilt, aber ich kam nicht dazu, sie auszusprechen. Die nächsten Worte, die ich hörte, stammten vom Protokollführer. »Sie können abtreten, Herr Nivens.«

Ich blieb an meinem Platz. »Sehen Sie, offensichtlich glauben Sie, es handle sich um einen gestellten Film. Also bringen Sie um Himmels willen einen Lügendetektor herein! Oder wenden Sie den Schlaftest an. Dieses Verfahren hier mutet wie ein Witz an.«

Der Vorsitzende schlug mit seinem Hammer auf den Tisch. »Treten Sie zurück, Herr Nivens.«

Ich gehorchte.

Der Alte hatte mir erzählt, daß die Versammlung einen Entschluß fassen sollte, auf Grund dessen der Notstand verkündet und dem Präsidenten Kriegsvollmachten erteilt werden sollten. Ehe es jedoch überhaupt zu einer Abstimmung kam, wurden wir verabschiedet. »Es sieht schlimm aus«, sagte ich zum Alten.

»Schwamm drüber«, meinte er. »Als der Präsident die Namen der Ausschußmitglieder hörte, wußte er, daß dieses gewagte Spiel schlecht ausgehen würde.«

»Und was wird aus uns? Sollen wir warten, bis die Biester auch noch den Kongreß in der Hand haben?«

»Der Präsident wird sich sofort an das versammelte Haus wenden und Vollmachten fordern.«

»Wird er sie bekommen?«

Der Alte machte ein finsteres Gesicht. »Ehrlich gesagt, ich glaube nicht, daß er eine Chance hat.«

Die Sitzung war geheim, doch auf persönlichen Befehl des Präsidenten durften wir daran teilnehmen. Der Alte und ich saßen auf dem kleinen Balkon, der hinter der Rednertribüne liegt. Man eröffnete die Versammlung mit reichlich viel Geschwätz und kündigte dann mit vollem Zeremoniell das Erscheinen des Präsidenten an. Kurz darauf trat er, von einer Abordnung begleitet, ein. Seine Wachen waren auch dabei – alles unsere Leute.

Auch Mary befand sich darunter. Irgend jemand hatte dich neben dem Präsidenten einen Klappstuhl für sie hingestellt. Sie tändelte mit einem Notizblock herum, reichte ihm Akten und tat, als wäre sie eine Sekretärin. Aber damit endete die Maskerade; sie sah aus wie Kleopatra in einer heißen Nacht und war so fehl am Platz wie ein Bett in der Kirche. Man brachte ihr ebensoviel Aufmerksamkeit entgegen wie dem Präsidenten.

Das fiel auch dem Präsidenten auf. Man konnte merken, daß er sich wünschte, er hätte sie nicht mitgebracht, aber jetzt war es zu spät, um noch etwas zu ändern, ohne dabei große Verwirrung hervorzurufen.

Als ich ihrem Blick begegnete, bedachte sie mich mit einem langen, süßen Lächeln. Ich wurde munter wie ein junger Schäferhund und grinste, bis mir der Alte einen Rippenstoß gab. Dann setzte ich mich zurecht und war bemüht, mich gesittet zu benehmen.

Der Präsident schilderte mit wohldurchdachten Worten die Lage. Er sprach ohne Umschweife, nüchtern und sachlich wie ein Ingenieur und ebenso langweilig. Er brachte einfach Tatsachen. Am Schluß legte er seine Aufzeichnungen beiseite. »Diese traurigen Umstände sind so merkwürdig und furchtbar, sie fallen so ganz aus dem Rahmen bisheriger Erfahrungen, daß ich weitgehende Vollmachten fordern muß, um ihnen gerecht zu werden. Über einige Gebiete muß der Kriegszustand verhängt werden. Tiefgehende Eingriffe in bürgerliche Rechte werden für einen gewissen Zeitraum notwendig sein. So muß das Recht auf Bewegungsfreiheit eingeschränkt werden. Auch der übliche Schutz vor Haussuchung und Haft muß dem Recht auf Sicherheit für jeden einzelnen weichen. Denn jeder Bürger, ganz gleich von welchem Stand und Verdienst, kann zum unfreiwilligen Sklaven dieser geheimen Feinde werden, und daher müssen alle den Verlust einiger Freiheiten und persönlicher Vorteile in Kauf nehmen, bis diese Pest ausgerottet ist.

Wenn auch nur äußerst ungern, so muß ich Sie daher doch bitten, mich zu diesen notwendigen Schritten zu ermächtigen.« Mit diesen Worten setzte er sich nieder.

Man kann die Stimmung einer Menschenmenge fühlen. Die Leute waren unruhig, aber er hatte sie nicht gepackt. Der Senatspräsident blickte auf den Führer der Majorität; dem Programm nach sollte er die Entschließung beantragen.

Ich weiß nicht, ob der Mann den Kopf schüttelte oder ein Zeichen gab, aber er meldete sich nicht zu Wort. Die Verzögerung machte sich peinlich bemerkbar, und man hörte Rufe wie: »Herr Präsident!« und: »Wo bleibt die Geschäftsordnung?«

Der Senatspräsident überging einige andere und gab das Wort einem Mitglied seiner Partei, dem Senator Gottlieb, einem richtigen ›Zugpferd‹, das immer bei der Stange blieb. Wenn es auf dem Parteiprogramm stand, stimmte er auch für sein eigenes Todesurteil.

Er begann damit, daß er die Verfassung wahren und dabei vor niemandem zurückweichen würde, und führte auch das Staatsgesetz an und wahrscheinlich auch den Grand Canyon. Bescheiden wies er auf seine eigenen langjährigen Dienste hin und rühmte Amerikas Platz in der Geschichte. Ich dachte, er suche Zeit zu gewinnen, während seine Leute eine neue Redefolge ausarbeiteten, aber plötzlich wurde mir klar, daß seine Worte nur auf eines hinausliefen: er schlug vor, die Geschäftsordnung aufzuheben und den Präsidenten der Vereinigten Staaten des Hochverrats anzuklagen!

Ich begriff das so flink wie irgendeiner; der Senator hatte seinen Antrag in so gewundene Redensarten eingekleidet, daß man den Sinn kaum erfassen konnte. Ich sah den Alten an.

Der hatte Mary aufs Korn genommen.

Sie erwiderte den Blick mit einem Ausdruck, der zur höchsten Eile mahnte.

Der Alte zog schnell einen Notizblock aus der Tasche, kritzelte etwas auf ein Blatt, knüllte es zusammen und warf es Mary zu, die es auffing, las und – dem Präsidenten weiterreichte.

Der blieb so unbekümmert und gelassen sitzen, als merke er nicht, daß einer seiner ältesten Freunde eben seinen guten Namen zerpflückte und dadurch die Sicherheit der Republik gefährdete. Er las die Zeilen, dann blickte er ohne Hast den Alten an. Der nickte.

Der Präsident stieß den Senatspräsidenten an, der sich daraufhin zu ihm herabbeugte. Sie flüsterten miteinander.

Gottlieb polterte noch immer weiter. Der Senatspräsident schlug mit dem Hammer auf den Tisch. »Bitte, Herr Senator!«

Gottlieb machte ein verdutztes Gesicht und erklärte: »Ich nehme nichts zurück.«

»Darum wird der Senator nicht gebeten. Wegen der Bedeutsamkeit seiner Worte wird der Senator ersucht, auf der Rednertribüne zu sprechen.«

Gottlieb wunderte sich offensichtlich, aber er ging langsam nach vorne. Marys Stuhl verstellte die Stufen, die auf die Tribüne führten. Statt auszuweichen, tändelte sie herum, drehte sich und hob den Stuhl hoch, so daß sie noch mehr im Wege war. Gottlieb blieb stehen, und sie streifte ihn. Er faßte sie am Arm, um sich wie auch ihr Halt zu geben. Nun sprach sie mit ihm, aber man konnte die Worte nicht verstehen. Schließlich ging Gottlieb zur Stirnseite der Rednertribüne weiter.

Der Alte zitterte wie ein Vorstehhund. Mary hob den Kopf und nickte. »Packe ihn!« befahl mein Chef.

Mit einem gewaltigen Satz flog ich über das Geländer und landete auf Gottliebs Schultern. »Handschuhe, mein Sohn, nimm Handschuhe!« hörte ich den Alten brüllen. Ich hielt mich nicht damit auf, sie anzuziehen. Mit bloßen Händen riß ich dem Senator die Jacke herab und sah sofort den Parasiten unter seiner Wäsche pulsieren. Ich zerrte das Hemd herunter, und nun konnte sich jeder mit eigenen Augen überzeugen.

Sechs Holokameras hätten nicht festhalten können, was sich in den nächsten paar Sekunden zutrug. Ich versetzte Gottlieb einen Fausthieb, damit er aufhörte, um sich zu schlagen. Mary kniete auf seinen Beinen. Der Präsident stand über mir und rief: »Da! Da! Nun können Sie es alle selbst sehen!« Der Senatspräsident war wie betäubt und schwang den Hammer. Frauen kreischten, und der Kongreß verwandelte sich in eine johlende Horde, während der Alte der Leibwache des Staatsoberhaupts gellend Befehle zuschrie.

Das war unser Vorteil; die Türen wurden verschlossen, und die einzigen bewaffneten und geschulten Männer im Saal waren die Jungs des Alten. Na gut, es gab noch die Ordnungsbeamten, aber die zählten wohl kaum. Einer der ältesten Abgeordneten kramte einen Vorderlader aus seiner Jacke, ein schon museumsreifes Stück, aber das war auch der einzige Zwischenfall.

Vereint halfen die Pistolen der Wachen und der Lärm des Hammers die Ordnung wiederherzustellen. Der Präsident fing zu sprechen an. Er erklärte ihnen, daß das Schicksal selbst ihnen eine Gelegenheit geboten habe, das wahre Wesen des Feindes zu erkennen, und er schlug vor, sie sollten einer nach dem anderen vorbeigehen und sich persönlich einen der Titanier vom größten Mond des Saturn betrachten. Ohne ihre Zustimmung abzuwarten, wies er auf die erste Bankreihe und forderte die Abgeordneten auf, zu ihm heraufzukommen. Und sie kamen.

Ich humpelte aus dem Weg und überlegte, was an der ganzen Geschichte nun wirklich zufällig gewesen sein mochte. Beim Alten konnte man das nie genau sagen. Hatte er *gewußt*, daß auch der Kongreß infiziert war? Ich rieb mein aufgeschürftes Knie und grübelte.

Mary blieb auf der Tribüne. Etwa zwanzig waren vorbeigezogen, und ein weibliches Mitglied des Kongresses hatte einen hysterischen Anfall erlitten, als ich bemerkte, daß Mary dem Alten wieder ein Zeichen gab. Doch diesmal kam ich seinem Befehl um Haaresbreite zuvor. Wären nicht zwei unserer Leute in der Nähe gewesen, hätte ich sicher einen schweren Kampf bestehen müssen. Dieser Verdächtige war jung und kräftig, ein ehemaliger Matrose. Wir legten ihn neben Gottlieb.

Von nun an wurden die Schaulustigen selbst unter die Lupe genommen, ob es ihnen behagte oder nicht. Ich tätschelte die Frauen, die vorbeimarschierten, auf den Rücken und erwischte eine. Doch diesmal war es ein peinlicher Irrtum. Sie war so aufgedunsen und fett, daß ich falsch vermutet hatte. Mary entdeckte zwei weitere, dann gab es eine gute Weile, bei über dreihundert Leuten, keine Treffer. Doch war deutlich zu erkennen, daß einige sich im Hintergrund hielten.

Lassen Sie sich von niemandem einreden, Kongreßabgeordnete seien dumm. Man braucht Verstand, um gewählt zu werden, und man muß ein guter Psychologe sein, um im Amt zu bleiben.

Acht bewaffnete Männer genügten nicht, d. h. eigentlich waren es, wenn man den Alten, Mary und mich mitrechnete, elf. Die Mehrzahl der Parasiten wäre entronnen, wenn der Geschäftsführer der Regierungspartei nicht Hilfe organisiert hätte. So konnten wir mit ihrer Hilfe dreizehn Parasiten fangen, von denen zehn am Leben blieben. Nur eines ihrer Opfer wurde schwer verwundet.

13

Der Präsident erhielt seine Vollmacht, und der Alte wurde in aller Öffentlichkeit zum Chef des Stabes ernannt; endlich konnten wir etwas unternehmen. Wirklich? Haben Sie je versucht, ein Projekt innerhalb einer Bürokratie schnell voranzutreiben?

›Direktiven‹ müssen ›umgesetzt‹ werden, ›Verwaltungsabteilungen‹ müssen ›koordiniert‹ werden, und natürlich muß alles in den Akten vermerkt werden. Die geplanten Maßnahmen waren einfach. Das betroffene Gebiet abzuriegeln, wie der Alte vorgeschlagen hatte, als die Seuche noch auf die Gegend von Des Moines beschränkt war, kam nicht mehr in Frage; ehe er die Eindringlinge bekämpfen konnte, mußte er wissen, wo sie steckten. Aber der Staat hatte nicht die Mittel, so viele Agenten anzustellen, um zweihundert Millionen Menschen zu untersuchen; das mußte das Volk selbst tun.

Die Losung hieß: Rücken frei! Sie sollte den ersten Schritt im ›Unternehmen Parasit‹ darstellen. Der Grundgedanke war, daß sich ausnahmslos jeder bis zur Mitte freimachte und unbekleidet herumlief, bis alle Titanier gefunden und getötet waren. Frauen durften natürlich die Bänder der Büstenhalter am Rükken tragen; denn darunter vermochte sich kein Parasit zu verstecken.

In Windeseile stellten wir einen Film zusammen, der über den Fernsehsender laufen sollte, während der Präsident seine

Ansprache an die Nation hielt. Durch schnelles Handeln waren sieben der Parasiten, die wir in den geheiligten Hallen des Kongresses aufgestöbert hatten, lebend geborgen worden; sie hausten nun auf Tieren. Wir konnten sie vorführen und dazu die weniger gruseligen Teile des Films, der von mir aufgenommen worden war. Der Präsident selbst wollte in kurzer Hose erscheinen, und man würde Modelle zeigen, die der ›gut gekleidete Staatsbürger‹ tragen konnte. Dazu gehörte auch der Metallpanzer für Kopf und Wirbelsäule, der eine Person selbst im Schlaf schützen sollte.

In einer einzigen Nacht, in der wir uns mit schwarzem Kaffee wachhielten, hatten wir den Schlachtplan vorbereitet. Den überwältigenden Höhepunkt sollte am Schluß eine Aufnahme des Kongresses bilden, der in einer Sitzung die Lage erörterte; Männer, Frauen und Angestellte würden allesamt mit entblößtem Rücken daran teilnehmen.

Achtundzwanzig Minuten fehlten noch bis zum Beginn der Stereoübertragung, als der Präsident einen Anruf erhielt. Ich war zugegen. Der Alte hatte die ganze Nacht beim Präsidenten zugebracht und mich für allerlei Aufträge eingesetzt. Wir trugen alle kurze Hosen; im Weißen Haus hatte man die ausgegebene Losung bereits befolgt. Die einzigen, die in diesem Aufzug passabel aussahen, waren Mary, die einfach alles tragen kann, der farbige Türsteher, der wie ein Zulu-König wirkte, und der Präsident, dessen angeborene Würde durch nichts beeinträchtigt werden konnte. Der Präsident ließ uns mithören, was er in dem Gespräch sagte. »Ich bin am Apparat«, meldete er sich. Kurz darauf meinte er: »Bist du dessen sicher? Nun gut, John, was rätst du? ... Ich verstehe. Nein, ich glaube nicht, daß es so geht ... Ich komme lieber selbst. Richte ihnen aus, sie sollten sich bereit halten.«

Er schob das Telefon zurück und wandte sich an einen Angestellten. »Lassen Sie die Sendung noch etwas hinausschieben.« Zum Alten gewandt, erklärte er: »Kommen Sie, Andrew, wir müssen zum Kapitol.«

Er rief seinen Kammerdiener herbei und zog sich in den

Ankleideraum zurück, der neben seinem Arbeitszimmer lag; als er heraustrat, war er feierlich wie zu einem großen Staatsakt zurechtgemacht. Warum er das getan hatte, erläuterte er uns nicht. Wir übrigen blieben in unserem Gänsehautaufzug und begaben uns gemeinsam zum Kapitol.

Alle waren vollzählig versammelt, aber ich hatte das gleiche fürchterliche Gefühl wie einer, der träumt, ohne Beinkleider in einer Kirche ertappt zu werden; denn auch die Mitglieder des Kongresses waren völlig bekleidet wie sonst auch. Dann entdeckte ich, daß die Saaldiener in kurzer Hose und ohne Hemd waren, und mir wurde leichter.

Offenkundig gibt es Menschen, die lieber sterben als ihrer Würde etwas zu vergeben. Dazu gehören vor allem Senatoren. Kongreßmitglieder nicht minder. Sie hatten dem Präsidenten die Vollmacht bewilligt, um die er gebeten hatte; die Vorschrift, den Rücken frei zu machen, war erörtert und gebilligt worden, aber sie sahen nicht ein, daß sie auch für sie selbst galt. Schließlich waren sie untersucht und von Parasiten gesäubert worden. Vielleicht merkten manche die Lücken in dieser Schlußfolgerung, aber keiner wollte in einem öffentlichen Entkleidungsschauspiel der erste sein. Zugeknöpft bis zum Hals klebten sie auf ihren Sitzen.

Nachdem der Präsident die Rednertribüne bestiegen hatte, wartete er, bis es mäuschenstill war. Dann fing er langsam und gelassen an, sich auszuziehen. Er hielt erst inne, bis er mit nacktem Oberkörper vor ihnen stand. Dann wandte er sich um und hob die Arme. Schließlich sprach er:

»Dies habe ich getan, damit Sie sehen können, daß der leitende Mann des Staates kein Gefangener des Feindes ist.« Er machte eine Pause.

»Aber wie steht es mit Ihnen?« Das letzte Wort schleuderte er wütend der Versammlung entgegen.

Und schon im nächsten Augenblick rief er: »Mark Cummings – sind Sie ein staatstreuer Bürger oder ein Spion jener Ungeheuer? Ziehen Sie Ihr Hemd aus!«

»Herr Präsident ...« Das war Charity Evans aus Maine, die aussah wie eine hübsche Lehrerin. Sie stand auf, und ich sah, daß sie ein Abendkleid trug. Es reichte bis zum Boden, war dafür aber oben so tief ausgeschnitten, wie es nur ging. Sie drehte sich wie ein Mannequin; hinten reichte der Ausschnitt bis zum Ende der Wirbelsäule, während sich das Vorderteil praktisch auf zwei wohlgefüllte Schalen beschränkte. »Ist dies hier zufriedenstellend, Herr Präsident?«

»Sehr zufriedenstellend, Madame.«

Während Cummings noch linkisch und mit scharlachrotem Gesicht an seiner Jacke zerrte, erhob sich in der Mitte des Saales ein Mann – Senator Gottlieb. Er sah aus, als hätte er lieber im Bett bleiben sollen; die Wangen waren grau und eingefallen, und die Lippen hatten eine bläuliche Färbung. Aber er hielt sich kerzengerade und folgte mit unglaublicher Würde dem Beispiel des Präsidenten. Dann drehte auch er sich ganz herum; auf seinem Rücken sah man die grellroten Spuren des Parasiten. Dann ergriff er das Wort.

»Gestern abend stand ich hier und sagte Dinge, die so ungeheuerlich waren, daß ich mir früher lieber die Haut hätte abziehen lassen, als sie zu äußern. Doch gestern abend war ich nicht Herr meiner selbst. Heute bin ich wieder ein freier Mann. Seht ihr nicht, daß Rom brennt?« Plötzlich hatte er eine Pistole in der Hand. »Wolt ihr wohl aufstehen?! Ihr taugt gerade noch, um Leute für die Wahl zu fangen und hier müßig herumzulungern! Zwei Minuten gebe ich euch Frist, einen freien Rücken zu zeigen, dann schieße ich!«

Abgeordnete in seiner Nähe versuchten ihn beim Arm zu packen, aber er schwang die Waffe wie eine Fliegenklatsche und schlug einen der Angreifer kräftig ins Gesicht. Ich zog meine Pistole, um ihn zu unterstützen, aber es war nicht mehr nötig. Man konnte sehen, daß er gefährlich wie ein alter Bulle war; die Männer ließen von ihm ab.

Noch waren einige unschlüssig, aber dann fingen alle an, sich aus den Kleidern zu schälen wie Derwische vor dem Tanz. Einer stürzte zum Ausgang; man stellte ihm ein Bein. Nein, er trug keinen Parasiten. Aber drei fingen wir. Danach ging die Vorstellung mit zehn Minuten Verspätung über den Sender, und der Kongreß tagte zum erstenmal mit freiem Rücken.

14

»Versperrt eure Türen!«

»Schließt die Ofenklappen an euren Kaminen!«

»Betretet niemals einen Raum, der dunkel ist.«

»Vorsicht bei Massenansammlungen!«

»Ein Mann, der einen Mantel trägt, ist ein Feind – erschießt ihn!«

Ein unausgesetztes Sperrfeuer derartiger Aufrufe ging durch das Land, das zusätzlich in allen Teilen aus der Luft überwacht wurde, um auf fliegende Untertassen, die vielleicht gelandet waren, Jagd zu machen. Unser Radarschirm stand auf höchster Alarmstufe. Militärische Einheiten, von Luftlandetruppen bis zu den Stationen für ferngesteuerte Raketen, standen bereit, jedes niedergegangene Raumschiff zu vernichten.

Doch dann passierte nichts. Die Truppen bekamen nichts zu tun. Die ganze Angelegenheit war so effektiv wie ein feuchtgewordener Knallkörper.

In den noch nicht verseuchten Gebieten zogen die Leute mehr oder weniger bereitwillig die Hemden aus, blickten um sich und – entdeckten keine Parasiten. Sie verfolgten die Nachrichten im Fernsehen und warteten leicht verwundert, daß die Regierung erklären würde, die Gefahr sei behoben. Doch nichts dergleichen geschah, und einfache Bürger wie Behörden begannen daran zu zweifeln, daß es wirklich nötig sei, in solch einem Strandaufzug herumzulaufen.

Und wie stand es mit den betroffenen Gebieten? Die Berichte unterschieden sich inhaltlich in nichts von denen aus anderen Gegenden.

Seinerzeit, als es nur den Rundfunk gab, wäre das unmöglich gewesen; der Sender Washington hätte mit seinem Programm das ganze Land erreicht. Aber Holofernsehen verwendete so kurze Wellenlängen, daß nur eine Übertragung von Horizont zu Horizont durchführbar war und Ortssendungen von den einheimischen Stationen ausgestrahlt werden mußten; das war der Preis, den man für reichliche Programmauswahl und guten Bildempfang zu bezahlen hatte.

Da in den befallenen Staaten die Parasiten jedoch die örtlichen Sender in der Hand hatten, bekamen die Einwohner die Warnungen überhaupt nicht zu hören.

Was Washington anging, so hatten wir allen Grund zu der Annahme, daß sie die Aufrufe tatsächlich vernommen hatten. Im übrigen aber? Meldungen trafen z. B. aus Iowa ein, die genauso wie die aus Kalifornien klangen. Der Gouverneur von Iowa sandte als einer der ersten eine Botschaft an den Präsidenten, in der er engste Zusammenarbeit gelobte. Wir bekamen sogar eine Übertragung zu sehen, bei der sich der Gouverneur an seine Wählerschaft wandte und sich bis zur Mitte unbekleidet zeigte. Die Staatspolizei von Iowa sei bereits unterwegs, so berichtete er, um jeden anzuhalten und zu überprüfen, der bekleidet herumlief. Außerdem sei der Flugverkehr über dem Staat für die Dauer des Notstandes untersagt worden, ganz so, wie es der Präsident angeordnet habe. Allerdings stand er mit dem Gesicht zur Kamera, und mich gelüstete es, ihn aufzufordern, daß er sich umdrehen solle. Dann übernahm ein anderes Aufnahmegerät das Bild, und während die Stimme des Gouverneurs weitersprach, erblickten wir einen nackten Rücken. Wir lauschten der Sendung in einem Beratungsraum neben dem Amtszimmer des Präsidenten, der den Alten stets um sich hatte. Ich gehörte als Anhängsel dazu, und auch Mary war immer noch als Leibwache tätig. Außerdem waren noch Martinez, der Minister für das Sicherheitswesen, sowie der oberste Stabschef, Luftmarschall Rexton, anwesend.

Der Präsident wandte kein Auge von der Vorführung und sagte dann zum Alten: »Nun, Andrew? Ich war der Meinung, Iowa sei eine Gegend die wir abriegeln müßten.«

Der Alte knurrte.

Marschall Rexton mischte sich ein: »Soweit ich es mir zurechtlegen konnte – wobei Sie bedenken müssen, daß ich nicht viel Muße dazu hatte –, haben die Parasiten sich in eine Untergrundbewegung geflüchtet. Wir sollten vielleicht jeden Zoll eines verdächtigen Gebietes durchkämmen.«

Wiederum brummte der Alte: »Iowa durchkämmen? Ein Grasbüschel nach dem anderen umwenden? Nein, das reizt mich nicht.«

»Wie wollen Sie die Sache denn sonst anpacken?«

»Ich denke, zunächst müssen wir den Feind als das nehmen, was er ist: Er kann sich nicht verstecken, denn ohne Wirt ist er nicht lebensfähig.«

»Nun gut – angenommen das stimmt, wie hoch schätzen Sie die Zahl der Parasiten in Iowa?«

»Verdammt, wie soll ich das wissen? Die Dinger haben mich nicht ins Vertrauen gezogen.«

»Wir können doch aber einen Höchstwert annehmen. Wenn ...«

»Für eine Berechnung fehlt Ihnen jede Grundlage. Können Sie denn alle nicht begreifen, daß die Titanier eine weitere Runde gewonnen haben?«

»Wieso?«

»Sie haben doch eben den Gouverneur gehört. Er zeigte uns seinen Rücken oder den eines anderen Menschen. Fiel Ihnen nicht auf, daß er sich vor der Kamera nicht umwandte?«

»Aber das tat er doch, ich habe es gesehen«, warf jemand ein.

»Ich hatte bestimmt auch den Eindruck«, bemerkte der Präsident bedächtig. »Wollen Sie damit andeuten, daß Gouverneur Packer selbst befallen ist?«

»Ganz recht. Sie sehen nur, was für Sie bestimmt war. Knapp ehe der Mann sich umdrehte, war das Bild geschnitten. Derlei merken die Zuschauer fast nie. Jede Botschaft aus Iowa ist gefälscht.«

Der Präsident blickte nachdenklich drein. Minister Martinez rief: »Unmöglich! Zugegeben – die Rede des Gouverneurs war vielleicht unecht –, ein geschickter Schauspieler hätte uns täuschen können. Doch wir sahen eine Auswahl aus Dutzenden von Sendungen von Iowa. Wie stand es mit jener Straßenszene in Des Moines? Erzählen Sie mir nur nicht, daß man uns Hunderte von Menschen vorführen könnte, die halb ausgezogen herumlaufen – oder betreiben Ihre Parasiten etwa Massenhypnose?«

»Soviel ich weiß, sind sie dazu nicht imstande«, gab der Alte zu. »Wenn sie das könnten, dürften wir getrost die Flinte ins Korn werfen. Aber wie kommen Sie auf den Gedanken, daß jene Sendung wirklich aus Iowa stammte?«

»Wie? Aber ich bitte Sie, sie lief doch über den Sender Iowa.«

»Und was beweist das? Haben Sie irgendwelche Straßenschilder gelesen? Die Aufnahmen hätten von jeder beliebigen Straße mit kleinen Läden gemacht sein können, die es in allen Vorstädten gibt. Berücksichtigen Sie jetzt nicht, wie der Ansager die Stadt *nannte;* welcher Ort war es nachweislich?«

Dem Minister blieb der Mund offen stehen. Ich selbst besitze in hohem Maße jenes ›Kameraauge‹, das man bei einem Detektiv erwartet; so ließ ich im Geiste den Streifen vor mir abrollen, und – ich hätte unmöglich sagen können, um welche Stadt es sich handelte, noch in welcher Gegend sie ungefähr lag. Es hätte Memphis, Seattle, Boston oder keine davon sein können, denn die meisten Vorstadtbezirke amerikanischer Siedlungen gleichen sich wie ein Friseurladen dem anderen.

»Bloß keinen Streit darüber«, schaltete sich der Alte ein. »Ich weiß es auch nicht, und dabei habe ich ganz genau auf irgendwelche Anhaltspunkte geachtet. Aber die Erklärung ist ganz einfach. Die Station von Des Moines suchte sich Aufnahmen von einer beliebigen, noch nicht verseuchten Stadt aus und stellte sie als eigene hin. Alles, was die genaue Lage verriet, wurde ausgemerzt, und – wir schluckten den Köder. Meine Herren, dieser Feind kennt uns. Sein Feldzug ist bis in alle Einzelheiten geplant, und bei jedem Schachzug, den wir unternehmen, müssen wir uns darauf gefaßt machen, durch List übertölpelt zu werden.«

»Sehen Sie nicht zu schwarz, Andrew?« meinte der Präsident. »Es wäre doch möglich, daß die Titanier anderswohin gezogen sind.«

»Sie befinden sich nach wie vor in Iowa«, erklärte der Alte bündig, »aber mit diesem Kasten hier läßt sich das nicht beweisen.« Er deutete auf den Stereoapparat.

Minister Martinez konnte kaum noch an sich halten. »Das ist

doch lächerlich! Sie behaupten also, daß wir aus Iowa – als wäre es besetztes Gebiet – keine einwandfreie Meldung erhalten.«

»So ist es.«

»Aber ich war vor zwei Tagen in Des Moines. Alles schien unverändert. Verstehen Sie, ich gebe durchaus zu, daß Ihre Parasiten vorhanden sind, obwohl ich noch keinen gesehen habe. Suchen wir sie, wo sie sind, und rotten wir sie aus, anstatt Phantastereien auszubrüten.«

Der Alte machte einen müden Eindruck und mir ging es ähnlich. Ich fragte mich, wie viele der gewöhnlichen Bürger die Sache ernst nehmen mochten, wenn wir schon an der Spitze mit solchen Problemen zu kämpfen hatten. Schließlich erwiderte er: »Ein Land beherrschen Sie, wenn Sie das Nachrichtenwesen in der Hand haben. Verlieren Sie keinen Augenblick mehr, und handeln Sie, sonst können Sie keine einzige Meldung mehr durchgeben.«

»Aber ich wollte doch nur …«

»Ihre Aufgabe ist es, diese Biester auszurotten«, unterbrach ihn der Alte grob. »Ich habe Ihnen gesagt, daß sie in Iowa sind – und in New Orleans, sowie an einem Dutzend anderer Orte. Meine Arbeit ist beendet.« Er erhob sich. »Herr Präsident, für einen Mann in meinem Alter waren die letzten Tage etwas anstrengend; wenn mir der nötige Schlaf fehlt, verliere ich die Beherrschung. Könnten Sie mich jetzt entschuldigen?«

»Gewiß, Andrew.« Der Alte hatte keineswegs die Beherrschung verloren, und der Präsident wußte das sicher auch. Der Chef bringt andere aus der Fassung, er selbst bewahrt sie.

Minister Martinez ließ sich jedoch nicht so ohne weiteres abspeisen. »Warten Sie noch einen Augenblick. Wir werden Ihren Behauptungen gleich auf den Grund gehen.« Er wandte sich an den Stabschef. »Rexton!«

»Herr Minister?«

»Jener neue Militärposten in der Nähe von des Moines, Fort … wie hieß es noch? Es war nach jemandem benannt.«

»Fort Patton.«

»Das meine ich. Also, verlieren wir keine Zeit. Lassen Sie sich sofort über die Kommandostelle verbinden.«

»Aber mit Bild«, fügte der Alte hinzu.

»Selbstverständlich! Wollen doch mal sehen, ob – d.h. ich meine: Dann werden wir endlich erfahren, was in Iowa wirklich los ist.«

Der Luftmarschall bat den Präsidenten um gütige Erlaubnis, ging zum Stereoapparat und ließ sich mit dem Hauptquartier des Generals für das Sicherheitswesen verbinden. Er verlangte den wachhabenden Offizier von Fort Patton in Iowa zu sprechen. Kurz darauf zeigte der Schirm das Innere einer Nachrichtenzentrale, deren Vordergrund ein junger Offizier ausfüllte. Rang und Truppenteil waren an seiner Mütze zu erkennen, aber die Brust war nackt. Martinez wandte sich triumphierend an den Alten. »Sehen Sie?!«

»Ja.«

»Nun wollen wir auf Nummer Sicher gehen. – Leutnant!«

»Ja, Sir!« Der junge Mann sah ehrfurchtsvoll drein und blickte dauernd von einem berühmten Gesicht zum anderen. Empfang und Sichtwinkel stimmten überein: die Augen des Bildes folgten der erwarteten Richtung.

»Stehen Sie auf und drehen Sie sich um«, fuhr Martinez fort.

»Wie bitte? Ja gewiß, Herr Minister.« Er schien erstaunt, aber er gehorchte und – geriet dabei fast außerhalb des Strahls, der das Bild abtastete. Wir konnten seinen nackten Rücken sehen, aber nur bis zu den untersten Rippen, nicht höher.

»Zum Teufel!« schrie Martinez. »Setzen Sie sich nieder und drehen Sie sich dann um.«

»Ja, Sir!« Der junge Mann schien verwirrt. »Einen Augenblick, bitte«, murmelte er, »ich muß den Blickwinkel weiten.«

Das Bild verschwamm, und wellenförmige Regenbogen jagten über den Schirm. Die Stimme des jungen Offiziers war noch über den Tonsender zu vernehmen. »So – ist es jetzt besser?«

»Verdammt, wir können überhaupt nichts erkennen!«

»Nicht? Einen Augenblick, bitte.«

Plötzlich wurde es wieder lebendig auf der Mattscheibe, und

eine Sekunde lang dachte ich, daß wir noch mit Fort Patton sprächen. Aber diesmal erschien ein Major, und der Raum, in dem er sich befand, wirkte größer. »Hauptquartier«, verkündete er. »Wachhabender Nachrichtenoffizier, Major Donovan.«

»Major, ich war mit Fort Patton verbunden«, sagte Martinez in gemessenem Ton. »Was ist los?«

»Ich habe mich bereits beschwert, Herr Minister. Es lag eine kleine technische Störung vor. In einer Sekunde werden wir den Anruf erneut durchgeben.«

»Beeilen Sie sich!«

»Jawohl, Herr Minister.«

Auf dem Schirm erschien ein Filter, dann war er leer.

Der Alte erhob sich. »Rufen Sie mich, sobald Sie die ›kleine technische Störung‹ aufgeklärt haben. Ich gehe zu Bett.«

15

Sollte ich den Eindruck erweckt haben, daß Minister Martinez dumm war, so bedaure ich es. Anfangs hatte nämlich jeder seine liebe Not, bis er einsah, wozu die Parasiten fähig waren. Hatte man aber erst einmal selbst einen zu Gesicht bekommen, gab es auch nicht den geringsten Zweifel mehr.

Auch an Marschall Rexton war nichts auszusetzen. Nachdem die beiden Männer sich durch weitere Anrufe an bekannten Gefahrenstellen davon überzeugt hatten, daß ›technische Unterbrechungen‹ nicht ausgerechnet immer im ungeeignetsten Augenblick auftreten konnten, arbeiteten sie die ganze Nacht durch. Um etwa vier Uhr morgens riefen sie den Alten an, der auch mich verständigte.

Sie befanden sich noch im gleichen Raum – Martinez, Rexton mit einigen von seinen Leuten und der Alte. Als ich eintraf, gesellte sich auch der Präsident zu ihnen; er erschien im Bademantel und in Begleitung Marys. Martinez setzte zum Sprechen an, aber der Alte kam ihm zuvor. »Lassen Sie Ihren Rücken sehen, Tom!«

Mary gab ihm ein Zeichen, daß alles in Ordnung sei, aber der Alte tat, als sähe er sie nicht. »Ich bestehe darauf«, erklärte er.

Gelassen erwiderte der Präsident: »Andrew, Sie haben vollkommen recht«, und ließ das Gewand von der Schulter herabgleiten. Sein Rücken war frei. »Wenn ich nicht mit gutem Beispiel vorangehe, wie kann ich dann erwarten, daß die anderen mittun?«

Der Alte machte Anstalten, ihm wieder in den Mantel zu helfen, doch der Präsident wehrte ihn ab und legte das Kleidungsstück über einen Stuhl. »Ich muß mich an die neue Kleiderordnung gewöhnen. In meinem Alter tut man sich damit etwas schwerer. Nun, meine Herren?«

Martinez und Rexton hatten Stecknadeln mit bunten Köpfen auf einer Karte verteilt, rote für Gefahrenzonen, grüne für nicht betroffene Gegenden und noch ein paar gelbe. Iowa sah aus, als herrschten dort die Masern; New Orleans und der Bezirk um Teche waren ebenso schlimm. Desgleichen die Stadt Kansas. Das obere Ende des Missippi- und Missourilaufs war von Minneapolis und St. Paul bis nach St. Louis eindeutig feindliches Gebiet. Von dort flußabwärts bis New Orleans gab es weniger rote Stecknadeln, aber auch keine grünen. Eine gefährliche Feuerzone lag rund um El Paso, und zwei weitere befanden sich an der Ostküste.

Der Präsident betrachtete die Karte. »Wir werden die Hilfe Kanadas und Mexikos brauchen«, sagte er. »Irgendwelche Meldungen?«

»Nichts von Bedeutung.«

»Kanada und Mexiko werden nur den Anfang bilden«, meinte der Alte ernst. »Wir werden uns an die ganze Welt wenden müssen.«

Rexton mischte sich ein. »Wirklich? Wie steht es mit Rußland?«

Darauf konnte niemand eine Antwort geben. Der dritte Weltkrieg hatte das russische Problem nicht gelöst, und kein Krieg würde das jemals schaffen. Das Land war zu groß, man konnte es weder besetzen noch unbeachtet lassen. Vielleicht fühlten sich die Parasiten dort schon richtig zu Hause.

Der Präsident wehrte ab. »Damit werden wir uns beschäftigen, wenn es an der Zeit ist.« Er fuhr mit dem Finger quer über die Karte. »Bestehen Schwierigkeiten, Nachrichten zur Küste durchzugeben?«

»Offensichtlich nicht«, beruhigte Rexton ihn. »Die Gegner scheinen die direkte Verbindung nicht zu stören. Trotzdem habe ich alle militärischen Meldungen über die Raumstationen leiten lassen.« Er sah auf die Uhr an seinem Finger. »Im Augenblick über die Raumstation Gamma.«

»Nun ja«, meinte der Präsident. »Andrew, können diese Kreaturen eine Raumstation stürmen?«

»Woher soll ich das wissen?« entgegnete der Alte gereizt. »Ich habe keine Ahnung, ob ihre Schiffe dafür geeignet sind oder nicht. Wahrscheinlich würden sie eher versuchen, sich langsam über die Nachschubraketen einzunisten.«

Man erörterte, ob die Raumstationen bereits besetzt sein mochten; die Losung ›Rücken frei‹ galt nicht für sie. Obwohl wir sie erbaut hatten und unterhielten, unterstanden sie den Vereinten Nationen.

»Macht euch darüber keine Sorgen«, ließ Rexton sich plötzlich vernehmen.

»Warum nicht?« fragte der Präsident.

»Ich bin wahrscheinlich hier der einzige, der auf einer Raumstation gedient hat. Völlig bekleidet würde man dort ebenso auffallen wie jemand, der am Badestrand im Pelzmantel herumspaziert. Aber wir wollen einmal nachsehen.« Er gab einem Adjutanten entsprechende Befehle.

Der Präsident beschäftigte sich wiederum mit der Karte. »Soweit mir bekannt ist«, meinte er und wies auf Grinnell in Iowa, »stammen alle diese Parasiten von einem einzigen Schiff, das hier landete.«

»Unseres Wissens ja«, antwortete der Alte.

»O nein!« widersprach ich.

Alle blickten mich an. »Drücken Sie sich deutlicher aus«, forderte der Präsident mich auf.

»Bis ich befreit wurde, landeten mindestens drei weitere Raumschiffe, das weiß ich zuverlässig.«

Der Alte machte ein verblüfftes Gesicht. »Irrst du dich auch nicht, mein Sohn? Wir glaubten, wir hätten alles aus dir herausgeholt.«

»Nein, ich weiß es ganz bestimmt.«

»Warum hast du das nicht schon früher gesagt?«

»Es fiel mir eben jetzt wieder ein.« Ich versuchte ihnen klarzumachen, wie einem zumute ist, wenn man einen Parasiten trägt. Man merkt, was vorgeht, aber alles erscheint bedeutsam und unwichtig zugleich. Ich wurde ganz aufgeregt. Zwar gehöre ich nicht zu der Sorte Menschen, die grundlos vor Angst bibbern, aber wenn man einmal in der Gewalt einer solchen Kreatur gestanden hat, verliert man leichter die Nerven.

Der Alte mahnte: »Beruhige dich, Junge«, und der Präsident lächelte mir aufmunternd zu.

Rexton forschte weiter: »Wo landeten sie? Das ist die entscheidende Frage. Vielleicht könnten wir noch eines fassen.«

»Das bezweifle ich«, erwiderte der Alte. »Bei dem ersten Raumschiff haben sie innerhalb von Stunden die Spuren der Landung beseitigt. Falls es überhaupt das erste war«, fügte er nachdenklich hinzu.

Ich trat an die Karte und versuchte mich zu entsinnen. Während ich auf New Orleans zeigte, schwitzte ich vor Anstrengung. »Ich bin ziemlich sicher, daß hier in der Nähe eines niederging«, sagte ich, auf die Karte starrend. »Aber wo die anderen landeten, weiß ich nicht.«

»Vielleicht hier?« Rexton wies auf die Ostküste.

»Ich kann mich nicht mehr erinnern, wirklich nicht.«

»Fällt Ihnen kein anderer Landeplatz mehr ein?« fragte Martinez verärgert. »Mensch, denken Sie scharf nach!«

»Es nützt nichts. Wir wußten nie, was unsere Gebieter vorhatten.« Ich dachte nach, bis mir der Kopf weh tat. Dann wies ich auf die Stadt Kansas. »Dorthin schickte ich einige Depeschen, aber ich bin nicht sicher, ob sie sich auf Schiffsladungen bezogen oder nicht.«

Rexton blickte auf die Karte. »Nehmen wir in der Nähe der Stadt Kansas ein Raumschiff an. Mit dieser Frage können sich die Mathematiker beschäftigen. Sie müßte sich rechnerisch lösen lassen; vielleicht können wir auf diese Weise noch die dritte Landung ableiten.«

»Oder die *Landungen*«, ergänzte der Alte.

»Wie Sie wollen: oder auch die Landungen.« Erneut wandte er sich der Karte zu und starrte sie an.

16

Verspätete Einsicht nützt verdammt wenig. In dem Augenblick, als die erste fliegende Untertasse landete, hätte die drohende Gefahr mit einer einzigen Bombe abgewehrt werden können. Noch als Mary, der Alte und ich die Umgebung von Grinnel auskundschafteten, hätten wir drei allein jeden Parasiten töten können, wenn uns ihr genauer Aufenthaltsort bekannt gewesen wäre.

In der ersten Woche hätte die Losung: ›Rücken frei‹ noch das Blatt wenden können. Aber nun zeigte es sich schnell, daß diese Aktion als Offensivmaßnahme versagt hatte. Wert hatte sie nur in der Defensive, man konnte die noch nicht verseuchten Gebiete halten, es ließen sich sogar Gegenden, die ›angesteckt‹, aber noch nicht ganz unterjocht waren, säubern. Das galt für Washington selbst, für Philadelphia und New Brooklyn, wobei ich mit guten Ratschlägen dienen konnte. Die ganze Ostküste verwandelte sich aus einem ›roten‹ in einen ›grünen‹ Abschnitt.

Doch als die Landesmitte auf der Karte allmählich markiert wurde, füllte sie sich mit roten Pünktchen oder genauer rubinfarbenen Lichtern, denn die Karte mit den Stecknadeln war durch eine riesige elektronische Generalstabskarte im Maßstab 1:500 000 ersetzt worden, die eine Wand des Beratungsraums bedeckte und die als Relais von einem Original in den unterirdischen Gewölben des Neuen Pentagons ›gespeist‹ wurde.

Als hätte ein Riese in der Mitte rote Farbe ein Tal hinunterlaufen lassen, zerfiel das Land in zwei Teile. Gelbe Säume begrenzten beiderseits den Streifen, der von den Parasiten besetzt gehalten wurde; diese Zonen waren die einzigen Stellen, an denen sich etwas ereignete. Hier konnte man durch Bildempfang von Stationen des Feindes wie von den freien Sendern Einsicht in die Verhältnisse bekommen. Ein solcher Saum begann bei Minneapolis, machte westlich um Chicago einen Bogen, umging St. Louis von Osten und schlängelte sich dann durch Tennesse und Alabama zum Golf. Der zweite Streifen bahnte sich einen Weg durch die großen Ebenen und kam in der Nähe von Corpus Christi wieder heraus. El Paso war Mittelpunkt eines rot schimmernden Flecks, der mit dem befallenen Hauptgebiet nicht in Verbindung stand.

Ich fragte mich, was in diesen Grenzgebieten vorging. Im Augenblick war ich allein. Das Kabinett hielt eine Sitzung ab, und der Präsident hatte den Alten mitgenommen. Rexton und sein Stab waren schon vorher gegangen. Ich blieb, weil ich nicht im Weißen Haus umherirren wollte, hing meinen griesgrämigen Gedanken nach und beobachtete, wie gelbe Lichter rot aufblinkten und – weniger häufig – rote Lichter auf Gelb oder Grün umgeschaltet wurden.

Ich hätte auch gerne gewußt, wie sich ein Besucher ohne Rang und Namen hier ein Frühstück verschaffen konnte. Seit vier Uhr früh war ich auf den Beinen und hatte bis jetzt nur eine Tasse Kaffee erhalten, die mir der Kammerdiener des Präsidenten gebracht hatte. Noch dringender suchte ich den Waschraum. Schließlich wurde ich so verzweifelt, daß ich der Reihe nach die einzelnen Türen zu öffnen versuchte. Die ersten beiden waren versperrt, die dritte führte zur gewünschten Örtlichkeit. Da sie keine Aufschrift trug ›Nur für den Präsidenten‹, trat ich ein.

Als ich zurückkam, fand ich Mary vor.

Ich blickte sie blöde an. »Ich dachte, du wärst beim Präsidenten.« Sie lächelte. »Man hat mich fortgejagt. Der Alte hat mich abgelöst.«

»Mary, ich wollte schon lange mit dir reden, und jetzt habe ich das erste Mal Gelegenheit dazu. Ich glaube, ich – nun jedenfalls hätte ich nicht – d.h. ich meine, nach der Erklärung des Alten ...« Ich hielt inne, weil meine sorgfältig vorbereitete Ansprache zum Teufel war. »Jedenfalls hätte ich nicht so zu dir sprechen dürfen«, schloß ich kläglich.

Sie legte mir die Hand auf den Arm. »Liebster Sam, mach dir keine Sorgen. Was du gesagt und getan hast, ist von deinem Standpunkt aus durchaus verständlich. Für *mich* allein ist wichtig, was du tatsächlich für mich getan hast. Alles übrige spielt keine Rolle – außer daß ich wieder glücklich bin, weil ich weiß, daß du mich nicht verachtest.«

»Schon gut, aber – verdammt noch mal, sei nicht so edelmütig. Das kann ich nicht ertragen!«

Sie lächelte mich zwar noch an, aber nicht mehr so sanft wie bei der Begrüßung. »Sam, du magst es gerne, glaube ich, wenn deine Frauen ein wenig kratzbürstig sind. Ich warne dich, das kann ich auch sein. Du machst dir anscheinend noch immer über die Ohrfeige Gedanken. Also gut, ich werde sie dir heimzahlen.« Sie streckte die Hand aus und gab mir einen leichten Klaps auf die Wange. »Das wäre beglichen, und nun kannst du es vergessen.«

Doch dann änderte sich plötzlich ihr Gesichtsausdruck. Sie holte gegen mich aus und – ich dachte, mir fiele der Kopf herunter. »Und dieser Schlag ist für jenen, den mir deine Freundin verabreicht hat!«

Mir klangen die Ohren, und alles verschwamm mir vor den Augen. Ich hätte schwören können, daß sie einen richtigen Boxhieb angebracht hatte. Sie sah mich ein wenig lauernd und trotzig an – vielleicht sogar wütend, sofern geweitete Nasenflügel etwas zu bedeuten hatten. Ich hob die Hand, und sie beobachtete mich gespannt, aber ich wollte nur meine schmerzende Wange betasten. »Sie ist nicht meine Freundin«, stotterte ich.

Wir beäugten uns und brachen gleichzeitig in Lachen aus. Sie legte mir die Hände auf die Schultern und ließ den Kopf an meine Brust sinken, während sie immer noch lachte. »Sam«, stieß sie hervor, »es tut mir leid. Ich hätte mich nicht so aufführen dürfen, dir gegenüber nicht. Zumindest nicht so fest zuschlagen.«

»Daß es dir leid tut, kannst du dem Teufel weismachen«, grollte ich. »So zu schmettern hättest du nicht brauchen. Fast hättest du mir dabei die Haut abgezogen.«

»Armer Sam!« Sie berührte die Wange, und es schmerzte. »Ist sie wirklich nicht deine Freundin?«

»Nein, leider nicht. Aber bemüht habe ich mich redlich.«

»Das glaube ich dir aufs Wort. Wer ist dann deine Freundin, Sam?«

»Du! Du Teufel!«

»Na schön«, meinte sie, ohne sich zu zieren, »wenn du mich haben willst. Aber das habe ich dir schon früher gesagt. Also – der Handel ist abgeschlossen – Ware gekauft und bezahlt!«

Sie wartete, daß ich sie küssen sollte, ich stieß sie jedoch von mir.

»Verdammt, Mädel, ich will dich nicht ›einhandeln‹.«

Ohne jede Einschüchterung erwiderte sie sofort: »Ich habe mich falsch ausgedrückt. Bezahlt schon, aber nicht ›gekauft‹. Dazu bin ich hier. Willst du mich nun bitte küssen?«

Sie hatte mir schon einmal einen Kuß gegeben. Diesmal aber tat sie es richtig. Ich hatte das Gefühl, in einen warmen, goldenen Nebelschleier zu versinken, aus dem ich nie mehr aufzutauchen wünschte. Schließlich mußte ich mich losreißen und keuchte: »Ich denke, ich muß mich jetzt eine Minute hinsetzen.«

»Ach Sam«, sagte sie und ließ mich los.

»Mary, meine liebe Mary, könntest du mir wohl einen Gefallen tun?« flötete ich kurz darauf.

»Ja?« fragte sie eifrig.

»Verrate mir in drei Teufels Namen, wie man hier ein Frühstück bekommen kann. Ich bin am Verhungern.«

Einen Augenblick schien sie sprachlos, dann antwortete sie: »Aber gewiß!«

Wie sie das Kunststück fertigbrachte, weiß ich nicht, vielleicht war sie in die Speisekammer des Weißen Hauses eingebrochen und hatte sich selbst bedient. Jedenfalls kehrte sie in wenigen Minuten mit belegten Broten und zwei Flaschen Bier zurück. Ich verputzte gerade meine dritte Schnitte mit Büchsenfleisch, als mir etwas einfiel: »Mary, wie lange – glaubst du – wird die Besprechung der Herren dauern?«

»Oh, mindestens zwei Stunden. Warum?«

»In diesem Fall«, erwiderte ich, den letzten Bissen hinunterschlingend, »haben wir genügend Zeit, uns fortzuschleichen und ein Standesamt aufzusuchen, ehe uns der Alte vermißt.«

Sie schwieg und starrte auf die Luftperlen in ihrem Bier. »Nun?« drängte ich.

Sie hob die Augen. »Wenn du es wünschst, werde ich es tun. Ich drücke mich nicht. Aber lieber wäre es mir, wir warteten noch ein wenig.«

»Du willst mich also nicht heiraten?«

»Sam, ich glaube, daß du noch nicht reif dazu bist.«

»Und von dir sprichst du nicht?«

»Sei nicht böse, Liebster. Ich gehöre dir – mit und ohne Ehevertrag – überall, jederzeit und in jeder Hinsicht. Aber du kennst mich noch nicht richtig. Wir müssen erst noch besser miteinander vertraut werden; du könntest deine Meinung noch ändern.«

»Das ist nicht meine Art.«

Sie schaute mich einen Augenblick an, dann wandte sie sich traurig ab. Ich fühlte, daß mir die heiße Röte ins Gesicht stieg. »Das waren besondere Umstände«, protestierte ich. »In hundert Jahren würde sich das nicht mehr wiederholen. Das war ich doch gar nicht, der das dumme Zeug schwätzte; es war ...«

Sie schnitt mir die Rede ab. »Ich weiß, Sam. Du brauchst dich nicht zu rechtfertigen. Ich werde dir bestimmt nicht davonlaufen, und ich mißtraue dir auch nicht. Nimm mich für ein Wochenende mit; noch besser: ziehe in meine Wohnung. Wenn ich mich gut benehme, ist es immer noch Zeit, mich zu dem zu machen, was Urgroßmutter eine ›anständige Frau‹ nannte – weiß der Himmel, warum.«

Ich muß ein verdrossenes Gesicht gemacht haben. Sie legte ihre Hand auf meine und sagte ernst: »Sam, blicke auf die Karte.«

Ich wandte den Kopf. Rote Lichter wie immer, oder noch mehr. Die Gefahrenzone um El Paso hatte sich ausgedehnt. Mary fuhr fort: »Erledigen wir zuerst dieses Problem, Liebster. Wenn du dann immer noch den Wunsch hast, frage mich erneut. Inzwischen kannst du die Rechte ohne die Verpflichtungen haben.«

Gab es etwas Großzügegeres und Ehrlicheres als dieses Angebot? Das Unglück war nur, daß ich es mir nicht so wünschte. Warum ist ein Mann, der die Ehe wie die Pest gemieden hat, plötzlich überzeugt, daß für ihn nichts anderes mehr in Frage kommt?

Als die Besprechung vorüber war, beschlagnahmte mich der Alte und nahm mich zu einem Spaziergang mit. Ja, zu einem Spaziergang, obwohl wir nur bis zu einer Bank gingen, die zum Andenken an Baruch aufgestellt worden war. Dort setzte er sich nieder, bastelte an seiner Pfeife herum und blickte finster drein. Es war ein so schwüler Tag, wie man ihn nur in Washington kennt; der Park war fast ganz verlassen.

»Der Gegenschlag setzt um Mitternacht ein«, sagte er und fügte sogleich hinzu: »Wir werden alle wichtigen Punkte in der roten Zone überfallen – Sender, Zwischenstationen, Zeitungsredaktionen und Fernschreiber der Western Union!«

»Das hört sich gut an«, erwiderte ich. »Wieviel Mann sind dafür vorgesehen?«

Er antwortete nicht. Statt dessen meinte er: »Mir gefällt das ganz und gar nicht.«

»Warum nicht?«

»Sieh, mein Junge, der Präsident trat vor den Fernsehapparat und befahl, daß jeder sein Hemd ablegen solle. Darauf stellten wir fest, daß die Botschaft das befallene Gebiet nicht erreicht hat. Was folgt daraus?«

Ich zuckte mit den Achseln. »Wir greifen an, vermute ich.«

»Soweit ist es noch nicht. Überlege einmal: inzwischen sind mehr als vierundzwanzig Stunden vergangen; was hätte geschehen müssen und ist es nicht?«

»Soll ich das wissen?«

»Allerdings, wenn du je selbständig etwas leisten willst. Hier« – er reichte mir den Combo-Schlüssel für einen Wagen. »Fahre schleunigst nach der Stadt Kansas und sieh dich dort um. Halte dich fern von Militärposten, Polizisten und ... ach Quatsch, du weißt, wie du mit Parasiten umzugehen hast. Gehe ihnen aus dem Wege und erkunde die Lage gründlich. Laß dich nicht erwischen.« Er blickte auf seinen Finger: »Eine halbe Stunde vor Mitternacht mußt du wieder hier sein. Und nun ab!«

»Du läßt mir viel Zeit, um eine ganze Stadt zu bearbeiten«, beschwerte ich mich. »Drei Stunden brauche ich allein schon, um hinzufahren.«

»Mehr als drei Stunden«, erwiderte er. »Errege keine unnötige Aufmerksamkeit durch eine Verkehrsstrafe.«

»Du weißt verdammt gut, daß ich ein vorsichtiger Fahrer bin.«

»Los, geh zu!«

So machte ich mich auf den Weg und verschwendete erst einmal zehn Minuten, um einen neuen Wächter davon zu überzeugen, daß ich tatsächlich die Nacht im Weißen Haus verbracht hatte und sich meine Besitztümer, insbesondere meine Ausrüstung, noch dort befanden.

Der Combo-Schlüssel gehörte zu dem Flugwagen, mit dem wir hierhergekommen waren; ich holte ihn an der Rock-Creck-Plattform ab. Es herrschte nur geringer Verkehr, und ich erwähnte das dem Mann gegenüber, der die Wagen abfertigte. »Fracht- und Handelsfahrzeuge müssen auf dem Boden bleiben«, antwortete er. »Ausnahmezustand – besitzen Sie eine militärische Erlaubnis?«

Wenn ich den Alten anrief, hätte ich eine bekommen können, aber er liebte es nicht, mit Kleinkram belästigt zu werden. So meinte ich: »Überprüfen Sie den Combo.«

Er zuckte mit den Achseln und steckte den Combo in seine Maschine. Meine Ahnung bestätigte sich. Erstaunt zog er die Brauen hoch. »Allerhand!« bemerkte er, »Sie müssen Liebkind beim Präsidenten sein.« Er fragte nicht nach meinem Zielort, und ich äußerte mich auch nicht dazu. Vermutlich gab seine Maschine jedesmal ›Hail, Columbia‹ zum Besten, wenn sie auf die Codenummer des Alten stieß.

Nach dem Start stellte ich die Schalthebel bei höchstzulässiger Geschwindigkeit auf die Stadt Kansas ein und versuchte zu überlegen. Jedesmal, wenn ich von meinem Kontrollbezirk in den nächsten glitt und Radarstrahlen meinen Transponder trafen, pfiff er, doch auf dem Schirm erschienen keine Gesichter. Offenkundig war der Combo des Alten für diese Strecke ein Freipaß – trotz Ausnahmezustand!

Allmählich begann ich mir den Kopf zu zerbrechen, was geschehen würde, sobald ich in die roten Gebiete eindrang, und plötzlich wurde mir klar, was der Alte mit seiner Frage vorhin gemeint hatte.

Man neigt dazu, unter ›Nachrichtennetz‹ nur die Fernsehsender zu verstehen, die im Sichtbereich liegen. Doch im Grunde verbreitet jeder Reisende ebenfalls Nachrichten, sogar die alte Tante Mamie, die nach Kalifornien fährt und bis zum Rand voll von Klatsch ist. Die Parasiten hatten sich zwar die Fernsehverbindungen angeeignet, aber so leicht lassen Neuigkeiten sich nicht aufhalten. Mit derartigen Maßnahmen erreicht man nur, daß sie langsamer weitergegeben werden. Wollten sie daher in ihrem Bereich an der Macht bleiben, so war die Beschlagnahme der Fernsehsender sicher nur der Anfang.

Was aber war der nächste Schritt? Bestimmt unternahmen sie etwas, und ich, der im weitesten Sinne auch Nachrichten übermittelte, tat gut daran, mir immer einen Fluchtweg offenzuhalten, wenn ich meine hübsche rosige Haut retten wollte. Mit jeder Minute flog ich näher an die rote Zone und den Mississippi heran. Was würde geschehen, wenn mein Erkennungssignal das erste Mal von einer Station aufgefangen wurde, die in der Hand der fremden Drahtzieher war? Ich bemühte mich, wie ein Titanier zu denken – vergeblich, wie ich schnell feststellte, auch wenn ich selbst mal einer ihrer Sklaven gewesen war. Na gut, fragen wir eben, was ein Sicherheitsoffizier tun würde, wenn eine feindliche Maschine den Eisernen Vorhang überflog. Er würde sie selbstverständlich abschießen. Doch nein, diese Lösung kam hier nicht in Frage.

Soweit ich beurteilen konnte, war ich in der Luft sicher, aber beim Landen durfte ich mich nicht erwischen lassen. Das klang einfach, war es aber nicht, wenn man bedachte, wie scharf der Verkehr überwacht wurde; man hatte behauptet, alles sei so gut geplant, daß kein Sperling ungesehen herabfallen könne, und die Ingenieure prahlten damit, daß nicht einmal ein Schmetterling in den Vereinigten Staaten notzulanden vermöge, ohne das Such- und Rettungssystem in Bewegung zu setzen. Das stimmte nicht ganz, aber – ich war auch kein Schmetterling.

Zu Fuß getraue ich mich ohne weiteres jeden Sicherheitsgürtel zu durchbrechen, sei er nun mechanisch, bemannt, elektronisch oder alles zusammen. Aber wie kann man jemanden in einem Wagen irreführen, der in der Minute einen ganzen Breitengrad nach Westen zurücklegt? Doch wenn ich marschierte, bekäme der Alte seinen Bericht am nächsten Michaelistag; und er wünschte ihn vor Mitternacht.

Einmal hatte mir der Alte in einer seltenen weichen Stimmung erzählt, daß er sich nicht damit plage, Agenten genaue Weisungen zu erteilen. Er gebe ihnen einen Auftrag und lasse sie schwimmen – oder untergehen. Ich meinte, seine Methode müsse ihn eine Menge Leute kosten.

»Einige schon«, hatte er zugegeben, »aber nicht so viele wie auf andere Weise. Ich glaube an die Macht der Persönlichkeit und bemühe mich, Leute auszuwählen, die immer zu den Überlebenden gehören.«

»Beim Teufel! Und wie suchst du sie aus?«

Er hatte boshaft gegrinst. »Überlebender ist, wer zurückkehrt.«

Elihu, sagte ich mir, du bist drauf und dran, herauszufinden, ob du zu diesen Glücklichen zählst. Verdammt sei das eiskalte Herz des Alten!

Folgte ich dem vorgeschriebenen Kurs, mußte ich St. Louis ansteuern, einen Bogen um die Stadt ziehen und dann nach der Stadt Kansas weiterrasen. Doch St. Louis lag in der roten Zone. Die Karte hatte Chikago grün angezeigt; die gelbe Linie verlief im Zickzack westlich davon, irgendwo oberhalb Hannibal in Missouri, und ich wünschte sehnlichst, den Mississippi noch innerhalb der grünen Zone zu überqueren. Ein Fahrzeug, das über diesen kilometerbreiten Strom setzte, würde ein so scharfes Radarsignal auslösen wie ein Stern in der Wüste.

Ich gab der Blockkontrolle ein Zeichen und bat um Erlaubnis, auf die Ebene des Ortsverkehrs hinunterzutrudeln, dann führte ich mein Vorhaben aus, ohne die Antwort abzuwarten. Nun steuerte ich wieder selbst und hielt mich mit mäßiger Geschwindigkeit nach Norden.

Kurz vor der Springfield-Schleife nahm ich Kurs nach Westen und blieb auf geringer Höhe. Als ich den Fluß erreichte, flog ich langsam hinüber, immer dicht am Wasser und mit abgeschaltetem Transponder. Gewiß, dem Radarerkennungszeichen kann man in der Luft nicht ausweichen, aber die Wagen der Abteilung waren besonders ausgestattet. Der Alte war sich eben nicht zu fein, auch Gangstermethoden anzuwenden. Wurde der örtliche Verkehr überwacht, hatte ich einige Hoffnung, daß mein Fahrzeug bei der Überfahrt fälschlich für ein Boot auf dem Fluß gehalten würde.

Ich wußte nicht genau, ob die nächste Blockkontrolle jenseits des Flusses zur roten oder grünen Zone gehörte. In der Annahme, daß es sicherer wäre, mich erneut in das Verkehrsnetz einzugliedern, wollte ich gerade den Transponder wieder einschalten, als ich plötzlich in der Uferstrecke vor mir eine Mündung entdeckte. Da die Karte keinen Nebenfluß anzeigte, hielt ich die offene Stelle für eine Bucht oder einen neuen Kanal, der noch nicht eingetragen war. So ließ ich mich fast bis auf den Wasserspiegel hinuntergleiten und bog in die Abzweigung ein.

Der Lauf des Gewässers war schmal, gewunden und beinahe ganz von überhängenden Bäumen bedeckt; hier hatte ich mit meinem ›Himmelswagen‹ nicht mehr zu suchen als eine Biene in einer Posaune; aber dieser Weg gewährte mir vollkommenen Radarschatten, ich konnte ›verlorengehen‹.

In wenigen Minuten hatte ich mich wirklich verirrt, ich vermochte auch auf der Karte meine Position nicht mehr zu finden. Der Kanal wechselte die Richtung, wand sich und schwenkte wieder zurück, und ich war so damit beschäftigt, meine Maschine mit Handsteuerung dauernd herumzureißen, daß ich auf alle Navigation verzichten mußte.

Ich fluchte und wünschte, einen Triphib zu haben, dann hätte ich aufs Wasser niedergehen können. Plötzlich verschwanden die Bäume; ich sah ein Stück ebenes Gelände vor mir, hielt darauf zu, und während ich das Fahrzeug zu Boden drückte, drosselte ich jäh die Geschwindigkeit; dabei prallte ich so heftig gegen den Sicherheitsgurt, daß er mich um ein Haar mitten entzweigeschnitten hätte. Aber ich war auf der Erde und versuchte nicht mehr, wie ein Fisch in einem schlammigen Strom herumzuschwänzeln.

Was nun? Zweifellos gab es in der Nähe eine Landstraße. Es war günstiger, sie zu suchen und am Boden zu bleiben.

Andrerseits war es unsinnig – ich hatte nicht Zeit dazu und sollte meine Reise lieber in der Luft fortsetzen. Aber das wagte ich nicht, ehe ich nicht eindeutig wußte, ob der Verkehr hier von freien Männern oder von Parasiten überwacht wurde.

Seit ich Washington verlassen hatte, war der Stereoapparat abgeschaltet gewesen. Jetzt drehte ich ihn auf und jagte nach Meldungen, fand aber keine. Ich stieß auf einen Vortrag von Dr. phil. Myrtle Doolightly über das Thema: ›Warum Ehemänner sich langweilen‹, gesendet von der Firma Uth-a-gen Hormone; dann erwischte ich ein Jazztrio von Mädchen, die sangen: ›Wenn du denkst, was ich von dir denke, worauf warten wir dann noch?‹ und sah schließlich eine Fortsetzung der Sendereihe: ›Lucretia lernt, wie es im Leben zugeht.‹

Die gute Dr. Myrtle war vollkommen angezogen. Das Trio

zeigte sich nur spärlich bedeckt, wie nicht anders zu erwarten, aber die Damen kehrten der Kamera nie den Rücken zu. Lucretia sorgte für Abwechslung: einmal wurden ihr die Kleider vom Körper gerissen, das nächste Mal zog sie sich freiwillig aus. Doch immer dann, wenn ich nachprüfen wollte, ob ihr Rücken wirklich frei war, wurde die Aufnahme abgeblendet, oder die Scheinwerfer erloschen.

Keiner der Filme war aufschlußreich. Diese Programme konnten ebensogut schon vor Monaten zusammengestellt worden sein, ehe der Präsident die Losung ›Rücken frei‹ ausgegeben hatte.

Ich suchte immer noch nach neuen Sendern, um Nachrichten zu hören, und starrte plötzlich in das Gesicht eines Ansagers, der salbungsvoll lächelte. Er steckte in einem vollständigen Anzug.

Bald wurde mir klar, daß es sich um eine der albernen Geschenksendungen handelte. Der Mann sagte eben: »... und irgendeine glückliche kleine Frau, die in diesem Augenblick vor dem Bildschirm sitzt, wird völlig kostenlos einen automatischen Hausdiener der Firma General Atomic erhalten, mit sechs Geräten auf einmal. Wer wird ihn bekommen? Sie? Sie? Oder werden Sie die Glückliche sein?«

Er wandte sich ab, so daß ich seine Schultern sehen konnte. Sie waren von einer Jacke bedeckt und deutlich gerundet, beinahe bucklig. Ich befand mich innerhalb der roten Zone.

Als ich das Fernsehgerät ausknipste, bemerkte ich, daß mich ein etwa neun Jahre alter Junge beobachtete. Er trug nur eine kurze Hose, aber in seinem Alter hatte das nichts zu bedeuten. Ich schob die Windschutzscheibe zurück. »He, Bursche, wo ist die Landstraße?«

»Dort drüben geht der Weg nach Macon«, antwortete er. »Sagen Sie einmal, das ist doch ein Cadillac Zipper, nicht wahr?«

»Freilich. Kannst du mir nicht genauer Auskunft geben?«

»Nehmen Sie mich mit?«

»Ich habe keine Zeit.«

»Wenn ich mitfahren darf, werde ich Ihnen den Weg zeigen.«

Ich gab nach. Während er hineinkletterte, öffnete ich mein Köfferchen und holte Hemd, Hose und Jacke heraus. »Vielleicht sollte ich mich lieber nicht anziehen«, sagte ich. »Tragen die Leute hier in der Gegend Hemden?«

Er machte ein finsteres Gesicht. »Natürlich. Meinen Sie denn, Sie wären in Arkansas?«

Wiederum erkundigte ich mich nach der Straße.

»Darf ich auf den Knopf drücken, wenn wir starten, ja?«

Ich erklärte ihm, daß wir auf dem Boden bleiben wollten. Er war ungnädig darüber, aber er ließ sich herbei, mir die Fahrtrichtung anzugeben. Ich fuhr vorsichtig, weil der Wagen für freies Gelände zu schwer war. Kurz darauf hieß der Junge mich einbiegen. Eine gute Weile später hielt ich und sagte: »Wirst du mir jetzt wohl die Straße zeigen, oder soll ich dich durchprügeln?«

Er öffnete die Tür und schlüpfte hinaus. »Heda!« brüllte ich.

Er blickte zurück. »Fahren Sie dort hinüber!« rief er noch. Ich wendete und hatte fast schon die Hoffnung, eine Straße zu finden, aufgegeben, als ich fünfzig Meter weiter doch noch eine entdeckte. Der Lausejunge hatte mich fast ganz im Kreis herumgeschickt.

Wenn man das überhaupt eine Autostraße nennen konnte! In der Decke war nicht ein Gramm Gummifederung. Immerhin, es war eine Fahrbahn; ich folgte ihr nach Westen. Alles in allem hatte ich eine Stunde vergeudet.

Macon in Missouri erschien mir zu ›normal‹, um Vertrauen zu erwecken; von einem freien Rücken hatte man hier offenkundig noch nichts gehört. Ich überlegte ernstlich, ob ich nicht diese Stadt aufs Korn nehmen und dann – solange es mir noch möglich war – wieder auf dem gleichen Wege, auf dem ich gekommen war, umkehren sollte. Weiter in Gelände vorzustoßen, das meines Wissens von den fremden Drahtziehern beherrscht wurde, flößte mir Angst ein. Ich hatte nur einen Wunsch: davonzulaufen!

Aber der Alte hatte befohlen: »Stadt Kansas.« Ich umfuhr

also Macon auf dem Außengürtel und gelangte westlich davon auf einen Landeplatz. Dort reihte ich mich in die wartende Schlange ein und ließ mich inmitten eines Wirrwarrs von Farmerhubschraubern und einheimischen Fahrzeugen in den Ortsverkehr einschleusen. Ich mußte zwar bei meiner Fahrt quer durch den Staat die vorgeschriebene Geschwindigkeit einhalten, aber das war sicherer, als in das gefährliche Kontrollnetz zu fallen, bei dem mich mein Transponder in jedem Abschnitt der Blockkontrolle verraten konnte. Ich fuhr jetzt automatisch; wahrscheinlich war es mir gelungen, Missouri zu betreten, ohne Verdacht zu erwecken. Gut, irgendwo hinten in Illinois gab es vermutlich eine Kontrollstation, wo man sich über mein Verschwinden wundern mochte, aber das spielte nun wirklich keine Rolle.

17

Außer im Osten, wo früher Independence lag, war die Stadt Kansas bei den Bombenangriffen nicht beschädigt worden. Daher hatte man sie auch niemals neu aufgebaut. Von Südosten her kann man bis Swope Park fahren, dann hat man die Wahl, den Wagen abzustellen oder Gebühren zu zahlen, um in die Innenbezirke zu gelangen. Man kann aber auch hineinfliegen und hat dann wieder mehrere Möglichkeiten. Entweder landet man nördlich des Flusses auf dem Flugplatz und benützt die Tunnel zur Einfahrt in die Stadt, oder man geht südlich vom Memorial Hill auf den Plattformen nieder.

Ich beschloß, nicht zu fliegen; denn ich hatte kein Verlangen, den Wagen von den Kontrollstellen aufgreifen zu lassen. In einer schwierigen Lage sind Tunnel und Plattformen mit ihren Aufzügen die reinsten Mausefallen. Am liebsten aber hätte ich, offen gestanden, die Stadt überhaupt nicht betreten.

Ich brachte den Wagen auf Straße 40 und fuhr an die Zollschranke des Meyer-Boulevards. Die Wagenreihe, die dort wartete, war ziemlich lang, und als ein anderes Fahrzeug auf den Platz hinter mir einrückte, überkam mich das Gefühl, eingekreist zu sein. Doch der Schrankenwärter nahm meine Gebühr entgegen, ohne mich eines Blicks zu würdigen. Ich dagegen musterte ihn eingehend, hätte aber nicht sagen können, ob er von einem Parasiten befallen war oder nicht.

Mit einem Seufzer der Erleichterung fuhr ich durch das Tor und wurde dicht dahinter angehalten. Ein Schlagbaum ging vor mir nieder, und ich konnte gerade noch rechtzeitig bremsen, worauf ein Schutzmann den Kopf hereinsteckte. »Sicherheitsprüfung«, erklärte er. »Verlassen Sie den Wagen.«

Ich wehrte mich dagegen. »Die Stadt will Unfälle verhüten«, erläuterte er. »Hier ist Ihr Wagenschein. Sie können ihn hinter dem Schlagbaum abholen. Steigen Sie aus und gehen Sie zu jener Türe hinein.« Er wies auf ein Gebäude, das in der Nähe am Straßenrand stand.

»Wozu?«

»Sehvermögen und Reflexe nachsehen. Sie halten die Wagenreihe auf.«

Im Geiste sah ich die Karte vor mir, auf der die Stadt Kansas rot aufglühte. Ich war überzeugt, daß der Ort ›gesichert‹ war. Dieser Polizist mit dem freundlichen Benehmen war gewiß befallen. Aber wenn ich ihn nicht erschießen und einen Notstart versuchen wollte, blieb mir nichts übrig als nachzugeben. Grollend kletterte ich aus dem Wagen und schritt langsam auf das Gebäude zu. Es war nur ein Behelfsbau mit einem altmodischen, nicht selbsttätig schließenden Tor. Ich stieß es mit einer Zehe auf, und spähte nach beiden Seiten, ehe ich eintrat. Nun stand ich in einem leeren Vorraum, der am anderen Ende eine Tür hatte. Von drinnen rief jemand: »Herein!« Immer noch auf der Hut, trat ich ein. Zwei Männer, von denen einer am Kopf einen Augenspiegel trug, standen in weißen Kitteln vor mir. »Es dauert keine Minute«, sagte der eine, »treten Sie näher.« Er machte die Türe zu, durch die ich gekommen war; ich hörte das Schloß einschnappen.

Es war alles viel harmloser aufgemacht, als wir es seinerzeit für den Klub der Verfassungstreuen eingerichtet hatten. Auf einem Tisch lagen Übertragungszellen für Titanier herum, sie waren bereits geöffnet und angewärmt. Der eine Mann hielt schon eine bereit – für mich, davon war ich überzeugt – und er drückt sie so an sich, daß ich das Schneckenwesen darin nicht sehen konnte. Die Zellen erweckten bei den Opfern sicher keinen Verdacht. Ärzte haben immer merkwürdige Geräte zur Hand.

Im übrigen wurde ich aufgefordert, meine Augen an das Brillengestell eines ganz gewöhnlichen Apparats zu halten, mit dem man die Sehschärfe zu prüfen pflegt. Dorthin wollte mich der ›Doktor‹ voraussichtlich setzen, und ohne daß ich seine dunklen Absichten merkte, konnte ich dann meine Augen nicht mehr frei gebrauchen. Während ich die Zahlen ablesen würde, könnte mir sein ›Assistent‹ in aller Ruhe einen Parasiten verpassen. Das würde alles ohne Gewalt oder Gegenwehr geschehen und konnte nicht mißlingen.

Wie ich während meiner eigenen ›Dienstzeit‹ gelernt hatte, war es nicht nötig, den Rücken des Opfers zu entblößen. Man brauchte nur mit dem Schmarotzer den nackten Hals zu berühren, ihn dem neuen Sklaven zu überlassen, die Kleider zurechtzurücken und seinen Dämon zu bedecken.

»Kommen Sie hier herüber«, wiederholte der ›Doktor‹. »Legen Sie die Augen an die Rahmen.«

Mit raschen Schritten begab ich mich zu der Bank, an der man den Apparat befestigt hatte. Dann wandte ich mich plötzlich um.

Der Helfershelfer mit der vorbereiteten Zelle hatte sich bereits genähert. Als ich mich umdrehte, neigte er sie von mir weg.

»Doktor, ich trage Haftgläser. Soll ich sie abnehmen?«

»Nein, nein«, herrschte er mich an. »Wir wollen keine Zeit vergeuden.«

»Aber Doktor«, widersprach ich. »Sehen Sie doch bitte nach, ob sie passen. Mit dem linken hatte ich ein wenig Schwierigkeiten.« Ich hob beide Hände und zog mein Augenlid zurück. »Sehen Sie?«

Ärgerlich meinte er: »Wir sind hier in keiner Klinik. Wenn Sie bitte …« Sie waren jetzt beide in Reichweite, und plötzlich spannte ich die Arme zu einer mächtigen ›Bärenzange‹, bekam sie zu fassen und packte sie zwischen den Schulterblättern. Mit jeder Hand stieß ich unter den Mänteln auf etwas Weiches und fühlte, wie ich mich vor Ekel schüttelte.

Einmal habe ich mit angesehen, wie eine Katze von einem Auto angefahren wurde; das arme Ding sprang senkrecht hoch, der Rücken krümmte sich in die verkehrte Richtung, und die Pfoten flogen in die Luft. Genauso erging es diesen beiden Unglücklichen; jeder Muskel war in einem gewaltigen Krampf verzerrt. Ich konnte sie nicht halten. Mit einem Ruck entglitten sie meinen Armen und plumpsten zu Boden. Aber ich brauchte mich nicht zu ängstigen; nach den ersten Zuckungen lagen sie wie gelähmt.

Jemand klopfte an die Tür. Ich rief hinaus: »Einen Augenblick, der Arzt ist beschäftigt.«

Das Pochen hörte auf. Ich vergewisserte mich, daß die Türe verschlossen war, dann beugte ich mich über den ›Doktor‹ und zog ihm den Kittel hoch, um nachzusehen, wie es um seinen Parasiten stand. Er war nur noch eine zerplatzte Masse; auch der andere, der auf dem Helfer gesessen hatte, war erledigt, worüber ich höchst beglückt war. Denn wären die Parasiten noch nicht tot gewesen, hätte ich sie kurzerhand verbrennen müssen, ohne jedoch zu wissen, ob es ihre Wirte nicht das Leben kostete. Jetzt brauchte ich nur die Männer zurückzulassen – mochten sie nun weiterleben, sterben oder wieder von Titaniern befallen werden. Eine Möglichkeit, ihnen zu helfen, hatte ich nicht.

Bei den Unholden in ihren Zellen lag der Fall anders. Mit einem Fächerstrahl und höchster Ladestärke räucherte ich sie allesamt aus. An der Wand standen noch zwei Lattenkisten; auch sie sengte ich mit meinem Flammenwerfer, bis das Holz verkohlt war.

Wiederum pochte jemand. Ich blickte mich hastig nach einem Versteck für die beiden Männer um, fand aber keines, so beschloß ich, mich aus dem Staube zu machen. Als ich gerade hinausgehen wollte, hatte ich das Gefühl, etwas vergessen zu haben. Ich sah mich erneut im Raum um.

Es schien nichts vorhanden zu sein, das für meinen Zweck taugte. Ich hätte Kleidungsstücke des ›Doktors‹ oder seines Helfers verwenden können, aber das war nicht nach meinem Geschmack. Dann entdeckte ich die Schutzhülle des Untersuchungsgeräts. Ich öffnete meine Jacke, ergriff die Hülle, knüllte sie zusammen und stopfte sie mir zwischen den Schultern unter das Hemd. Nachdem ich den Reißverschluß der Jacke zugezogen hatte, besaß ich einen Höcker.

Dann ging ich hinaus ... ›als Fremdling voll Angst in einer Welt, die nie sein Werk gewesen ist‹.

Aber in Wahrheit war ich ziemlich stolz auf meine kühne Tat.

Ein anderer Polizist nahm meinen Schein für den Wagen entgegen. Er blickte mich scharf an, dann winkte er mir einzusteigen. Das tat ich und erhielt den Befehl: »Fahren Sie in das Polizeipräsidium unterhalb des Rathauses.«

»Polizeipräsidium am Rathaus«, wiederholte ich, gab Gas und brauste davon. Anfangs schlug ich die angegebene Richtung ein und fuhr über Nichols Freeway. Ich gelangte auf eine Strecke, wo der Verkehr schwächer wurde, und drückte auf den Knopf, um die Nummernschilder zu wechseln. Möglicherweise wurde der Wagen bereits gesucht. Ich wünschte, ich hätte auch die Farben und die Karosserie des Wagens ändern können.

Ehe der Freeway in den MacGee Traffic Way einmündete, fuhr ich eine Rampe hinunter und hielt mich auf Seitenstraßen. Es war achtzehn Uhr nach Ostküstenzeit, ich sollte also in viereinhalb Stunden wieder in Washington sein.

18

Die Stadt machte den Eindruck, als stimme etwas nicht. Sie hatte etwas Unechtes, Schales an sich, als wäre alles Leben und Treiben nur ein plump aufgezogenes Schauspiel. Ich versuchte genau festzustellen, woran es lag, aber ich kam nicht dahinter.

In vielen Stadtvierteln von Kansas wohnen Familien, die oft seit mehr als einem Jahrhundert hier ansässig sind. Kleine Kinder purzeln über den Rasen, und Hausherrn sitzen gleich ihren Urgroßvätern vorn auf der Veranda. Wenn es in dieser Gegend Luftschutzbunker gibt, sind sie nicht zu erkennen. Die merkwürdigen alten und massiven Häuser, die von längst verstorbenen Handwerksmeistern aneinandergebaut worden sind, lassen diese Viertel wie Inseln der Geborgenheit erscheinen.

Ich fuhr kreuz und quer durch solche Straßen, wich Hunden, Gummibällen und spielenden Kindern aus und versuchte, mir ein Bild von dem Leben hier zu machen. Es war die Mußestunde des Tages, die Zeit, in der man ein Gläschen trank, den Rasen sprengte und mit den Nachbarn plauderte. Ich sah eine Frau, die sich über ein Blumenbeet beugte. Sie hatte einen Luftanzug an, und ihr Rücken war nackt. Man sah deutlich, daß sie keinen Parasiten trug; auch die beiden kleinen Kinder, die sie bei sich hatte, waren nicht befallen. Was stimmte da nicht?

Es war ein sehr heißer Tag; ich hielt Ausschau nach Frauen in Strandkleidern und Männern in kurzen Hosen. Die Stadt Kansas liegt in einer Gegend, in der man etwas auf die Bibel hält. Warmes Wetter hat auf ihre Kleidung daher nicht den gleichen Einfluß wie in Laguna Beach oder Coral Gables. Ein völlig angezogener Erwachsener fällt niemals auf, und so entdeckte ich auch Menschen, die so oder so gekleidet waren, aber – das Verhältnis stimmte nicht. Gewiß, es gab viele Kinder, die wegen der Hitze nur wenig bedeckt herumliefen, doch auf dieser Fahrt über etliche Kilometer sah ich nur fünf Frauen und zwei Männer mit freiem Rücken. Fünfhundert hätte ich eher erwartet. Man rechne sich aus: obwohl einige Jacken zweifellos keine

Schneckenwesen verhüllten, mußten nach einer einfachen Gleichung gut *über neunzig Prozent der Bevölkerung befallen sein*.

Diese Stadt war nicht gesichert, sie war gesättigt! Die Parasiten hatten hier nicht nur die entscheidenden Stellen und wichtigen Behörden besetzt, sie und die Stadt waren eins.

Ich fühlte einen dumpfen Drang, davonzurasen und wie die Feuerwehr mit Höchstgeschwindigkeit die rote Zone zu verlassen. Man wußte, daß ich der Falle an der Schranke entronnen war, und man würde nach mir suchen. Vielleicht war ich der einzige freie Mann in der ganzen Stadt, der einen Wagen fuhr und – ich war von Feinden umringt!

Ich kämpfte diese Anwandlung nieder. Ein Agent, der sich fürchtet, leistet nichts, zumal wenn er in der Klemme steckt. Offenbar hatte ich mich aber doch noch nicht ganz von dem Schrecken, einmal Werkzeug der Titanier gewesen zu sein, erholt; es fiel mir schwer, gelassen zu bleiben.

Ich zählte bis zehn und versuchte, mir ein Bild zu machen. Anscheinend hatte ich mich geirrt; es konnte unmöglich genügend Schmarotzer geben, um eine Stadt mit einer Million Einwohner zu unterjochen. Ich erinnerte mich an meine eigenen Erfahrungen und vergegenwärtigte mir, wie wir damals die Opfer ausgewählt und dafür gesorgt hatten, daß jeder neue Wirt für uns einen Gewinn bedeutete. Natürlich waren hier neue Eindringlinge mit Raumschiffen angekommen, weil sehr wahrscheinlich in der Nähe der Stadt Kansas eine fliegende Untertasse gelandet war. Dennoch war dieser Gedanke widersinnig. Ein Dutzend oder mehr fliegende Untertassen waren nötig, um ausreichend Parasiten heanzuschaffen, die eine Stadt wie Kansas sättigen konnten. Wären es so viele gewesen, hätte man bestimmt mit Radar ihre Einflugbahnen verfolgt.

Oder ließen sie sich vielleicht nicht nachweisen? Möglicherweise tauchten sie einfach auf, statt wie Raketen zu landen. Vielleicht benutzten sie sogar den berühmten, hypothetischen ›Raum-Zeit-Verzerrer‹. Ich hatte keine Ahnung, wie ein Raum-Zeit-Verzerrer funktionierte – und vermutlich auch sonst niemand –, aber so ein Ding mochte ihnen die Möglichkeit geben zu landen, ohne dabei vom Radar erfaßt zu werden.

Wir kannten die technischen Fähigkeiten der Parasiten nicht, und es war nicht ratsam, die Grenzen ihres Könnens nach unseren eigenen zu beurteilen.

Jedenfalls führten die Einzelheiten, die ich beobachtet hatte, zu einem Ergebnis, das den Gesetzen der Logik widersprach. Ehe ich daher dem Alten berichete, mußte ich mich vergewissern. Eines schien sicher: Wenn die fremden Machthaber tatsächlich diese Stadt fast ganz besetzt hatten, hielten sie trotzdem die Maskerade aufrecht und wahrten nach außen hin den Schein, als sei sie eine Wohnstätte freier Menschen. Vielleicht fiel ich daher nicht so stark auf, wie ich fürchtete.

Gemächlich fuhr ich etwa eineinhalb Kilometer ohne festes Ziel weiter. Dabei gelangte ich unversehens in den Bezirk mit den kleineren Läden rings um die Plaza. Ich kehrte um. Wo sich Menschen drängen, gibt es Schutzleute. Dabei kam ich an einem Schwimmbad vorbei. Ich betrachtete es und merkte mir, was ich gesehen hatte. Erst als ich einige Häuserzeilen davon entfernt war, wertete ich meine Beobachtungen aus. Viel hatte ich nicht festgestellt. Das Bad trug ein Schild: ›In diesem Sommer geschlossen!‹

Ein Schwimmbecken, das in der heißesten Zeit gesperrt blieb? Das hatte an sich nichts zu bedeuten. Bäder außer Betrieb gab es früher auch schon, und daran würde sich auch in Zukunft nichts ändern. Aber es war vom wirtschaftlichen Standpunkt aus unvernünftig, ein solches Unternehmen ausgerechnet während der Jahreszeit zu schließen, in der es den größten Gewinn abwarf – wenn dafür nicht äußerst zwingende Gründe vorlagen! Die wären jedoch nur schwer zu finden gewesen. Aber eines stand fest: Hier konnten die Parasiten keinesfalls ihre Maskerade aufrechterhalten. Wenn man es daher bei heißem Wetter schloß, so fiel das weniger auf als wenn es ohne Besucher blieb. Man richtete sich in seinem Vorgehen also ganz nach menschlichen Gesichtspunkten.

Was galt es also festzuhalten? Erstens: eine Falle am Stadteingang – zweitens: zuwenig Sonnenanzüge und drittens: ein geschlossenes Schwimmbad.

Daraus folgt: die Schneckenwesen waren weit zahlreicher, als wir es uns hätten träumen lassen.

Ergebnis: Der geplante Gegenschlag ging von einer falschen Annahme an; er würde ebensowenig nützen, als wollte man Nashörner mit einer Schleuder jagen.

Was würde man einwenden? Daß meine Beobachtungen einfach nicht stimmten. Ich konnte förmlich Minister Martinez' mühsam beherrschten Hohn vernehmen, mit dem er meine Worte zerpflückte. Daher benötigte ich einen Beweis, der so schlagend war, daß er den Präsidenten überzeugte. Erst dann konnte sich unser Staatsoberhaupt über die anscheinend so vernünftigen Einwände seiner Ratgeber hinwegsetzen. Ich mußte daher so schnell wie möglich handeln. Selbst wenn ich mich über alle Verkehrsregeln hinwegsetzte, kam ich um die zweieinhalb Stunden Rückfahrzeit nach Washington kaum herum.

Was tun? Die Innenstadt aufsuchen, mich unter die Menschenmenge mischen und dann Martinez erzählen, ich sei überzeugt, daß fast jeder Vorübergehende einen Parasiten getragen habe? Wie konnte ich das belegen? Ja, worauf gründete sich meine eigene Gewißheit? Solange die Titanier die Posse weiterspielten, als ginge alles den gewohnten Gang, waren die verräterischen Anzeichen nur schwer erkennbar, denn sie bestanden in nichts weiter als besonders häufigen runden Schultern und wenigen freien Rücken.

War genügend Nachschub an Parasiten vorhanden, konnte ich mir ausmalen, wie die Stadt besetzt worden war. Dabei hatte ich das untrügliche Gefühl, daß ich beim Verlassen der Stadt an der Schranke wieder auf eine Falle stoßen würde. Sicher gab es sie auch bei den Startplattformen und an jedem Aus- und Eingang des Ortes. Jeder, der die Stadt verließ, wurde ein neuer Agent, jeder, der sie betrat, ein neuer Sklave. Dessen war ich mir sicher, auch ohne die einzelnen Stellen zu überprüfen. Immerhin hatte ich selbst im Klub der Verfassungstreuen so eine Falle aufgebaut; niemand von denen, die hereinkamen, war entwischt.

An der letzten Ecke, an der ich vorbeigekommen war, hatte

ich einen Druck- und Verkaufsautomaten für die Zeitung ›Kansas Star‹ bemerkt. Nun umfuhr ich den Häuserblock, hielt bei dem Apparat und stieg aus. Ich schob ein Zehn-Cent-Stück in den Schlitz und wartete nervös, bis meine Zeitung gedruckt war.

Die Ausgabe des ›Star‹ enthielt das übliche, ehrbar langweilige Geschwätz, keine aufregenden Berichte, nirgends ein Wort von dem gegenwärtigen Notstand, keine Zeile über die Losung: ›Rücken frei‹. Der Leitartikel trug die Überschrift: ›Telefondienst durch stürmiscche Sonnenfleckentätigkeit unterbrochen‹; der Untertitel lautete: ›Stadt durch Vorgänge auf der Sonne fast ganz von der Umwelt abgeschnitten!‹ Ein farbiges Holobild nahm drei Spalten ein. Es zeigte das Gesicht der Sonne, von kosmischen Pickeln entstellt. Fürwahr eine überzeugende und wenig aufregende Erklärung, warum Mamie Schultz, die noch frei von Parasiten war, die Großmutter in Pittsburgh nicht anrufen konnte.

Ich klemmte die Zeitung unter den Arm, um sie später genauer anzugucken, und wandte mich zum Wagen zurück. Da glitt gerade lautlos ein Polizeifahrzeug heran und stellte sich meinem quer vor die Nase. Um ein Polizeiauto scheint sich stets, wie aus der Luft gezaubert, eine Menschenmenge zu sammeln. Einen Augenblick zuvor war die Straßenecke noch verlassen gewesen, jetzt wimmelte es ringsum von Leuten, und der Schutzmann kam auf mich zu. Verstohlen tastete ich mit der Hand nach meiner Waffe. Wäre ich nicht überzeugt gewesen, daß die Umstehenden genauso gefährlich waren, hätte ich den Mann erschossen. Er blieb vor mir stehen. »Zeigen Sie mir Ihren Führerschein«, sagte er freundlich.

»Gewiß«, erwiderte ich bereitwillig. »Er ist am Schaltbrett meines Wagens festgeklemmt.« Ich ging an ihm vorbei, als nähme ich an, daß er mir folgen würde. Er zögerte sichtlich, dann biß er auf den Köder an. Ich führte ihn zwischen meinem und seinem Wagen herum. Dabei stellte ich fest, daß er keinen Kollegen im Auto hatte, ein ungewöhnlicher Umstand, der mir höchst willkommen war. Noch wichtiger schien mir, daß nun mein Wagen zwischen mir und den allzu harmlosen Zuschauern stand.

»Dort ist mein Führerschein«, sagte ich und wies in das Wageninnere. Wiederum zauderte er, dann blickte er näher hin – es genügte gerade, um die Technik anzuwenden, die ich mir notwendigerweise angeeignet hatte. Mit der linken Hand schlug ich ihm auf die Schultern und packte mit meiner ganzen Kraft zu.

Sein Körper schien zu explodieren, so heftig waren die Zukkungen. Noch ehe er im Fall das Pflaster streifte, saß ich im Wagen und brauste mit Vollgas davon.

Keine Sekunde zu früh. Ähnlich wie in Barnes' Büro war es nun mit dem Mummenschanz vorbei; die Menge drängte sich heran. Eine Frau krallte sich mit den Nägeln außen an und fiel erst nach fünfzehn Metern wieder hinunter. Inzwischen war ich auf hohe Geschwindigkeit gegangen und steigerte sie ständig noch mehr. Ich reihte mich abwechselnd in den Straßenverkehr ein und wich ihm aus, stets bereit, in die Luft aufzusteigen, sowie ich genügend Raum dazu fand.

Links zweigte ein Seitenweg ab; ich ratterte hinein. Es war ein Fehlgriff. Bäume wölbten sich über eine Allee, und ich konnte nicht starten. An der nächsten Kreuzung war es noch ungünstiger.

Notgedrungen mußte ich mein Tempo verlangsamen. Im vorschriftsmäßigen Trott fuhr ich kreuz und quer durch die Stadt und lauerte unentwegt auf einen Boulevard, der breit genug war, um einen unerlaubten Start zu wagen. Allmählich hielt mein Denken wieder mit den Ereignissen Schritt, und ich merkte, daß keinerlei Anzeichen auf Verfolgung hindeuteten. Seinerzeit hatte ich die Parasiten gründlich kennengelernt, und das kam mir zustatten. Abgesehen von der ›unmittelbaren Fühlungnahme‹ lebt ein Schmarotzer auch eng verbunden mit seinem Wirt. Er sieht, was sein Opfer sieht. Nur mit den Organen und den Hilfsmitteln, über die sein Träger verfügt, kann er die Umgebung erkunden und Eindrücke weitergeben. Wahrscheinlich hatte kein anderer Parasit außer dem des Polizisten nach meinem Wagen gefahndet, und diesen Spürhund hatte ich erledigt. Natürlich hielten jetzt auch die anderen Titanier nach mir Ausschau, aber auch sie bedienten sich nur der körperlichen und geistigen Fähigkeiten ihrer Sklaven. Ich durfte sie nicht wichtiger nehmen als irgendwelche andere Augenzeugen, das heißt: Ich mußte nur in einen anderen Bezirk hinüberwechseln und nicht mehr an den Vorfall denken.

Denn mir blieben nur noch knapp dreißig Minuten, und ich hatte mir überlegt, was ich als Beweis benötigte – einen Gefangenen, einen Menschen, der befallen war und erzählen konnte, was sich in der Stadt ereignet hatte. Ich mußte ein Opfer der Feinde befreien. Dabei galt es, die betreffende Person zu fangen, ohne sie zu verwunden oder ihren Parasiten zu töten oder zu entfernen und sie selbst nach Washington zu entführen. Einzelheiten zu planen hatte ich keine Zeit, ich mußte umgehend handeln. Gerade als ich mich zu diesem Entschluß durchgerungen hatte, entdeckte ich kurz vor mir einen Mann, der dahinschritt, als sähe er seine Wohnung und das Abendessen schon vor sich. Ich hielt neben ihm und rief: »Heda!«

Er blieb stehen. »Sie wünschen?«

Ich erwiderte: »Eben komme ich vom Rathaus. Ich habe keine Zeit, lange zu erklären – steigen Sie ein, ich sage Ihnen dann alles weitere.«

»Rathaus? Wovon reden Sie eigentlich?« meinte er.

»Neue Beschlüsse. Versäumen Sie keine Zeit. Steigen Sie ein!«

Er wich zurück. Ich sprang hinaus und packte ihn bei seinen buckligen Schultern.

Nichts geschah. Meine Hand bekam nur Knochen und Muskeln zu fassen. Der Mann stimmte ein Gebrüll an.

Ich stürzte in den Wagen und verließ so schnell wie möglich die Gegend. Als ich ein paar Häuser weiter war, fuhr ich langsamer und dachte über mein Mißgeschick nach. Konnten meine Nerven schon so überreizt sein, daß ich Schmarotzer vermutete, wo es keine gab?

Nein! In diesem Augenblick war ich von dem gleichen unbezähmbaren Willen wie der Alte beseelt. Ich ließ mich nur von den Tatsachen leiten. Die Schranke, die Luftanzüge, das Schwimmbad und der Schutzmann bei dem Zeitungsautomaten waren greifbare Wirklichkeit, und wenn ich soeben einen Falschen erwischt hatte, war es zufällig einer von zehn – oder wie das Zahlenverhältnis sonst sein mochte –, der noch nicht befallen war. Ich beschleunigte mein Tempo und suchte nach einem neuen Opfer.

Es war ein Mann mittleren Alters, der den Rasen sprengte und so normal aussah, daß ich schon halb entschlossen war, an ihm vorüberzufahren. Aber ich hatte keine Minute zu verlieren und – er trug eine Wolljacke, die sich verdächtig wölbte. Hätte ich seine Frau auf der Veranda eher bemerkt, wäre ich weitergefahren, denn sie trug nur einen Büstenhalter und einen Rock, sie konnte also nicht befallen sein.

Als ich stehenblieb, blickte er auf. »Ich komme eben vom Rathaus«, wiederholte ich mein Sprüchlein. »Wir müssen uns sofort verständigen. Steigen Sie ein.«

Ruhig entgegnete er: »Kommen Sie ins Haus. In den Wagen kann man zu leicht hineinsehen.« Ich wollte schon ablehnen, aber er ging bereits auf das Gebäude zu. Als ich ihn eingeholt hatte, flüsterte er: »Vorsicht. Die Frau gehört nicht zu uns.«

»Ihre Gattin?«

»Ja.«

Wir blieben auf der Veranda stehen, und er stellte mich vor. »Meine Liebe, dies ist Herr O'Keefe. Wir haben geschäftlich miteinander zu reden und gehen in mein Arbeitszimmer.«

Sie lächelte und strickte weiter. Wir traten ein, und der Mann führte mich in sein Zimmer. Da wir den Schein wahrten, ging ich zuerst hinein, wie es sich für einen Besucher gehört. Ich drehte ihm nicht gerne den Rücken zu. Daher war ich schon halb auf das gefaßt, was nun geschah. Er versetzte mir einen Schlag ins Genick. Getroffen sank ich zu Boden, aber ohne ernstlich Schaden gelitten zu haben. Ich rollte mich herum, damit ich auf den Rücken zu liegen kam.

Als man uns seinerzeit in der Schule ausbildete, schlug man

uns mit dem Sandsack, wenn wir nach einem Fall wieder aufzustehen versuchten. Ich erinnere mich noch an meinen *Savate*-Lehrer, der mit breitem belgischen Akzent erklärte: »Tapfere Männer stehen wieder auf – und sterben. Seien Sie feige – kämpfen Sie vom Boden aus.« So blieb ich auf dem Boden und bearbeitete den Gegner mit den Absätzen. Er hüpfte außer Reichweite. Eine Waffe besaß er offensichtlich nicht, und ich konnte meine nicht erreichen. Doch im Raum befand sich ein echter Kamin mit Schürhaken, Schaufel und Zange; der Mann umkreiste mich und steuerte dorthin. Unweit von mir stand ein kleines Tischchen, aber ich konnte es nicht erwischen. So schob ich mich mit einem Ruck darauf zu, packte es bei einem Bein und schleuderte es gegen den Mann. Gerade als er den Schürhaken ergriff, traf ihn das Möbelstück. Dann stürzte ich mich auf ihn.

Sein Parasit verendete unter meinen Fingern, und er selbst krümmte sich unter dem letzten fürchterlichen Befehl seines Parasiten. Doch plötzlich stand die Frau auf der Schwelle und schrie gellend. Ich sprang auf und versetzte ihr einen Hieb. Der Laut blieb ihr in der Kehle stecken, sie sank um, und ich wandte mich wieder dem Mann zu.

Ein schlaffes Menschenbündel ist erstaunlich schwer hochzuheben, und mein Gegner wog allerhand. Glücklicherweise bin ich jedoch groß und kräftig; und so schaffte ich ihn im schleppenden Trott eines Bernhardinerhundes zum Wagen. Unser Kampf wäre wahrscheinlich niemandem außer seiner Frau aufgefallen, aber ihr Gebrüll mußte das halbe Stadtviertel auf die Beine gebracht haben. Zu beiden Seiten der Straße stürzten Leute aus den Türen. Vorläufig war noch keiner von ihnen nah, aber ich war froh, daß ich die Wagentüre offen gelassen hatte.

Doch bald bedauerte ich es. Ein Lausejunge, ähnlich dem, der mich zuvor geärgert hatte, saß drinnen und fingerte an den Schalthebeln herum. Ich fluchte, verstaute meinen Gefangenen in den Rücksitz und zerrte den Jungen heraus. Der Junge wehrte sich, aber ich riß ihn los und warf ihn – geradewegs in die Arme meines ersten Verfolgers.

Während dieser sich noch bemühte, den Jungen abzuschütteln, ließ ich mich auf den Führersitz fallen und schoß wie ein Pfeil davon, ohne mich um die Türe oder den Sicherheitsgurt zu kümmern. Als ich die erste Ecke nahm, schwang die Türe auf, und ich stürzte beinahe vom Sitz; dann hielt ich so lange geraden Kurs, bis ich den Gurt befestigt hatte. Scharf schnitt ich die nächste Kurve, rammte beinahe ein gewöhnliches Auto und sauste dann weiter. Vielleicht habe ich einige Unfälle verursacht, aber ich kam nicht dazu, mir darüber den Kopf zu zerbrechen. Ich wartete nicht, bis die Maschine hochgeklettert war, sondern brachte sie mit einiger Mühe auf Ostkurs und ließ sie dabei weiter steigen. Über dem Missouri steuerte ich eigenhändig und setzte alle vorhandenen Antriebsdüsen ein, um schneller voranzukommen. Dieses bedenkenlos ungesetzliche Verhalten hat mir vielleicht das Leben gerettet. Als ich gerade irgendwie über Columbia das Äußerste aus dem Fahrzeug herausholte, fühlte ich, wie es unter einem Anprall in allen Fugen krachte. Irgendwer hatte mir eine geballte Ladung nachgeschickt, um mich aufzuhalten, und das verdammte Ding hatte genau dort gezündet, wo ich eben geflogen war.

Weitere Geschosse folgten nicht, und das war gut, denn von nun an wäre ich so leicht wie eine Ente auf dem Wasser abzuknallen gewesen. Mein Steuerbordantrieb war allmählich heißgelaufen, vielleicht von dem Schuß, der mich um ein Haar getroffen hätte, oder auch nur infolge der übermäßigen Belastung. Ich ließ ihn laufen und betete, daß er in den nächsten zehn Minuten nicht in die Luft fliegen möge. Als der Mississippi hinter mir lag und die Signale nun nicht mehr auf ›Gefahr im Verzuge‹ standen, stellte ich die Düse ab und ließ das Flugauto mit dem Bordantrieb weiterzockeln. Fünfhundert Stundenkilometer war das höchste, was die Maschine noch leistete, aber ich war bereits außerhalb der roten Zone.

Ich hatte nicht Muße gehabt, meinem Fahrgast mehr als einen flüchtigen Blick zu widmen. Er lag ausgestreckt auf den Bodenmatten und war bewußtlos oder tot. Da ich mich jetzt wieder unter Menschen befand und nicht mehr imstande war, unerlaubt schnell zu fliegen, konnte ich getrost auf automatische Steuerung übergehen. Ich schaltete eilig den Transponder an, gab das Zeichen, meinen Kurs auf den gewünschen Block einzustellen, und stellte auf Blindflug, ohne die Erlaubnis abzuwarten. Dann schwang ich mich in den Rücksitz und sah mir meinen Gefangenen an.

Er atmete noch. Auf seinem Gesicht war eine Strieme, aber Knochen schienen nicht verletzt zu sein. Ich schlug ihn leicht auf die Wange und bohrte ihm die Daumennägel in die Ohrläppchen, aber ich vermochte ihn nicht aufzuwecken. Der tote Parasit fing schon zu stinken an, aber ich hatte keine Möglichkeit, ihn loszuwerden. So ließ ich den Mann liegen und kehrte wieder auf den Fahrersitz zurück.

Der Chronometer zeigte einundzwanzig Uhr siebenunddreißig Minuten Washingtoner Zeit, und ich hatte noch über neunhundertsechzig Kilometer vor mir. Selbst wenn ich für die Landung und den schnellsten Weg ins Weiße Haus, wo ich erst noch den Alten suchen mußte, keinen Spielraum einrechnete, konnte ich Washington erst ein paar Minuten nach Mitternacht erreichen. Also kam ich auf alle Fälle zu spät, und der Alte würde mich todsicher dafür ›nachsitzen‹ lassen.

Ich versuchte die Steuerborddüse wieder in Betrieb zu setzen, hatte aber kein Glück. Wahrscheinlich war sie eingefroren. Vielleicht war aber das auch günstig. Wenn sie nämlich nicht in Ordnung war, konnte sie gefährlich leicht explodieren. Das war bei diesen hochentwickelten Schnellantrieben immer der Fall. So gab ich den Versuch auf und bemühte mich, den Alten über Funk zu erreichen.

Doch auch diese Anlage wollte nicht arbeiten. Vielleicht hatte ich sie bei meinen erzwungenen ›Geländeübungen‹ zu unsanft geschüttelt. So verzichtete ich darauf. Heute schien wieder einmal einer jener Tage zu sein, an denen es sich nicht lohnte, überhaupt aus dem Bett zu kriechen. Ich wandte mich dem Sprechgerät zu und zog den Nothebel. »Kontrolle!« rief ich, »Kontrolle!«

Der Schirm leuchtete auf, und ich erblickte einen jungen

Mann. Wie ich erleichtert feststellte, war er bis zur Mitte nackt. »Kontrolle antwortet – Block Fox elf. Was haben Sie in der Luft zu suchen? Seit Sie in meinen Block eingeflogen sind, bemühe ich mich dauernd, Sie anzupeilen.«

»Kümmern Sie sich um wichtigere Dinge!« brüllte ich ihn an. »Schalten Sie mich in die nächstgelegene Militärleitung ein. Gefahr einer Bruchlandung! Das geht allem anderen vor!«

Der Mann sah unsicher drein, aber der Schirm flimmerte und zeigte kurz darauf eine militärische Nachrichtenzentrale. Der Anblick tat meinem Herzen wohl, weil jeder Soldat in Sicht halb entkleidet war. Im Vordergrund stand ein junger Wachoffizier. Ich hätte ihn vor Freude küssen mögen. Doch ich sagte angemessen: »Dringende Dienstsache, verbinden Sie mich mit dem Pentagon und mit dem Weißen Haus.«

»Wer sind Sie?«

»Keine Zeit für langatmige Erklärungen. Ich bin Agent im Zivildienst, und meinen Ausweis von der Abteilung würden Sie doch nicht kennen. Beeilen Sie sich!«

Ich hätte ihn vielleicht überreden können, aber ein Oberstleutnant schob ihn beiseite und trat an seine Stelle. »Landen Sie sofort«, war alles, was er sagte.

»Herr Kommandant, es handelt sich um eine äußerst dringende militärische Meldung. Sie müssen meinen Anruf unbedingt durchgeben. Ich ...«

»In den letzten drei Stunden mußten alle Zivilfahrzeuge zu Boden gehen, das ist im Augenblick die wichtigste militärische Maßnahme«, unterbrach er mich. »Landen Sie umgehend.«

»Aber ich muß doch ...«

»Kommen Sie herunter, oder Sie werden abgeschossen. Wir verfolgen Ihre Bahn. Eben startet eine Jagdrakete, die achthundert Meter vor Ihnen krepiert. Unterstehen Sie sich ein anderes Manöver auszuführen und nicht zu landen, dann geht die nächste bei Ihnen los.«

»Bitte, so hören Sie doch zu. Ich werde landen, aber ich muß zuerst ...«

Er schaltete ab und ließ mich keuchend sitzen.

Die erste Explosion schien knapp achthundert Meter vor mir zu liegen. Ich ging zu Boden.

Es wurde eine Bruchlandung, aber mein Fahrgast und ich waren nicht verletzt. Lange brauchte ich nicht zu warten. Leuchtkugeln stiegen hoch, und ehe ich mich noch vergewissert hatte, ob mein Wagen nicht in Rauch und Wolken aufging, stießen Jäger aus der Luft herab. Sie nahmen mich mit, und ich bekam den Oberstleutnant persönlich zu Gesicht.

Nachdem seine Psychologen meine Glaubwürdigkeit mit dem Schlaftest geprüft und mich mit dem Gegenmittel wieder aufgeweckt hatten, gab er meinen Bericht sogar weiter. Aber nun war es in Zone fünf bereits ein Uhr dreißig, und der geplante Gegenschlag war seit eineinhalb Stunden in Gang.

Der Alte hörte sich meinen kurzen Bericht an, knurrte und befahl mir dann, ihn am Morgen aufzusuchen.

19

Der sorgfältig vorbereitete Gegenangriff war der schlimmste Versager der Militärgeschichte. Genau um Mitternacht der Zeitrechnung in Zone fünf wurden an mehr als neuntausendsechshundert wichtigen Punkten Fallschirmtruppen abgesetzt. Sie landeten bei Zeitungsverlagen, Blockkontrollen, Nachrichtenagenturen und dergleichen. Die Jagdkommandos waren ausgesuchte Leute unserer Luftwaffe, sie wurden durch Techniker verstärkt, die jede eroberte Nachrichtenzentrale wieder verwendungsfähig machen sollten. Anschließend wollte man von allen örtlichen Sendern die Ansprache des Präsidenten ausstrahlen; die Losung: ›Rücken frei!‹ sollte im ganzen befallenen Gebiet wirksam werden. Abgesehen von den Aufräumungsarbeiten wäre damit der Krieg beendet gewesen.

Etwa fünfundzwanzig Minuten nach Mitternacht trafen allmählich die Meldungen ein, daß dieser oder jener Stützpunkt gesichert sei. Ein wenig später forderte man andernorts Hilfe an. Um ein Uhr morgens waren die meisten Reserven eingesetzt, jedoch schien die militärische Operation gut zu klappen – tatsächlich so gut, daß Gruppenkommandeure landeten und vom Boden aus Bericht erstatteten.

Doch dann hörte man nichts mehr von ihnen. Die rote Zone verschluckte die Streitkräfte, die für diese Aufgabe vorgesehen waren, als hätte es sie nie gegeben. Es handelte sich um elftausend Fahrzeuge, mehr als hundertsechzigtausend Mann kämpfende Truppe und Techniker, einundsiebzig Gruppenkommandeure und ... doch wozu weiter aufzählen! Die Vereinigten Staaten hatten ihre schlimmste militärische Niederlage seit dem ›schwarzen Sonntag‹ erlebt. Ich gebe Martinez, Rexton und dem Generalstab keine Schuld, ebensowenig wie den armen Teufeln, die aus der Luft landeten. Man hatte geglaubt, die Lage richtig erkannt zu haben, sie schien schnelles Handeln und den Einsatz unserer besten Kräfte zu erfordern. Das Unternehmen ging von dieser leider falschen Voraussetzung aus.

Wie ich hörte, war es schon fast Tag, ehe Martinez und Rexton endlich einsahen, daß die Erfolgsmeldungen in Wahrheit gefälscht waren. Ihre eigenen Soldaten hatten die irreführenden Berichte gesandt – *unsere* Leute, aber sie unterstanden dem Befehl von Parasiten, waren befallen und von ihren Gebietern gezwungen worden, das Täuschungsmanöver durchzuführen. Nach meinem Bericht, der mehr als eine Stunde zu spät kam, als die Jagdkommandos bereits unterwegs waren, hatte der Alte versucht, die leitenden Männer wenigstens davon abzubringen, weiteren Nachschub an Truppen zu entsenden; aber die Militärs waren voller Stolz über den vermeintlichen Sieg und brannten darauf, reinen Tisch zu machen.

Der Alte beschwor den Präsidenten, er solle sich unbedingt durch den Augenschein vergewissern, aber das Unternehmen wurde über Raumstation Alpha geleitet, und bei Übertragungen von diesen Außensendern gibt es einfach nicht genug Kanäle, um Bild und Ton gleichzuschalten. Rexton meinte: »Seien Sie unbesorgt. Sobald wir die örtlichen Stationen wieder in unserer Hand haben, werden unsere Leute das Erdnetz benützen, und Sie können sich dann wunschgemäß selbst von allem überzeugen.«

Der Alte hatte dringend gewarnt, daß es bis dahin zu spät sein werde. Wütend hatte Rexton losgepoltert: »Verdammt noch mal! Wollen Sie, daß Tausende zugrunde gehen, nur um Ihre bibbernde Angst zu beruhigen?«

Und der Präsident hatte ihm recht gegeben.

Am Morgen bekamen sie den Beweis zu sehen. Sender im angeblich eroberten Mittelstreifen strahlen das gleiche alte Geschwätz aus: »Steh auf und freue dich mit Mary Sonnenschein«, »Frühstücke mit den Browns« und ähnlichen Kram. Nicht eine einzige Station brachte die Ansprache des Präsidenten, nicht eine gab zu, daß sich irgend etwas Besonderes ereignet hätte. Die Meldungen von der Truppe setzten um vier Uhr früh allmählich aus, und als Rexton wie wahnsinnig Funksprüche hinausjagte, erhielt er keine Antwort. Die Befreiungsarmee hatte aufgehört zu bestehen – sie war spurlos untergegangen.

Den Alten bekam ich erst zu sehen, als es schon fast elf Uhr am nächsten Morgen war. Er ließ mich berichten, ohne sich dazu zu äußern und ohne mich abzukanzeln, was noch schlimmer war.

Als er mich gerade wegschicken wollte, fragte ich noch: »Wie steht es mit meinem Gefangenen? Hat er meine Angaben bestätigt?«

»Ach der? Er ist noch immer bewußtlos. Man glaubt nicht, daß er am Leben bleiben wird.«

»Ich möchte ihn gerne besuchen.«

»Beschränke du dich auf Dinge, von denen du etwas verstehst.«

»Nun, hast du etwas für mich zu erledigen?«

»Ich glaube, du solltest lieber – nein, trabe einmal zum Zoo hinunter. Dort wirst du etwas sehen, das auf deine Erlebnisse in Kansas ein ganz neues Licht wirft.«

»Wieso?«

»Begib dich zu Dr. Horace, dem stellvertretenden Direktor. Richte ihm aus, daß ich dich geschickt habe.«

Horace war ein netter kleiner Mann, der einem Menschenaffen ähnelte; er machte mich mit einem gewissen Dr. Vargas bekannt, der Spezialist für exotische Tiere war und seinerzeit die zweite Expedition nach der Venus mitgemacht hatte. Er zeigte mir, was vorgefallen war. Hätten wir, der Alte und ich, den staatlichen Zoologischen Garten besucht, statt im Park herumzusitzen, hätte ich gar nicht erst nach Kansas zu fahren brauchen. Die zehn Titanier, die wir im Kongreß gefangen hatten, dazu die zwei vom nächsten Tag waren in den Zoo gesandt und auf Affen gesetzt worden – hauptsächlich auf Schimpansen und Orang-Utans.

Der Direktor hatte die Affen in das Krankenhaus des Zoos sperren lassen. Zwei Schimpansen, Abälard und Heloise, befanden sich gemeinsam in einem Käfig; sie waren immer ein Pärchen gewesen, und es schien nicht angebracht, sie zu trennen. Das zeigt, wie schwierig es ist, mit Titaniern umzugehen; sogar die Männer, die diese Schneckenwesen überpflanzten, dachten, sie hätten es nachher noch immer mit Affen und nicht mit Werkzeugen der Titanier zu tun.

Der nächste Käfig beherbergte eine Familie tuberkulöser Gibbons, die dort behandelt wurden. Man hatte sie nicht als Wirte für die Schmarotzer verwendet, weil sie krank waren. Zwischen den Käfigen bestand keine Verbindung. Sie waren voneinander durch Schiebetüren getrennt, und jeder hatte seine eigene Klimaanlage. Am nächsten Morgen war die trennende Wand beiseite geschoben, und die Gibbons saßen bei den Schimpansen. Abälard und Heloise hatten einen Weg gefunden, das Schloß zu öffnen. Angeblich war es gegen Affen gesichert, aber nicht, wenn sie Titanier trugen.

Ursprünglich hatten wir fünf Gibbons, dazu zwei Schimpansen mit zwei Titaniern. Doch am nächsten Morgen waren sieben Affen von *sieben* Parasiten besessen.

Entdeckt wurde dies zwei Stunden, bevor ich nach der Stadt Kansas aufbrach, aber man hatte den Alten nicht verständigt. Wäre es geschehen, hätte er sofort gewußt, daß die Stadt Kansas vollständig verseucht war. Ich selbst wäre vielleicht auch zu dem gleichen Schluß gelangt. Hätte der Alte von dem Vorfall mit den Gibbons erfahren, wäre der geplante Gegenschlag unterblieben.

»Ich habe die Sendung des Präsidenten gesehen«, sagte Dr. Vargas zu mir. »Waren Sie nicht der Mann, der ... ich meine, der ...«

»Ja«, bestätigte ich kurz.

»Dann können Sie uns allerhand über dieses merkwürdige Verhalten erzählen.«

»Man sollte es meinen, aber ich bin nicht dazu in der Lage«, gestand ich zögernd.

»Wollen Sie damit sagen, daß Sie keinen Fall erlebten, bei dem sich die Parasiten durch Teilung vermehrten, während Sie ihr ... Gefangener waren?«

»Ganz recht.« Ich überlegte. »Zumindest kann ich mich nicht daran erinnern.«

»Man hat mir aber erzählt, daß die – Opfer ihre Erlebnisse deutlich im Gedächtnis behalten.«

»Ja und nein.« Ich versuchte den eigentlich teilnahmslosen Seelenzustand eines Menschen zu schildern, der diesen Herren diente.

»Vielleicht teilen sich die Parasiten, während man schläft.«

»Möglich. Außer dem Schlaf gibt es noch eine andere Zeit, besser gesagt Zeiten, an die man sich nur mühsam erinnern kann, nämlich die ›unmittelbare Fühlungnahme‹.«

»Was heißt das?«

Ich erläuterte es ihm. Seine Augen leuchteten auf. »Oh, Sie meinen die Konjugation.«

»Nein, es handelt sich um eine Berührung der Parasiten.«

»Wir reden von dem gleichen Vorgang. Verstehen Sie nicht? Konjugation und Spaltung – damit vermehren sie sich nach Belieben, wenn genügend neue Wirte vorhanden sind. Wahrscheinlich brauchen sie sich nur einmal zu berühren, um sich zu teilen. Wenn die Umstände günstig sind, entstehen innerhalb von Stunden, wahrscheinlich noch schneller, bei jeder Spaltung zwei erwachsene Tochterparasiten.«

Wenn das stimmte – und nach einem Blick auf die Gibbons konnte ich nicht daran zweifeln, warum waren wir dann seinerzeit im Klub der Verfassungstreuen auf Nachschub angewiesen? Oder täuschte ich mich? Ich wußte es nicht; denn ich tat, was mein Dämon wünschte, und sah nur das, was ich vor Augen hatte. Aber wie die Stadt Kansas verseucht worden war, leuchtete mir nun ein. ›Lebendvieh‹ war reichlich zur Hand, dazu ein Raumschiff mit einem Vorrat an Übertragungszellen an Bord, von dem man zehren konnte. So waren die Titanier imstande, sich so lange zu vermehren, bis sie für die menschliche Berührung ausreichten.

Nehmen wir einmal an, daß in dem einen Raumschiff, das voraussichtlich in der Nähe der Stadt Kansas gelandet war, tausend Schneckenwesen ankamen. Vermehrten sie sich nun bei günstiger Gelegenheit alle vierundzwanzig Stunden, dann ergab sich folgendes:

Am ersten Tag tausend Schneckenwesen.

Am zweiten Tag zweitausend.

Am dritten Tag viertausend.

Bis zum Ende der ersten Woche, nach acht Tagen also, gäbe das hundertachtundzwanzigtausend Parasiten.

Nach zwei Wochen sechzehn Millionen!

Aber wir wußten nicht genau, ob sie sich nur einmal am Tage fortpflanzten; die Sache mit den Gibbons schien eher das Gegenteil zu bestätigen.

Ebensowenig war uns bekannt, ob eine fliegende Untertasse nur tausend Übertragungszellen befördern konnte; vielleicht waren es zehntausend, vielleicht mehr oder weniger. Nahmen wir einen Grundstock von zehntausend an, die sich alle zwölf Stunden spalteten, dann lautete das Ergebnis nach zwei Wochen: *mehr als zweieinhalb Billionen Parasiten*.

Diese Zahl überstieg alle Begriffe, sie hatte kosmisches Ausmaß – soviel Menschen gab es auf dem ganzen Erdball nicht, selbst wenn man die Affen mitzählte.

Wir würden knietief in Schneckenwesen waten – und zwar bald! Mir war elender zumute als in Kansas.

Dr. Vargas stellte mir einen Dr. McIlvaine vom Smithonian-Institut vor; der Mann beschäftigte sich mit vergleichender Psychologie und war – wie Vargas mir erzählte – Verfasser des Buches: ›Mars, Venus und Erde, eine Betrachtung über die Beweggründe zielgerichteten Handelns‹. Vargas schien zu erwarten, daß ich davon beeindruckt sei, aber ich hatte die Schrift nicht gelesen. Wie konnte jemand die Beweggründe der Marsbewohner erforschen?! Sie waren allesamt ausgestorben, ehe unsere Ahnen von den Bäumen herabstiegen.

Die beiden Herren begannen sich über fachliche Fragen zu unterhalten; ich beobachtete indessen ständig die Gibbons. Kurz darauf fragte McIlvaine mich: »Herr Nivens, wie lange dauert eine ›Fühlungsnahme‹?«

»Konjugation«, verbesserte Vargas ihn.

»Fühlungsnahme«, wiederholte McIlvaine. »Dieser Ausdruck wird den Tatsachen eher gerecht.«

»Aber Doktor, Konjugation ist das Mittel, um Gene, das heißt Erbanlagen auszutauschen, wodurch sich ...«

»Allzumenschliche Betrachtungsweise. Sie wissen nicht, ob diese Lebewesen Gene haben.«

Vargas wurde rot. »Aber Sie werden mir doch zugestehen, daß die Schmarotzer irgend etwas besitzen, das den Genen entspricht?« meinte er steif.

»Warum denn? Ich wiederhole, Herr Kollege – Sie setzen eine unbewiesene Gleichartigkeit voraus. Es gibt nur ein gemeinsames Kennzeichen für alle Formen des Lebens, das ist der Trieb, sich zu erhalten.«

»Und sich zu vermehren«, beharrte Vargas.

»Angenommen, der Organismus ist unsterblich und braucht sich nicht fortzupflanzen?«

Vargas zuckte mit den Achseln. »Aber wir wissen, daß sie sich vermehren.« Er wies auf die Affen.

»Und ich glaube eher, daß es sich nicht um eine Vermehrung handelt, sondern um einen einzigen Organismus, der sich mehr Raum verschafft«, widerspraach McIlvaine. »Nein, Doktor, ist es denn möglich, daß jemand so befangen in der Vorstellung des Zygoten-Gameten-Kreislaufs ist und eine andere Möglichkeit völlig außer acht läßt?«

Vargas brauste auf: »Aber im ganzen System ...«

McIlvaine schnitt ihm die Rede ab: »Den Menschen, die Erde und die Sonne als den Mittelpunkt allen Geschehens zu betrachten, halte ich für eine rückständige Auffassung. Diese Geschöpfe stammen vielleicht von einem Planeten außerhalb des Sonnensystems.«

»O nein!« rief ich, und blitzartig sah ich ein Bild des Saturnmondes Titan vor mir und hatte das Gefühl, als müsse ich erstikken.

Keiner der beiden Männer beachtete meinen Einwurf. McIlvaine redete weiter: »Nehmen Sie die Amöbe – eine viel ursprünglichere und weit erfolgreichere Lebensform als unsere. Die Triebkräfte der Amöbenpsychologie ...«

Ich schaltete die Ohren ab. Jeder Mensch darf seine Ansicht frei äußern und hat das Recht, von der ›Psychologie‹ einer Amöbe zu reden, aber ich muß ihm nicht zuhören.

Die gelehrten Herren machten auch einige Versuche, bei denen ich eine etwas höhere Meinung von ihnen bekam. Vargas ließ einen Pavian, der ein Schneckenwesen trug, in den Käfig zu den Gibbons und Schimpansen setzen. Kaum hatte man den Neuling hineingeschubst, versammelten sich die Affen in einem Kreis, mit den Gesichtern nach außen, während sich ihre Parasiten berührten. McIlvaine zeigte triumphierend mit dem Finger auf sie. »Sehen Sie? Das Beisammensein dient *nicht* der Vermehrung, sondern dem Austausch von Erinnerungen. Der vorübergehend getrennte Organismus hat sich jetzt wieder zu einer höheren Einheit zusammengeschlossen.«

Das gleiche hätte ich ihm ohne hochgelehrten Doppelsinn sagen können. Ein Parasit, der von den anderen lange getrennt gewesen ist, trachtete immer danach, so schnell wie möglich mit seinen Artgenossen Fühlung zu bekommen.

»Das ist eine willkürliche Annahme!« schnaubte Vargas. »Die Geschöpfe haben jetzt nur keine Gelegenheit, sich zu vermehren. George!« Er befahl dem obersten Tierwärter, noch einen Affen herbeizubringen.

»Den kleinen Abe?« fragte der Mann.

»Nein, ich möchte einen ohne Parasiten. Lassen Sie mich nachdenken ... Nehmen wir Old Red.«

»Du lieber Himmel, Doktor, ausgerechnet Old Red«, jammerte der Wärter.

»Es geschieht ihm nichts zuleide.«

»Wie wäre es mit Satan? Er ist ohnehin ein niederträchtiger Bursche.«

»Auch gut, aber machen Sie schnell!«

So schaffte man Satan, einen kohlschwarzen Schimpansen, herbei. Sonst mochte er bösartig sein. Hier war er es nicht. Die Männer stießen ihn zu den anderen hinein. Er wich bis zur Türe zurück und begann zu winseln. Es war, als sehe man einer Hinrichtung zu. Der Mensch kann sich an alles gewöhnen, und ich hatte es gelernt, mich zu beherrschen, aber die Hysterie dieses Affen wirkte ansteckend. Am liebsten wäre ich davongelaufen.

Zuerst starrten ihn die befallenen Affen an wie ein versammeltes Schwurgericht. Das dauerte eine ganze Weile. Satans Klagelaute wurden zu einem leisen Stöhnen, und er bedeckte das Gesicht mit den Pfoten. Kurz darauf sagte Vargas: »Doktor! Sehen Sie!«

»Wo?«

»Lucy, das alte Weibchen – dort.« Er wies mit dem Finger auf sie. Es war die schwindsüchtige Affenmutter, die über die Gibbons herrschte. Ihr Rücken war uns zugekehrt; das Schneckenwesen darauf hatte sich zu einer Halbkugel zusammengezogen. Über die Mitte lief eine schillernde Linie nach unten.

Wie ein Ei begann der Schleimklumpen sich zu teilen. Es dauerte nur wenige Minuten, bis die Spaltung vollzogen war. Eines der neuentstandenen Schneckenwesen ballte sich über dem Rückgrat der Äffin zusammen; das andere bewegte sich fließend den Rücken hinunter. Lucy ließ sich fast ganz zu Boden sinken; der Schmarotzer glitt von ihr herab und sank auf den Boden. Langsam kroch er auf Satan zu. Der Affe schrie heiser auf und – schwang sich zum Dach des Käfigs hinauf.

So wahr mir Gott helfe – die übrigen schickten eine Gruppe aus, um ihn zu fangen – zwei Gibbons, einen Schimpansen und den Pavian. Sie rissen Satan los, schleppten ihn hinunter und drückten ihn mit dem Gesicht nach abwärts auf den Boden.

Das Schneckenwesen kam näher.

Es war noch gut einen halben Meter entfernt, da wuchs ihm ein Scheinfuß. Zuerst streckte sich langsam ein stielförmiges Gebilde aus der Masse, das sich wie eine Kobra hin- und herwiegte. Dann holte es aus und traf wie eine Peitsche den Fuß des Affen. Die anderen ließen ihn sofort los, aber Satan regte sich nicht.

Der Titanier schien sich mit dem Ausläufer, den er vorgestülpt hatte, selbst heranzuziehen und heftete sich an Satans Fuß. Von dort kletterte er hoch; als er am anderen Ende der Wirbelsäule angelangt war, setzte sich der Affe auf, schüttelte sich und gesellte sich zu den übrigen.

Vargas und McIlvaine begannen aufgeregt, aber offensichtlich wenig erschüttert, miteinander zu reden. Ich hätte am liebsten alles kurz und klein geschlagen. So nahe ging mir das Geschehnis, um meiner selbst willen, aber auch aus Mitgefühl mit Satan und der ganzen Affenschar.

McIlvaine blieb dabei, daß wir etwas erblickt hätten, was für unsere Begriffe völlig neuartig war. Er sprach von einem Geschöpf, das seinen Anlagen nach unsterblich sei und als Einzelwesen – besser gesagt als Gruppeneinheit – ewig lebte. Seine Beweisführung wurde verworren. Er verstieg sich zu der Behauptung, daß dieser Parasit ein Gedächtnis habe, das bis zur Entstehung seiner Art zurückreiche. Das Schneckenwesen beschrieb er als vierdimensionalen Wurm in der Raumzeit, der zu einem einzigen Organismus verflochten sei. Seine Worte wurden für Uneingeweihte so unverständlich, daß sie albern klangen.

Soweit es mich anging, wußte ich über derlei Dinge nicht Bescheid, und sie waren mir auch gleichgültig. Mir lag nur eines am Herzen: die Mollusken auszurotten.

Noch ein Wort zu dieser Theorie vom ›Rassengedächtnis‹: Wäre es nicht ziemlich lästig, sich genau daran erinnern zu können, was man am zweiten Mittwoch im März vor einer Million Jahren gemacht hat?

20

O Wunder! Als ich zurückkehrte, war der Alte zu sprechen. Der Präsident war abgereist, um in einer Geheimsitzung der Vereinten Nationen eine Rede zu halten. Ich erzählte, was ich gesehen hatte, und fügte auch ergänzend hinzu, was ich von Vargas und McIlvaine dachte. »Sie kommen mir vor wie Pfadfinder, die ihre Markensammlungen vergleichen«, beklagte ich mich. »Wie ernst die Lage ist, haben sie nicht erfaßt.«

Der Alte schüttelte den Kopf. »Unterschätze sie nicht, mein Sohn«, mahnte er. »Wahrscheinlich werden sie die Lösung eher finden als du und ich.«

»Bah!« sagte ich oder etwas noch Abfälligeres. »Es ist eher zu befürchten, daß sie diese Schmarotzer entwischen lassen.«

»Haben sie dir von dem Elefanten erzählt?«

»Von welchem Elefanten? Sie haben mir verdammt wenig mitgeteilt; ihre gegenseitigen Ansichten beschäftigten sie so nachhaltig, daß sie mich links liegen ließen.«

»Sachliche Behandlung wissenschaftlicher Fragen begreifst du nicht. Doch um auf den Elefanten zurückzukommen – ein Affe mit einem Parasiten ist irgendwie ausgebrochen. Man fand ihn zu Tode getrampelt im Elefantenhaus. Und einer der Dickhäuter war verschwunden.«

»Willst du damit sagen, daß ein Elefant mit einem Schneckenwesen frei herumläuft?« Mir schwebte ein grausiges Bild vor – ein lebender Tank, mit einem Elektronengehirn ausgerüstet.

»Es war ein Weibchen, und man fand es ohne Parasiten in Maryland drüben, wo es seelenruhig Kohlköpfe aus dem Boden zog«, berichtete der Alte.

»Wo ist das Schneckenwesen hingekommen?« Unwillkürlich blickte ich um mich.

»In der angrenzenden Ortschaft wurde ein Flugauto gestohlen. Vermutlich ist der Parasit jetzt irgendwo westlich des Mississippi.«

»Wird irgend jemand vermißt?«

Er zuckte mit den Achseln. »Wie läßt sich das in einem freien Land feststellen? Zumindest kann der Titanier sich nur auf einem menschlichen Wirt in der Nähe der roten Zone verstekken.«

Seine Bemerkung erinnerte mich an irgend etwas, das ich im Zoo bemerkt, aber noch nicht richtig ausgewertet hatte. Es wollte mir nicht einfallen. Der Alte fuhr fort: »Wir mußten allerdings entschlossen durchgreifen, um dem Befehl Nachdruck zu verleihen, daß alle nur mit bloßen Schultern gehen dürften. Man kam dem Präsidenten mit Einwänden moralischer Art, gar nicht zu reden von dem nationalen Verband für Herrenbekleidung.«

«Ach!«

»Man hätte glauben können, wir versuchten die Töchter des Landes an öffentliche Häuser in Rio zu verschachern. Eine Abordnung sprach vor, deren Mitglieder sich ›Mütter der Republik‹ nannten oder wie der blödsinnige Titel sonst hieß.«

»Und damit muß der Präsident in einem solchen Augenblick seine Zeit vergeuden?«

»McDonough verhandelte mit ihnen. Aber ich wohnte der Verhandlung bei.« Der Alte verzog schmerzlich das Gesicht. »Wir erklärten ihnen, sie könnten den Präsidenten nur sehen, wenn sie nackt vor ihm erschienen. Das hielt sie davor zurück.«

Der Gedanke, der mich geplagt hatte, nahm nun greifbare Form an. »Chef, vielleicht wäre es nötig!«

»Was denn?«

»Daß die Leute sich völlig entkleiden.«

Er kaute an der Unterlippe. »Worauf willst du hinaus?«

»Sind wir sicher, daß sich die Schneckenwesen nur in der Nähe des Gehirns festsetzen können?«

»*Du* müßtest das doch wissen.«

»Der Ansicht war ich auch, aber jetzt bin ich nicht mehr überzeugt. Als ich ... mit den Parasiten beisammen war, haben sie es schon so gehalten.« Ich erzählte ihm nun ausführlicher, was ich gesehen hatte, als Vargas den armen alten Satan einem Schneckenwesen auslieferte. »Dieser Affe bewegte sich, sobald sein neuer Herr das untere Ende seines Rückgrats erreicht hatte. Die Schmarotzer ziehen es bestimmt vor, bis in die Nähe des Gehirns hinaufzukriechen. Aber vielleicht könnten sie auch in der Unterhose eines Menschen sitzen und nur einen Ausläufer bis zur Wirbelsäule entsenden.«

»Du wirst dich erinnern, mein Sohn, daß ich das erste Mal, als ich eine Menschenansammlung durchsuchen ließ, allen befahl, sich splitternackt auszuziehen. Das war kein Zufall.«

»Du hattest recht, glaube ich. Die Unholde dürften imstande sein, sich überall auf dem Körper zu verbergen. Nimm einmal diese Zieharmonikahose, die du anhast. In ihr könnte sich ein Parasit verstecken, und es sähe nur aus, als wärst du gut gepolstert.«

»Soll ich die Hose ablegen?«

»Ich weiß etwas Besseres – ich wende den berühmten ›Kansasgriff‹ an.« Meine Worte klangen scherzhaft, waren es aber nicht; ich packte ihn dort, wo die Beinkleider sich bauschten, und überzeugte mich davon, daß er nicht befallen war. Er ließ es mit Anstand über sich ergehen, dann verfuhr er mit mir ebenso.

»Wir können doch nicht herumgehen und allen weiblichen Wesen auf ihre Sitzfläche klopfen«, wandte er ein, während er sich setzte. »Das ist undurchführbar.«

»Vielleicht doch, oder man sollte veranlassen, daß alle die Kleider ausziehen.«

»Wir werden einige Versuche durchführen.«

»Wie denn?« fragte ich.

»Du kennst doch die Geschichte mit dem Panzer, der Kopf und Rücken bedeckt? Viel taugt er nicht, aber er gibt dem, der ihn trägt, ein Gefühl der Sicherheit. Ich werde Dr. Horace sagen, er solle einen Affen nehmen und einen solchen Panzer so anbringen, daß ein Parasit nur an die Beine herankann. Dann sehen wir, was geschieht. Wir werden die Körperteile, die wir abschirmen, auch verschieden auswählen.«

»Ja. Aber Chef, nimm keinen Affen dazu.«

»Warum nicht?«

»Ach, sie sind zu menschenähnlich.«

»Verdammt, man kann keine Omelette machen, mein Junge ...«

» ...ohne Eier zu zerschlagen. Also schön. Aber es geht mir trotzdem gegen den Strich.«

Ich konnte ihm anmerken, daß er mit dem, worüber er nachdachte, nicht besonders glücklich war. »Hoffentlich stellt sich heraus, daß du falsch liegst. Ja, wirklich. Es ist schwer genug, ihnen beizubringen, die Hemden auszuziehen, aber es wird höllisch werden, wenn sie jetzt auch noch auf die Hosen verzichten sollen.« Er schaute bekümmert drein.

»Na, vielleicht wird es gar nicht nötig sein.«

»Das hoffe ich sehr.«

»Übrigens, wir ziehen wieder in unseren alten Unterschlupf.«

»Was wird aus dem Versteck in New Philadelphia?« fragte ich.

»Wir behalten beide. Dieser Krieg kann sich noch eine ganze Weile hinziehen.«

»Wo wir schon davon sprechen, was soll ich jetzt tun?«

»Tja, wie ich gerade sagte, kann das ein langer Krieg werden. Warum nimmst du nicht einfach Urlaub. Dauer unbestimmt. Ich rufe dich, wenn ich dich brauche.«

»Das hast du schon immer so gehalten«, bemerkte ich. »Kriegt Mary auch Urlaub?«

»Was hat das damit zu tun?«

»Ich habe eine ganz einfache Frage gestellt, Chef.«

»Mary ist im Dienst – beim Präsidenten.«

»Wieso? Sie hat ihren Auftrag doch erfüllt, und zwar gut. Sie wird nicht mehr gebraucht, um Titanier aufzuspüren. Und als Leibwächter wird sie nicht benötigt; außerdem ist sie zu gut als Agentin, um an so eine Arbeit verschwendet zu werden.«

»Hör mal, wann bist du so weit befördert worden, daß du mir erzählen kannst, wie ich meine Agenten einzusetzen habe. Erklär mir das, und zwar genau.«

»Schon gut, schon gut«, regte ich mich wieder ab. »Belassen wir es dabei, daß ich keinen Urlaub nehme, wenn Mary nicht auch welchen bekommt. Alles andere geht dich nichts an.«

»Sie ist ein nettes Mädchen.«

»Habe ich das Gegenteil behauptet? Halt deine Nase aus meinen Angelegenheiten raus. Und gib mir irgendwas zu tun.«

»Ich sagte, du solltest Urlaub nehmen.«

»Damit du absolut sicher sein kannst, daß ich keine freie Minute mehr übrig habe, wenn Mary ihren Urlaub nimmt? Wo sind wir hier eigentlich? Beim Christlichen Verein junger Mädchen?«

»Ich meine, du brauchst Urlaub, weil du ausgelaugt bist.«

»Nun ja!«

»Du bist ein erstklassiger Agent, wenn du in Form bist. Im Moment bist du das nicht; du hast einfach zu viel durchgemacht. Nein, halt den Mund, und hör zu: Ich habe dich mit einem simplen Auftrag losgeschickt. Dring in eine besetzte Stadt ein, schau dich um, beobachte, was es zu beobachten gibt, und melde dich zu einer bestimmten Zeit zurück. Was machst du? Du bist so aufgeregt, daß du in den Vororten herumhängst und dich nicht ins Zentrum traust. Du hältst die Augen nicht offen und wirst dreimal fast geschnappt. Und als du dich auf den Rückweg machst, bist du derart nervös, daß du dein Triebwerk ruinierst und erst ankommst, als es nichts mehr nützt. Deine Nerven sind hinüber und dein Urteilsvermögen auch. Nimm Urlaub – Genesungsurlaub.«

Ich stand da mit roten Ohren. Er hatte mir das Scheitern des Gegenangriffs nicht direkt vorgeworfen, aber viel fehlte nicht daran. Ich fand das unfair – und wußte doch, daß etwas Wahres daran war. Meine Nerven waren immer wie Stahlseile gewesen, doch jetzt zitterten meine Hände, wenn ich nur versuchte, eine Zigarette anzustecken.

Trotzdem gab er mir schließlich eine Beschäftigung – es war das erste und einzige Mal, daß ich ein Wortgefecht mit ihm gewonnen habe.

21

Die folgenden Tage verbrachte ich damit, vor höheren Offizieren Vorträge zu halten. Dabei mußte ich so läppische Fragen beantworten wie: Was pflegen die Titanier zu Mittag zu essen? oder: Wie behandelt man einen Menschen, der besessen ist? Ich galt als ›Fachmann‹, aber häufig schienen meine Schüler überzeugt, daß sie mehr über Schneckenwesen wüßten als ich.

Die Titanier hatten die rote Zone noch immer in der Hand, aber sie konnten nicht unbemerkt ausbrechen. Wir hofften es zumindest. Und wir unternahmen keinen neuen Versuch, in ihr Gebiet einzudringen, weil jeder Schmarotzer sozusagen einen unserer eigenen Leute als Geisel hatte. Die Vereinten Nationen konnten nicht helfen. Der Präsident wünschte, daß die Losung: ›Rücken frei‹ auf den ganzen Erdball ausgedehnt würde, aber man wollte nicht recht mit dem Befehl dazu herausrücken und übergab die Angelegenheit einem Ausschuß zur Untersuchung. In Wahrheit traute man uns nicht. Denn der Feind hatte einen großen Vorteil: Nur die Gebrannten glaubten an das Feuer.

Einige Nationen waren durch ihre Sitten geschützt. Ein Finne, der nicht in Gesellschaft anderer jeden Tag in eine Sauna stieg, hätte sich verdächtig gemacht. Auch die Japaner waren nicht zimperlich, wenn es ums Auskleiden ging. Die Südsee war ebenfalls verhältnismäßig sicher, sowie große Teile Afrikas. Frankreich huldigte seit dem dritten Weltkrieg dem Nacktkult, zumindest am Wochenende. Ein Schneckenwesen hätte es also schwer gehabt, sich zu verbergen. Aber in Ländern, in denen man es mit der sittsamen Verhüllung des Körpers genau nahm, konnte sich ein Parasit versteckt halten, bis der Wirt zu stinken anfing. Das galt für die Vereinigten Staaten selbst, für Kanada und ganz besonders für England.

Man hatte drei Schneckenwesen auf Affen nach London gebracht. Ich hörte, daß der König wie der Präsident Amerikas mit gutem Beispiel vorangehen wollte, aber der Premierminister war dagegen, nachdem der Erzbischof von Canterbury ihm die Leviten gelesen hatte. Der Erzbischof selbst hielt es nicht einmal für nötig, einen Blick auf die Parasiten zu werfen, züchtiges Verhalten war wichtiger als eine Gefahr, die den ganzen Erdkreis bedrohte. Der Nachrichtendienst schwieg sich ebenfalls darüber aus, und wenn die Geschichte vielleicht auch nicht wahr ist, die Haut der Engländer wurde jedenfalls nicht den frostigen Blicken des lieben Nachbarn ausgesetzt.

Sobald die russische Propaganda eine neue ›Walze‹ ausgearbeitet hatte, begann sie gegen uns zu zetern. Die ganze Angelegenheit sei nur ein ›amerikanisch-imperialistisches Hirngespinst‹ um die ›Arbeiter zu versklaven‹; die ›blutsaugerischen Kapitalisten‹ waren mal wieder alles schuld.

Ich wunderte mich, warum die Titanier nicht zuerst Rußland überfallen hatten, das für sie wie geschaffen schien. Nach weiterem Überlegen fragte ich mich, ob sie nicht schon dort wären. Und schließlich dachte ich, daß sich die Lage dadurch auch nicht ändern würde.

Den Alten bekam ich in dieser Zeit nicht zu sehen; meine Weisungen erhielt ich von Oldsfield, seinem Stellvertreter. Daher erfuhr ich nicht eher, wann Mary von ihrem Sonderdienst beim Präsidenten befreit wurde, als bis ich ihr im Erholungsraum der Abteilung in die Arme lief. »Mary!« schrie ich und stolperte über meine eigenen Füße.

Sie schenkte mir ihr süßes, ein wenig schüchternes Lächeln und kam auf mich zu. »Hallo, Liebling«, flüsterte sie.

Sie fragte mich nicht, wo ich gesteckt hatte, sie schalt auch nicht, weil ich nicht versucht hatte sie zu sehen, und sie versagte sich sogar jede Bemerkung, daß ich lange weggeblieben sei. Mary ließ den Dingen ihren natürlichen Lauf.

Ich nicht. »Das ist wundervoll!« sagte ich. »Ich dachte, du müßtest immer noch den Präsidenten ins Bettchen bringen. Wie lange bist du schon hier? Wann bist du zurückgekommen? Sag, darf ich dir etwas zu trinken bestellen? Nein, du hast schon etwas.« Ich drückte auf den Knopf, um auch für mich ein Glas zu bekommen. Im Nu stand es vor mir. »Heda! Wieso geht das heute so schnell?«

»Als du zur Türe hereintratst, habe ich es bestellt.«

»Mary, habe ich dir schon gesagt, daß du wundervoll bist?«

»Nein.«

»Dann hole ich es hiermit nach: Du bist wundervoll.«

»Danke.«

Ich fuhr fort: »Wie lange bist du frei? Sag, könntest du vielleicht Urlaub bekommen? Man darf doch von dir nicht verlangen, daß du Woche für Woche täglich vierundzwanzig Stunden pausenlos Dienst tust. Ich gehe jetzt geradewegs zum Alten und werde ihm sagen ...«

»Ich habe jetzt Urlaub, Sam.«

» ... was ich von ihm halte. Wie meinst du?«

»Ich habe bereits Urlaub.«

»Wirklich? Wie lange?«

»Auf Abruf. Das ist im Augenblick bei allen so.«

»Seit wann bist du denn schon frei?«

»Seit gestern. Ich habe hier gesessen und auf dich gewartet.«

»Seit gestern!« Und ich hatte den Tag damit verbracht, Offizieren kindische Vorträge zu halten, die sie gar nicht hören wollten. Ich erhob mich. »Rühr dich nicht vom Fleck. Sofort bin ich wieder hier.«

Ich stürzte ins Hauptbüro hinüber. Als ich eintrat, blickte Oldfield hoch und sagte in mürrischem Ton: »Was wollen denn Sie bei mir?«

»Chef, sagen Sie diese Schlummermärchen ab, die ich laufend erzählen muß.«

»Warum?«

»Ich bin krank; schon lange bin ich für einen Krankenurlaub vorgesehen. Jetzt muß ich ihn nehmen.«

»Ihnen fehlt's im Kopf!«

»Ganz recht, das ist der wunde Punkt. Ich höre Stimmen. Gespenster verfolgen mich. Dauernd träume ich, daß ich wieder bei den Titaniern bin.« Die letzte Behauptung stimmte sogar.

»Aber seit wann gilt es in dieser Abteilung als Berufshindernis, wenn man verrückt ist?«

»Sehen Sie nach – bekomme ich Urlaub oder nicht?«

Er blätterte in Akten, fand ein Blatt und zerriß es. »Also gut. Halten Sie Ihr Sprechgerät bereit; Sie werden vielleicht abberufen. Nun aber raus!«

Ich verschwand schleunigst. Mary blickte auf, als ich eintrat, und sah mich wieder sanft und liebevoll an. »Pack deine Sachen, wir gehen«, befahl ich.

Sie erkundigte sich nicht wohin, sie stand einfach auf. Ich ergriff mein Glas, tat einen Schluck und schüttete den Rest aus. Erst auf der Fußgängerbahn in der Stadt oben sprachen wir wieder miteinander, und ich fragte: »Nun – wo möchtest du heiraten?«

»Sam, wir haben uns darüber schon unterhalten.«

»Gewiß, und jetzt führen wir es aus. Aber wo?«

»Sam, mein Lieber, Guter – ich tue, was du sagst. Aber ich bin immer noch nicht recht einverstanden damit.«

»Warum nicht?«

»Sam, fahren wir in meine Wohnung. Ich möchte dir gerne etwas zu essen kochen.«

»Gut, du darfst für mich kochen – aber nicht dort. Und zuerst wird geheiratet.«

»Bitte, Sam!«

Jemand meinte: »Nur nicht locker lassen, Kleiner. Sie wird bereits schwach.« Ich blickte um mich und merkte, daß wir Zuschauer hatten. Wütend fuchtelte ich mit den Armen und schrie: »Habt ihr sonst nichts zu tun? Dann trinkt euch voll!«

Ein anderer mischte sich ein: »Ich wäre dafür, daß er ihr Angebot annimmt.«

Ich faßte Mary am Arm und sprach kein Wort mehr, bis ich sie in einem Taxi verstaut hatte. »Also was ist?« fragte ich barsch. »Warum willst du nicht? Laß deine Gründe hören.«

»Weshalb heiraten, Sam? Ich gehöre dir; dazu brauchst du keinen Ehevertrag.«

»Weshalb? – Hol's der Teufel, weil ich dich liebe!«

Eine ganze Weile blieb sie stumm. Ich dachte schon, ich hätte sie beleidigt. Als sie den Mund aufmachte, konnte ich sie kaum verstehen. »Sam, das hast du noch nie erwähnt.«

»Nicht? Aber ich muß es bestimmt gesagt haben.«

»Nein, ganz gewiß nicht. Aber warum nur?«

»Ach, ich weiß es nicht. Vermutlich aus Versehen. Übrigens weiß ich nicht genau, was das Wort ›Liebe‹ bedeutet.«

»Ich auch nicht«, erwiderte sie weich, »aber ich höre es gerne von dir. Bitte sag es noch einmal.«

»Na schön. Ich liebe dich, Mary, ich liebe dich.«

»O Sam!«

Sie schmiegte sich an mich und fing zu zittern an. Ich schüttelte sie sanft. »Und du?«

»Ich? O Sam, ich liebe dich wirklich. Schon seit ...«

»Seit wann?«

Ich erwartete, daß sie sagen werde, seit ich für sie eingesprungen war, als man den Titanier befragte; doch sie antwortete: »Ich habe dich geliebt, seit du mich geschlagen hast.«

Ist das logisch?

Der Fahrer kreuzte langsam vor der Küste Connecticuts; ich mußte ihn wecken, damit er in Westport landete. Wir gingen ins Rathaus. Im Amt, das Führerscheine und dergleichen ausstellte, trat ich an einen Schalter und fragte einen der Schreiber: »Kann man hier heiraten?«

»Das liegt bei Ihnen«, entgegnete er. »Jagdscheine erhalten Sie links, Hundemarken rechts. Bei mir hier in der Mitte führt der Weg ins Glück – wie ich hoffe.«

»Gut«, erwiderte ich steif. »Wollen Sie so freundlich sein und eine Eheerlaubnis ausfertigen?«

»Freilich. Jeder sollte mindestens einmal heiraten, das sage ich immer zu meiner Alten.« Er holte ein Formular heraus. »Ihre Seriennummern bitte.«

Wir gaben sie ihm. »Nun, ist einer von Ihnen in einem anderen Staat verheiratet?« Als wir verneinten, fuhr er fort: »Wissen Sie das bestimmt? Wenn Sie es mir nicht sagen, kann ich eine Klausel einfügen, nach der dieser Vertrag ungültig wird, falls andere auftauchen.«

Wir beteuerten erneut, daß wir noch nirgends verheiratet seien. Er fragte weiter: »Lebenslänglich oder befristet? Für zehn

Jahre zahlen Sie die gleiche Gebühr wie für lebenslänglich. Sind es weniger als sechs Monate, benötigen Sie dieses Formular nicht; Sie erhalten dann dort drüben beim Automaten die kürzere Fassung.«

Mit leiser Stimme sagte Mary: »Lebenslänglich.«

Der Schreiber blickte erstaunt drein. »Meine Dame, wissen Sie auch, was Sie tun? Der Vertrag, der erneuert werden kann und einen Optionszusatz erhält, ist genauso dauerhaft, und Sie brauchen nicht vor Gericht zu gehen, wenn Sie sich's anders überlegen.«

Ich knurrte: »Sie hören doch, was die Dame sagt!«

»Schon gut, schon gut – Wollen Sie getrennte Ausfertigungen, im gegenseitigen Einverständnis oder wünschen Sie sich bindend zu verpflichten?«

»Bindend verpflichten«, antwortete ich, und Mary nickte.

»Das hätten wir«, murmelte er und klapperte auf der Schreibmaschine. »Jetzt geht es um die Hauptsache: Wer zahlt und wieviel? Gehalt oder eine einmalige Abfindung?«

»Gehalt«, erwiderte ich, denn ich besaß nicht genug, um ein entsprechendes Kapital bereitzustellen.

Mit fester Stimme erklärte Mary: »Keines von beiden.«

»Wie bitte?« Der Beamte traute seinen Ohren nicht.

»Keines von beiden«, wiederholte Mary, »es soll kein Geschäftsvertrag werden.«

Der Schreiber hörte zu tippen auf. »Meine Dame, seien Sie keine Närrin«, meinte er väterlich. »Sie hörten, daß der Herr bereit ist, seine Pflicht zu erfüllen.«

»Nein.«

»Wollen Sie sich nicht lieber zuvor mit Ihrem Rechtsanwalt beraten? Im Vorraum ist eine öffentliche Fernsprechzelle.«

»Nein!«

»Nun, weiß der Teufel, wozu Sie dann eine Eheerlaubnis wollen. Das begreife ich nicht.«

»Ich auch nicht«, pflichtete Mary ihm bei.

»Sie wollen also keinen Kontrakt?«

»So meine ich es nicht. Schreiben Sie nur nieder, was ich angegeben habe: Kein Gehalt!«

Der Beamte machte ein ratloses Gesicht, beugte sich aber wieder über seine Maschine. »Das wäre alles«, meinte er schließlich. »Sie haben sich die Sache einfach gemacht, das kann man sagen.

Schwören Sie jetzt beide feierlich, daß nach Ihrem besten Wissen und Gewissen die oben angeführten Tatsachen wahr sind, daß Sie diese Vereinbarung eingehen, unbeeinflußt von Drogen oder anderem ungesetzlichem Zwang, und daß keine verheimlichten anderen Bindungen noch andere gesetzliche Hindernisse für den Vollzug und die standesamtliche Eintragung des oben erwähnten Vertrags bestehen!«

Wir beeideten alles. Er zog das Blatt aus der Schreibmaschine. »Ihre Daumenabdrücke, bitte. Gut, das kostet zehn Dollar einschließlich Bundessteuer.« Ich bezahlte, er schob das Dokument in den Kopierapparat und drückte den Hebel. »Abschriften werden mit der Post an die Adresse Ihrer Seriennummer geschickt. Welche Art Zeremonie wünschen Sie nun? Vielleicht kann ich Ihnen bei der Wahl behilflich sein?«

»Wir wollen keine besondere Feier«, wehrte Mary ab.

»Dann habe ich genau das, was für Sie paßt – den alten Dr. Chamleigh. Er ist kein Vertreter einer Sekte. Sie haben die beste Stereoausstattung der Stadt an allen vier Wänden, dazu volle Orchesterbegleitung. Er ist tüchtig, bringt Fruchtbarkeitsriten und alles, was dazu gehört, aber in würdiger Form. Und am Schluß krönt er die Trauung mit einem offenen väterlichen Rat. Man hat wirklich das Gefühl, verheiratet zu sein.«

»Nein.« Diesmal sagte ich es.

»Oh, das sollten Sie schon tun«, riet der Schreiber. »Denken Sie an die junge Dame. Wenn sie das hält, was sie eben geschworen hat, wird sie kein zweites Mal dazu Gelegenheit erhalten. Jedes Mädchen hat Anrecht auf eine richtige Hochzeit. Ehrlich gesagt, ich bekomme nicht viel Vermittlungsgebühr.«

»Sie können uns doch auch trauen?« fragte ich. »Also los. Dann haben wir es hinter uns!«

Er war sichtlich überrascht. »Wußten Sie das nicht? In diesem Staat trauen Sie sich selbst. Seit Sie Ihre Daumenabdrücke unter den Ehekontrakt gesetzt haben, sind Sie ein Paar.«

Ein Ach entrang sich mir, während Mary sich überhaupt nicht äußerte. Wir verließen das Rathaus.

Auf dem Landeplatz im Norden der Stadt mietete ich ein Flugauto. Der Blechkasten war mindestens zehn Jahre alt, aber er konnte vollautomatisch gesteuert werden, und darauf kam es mir allein an. Ich zog eine Schleife um die Stadt, überquerte den Manhattankrater und stellte die Hebel aufs Ziel ein. Ich war glücklich, aber schrecklich nervös und – dann legte Mary die Arme um mich. Nach einer geraumen Weile hörte ich das abwechselnd laute und leise Piepsen des Richtstrahlsignals meiner Hütte. Ich löste mich aus der Umarmung und landete. Schläfrig flüsterte Mary: »Wo sind wir?«

»Vor meinem Häuschen in den Bergen«, erklärte ich ihr.

»Ich wußte nicht, daß du so etwas besitzt, und glaubte, du würdest in meine Wohnung fahren.«

»Und vielleicht in die bewußten Bärenfallen geraten? Jedenfalls heißt es jetzt nicht mehr ›mein‹, sondern ›unser‹ Heim.«

Sie küßte mich wiederum, und ich verpfuschte die Landung. Dann glitt sie aus dem Fahrzeug, während ich das Armaturenbrett in Ordnung brachte. Als ich zu ihr trat, stand sie vor der Hütte und starrte sie an. »Liebster, das ist wundervoll!«

»Es geht nichts über die Adirondacks«, pflichtete ich ihr bei. Ein leichter Dunst lag über der Gegend, die Sonne stand tief im Westen und ließ die Bergketten herrlich plastisch hervortreten.

Mary warf einen Blick auf die Landschaft und sagte: »Ja, ja, aber das habe ich nicht gemeint, sondern deine ... unsere Hütte. Gehen wir gleich hinein.«

»Mir gefällt sie auch«, meinte ich, »aber sie ist wirklich nur ein einfacher Schuppen.« Das war sie auch, denn sie besaß nicht einmal eine Badewanne im Innern. Ich hatte es nicht anders gewollt. Wenn ich hier heraufkam, wollte ich die Großstadt hinter mir lassen. Die Verschalung bestand aus dem üblichen Stahlfaserglas, aber ich hatte sie mit Platten bedeckt, die wie echte Balken aussahen. Das Innere war genauso einfach – ein großes Wohnzimmer mit einem richtigen Kamin, dicken Teppichen und vielen niedrigen Sesseln. In einem besonderen Bunker unterhalb der Grundmauern befanden sich die technischen Einrichtungen: Klimaanlage, Stromerzeuger, Reinigungssystem, Hörgeräte, Rohrleitungen, Strahlungswarner und Schutzanzüge; kurzum alles, außer der Tiefkühltruhe und der übrigen Küchenausstattung, war ›aus den Augen und aus dem Sinn‹.

Sogar die Bildschirme des Holoapparates bemerkte man erst, wenn sie eingeschaltet waren. Das Häuschen sollte soweit wie möglich einem echten Blockhaus ähneln, wenn es auch mit allen Bequemlichkeiten ausgestattet war.

»Ich finde es reizend«, sagte Mary ernst. »Ein Prunkgebäude wäre für mich kein Heim.«

»Für mich auch nicht.« Ich stellte das Combozahlenschloß ein, und die Türe sprang auf. Im Nu war Mary drinnen. »Heda! Komm zurück!« schrie ich.

Sie gehorchte. »Was gibt es denn, Sam? Habe ich etwas verkehrt gemacht?«

»Und ob!« Ich zog sie an den Händen heraus, dann hob ich sie mit Schwung auf beide Arme, trug sie über die Schwelle, und als ich sie wieder absetzte, gab ich ihr einen Kuß. »So, jetzt bist du in dein Haus gelangt, wie es Brauch ist.«

Als wir eintraten, flammte die Beleuchtung auf. Mary sah sich um, dann wandte sie sich zu mir und schlang die Arme um meinen Hals. »Ach Liebling!«

Nach einer Weile wanderte Mary umher und befühlte alles. »Sam, wenn ich es selbst eingerichtet hätte, wäre es genauso geworden.«

»Wir besitzen nur eine Dusche«, entschuldigte ich mich. »Damit werden wir uns begnügen müssen.«

»Das macht mir nichts aus. Ich bin froh darüber; jetzt weiß ich, daß du keine deiner Frauen hier heraufgebracht hast.«

»Was für Frauen?«

»Stell dich nicht so an. Wenn diese Hütte hier als Liebesnest geplant wäre, hättest du ein Damenbad eingebaut.«

»Was du nicht alles weißt!«

Sie antwortete nicht, sondern schlenderte in die Küche. Ich hörte, wie sie einen Juchzer ausstieß. »Was ist los?« Ich lief ihr nach.

»In einer Junggesellenbude hätte ich niemals eine richtige Küche erwartet.«

»Ich bin selbst kein schlechter Koch. Daher habe ich mir die nötige Einrichtung dazu gekauft.«

»Das freut mich. Nun werde ich dir endlich ein Mittagessen kochen.«

»Die Küche ist dein Reich; mach dir's bequem. Aber willst du dich nicht waschen? Du darfst zuerst unter die Brause gehen. Morgen werden wir einen Katalog bestellen, dann kannst du dir ein Badezimmer für dich aussuchen. Wir lassen es mit dem Flugzeug liefern.«

»Dusche du doch zuerst«, meinte sie. »Ich möchte mit dem Essen anfangen.«

Fünfzehn Minuten später, ich stand gerade pfeifend unter der Dusche und ließ das warme Wasser auf mich niederprasseln, klopfte es leise an der Kabinentür. Ich schaute durch das halbtransparente Material und erkannte Marys Silhouette.

»Darf ich reinkommen?« fragte sie.

»Na klar«, sagte ich. »Ist reichlich Platz hier drin.« Ich öffnete die Tür und blickte sie an. Sie sah toll aus. Für einen Moment blieb sie stehen und ließ zu, daß ich sie betrachtete; ihr Gesicht zeigte dabei eine süße Scheu, wie ich es noch nie erlebt hatte.

Ich machte ein erstauntes Gesicht und fragte: »Liebling! Was ist los? Bist du krank?«

Sie schrak zusammen und fragte: »Ich? Wieso?«

»Du trägst nirgendwo eine Waffe.«

Sie kicherte und kam auf mich zu. »Idiot!« rief sie und begann, mich zu kitzeln. Ich nahm ihren linken Arm in die Zange, doch sie konterte mit einem der übelsten Judo-Tricks, die Japan je verlassen haben. Glücklicherweise kannte ich den Gegengriff, und so landeten wir schließlich beide auf dem Boden der Dusche. »Laß mich los!« rief sie. »Mein Haar wird ganz naß!«

»Macht das was?« fragte ich, ohne sie loszulassen. Mir gefiel die Lage, in der wir uns gerade befanden.

»Ich glaube nicht«, sagte sie sanft und küßte mich. Schließlich erhoben wir uns und seiften uns gegenseitig ein. Es war die angenehmste Dusche, die ich je hatte.

Mary und ich fügten uns in das eheliche Leben, als wären wir seit Jahren verheiratet. Das soll nicht heißen, daß unsere Flitterwochen eintönig waren, und in tausenderlei Dingen mußten wir uns gegenseitig noch genauer kennenlernen. Doch in den lebenswichtigen Fragen schienen wir so einig zu sein, daß wir uns wie alte Eheleute vorkamen. Das galt besonders für Mary.

An jene ersten Tage unseres Beisammenseins erinnere ich mich nicht allzudeutlich. Ich war glücklich; was das hieß, hatte ich gar nicht mehr gewußt, und ich hatte vorher nicht gemerkt, daß mir dieses Gefühl versagt geblieben war. Manches Mädel hatte ich ganz gern gesehen, ihre Gesellschaft hatte mich zerstreut, unterhalten, und ich war fröhlich gewesen, aber – niemals wirklich glücklich.

Den Holoapparat schalteten wir nicht ein, und wir lasen auch keine Bücher. Niemand besuchte uns, und wir sprachen mit keiner Menschenseele; nur am zweiten Tag gingen wir ins Dorf hinunter spazieren; ich wollte mit Mary Staat machen. Dort unten glauben sie, ich sei Schriftsteller, und ich unterstützte diese Ansicht, indem ich ein paar Farbkassetten für meine Schreibmaschine kaufte. Ich kam mit dem Händler ins Gespräch, und wir unterhielten uns über die Parasiten und die Aktion Nackter Rücken – natürlich erwähnte ich meine Rolle in dieser Geschichte nicht. In der Nachbarstadt hatte es einen Unfall gegeben – ein schießwütiger Polizist hatte einen Einheimischen erschossen, weil der in der Öffentlichkeit in einem Hemd herumgelaufen war. Der Ladenbesitzer war darüber empört. Ich hingegen meinte, er sei es selbst schuld gewesen; schließlich lebten wir im Kriegszustand.

Er schüttelte den Kopf. »So wie ich es sehe, gäbe es überhaupt keine Probleme, wenn wir uns stets nur um unseren eigenen Kram gekümmert hätten. Gott will nicht, daß wir uns in den Weltraum hinauswagen. Wir sollten die Raumstationen aufgeben und zu Hause bleiben, dann wird schon alles in Ordnung kommen.«

Ich erklärte, daß die Parasiten in ihren eigenen Schiffen hergekommen seien, und nicht wir zu ihnen – und erntete einen warnenden Blick von Mary, nicht zuviel zu erzählen.

Der Händler stemmte beide Hände auf die Theke und beugte sich zu mir. »Wir hatten keine Probleme, *bevor* wir mit der Raumfahrt begannen; würden Sie dem zustimmen?«

In diesem Punkt gab ich ihm recht. »Also?« sagte er triumphierend.

Ich hielt den Mund. Das Gespräch wurde unergiebig.

Auf dem Rückweg kamen wir an der Hütte des ›Ziegen-John‹, eines Einsiedlers, vorüber.

Manche sagen, daß John früher Ziegen gehalten hätte; zumindest riecht er wie eine.

John übernahm immer die kleinen Hausmeisterpflichten, die sich bei mir ergaben. Als ich ihn erblickte, winkte ich ihm zu. Er erwiderte den Gruß. Wie seit je trug er einen alten Strumpf als Mütze und hatte eine abgetragene Militärbluse, eine kurze Hose und Sandalen an. Ich dachte daran, ihn warnend an den Befehl zu erinnern, sich bis zur Hüfte zu entkleiden, aber dann ließ ich es bleiben. Statt dessen hielt ich die hohlen Hände vor den Mund und schrie: »Schicke Pirat herauf!«

»Wer ist denn das, Liebling?« fragte Mary.

»Das wirst du gleich sehen.«

Und so kam es auch. Kaum waren wir wieder daheim, schlüpfte Pirat herein, denn ich hatte ihm eine kleine Falltüre gebaut, die auf sein »Miau« aufsprang. Pirat war ein großer und verwegener Kater. Er stolzierte herein, erzählte mir, was er von Leuten hielt, die so lange fortblieben, dann rieb er sich zum Zeichen, daß er mir verziehen habe, den Kopf an meinen Fußknöcheln. Ich neckte ihn, dann musterte er Mary. Sie ließ sich auf die Knie nieder und gab Laute von sich, auf die sich Menschen verstehen, die mit Katzen umgehen können; Pirat beguckte sie eingehend und mißtrauisch. Plötzlich sprang er auf ihren Arm, und während er sie mit dem Kopf unter das Kinn stupfte, fing er zu schnurren an.

»Ich bin sichtlich erleichtert«, verkündete ich. »Einen Augenblick lang glaubte ich schon, er würde mir nicht gestatten, dich zu behalten.«

Mary blickte hoch und lächelte. »Du hättest dir keine Sorgen zu machen brauchen. Ich bin zu zwei Dritteln selbst eine Katze.«

»Und wie steht es mit dem restlichen Drittel?«

»Das wirst du noch erfahren.«

Von da an blieb der Kater fast die ganze Zeit bei uns – oder bei Mary, nur von unserem Schlafzimmer sperrte ich ihn aus. Dort wollte ich ihn nicht dulden, obwohl Mary und Pirat mich deshalb für kleinlich hielten. Wir nahmen ihn sogar mit, wenn wir in den Canyon hinabstiegen, um Schießübungen zu veranstalten. Ich meinte zu Mary, es sei sicherer, ihn zurückzulassen, doch sie sagte: »Sieh du nur zu, daß *du* ihn nicht triffst. Ich schieße garantiert nicht daneben.«

Ich schwieg etwas beleidigt. Ich bin ein recht guter Schütze und bleibe das durch ständiges Training bei jeder sich bietenden Gelegenheit – sogar während der Flitterwochen. Nein, das stimmt nicht ganz; ich hätte mit den Übungen bei diesem Anlaß ausgesetzt, wenn sich nicht herausgestellt hätte, daß Mary wirklich gern schoß. Mary ist nicht einfach eine gut ausgebildete Schützin, sie ist ein Naturtalent, eine Art Annie Oakley. Sie versuchte, mich zu unterrichten, aber so etwas kann man nicht lernen – nicht diese Art zu schießen.

Ich fragte sie, warum sie mehr als eine Waffe trug. »Man könnte mal mehr als eine brauchen«, sagte sie. »Hier, nimm mir mal meine Pistole weg.«

Ich unternahm einen Versuch, sie sich mit Leichtigkeit aus und fragte: »Was sollte das sein? Wolltest du mich entwaffnen oder mich zum Tanz auffordern? Streng dich mal an!«

Also strengte ich mich an. Ich werde zwar nie ein Meisterschütze werden, aber im Handgemenge bin ich einsame Spitze. Sie mußte aufgeben, weil ich sonst ihr Handgelenk gebrochen hätte.

Jetzt hatte ich ihre Pistole. Doch dann mußte ich feststellen, daß eine zweite Waffe gegen meinen Bauchnabel drückte. Es war eine kleine, handliche Pistole, aber durchaus geeignet, ohne nachzuladen zwei Dutzend Frauen zu Witwen zu machen. Ich schaute nach unten, sah, daß die Waffe entsichert war, und wußte, daß meine schöne Braut nur einen Finger krümmen mußte, um ein Loch durch mich hindurch zu brennen. Kein besonders großes Loch zwar, aber ein ausreichendes.

»Wo zum Teufel hast du die her?« fragte ich – berechtigterweise, denn keiner von uns hatte es für nötig befunden, etwas anzuziehen, bevor wir hinausgingen. Die Gegend hier war sehr einsam, und außerdem war es ohnehin mein Land.

So war ich natürlich sehr überrascht, denn ich hätte geschworen, daß Mary lediglich jene Waffe bei sich hatte, die sie in ihrer süßen kleinen Hand getragen hatte.

»Sie war oben in meinem Nacken, unter den Haaren«, sagte sie. »Siehst du?« Und ich schaute auch nach. Ich wußte zwar, daß man dort ein Funkgerät unterbringen konnte, aber ich hätte nicht gedacht, daß dies auch mit einer Waffe möglich war. Aber natürlich benutze ich auch keine Damen-Pistolen, und lange rote Locken habe ich auch nicht.

Und dann riß ich die Augen auf, weil sie eine dritte Waffe gegen meine Rippen drückte. »Wo kommt die nun wieder her?« fragte ich.

Sie kicherte. »Reine Ablenkung; sie war die ganze Zeit über sichtbar.« Mehr wollte sie dazu nicht sagen, und ich fand nie heraus, wo sie nun wirklich verborgen war. Jedenfalls hätte sie eigentlich beim Gehen klappern müssen.

Immerhin konnte ich ihr noch ein paar Dinge über waffenlosen Kampf beibringen, womit ich meinen Stolz rettete. Bloße Hände sind nützlicher als Pistolen, denn man muß sie häufiger einsetzen. Schlecht war Mary darin allerdings auch nicht, sie hatte den Tod in jeder Hand und den ewigen Schlaf in ihren Füßen. Aber sie hatte die Angewohnheit, mich jedesmal, wenn sie zu Boden ging, zu streicheln und zu küssen. Einmal schüttelte ich sie, statt sie ebenfalls zu küssen, und sagte ihr, sie nähme die Sache nicht ernst. Statt ihr damit den Unfug auszutreiben, erreichte ich das Gegenteil. Sie senkte ihre Stimme um eine Oktave und sagte: »Ist dir nicht klar, daß das nicht meine Waffen sind?«

Ich wußte, daß sie damit nicht ausdrücken wollte, die *Pistolen* seien ihre Waffen. Sie meinte damit ältere und ursprünglichere Dinge. Es stimmt schon, sie konnte kämpfen wie ein schlechtgelaunter Kodiak-Bär, und ich respektierte sie dafür, aber sie war keine Amazone. Eine Amazone sieht nicht *so* aus, wenn ihr Kopf auf einem Kissen ruht. Marys wahre Stärke lag in ihren anderen Talenten.

Dabei fällt mir ein, daß ich von ihr erfuhr, wie ich damals gerettet worden war, als der Parasit mich erwischt hatte. Mary selbst hatte tagelang die City durchstreift und dabei zwar mich nicht gefunden, aber immerhin genau registriert, in welchem Umfang sich die Titanier ausbreiteten. Wäre sie nicht in der Lage gewesen, ›besessene‹ Männer zu erkennen, hätten wir eine Menge Agenten verloren – und ich wäre möglicherweise niemals von meinem Gebieter befreit worden. Die von ihr gesammelten Fakten bewogen den Alten, sich auf die Ein- und Ausgänge der Innenstadt zu konzentrieren. Und so wurde ich gerettet, obwohl sie nicht speziell auf mich gewartet hatten … vermute ich jedenfalls.

Möglicherweise aber doch. Etwas, das Mary sagte, führte mich zu der Vermutung, daß der Alte und sie abwechselnd an jener Landeplattform Wache gehalten hatten, nachdem klar war, wo ungefähr die Parasiten ihren Stützpunkt haben mußten. Doch das konnte nicht stimmen. Der Alte hätte niemals seine Aufgaben vernachlässigt, um nach einem einzelnen Agenten zu suchen. Ich mußte sie mißverstanden haben.

Ich bekam nie die Chance, wegen dieser Sache nachzuhaken; Mary mochte es nicht, in der Vergangenheit herumzuwühlen. Einmal fragte ich sie, warum der Alte sie von der Wache beim Präsidenten abgezogen hatte. Sie sagte: »Ich war nicht länger von Nutzen«, und führte das nicht weiter aus. Sie wußte, daß ich den Grund irgendwann herausfinden würde: Nachdem die Parasiten erst einmal herausgefunden hatten, was es mit dem Sex auf sich hatte, endete ihre Nützlichkeit bei der Überprüfung männlicher Wirte. Damals wußte ich das allerdings noch nicht, doch sie weigerte sich, über dieses Thema zu sprechen. Mary verschwendete weniger Gedanken an vergangene Dinge als jeder andere, den ich in meinem Leben kennenlernte.

Fast hätte ich deswegen sogar selbst vergessen, wogegen wir eigentlich kämpften.

Obgleich sie nicht über sich selbst sprach, hatte sie nichts dagegen, wenn ich von meinem Leben erzählte. Je entspannter und glücklicher ich war, desto mehr neigte ich dazu, ihr zu erklären, was mein Leben lang an mir genagt hatte. Ich berichtete ihr, wie ich die Organisation verlassen und mich einige Zeit in verschiedenen Jobs versucht hatte, bis ich schließlich meinen Stolz herunterschluckte und wieder für den Alten arbeitete. »Ich bin eigentlich ein friedfertiger Bursche«, sagte ich, »doch der Alte ist der einzige Mensch, dem ich mich je habe unterordnen können – und selbst mit ihm streite ich mich. Warum, Mary? Stimmt irgendwas nicht mit mir?«

Mein Kopf lag in ihrer Armbeuge. Sie hob mich hoch und küßte mich. »Lieber Himmel, ist dir das nicht klar? Es liegt nicht an dir, sondern an dem, was du mitgemacht hast.«

»Aber ich war immer so – bis jetzt.«

»Ich weiß, seit du ein Kind warst. Keine Mutter und ein brillanter, dominierender Vater – kein Wunder, daß du unter diesen Umständen kein Selbstbewußtsein entwickeln konntest.«

Ihre Antwort überraschte mich so sehr, daß ich mich aufsetzte. Ich und kein Selbstbewußtsein? »Was?« sagte ich. »Wie kannst du so was behaupten? Ich bin der stolzeste Hahn auf dem ganzen Hof.«

»Ja. Warst du zumindest bis jetzt. Aber es wird schon besser.« Und dann nutzte sie die Gelegenheit, um aufzustehen, und sagte: »Laß uns den Sonnenuntergang genießen.«

»Sonnenuntergang?« wunderte ich mich. »Das kann nicht sein – wir haben doch eben das Frühstück beendet.« Daß ich die Tageszeiten so durcheinandergebracht hatte, versetzte mich mit einem Ruck wieder in die rauhe Wirklichkeit. »Mary, wie lange sind wir schon hier oben?«

»Ist das so wichtig?«

»Teufel, leider ja! Es ist mehr als eine Woche, davon bin ich überzeugt. Eines Tages werden unsere Funkgeräte sich unangenehm laut bemerkbar machen, und dann heißt es: ›Zurück in die Tretmühle‹.«

»Was ändert das an der Zeit, die uns noch bleibt?«

Ich bestand darauf nachzusehen, welchen Tag wir hatten. Wenn ich den Fernsehapparat eingeschaltet hätte, wäre mir das sofort klar geworden, aber wahrscheinlich geriet ich in eine Nachrichtenansage hinein, und das wollte ich nicht. Ich tat immer noch so, als lebten Mary und ich in einer anderen Welt, in der es keine Titanier gab. »Mary,«, sagte ich griesgrämig. »wie viele Tempuspillen hast du?«

»Keine.«

»Nun, meine reichen für uns beide. Laß uns die Zeit verlängern. Angenommen, wir hätten noch vierundzwanzig Stunden für uns, dann könnten wir sie für unser Empfinden in einen Monat verwandeln.«

»Nein.«

»Warum nicht? Heißt es nicht: carpe diem?!«

Sie legte ihre Hand auf meinen Arm und blickte mir in die Augen. »Nein, Liebling, das ist nichts für mich. Ich muß jeden Augenblick erleben und lasse ihn mir nicht verderben, indem ich mir über den nächsten den Kopf zerbreche.« Ich machte ein verstocktes Gesicht. Sie fuhr fort: »Wenn du die Pillen nehmen willst, habe ich nichts dagegen, aber verlange es, bitte, nicht von mir.«

»Verdammt noch mal, allein unternehme ich keine Vergnügungsfahrt.« Sie antwortete nicht, und das ist die unangenehmste Art, die ich kenne, in einer Meinungsverschiedenheit Sieger zu bleiben.

Streit gab es jedoch nie. Wenn ich es darauf anlegte, gab Mary immer nach. Irgendwie kam aber am Ende stets heraus, daß ich mich geirrt hatte. Ich versuchte einigemal, mehr über sie zu erfahren. Schließlich mußte ich doch etwas über die Frau wissen, mit der ich verheiratet war. Einmal sah sie mich bei einer solchen Frage nachdenklich an und antwortete: »Ich weiß wirklich nicht, ob ich je eine Kindheit hatte oder ob ich nur letzte Nacht davon träumte.«

Ich fragte sie rundheraus nach ihrem Namen. »Mary«, erwiderte sie still.

»Heißt du wirklich so?« Ich hatte ihr längst schon meinen richtigen Namen verraten, aber sie verwendete weiterhin »Sam«.

»Gewiß, Liebling. Seit du mich das erste Mal so gerufen hast, bin ich Mary.«

»Also gut. Du bist meine geliebte Mary. Aber wie hast du dich früher genannt?«

Ihre Augen nahmen einen merkwürdigen, gleichsam verletzten Ausdruck an, aber sie antwortete ruhig: »Man rief mich einst Allucquere.«

»Allucquere«, wiederholte ich versonnen. »Allucquere. Was für ein fremdartiger, schöner Name. Allucquere! Das klingt so majestätisch. Meine liebe Allucquere.«

»Ich heiße jetzt Mary.« Und dabei blieb es. Irgendwo und irgendwann, davon war ich überzeugt, war Mary ein Leid geschehen, hatte sie schweren Kummer gehabt. Aber wahrscheinlich würde ich nie etwas davon erfahren. So machte ich mir bald auch keine Gedanken mehr darüber. Ich nahm sie, wie sie war, jetzt und allezeit, und ich gab mich damit zufrieden, mich in dem warmen Licht ihrer Gegenwart zu sonnen.

Ich rief sie weiterhin Mary, aber der Name, den sie einst getragen hatte, ging mir nicht mehr aus dem Sinn. Allucquere ... Allucquere. Ich überlegte, wie er wohl richtig geschrieben würde. Dann wußte ich plötzlich, woran er mich erinnerte. Ich kramte in den untersten Schubladen meines vertrackten Spatzenhirns, in denen ich nutzlosen Trödel verwahrte, den ich beim besten Willen nicht vergessen konnte. Es hatte einmal eine Gemeinschaft gegeben, eine Kolonie, die eine künstliche Sprache verwendete – auch für Namen ...

Die Whitmaniten – ganz richtig – jene anarchistisch-pazifistische Sekte, deren Anhänger aus Kanada vertrieben wurden und sich auch in Kleinamerika nicht zu halten vermochten. Es gab auch ein Buch, das ihr Prophet geschrieben hatte. ›Der Wärmegehalt der Freude‹ lautete der Titel. Ich hatte es einmal überflogen; es strotzte von pseudomathematischen Formeln, nach denen man das Glück finden sollte.

Jeder strebt nach ›Glück‹, genauso wie jeder gegen die ›Sünde‹ ist, aber die Ausübung ihres Kults brachte die Leute in Schwierigkeiten. Sie hatten eine sonderbare und uralte Lösung für ihre sexuellen Probleme, eine Auffassung, die zerstörend wirkte, sobald die Kultur der Whitmaniten mit einer anderen Gesellschaftsordnung in Berührung kam. Selbst Kleinamerika war nicht weit genug entfernt. Irgendwo hatte ich gehört, daß der Rest auf die Venus ausgewandert war. In diesem Falle mußten sie jetzt alle tot sein.

Ich verbannte diese Grübeleien aus meinem Sinn. Hatte Mary den Whitmaniten angehört oder war sie auf diese Weise erzogen worden, so war das ausschließlich ihre Sache. Die Philosophie dieser Sekte sollte jedenfalls niemals unser Glück gefährden. Eine Ehe bedeutet nicht, daß man einen Menschen besitzt, und Ehefrauen sind kein Eigentum.

Wenn das alles war, was Mary mich nicht wissen lassen wollte, dann würde ich es eben nicht wissen. Ich hatte nicht nach einer Jungfrau in einer versiegelten Verpackung Ausschau gehalten. Ich hatte nach *Mary* gesucht.

22

Als ich die Tempuspillen das nächste Mal erwähnte, lehnte Mary sie nicht mehr so entschieden ab, sondern schlug vor, wir sollten uns auf die geringste Dosis beschränken. Das war ein vernünftiger Mittelweg, mehr konnten wir immer noch nehmen.

Ich bereitete das Mittel als Injektion vor, damit es schneller wirkte. Gewöhnlich sah ich, nachdem ich es genommen hatte, auf die Uhr; sobald der Sekundenzeiger scheinbar anhielt, wußte ich, daß ich genug hatte. Aber in meiner Hütte gab es keine Uhr, und keiner von uns trug eine am Finger. Die Sonne ging eben auf, wir waren die ganze Nacht wach gewesen und hatten uns auf einer großen Couch neben dem Kamin behaglich zusammengekuschelt. Dort blieben wir liegen und fühlten uns so wohlig traumverloren, daß ich schon dachte, die Droge habe nicht gewirkt. Dann merkte ich, daß die Sonne nicht mehr höher stieg. Ich beobachtete einen Vogel, der am Fenster vorbeiflatterte. Wenn ich ihn lange genug anstarrte, konnte ich seinen Flügelschlag verfolgen.

Ich blickte wieder auf meine Frau. Pirat lag zusammengerollt auf dem Bauch, die Pfoten weggestreckt wie in einen Muff. Die beiden schienen zu schlummern. »Wie wäre es mit einem Frühstück? Ich bin am Verhungern«, sagte ich.

»Hol du es«, bat sie. »Wenn ich mich rühre, störe ich Pirat.«

»Du hast gelobt, mich zu achten und zu lieben sowie mir das Frühstück zu bereiten«, neckte ich sie und kitzelte sie an den Beinen. Sie schnappte nach Luft und zog die Knie an. Der Kater miaute empört und landete auf dem Boden.

»Ach, Liebling«, jammerte sie. »Du bist schuld, daß ich mich zu schnell bewegt habe. Jetzt ist er beleidigt.«

»Was schert dich der Kater, Weib; du bist mit mir verheiratet.« Aber ich wußte, daß ich einen Fehler begangen hatte. Sind Lebewesen zugegen, die nicht unter dem Einfluß des Mittels stehen, muß man sich vor jähen Gesten hüten. An Pirat hatte ich nicht mehr gedacht; zweifellos glaubte er, wir benähmen uns wie betrunkene Hampelmänner. Ich verhielt mich besonders behutsam und versuchte ihn zu locken.

Es war zwecklos. Er sauste wie der Blitz auf sein Türchen zu. Ich hätte ihn zurückhalten können, denn mir erschien sein Gang so langsam, als fließe Sirup dahin, aber dann wäre er nur noch mehr erschrocken. So ließ ich ihn ziehen und ging in die Küche.

Mary hatte recht. ›Tempus fugit‹, taugte nicht für Flitterwochen. Das hinreißende Glücksempfinden, das mich zuvor beseelt hatte, wurde von dem eigentümlich gesteigerten Wohlbehagen verdeckt, das die Droge hervorrief. Dieses Hochgefühl war überwältigend, aber in Wahrheit ging etwas verloren. Den echten Zauber hatte ich durch die trügerische Wirkung einer Chemikalie ersetzt. Trotzdem verbrachten wir einen schönen Tag – oder Monat. Aber ich wünschte, ich hätte mich mit der Wirklichkeit begnügt. Spät abends tauchten wir aus unserem entrückten Zustand wieder auf. Ich fühlte die leichte Gereiztheit, die das Nachlassen der Droge anzeigte, und prüfte die Dauer meiner Reflexe. Als sie wieder normal abliefen, maß ich auch für Mary die Zeit, worauf sie mir mitteilte, daß sie schon seit etwa zwanzig Minuten munter sei. So hatte ich also die Mengen ziemlich genau aufeinander abgestimmt.

»Willst du es nochmals versuchen?« fragte sie.

Ich küßte sie. »Nein, offen gestanden bin ich froh, daß es vorbei ist.«

»Das freut mich.«

Ich hatte den üblichen Heißhunger, der einen nachher immer befällt, und sagte es ihr. »Eine Minute«, bat sie. »Ich möchte nur erst Pirat rufen.«

An diesem Tag – oder während dieses ›Monats‹ –, der eben zu Ende ging, hatte ich ihn nicht vermißt; das war bei dieser beschwingten Gemütsverfassung immer so. »Sorge dich nicht, er bleibt oft den ganzen Tag fern«, beruhigte ich sie.

»Er hat es aber noch nie getan.«

»Bei mir schon«, erwiderte ich.

»Ich glaube, daß ich ihn gekränkt habe – ich weiß es bestimmt.«

»Wahrscheinlich steckt er beim alten John unten. Das ist so seine Art, mich zu strafen. Es wird ihm schon nichts fehlen.«

»Aber es ist spät nachts – ich habe Angst, ein Fuchs könnte ihn erwischen. Hast du etwas dagegen, wenn ich schnell hinausgehe und ihn rufe?« sie eilte zur Tür.

»Zieh aber etwas an«, befahl ich. »Draußen wird ein scharfes Lüftchen wehen.«

Sie kehrte ins Schlafzimmer zurück und holte einen Morgenmantel, den ich ihr an dem Tage gekauft hatte, als wir unten im Dorf waren. Sie ging hinaus. Ich legte Holz aufs Feuer und begab mich in die Küche. Während ich überlegte, was wir essen wollten, hörte ich Mary in dem gurrenden Ton, wie er im Umgang mit Kleinkindern und Katzen üblich ist, sagen: »Du böses, böses Tierchen. Du hast Mama geängstigt.«

Ich rief: »Hol ihn herein, schließ die Türe und – hüte dich vor dem schwarzen Mann ...«

Sie gab keine Antwort, und ich hörte auch die Tür nicht einschnappen, und so schlenderte ich ins Wohnzimmer. Mary kam eben herein, aber die Katze hatte sie nicht bei sich. Ich setzte zum Sprechen an, dann fiel mein Blick auf ihre Augen. Sie waren starr und von unaussprechlichem Grauen erfüllt. »Mary!« rief ich und rannte auf sie zu. Sie schien mich zu erkennen, aber sie wandte sich wieder zum Ausgang; ihre Bewegungen waren abgehackt und verkrampft. Als sie sich umdrehte, sah ich ihre Schultern.

Unter dem Morgenmantel zeichnete sich ein Höcker ab. Wie lange ich dort stand, weiß ich nicht. Wahrscheinlich nur den Bruchteil einer Sekunde, aber es brannte sich in mein Gedächtnis ein, als hätte es ewig gedauert. Ich sprang auf Mary zu und packte sie bei den Armen. Sie blickte mich an, aus ihren Augen sprach jedoch nicht mehr Entsetzen, sie waren wie erstorben.

Mary stieß mich mit den Knien von sich. Ich stemmte mich dagegen und konnte das Schlimmste abwenden. Gewiß, man soll einen gefährlichen Gegner nicht bei den Armen fassen, aber hier handelte es sich um meine Frau! Bei Mary konnte ich nicht ein Täuschungsmanöver ausführen, um sie dann zu töten.

Das Schneckenwesen allerdings machte sich meinetwegen keine Gewissensbisse. Mary – oder vielmehr der Parasit – bediente sich aller erdenklichen Kniffe, und ich konnte nur eines: Mich wehren, ohne sie lebensgefährlich zu verletzen. Dabei mußte ich zu verhindern suchen, daß sie *mich* mordete. Zugleich trachtete ich danach, das Schneckenungeheuer unschädlich zu machen und es von mir fernzuhalten. Sonst war ich nicht mehr imstande, meine Liebste zu retten.

Ich befreite eine Hand und versetzte ihr einen Kinnhaken. Der Schlag ließ jedoch ihren Widerstand keineswegs erlahmen. Wiederum versuchte ich, sie mit beiden Armen und Beinen durch eine ›Bärenzange‹ bewegungsunfähig zu machen, ohne sie zu verletzen. Wir fielen zu Boden, Mary obenauf. Ich schob ihr meine Hand vors Gesicht, damit sie mich nicht mehr beißen konnte. Auf diese Weise hielt ich sie fest und bändigte nur mit der Kraft meiner Muskeln ihren starken Körper. Dann wollte ich sie durch Druck auf bestimmte Nerven lähmen, aber sie kannte die gefährlichen Stellen so gut wie ich, und ich konnte von Glück sagen, daß ich nicht selbst außer Gefecht gesetzt wurde.

Ein Ausweg blieb mir noch: den Schmarotzer selbst zu pakken, aber ich wußte, wie verheerend dies auf den Wirt wirkt. Es konnte Marys Tod sein, ganz bestimmt würde es ihr jedoch furchtbar zusetzen. Daher ging mein Plan dahin, sie bewußtlos zu machen, das Schneckenwesen behutsam zu entfernen und erst nachher zu vernichten. Vielleicht ließe es sich mit Hitze vertreiben oder durch einen leichten Elektroschock zwingen loszulassen.

Mit Hitze verjagen …

Es blieb mir keine Zeit, den Gedanken auszuspinnen. Mary grub mir die Zähne in das Ohr. Ich verlagerte meinen rechten Arm und packte den Parasiten.

Nichts geschah. Meine Finger sanken nicht in die schleimige Masse ein, sondern statt dessen entdeckte ich, daß dieses Scheusal einen Lederpanzer besaß. Es war, als hätte ich einen Fußball in der Hand. Als ich den Titanier berührte, bäumte Mary sich auf und riß mir ein Stück vom Ohr ab, aber sie wurde nicht von Krämpfen geschüttelt, die ihr die Knochen brachen. Das Schneckenwesen lebte noch und beherrschte ihre Seele.

Ich bemühte mich, meine Finger darunterzuschieben, aber es gelang mir nicht. Der Parasit haftete wie ein Saugnapf.

Inzwischen wurde ich an anderen Stellen verwundet. So rollte ich mich herum, und während ich Mary weiter umklammert hielt, landete ich auf den Knien. Ich mußte ihre Beine freigeben. Das war schlimm, aber ich beugte sie über ein Knie und richtete mich mühsam auf. Dann zerrte und schleppte ich sie zum Kamin. Beinahe wäre sie mir entronnen; es war, als ob man mit einem Berglöwen kämpfte. Aber ich fing sie ein, erwischte sie an einem Büschel Haaren und drückte langsam und mit aller Kraft ihre Schultern über das Feuer.

Ich beabsichtigte nur, den Schmarotzer zu sengen, damit er gezwungen war, sich herabfallen zu lassen. Denn vor der Hitze würde er fliehen. Aber sein Opfer wehrte sich so wild, daß ich ausglitt, mit dem Kopf gegen die Wölbung des Kamins prallte und Mary mit den Schultern auf die Kohlen plumpsen ließ.

Sie schrie gellend auf und war mit einem Satz aus dem Feuer, wobei sie mich mitriß. Ich rappelte mich hoch, noch immer betäubt von dem Aufprall, und sah, daß sie zusammegebrochen war und auf dem Boden lag. Ihre Haare, ihre schönen Haare brannten lichterloh.

Ebenso der Morgenmantel. Ich hieb auf beides mit den Händen ein. Einen Parasiten trug sie nicht mehr. Während ich die Flammen löschte, blickte ich umher und sah das Schneckenwesen neben dem Kamin auf dem Boden kriechen, und – Pirat schnüffelte daran.

»Weg von dort, Pirat, laß das!« brüllte ich. Der Kater blickte fragend hoch. Ich fuhr in meiner dringenden Rettungsarbeit fort und vergewisserte mich, daß nichts mehr brannte. Erst als ich mich davon überzeugt hatte, verließ ich Mary. Ich nahm mir nicht einmal Zeit nachzusehen, ob sie noch lebte. Mit bloßen Händen wagte ich den Titanier nicht anzurühren, so wandte ich mich um und wollte die Kohlenschaufel holen.

Aber der Parasit lag nicht mehr auf dem Boden, er hatte Pirat überfallen. Der Kater stand wie erstarrt breitbeinig vor mir, und das Schneckenwesen setzte sich eben auf ihm zurecht. Mit einem Hechtsprung stürzte ich mich auf das Tier, und gerade als es die ersten Schritte unter dem Einfluß seines neuen Herrn machte, erwischte ich es an den Hinterbeinen.

Eine wildgewordene Katze mit bloßen Händen anzufassen ist bestenfalls Leichtsinn, aber eine zu bändigen, die von einem Titanier gelenkt wird, ist unmöglich.

Während ich bei jedem Schritt von Klauen und Zähnen zerschunden wurde, eilte ich erneut zum Kamin. Trotz Pirats Gewinsel und Zappeln drückte ich den Schmarotzer mit aller Macht gegen die Glut und ließ nicht locker. Der Pelz des Tieres fing Feuer, meine Hände bekamen Brandblasen, aber ich harrte aus, bis der Titanier geradewegs in die Flammen platschte. Dann nahm ich Pirat und legte ihn nieder. Er wehrte sich nicht mehr. Ich untersuchte ihn noch, ob er an keiner Stelle mehr brannte, dann kehrte ich zu Mary zurück. Sie war noch immer bewußtlos. Ich kauerte mich weinend neben sie.

Eine Stunde später hatte ich Mary versorgt, so gut ich konnte. Auf der linken Kopfseite hatte sie die Haare eingebüßt, und an Schultern und Nacken trug sie Brandwunden. Aber ihr Puls pochte kräftig, sie atmete gleichmäßig, wenn auch kurz und schnell. Meiner Ansicht nach hatte sie nicht viel Körperflüssigkeit verloren. Ich verband die verletzten Stellen, denn ich hatte auch hier auf dem Lande eine gut ausgerüstete Apotheke, und gab ihr eine Injektion, damit sie schlafen konnte. Dann kümmerte ich mich um Pirat.

Er befand sich noch immer an der Stelle, wo ich ihn zurückgelassen hatte, und war übel zugerichtet. Ihm war es viel schlechter als Mary ergangen, und wahrscheinlich waren ihm Flammen in die Lunge eingedrungen. Ich hielt ihn für tot, aber als ich ihn streichelte, hob er den Kopf. »Du tust mir so leid, alter Bursche«, flüsterte ich. Ich glaube, daß ich ihn noch miauen hörte.

Ihn versorgte ich auf die gleiche Weise wie Mary, nur scheute ich mich, ihm ein Schlafmittel zu geben. Dann suchte ich das Badezimmer auf und besah die Schäden, die ich selbst erlitten hatte.

Das Ohr hatte zu bluten aufgehört, und ich beachtete es nicht weiter. Kummer bereiteten mir nur meine Hände. Ich steckte sie unter das heiße Wasser und heulte auf, dann trocknete ich sie mit dem Föhn und auch das schmerzte. Ich konnte mir nicht vorstellen, wie ich sie verbinden sollte, und außerdem brauchte ich sie.

Schließlich schüttete ich etwa dreißig Gramm einer gallertartigen Brandsalbe in ein paar Plastikhandschuhe und zog sie an. Das Mittel enthielt einen schmerzstillenden Zusatz, der mir ein wenig Linderung verschaffte. Dann ging ich ans Stereophon und rief den Dorfarzt an. Ich erläuterte ihm, was geschehen war, berichtete, was ich bereits unternommen hatte, und bat ihn, sofort zu kommen.

»Bei Nacht?« sagte er. »Sie scherzen wohl.«

Ich versicherte ihm, daß ich keineswegs spaße.

»Mensch, verlangen Sie nichts Unmögliches von mir«, antwortete er. »Ihre Meldung ist die vierte Unglücksnachricht in diesem Bezirk; keiner geht nachts vor die Türe. Am Morgen werde ich den ersten Besuch bei Ihnen machen und nach Ihrer Frau sehen.«

Ich sagte ihm, daß er sich am Morgen zum Teufel scheren solle, und hängte ein.

Kurz vor Mitternacht verendete Pirat. Ich beerdigte ihn sogleich, damit Mary ihn nicht zu Gesicht bekam. Das Schaufeln tat meinen Händen weh, aber der Kater benötigte keine tiefe Grube. Ich sagte ihm Lebewohl und kehrte wieder ins Haus zurück. Mary schlief ruhig; ich zog einen Stuhl ans Bett und bewachte sie. Wahrscheinlich schlummerte ich zeitweise ebenfalls ein, genau kann ich mich aber nicht mehr daran erinnern.

23

Als es dämmerte, fing Mary an, sich unruhig herumzuwälzen und zu stöhnen. Ich legte ihr meine Hand auf den Arm. »Komm, Kindchen. Es ist alles gut. Sam ist hier.«

Sie öffnete die Augen, und eine Sekunde lang lag wieder der gleiche entsetzte Ausdruck in ihnen wie vorher. Dann erblickte sie mich und war wie erlöst. »Sam! O Liebling, ich hatte einen ganz schrecklichen Traum.«

»Nun ist alles gut«, wiederholte ich.

»Warum trägst du Handschuhe?« Sie bemerkte ihre Verbände und machte ein bestürztes Gesicht. »Also war es kein Traum!«

»Nein, Liebste. Aber nun ist alles in Ordnung. Ich habe den Parasiten getötet.«

»Das hast du getan? Und ist er sicher tot?«

»Zuverlässig.«

»O Sam, komm her und halte mich ganz fest.«

»Ich werde dir an den Schultern weh tun.«

»Nimm mich in deine Arme!« Ich gehorchte und bemühte mich, ihre Brandwunden zu schonen.

Sogleich hörte sie zu zittern auf. »Verzeih, Liebling, ich bin doch ein recht schwaches Weib.«

»Du hättest sehen sollen, in welchem Zustand ich war, als man mich befreit hatte.«

»Das habe ich miterlebt. Erzähl mir jetzt, was vorgefallen ist. Ich erinnere mich nur noch an den Augenblick, in dem du versuchtest, mich gewaltsam in den Kamin zu drücken.«

»Mary, schau, ich konnte nicht anders, ich mußte es tun; sonst hätte ich den Parasiten nicht weggebracht!«

»Ich weiß es, du Guter, ich weiß es und – ich danke dir aus tiefstem Herzen dafür. Wiederum schulde ich dir alles.«

Wir weinten beide, und ich putzte mir die Nase. Dann berichtete ich: »Du antwortetest nicht, als ich dich rief, so ging ich ins Wohnzimmer und fand dich dort vor.«

»Jetzt entsinne ich mich. Ach, Liebling, ich habe mich so dagegen gewehrt!«

Ich starrte sie an. »Das merkte ich – du versuchtest davonzulaufen. Aber wie hast du das fertiggebracht? Wenn ein Parasit dich einmal erwischt hat, bist du machtlos. Es gibt keine Möglichkeit, gegen ihn anzukämpfen.«

»Ja, das habe ich gemerkt, aber ich habe mich wenigstens bemüht.« Irgendwie hatte Mary dem Parasiten ihren Willen aufzwingen wollen, aber das brachte kein Mensch zustande, wie ich selbst am besten wußte. Dabei hatte ich die leise Ahnung, daß ich selbst besiegt worden wäre, hätte Mary sich nicht bis zu einem gewissen – wenn auch geringen – Grade dem Befehl des

Titaniers widersetzt, zumal ich noch dadurch benachteiligt war, daß ich nicht richtig zugreifen konnte.

»Sam, ich hätte ein Licht mitnehmen sollen«, fuhr sie fort. »Aber hier ist es mir nie eingefallen, mich vor etwas zu fürchten.«

Ich nickte. Hier schien man so sicher, als krieche man in sein Bett oder flüchte sich in schützende Arme. »Pirat kam sogleich herbei. Den Parasiten entdeckte ich erst, nachdem ich ihn berührt hatte. Dann war es zu spät.« Sie setzte sich auf. »Wo steckt der Kater? Fehlt ihm etwas? Ruf ihn doch.«

So mußte ich ihr von Pirat erzählen. Sie lauschte mit ausdruckslosem Gesicht, nickte und erwähnte ihn nie wieder. Ich wechselte das Thema. »Jetzt, wo du aufgewacht bist, will ich dir aber erst einmal Frühstück machen.«

»Geh nicht fort!« Ich zögerte. »Bleibe in Sichtweite auf jeden Fall«, bettelte sie. »Das Frühstück werde ich holen.«

»Gar nichts wirst du. Du bleibst im Bett und bist ein braves Mädchen.«

»Komm her und ziehe die Handschuhe aus. Ich möchte deine Hände ansehen.« Den Gefallen konnte ich ihr nicht tun. Nicht einmal denken durfte ich daran, denn das schmerzstillende Mittel hatte zu wirken aufgehört. Grimmig sagte sie: »Wie ich mir gedacht habe. Du bist schlimmer zugerichtet als ich.«

Sie besorgte das Frühstück und aß auch etwas, während ich nur Kaffee wollte. Ich bestand darauf, daß auch sie reichlich davon trank; mit großflächigen Brandwunden ist nicht zu spaßen. Bald darauf schob sie ihren Teller beiseite und meinte: »Liebling, ich bin über diesen Vorfall nicht traurig. Jetzt weiß ich Bescheid. Wir haben es beide erlebt.« Ich nickte stumm. Glück miteinander zu teilen genügt nicht. Sie stand auf. »Wir müssen jetzt gehen.«

»Ja, ich wünsche, daß du so bald wie möglich zu einem Arzt kommst.«

»Das meinte ich nicht.«

»Ich weiß.« Wir brauchten nicht darüber zu reden. Beide wußten wir, daß die Musik verklungen war und es Zeit wurde, wieder an die Arbeit zu gehen. Die alte Maschine, mit der wir gekommen waren, ruhte immer noch auf meinem Landeplatz, und die Miete, die ich dafür begleichen mußte, stieg ständig.

Binnen drei Minuten hatten wir die Teller verbrannt, alle Geräte abgeschaltet, und waren startbereit.

Wegen meiner Hände saß Mary am Steuer. Als wir in der Luft schwebten, meinte sie: »Fahren wir geradewegs in das Büro der Abteilung! Dort können wir uns behandeln lassen und werden erfahren, was sich inzwischen ereignet hat. Oder schmerzen deine Hände zu sehr?«

»Mir ist es recht so«, stimmte ich bei. Ich wollte Bescheid über die Lage erhalten und wieder mit anpacken. Dann bat ich Mary, die ›Quietschkommode‹ einzuschalten, um eine Nachrichtenansage zu erwischen. Aber die Fernseheinrichtung des Fahrzeugs gehörte genauso in die Mülltonne wie alles übrige; nicht einmal hören konnten wir etwas. Glücklicherweise waren die Kontrollapparate fürs Fernsteuern in Ordnung, sonst hätte es Mary eigenhändig mit dem Verkehr aufnehmen müssen.

Ein Gedanke quälte mich, und ich erwähnte ihn Mary gegenüber. »Man sollte doch meinen, daß ein Schneckenwesen lieber zur Hölle führe als eine Katze zu besteigen.«

»Ich dachte das auch.«

»Aber warum mußte Pirat daran glauben? Es muß einen Sinn haben; alles, was diese Scheusale tun, hat von ihrem Gesichtspunkt aus einen Zweck – eine furchtbare Bedeutung.«

»Aber es war doch sehr klug von ihnen. Auf diese Weise haben sie einen Menschen gefangen.«

»Das schon, aber wie verfielen sie auf diesen Gedanken? Sicher sind sie nicht so zahlreich, daß sie es sich leisten können, sich auf Katzen zu setzen, nur wegen der unsicheren Möglichkeit, daß dieses Tier sie an einen Menschen heranbringt. Oder gibt es wirklich so viele Parasiten?« Ich erinnerte mich an die vollständig unterjochte Stadt Kansas und erschauerte.

»Warum fragst du mich, Liebling? Mein Gehirn taugt nicht für tiefschürfende Analysen.« In gewisser Weise stimmte das. Ihr Gehirn ist völlig in Ordnung, aber sie verzichtet auf jede

Logik und findet die richtigen Antworten rein instinktiv. Ich dagegen muß meinen Verstand anstrengen.

»Spiel nicht das dumme kleine Mädchen, und streng deinen Verstand ein wenig an. Woher kam der Parasit? Er mußte von dem Rücken eines Zwischenwirts auf unseren Pirat gelangt sein. Wer hat ihn beherbergt? Ich würde auf den alten Ziegen-John tippen. Einen anderen Menschen hätte Pirat nicht an sich herankommen lassen.«

»Der alte John?« Mary schloß die Augen und öffnete sie wieder. »Gefühlsmäßig kann ich dazu gar nichts sagen. Ich bin nie in seiner Nähe gewesen.«

»Andere Überträger scheiden aus, also müßte meine Annahme stimmen. Der alte John trug einen Überrock, als sich die anderen alle dem Befehl gefügt und den Rücken entblößt hatten. Also war er schon befallen, ehe die Losung ausgegeben wurde. Aber warum sucht sich ein Schmarotzer ausgerechnet einen Eremiten hoch oben in den Bergen aus?«

»Um dich zu fangen.«

»Mich?«

»Um dich erneut zu beherrschen.«

Das war nicht ausgeschlossen. Vielleicht war jeder Wirt, der ihnen entkam, ein gezeichneter Mann. In diesem Fall drohte den Abgeordneten des Kongresses besondere Gefahr. Das wollte ich mir vormerken und es melden, damit man der Sache nachging.

Andererseits hatten sie es vielleicht gerade auf mich abgesehen. Was fanden sie an mir Besonderes? Ich war Geheimagent. Mehr noch – der Titanier, der mich beherrscht hatte, hatte erfahren, was ich über den Alten wußte, und daß ich Zutritt zu ihm hatte. Ich hatte das sichere Gefühl, daß sie in dem Alten ihren gefährlichsten Gegner sahen; auch das mußte meinem Parasiten bekannt sein; denn er verfügte über meine ganze Seele.

Dieses Schneckenwesen war sogar dem Alten begegnet und hatte mit ihm gesprochen. Doch halt! *Dieses* Geschöpf war tot. Meine Theorie stürzte zusammen.

Aber sogleich lebte sie wieder auf. »Mary, hast du deine Wohnung seit jenem Morgen, als wir miteinander dort frühstückten, noch einmal benützt?« fragte ich.

»Nein, warum?«

»Betritt sie auf keinen Fall mehr. Ich erinnere mich nun; während ich damals befallen war, hatte ich beschlossen, dir dort eine Falle zu stellen.«

»Du hast es aber nicht getan, oder?«

»Nein, aber jemand anderes könnte es indessen besorgt haben. Vielleicht lauert dort jetzt das Gegenstück zum alten John wie eine Spinne und wartet darauf, daß wir beide kommen.« Ich erläuterte ihr Melvaines Ansicht über ein ›Gruppengedächtnis‹. »Damals dachte ich, er jage einem Hirngespinst nach, wie es Gelehrte gerne tun. Aber nun erscheint mir seine Annahme die einzige zu sein, die allem gerecht wird, wenn wir nicht die Titanier für so dumm halten, daß sie in einer Badewanne ebenso fischen wollen wie in einem Bach. Aber so töricht sind sie nicht.«

»Einen Augenblick, mein Lieber. Nach McIlvaines Vorstellung ist ein Parasit mit jedem anderen zu einem höheren Wesen vereint; stimmt das? Mit anderen Worten: Der Titanier, der mich letzte Nacht überfiel, war im Grunde der gleiche, der dich befehligte und auf deinem Rücken saß. Oh, Liebster, ich werde ganz wirr im Kopf – ich meine ...«

»Im wesentlichen hast du es richtig erfaßt. Getrennt sind sie Einzelwesen; berühren sie sich, dann verschmelzen ihre Erinnerungen und X wird gleich Y. Wenn das stimmt, hat der Parasit der letzten Nacht alles im Gedächtnis, was er über mich erfahren hat; doch muß er mit jenem beisammen gewesen sein, der mich beherrschte, oder mit einem anderen, der über eine beliebig lange Kette von Parasiten seine Erfahrungen mit dem meinen ausgetauscht hat. Nach allem, was ich über ihre Gewohnheiten weiß, könnte ich eine Wette darauf eingehen. Der erste würde ... ich meine ... warte einmal ... Nimm drei Parasiten: Joe, Moe und ... Herbert. Herbert wäre der von gestern nacht; Moe der andere, der ...«

»Warum ihnen Namen geben, wenn sie keine Eigenpersönlichkeit besitzen?« wandte Mary ein.

»Nur um sie auseinanderzuhalten ... ach, es hat keinen Sinn. Lassen wir es dabei bewenden, daß es Hunderttausende, vielleicht Millionen Parasiten gibt, die genau wissen, wer wir sind, die von uns Namen, Aussehen und alle Eigenheiten kennen – falls McIlvaine recht hat; sie wissen, wo deine Wohnung liegt und wo meine Hütte steht. Wir stehen bei ihnen auf einer Liste.«

Mary runzelte die Stirne. »Ein ekelhafter Gedanke, Sam. Wie sollten sie herausbringen, wann sie uns in der Hütte finden können? Wir haben niemanden eingeweiht. Sollten sie einfach das Gebiet einkreisen und abwarten?«

»Das müssen sie getan haben. Wer weiß, ob es einem Schmarotzer etwas ausmacht, sich in Geduld zu fassen. Zeit hat vielleicht für sie eine andere Bedeutung.«

»Wie für die Venusbewohner«, meinte Mary. Ich nickte. Ein Wesen von der Venus konnte unter Umständen seine eigene Ur-Ur-Enkelin ›heiraten‹ und trotzdem jünger als sie sein. Das hing nur davon ab, wie sie ihren Sommerschlaf hielten.

»Auf jeden Fall muß ich das melden und auf die Folgen aufmerksam machen, die sich daraus ergeben. Die Leute in der Analysenabteilung können sich dann damit vergnügen«, fügte ich hinzu.

Ich wollte gerade noch erwähnen, daß der Alte besonders vorsichtig sein müsse, weil sie es vor allem auf ihn abgesehen hätten, als zum ersten Mal, seit ich den Urlaub angetreten hatte, mein Funktelefon ertönte. Ich antwortete, und ehe der Sprecher noch etwas sagen konnte, erschallte die Stimme des Alten: »Persönlich melden.«

»Wir sind auf dem Wege«, erklärte ich. »In etwa dreißig Minuten treffen wir ein.«

»Wenn möglich noch früher. Du benutzt Kai fünf; sag Mary, sie solle bei Ell Eins hereinkommen. Eilt euch.« Ehe ich ihn fragen konnte, woher er wußte, daß Mary bei mir war, schaltete er ab.

»Hast du gehört?« fragte ich sie.

»Ja, ich war auch eingeschaltet.«

»Das klingt, als wenn der Tanz nun losging.«

Erst nachdem wir gelandet waren, begriff ich, wie grundlegend die Lage sich gewandelt hatte. Wir hatten die Vorschrift: ›Rücken frei‹ befolgt. Von der Losung: ›Laßt euren Körper von der Sonne bräunen‹ hatten wir noch nichts vernommen. Als wir ausstiegen, riefen uns zwei Schutzleute an. »Halt!« befahl der eine. »Keine Bewegungen.«

Hätten die Männer nicht Waffen geführt und sich entsprechend benommen, wäre uns nicht aufgefallen, daß sie Polizisten waren. Sie trugen Halfter für die Pistolen, Schuhe, und anstatt einer Hose schmale ›Lendenschurze‹, die wenig breiter als Trägergurte waren. Ein zweiter Blick zeigte uns ihre Rangabzeichen, die am Halfter befestigt waren. »Herunter mit der Hose, Freundchen!« fuhr der Mann fort.

Ich war ihm nicht flink genug. Er brüllte: »Na, wird's bald! Zwei sind heute bereits erschossen worden, weil sie zu türmen versuchten; vielleicht sind Sie der dritte.«

»Füge dich, Sam«, mahnte Mary ruhig. Ich gehorchte. Nur mit Schuhen und Handschuhen bekleidet stand ich vor ihm und kam mir wie ein Narr vor. Aber mein Telefon und die Pistole hatte ich doch versteckt gehalten, während ich die kurze Hose abstreifte.

Der Schutzmann ließ mich umdrehen. Sein Kamerad sagte: »Er ist sauber. Nun die Frau.« Ich schickte mich an, wieder in die Hose zu schlüpfen, der Polizist hielt mich jedoch davon ab.

»He, Sie wollen wohl Ungelegenheiten bekommen? Lassen Sie das Zeug aus.«

Als ich einwandte, daß ich nicht wegen unsittlicher Enthüllung des Körpers aufgegriffen werden wolle, war er sichtlich verblüfft, dann lachte er wiehernd und wandte sich an seinen Begleiter: »Hörst du das, Ski?«

Der andere redete mir geduldig zu: »Geben Sie mal acht. Sie dürfen sich nicht widersetzen. Sie kennen die Vorschriften. Meinethalben dürften Sie einen Pelzmantel umhängen, aber wegen gesetzwidriger Nacktheit werden Sie bestimmt nicht verhaftet, sondern wegen Gefährdung der öffentlichen Sicherheit. Die freiwilligen Wachposten schießen bedeutend schneller als wir.«

Er wandte sich an Mary. »Nun Sie, meine Dame, darf ich bitten.«

Ohne Widerrede wollte Mary das kurze Höschen ablegen. Freundlich meinte jedoch der zweite Polizist: »Nicht notwendig, meine Dame, diese Dinger sind so gebaut, daß sich das erübrigt. Drehen Sie sich nur langsam im Kreise herum.«

»Danke«, erwiderte Mary und tat, wie ihr geheißen. Der Mann hatte gut beobachtet. Marys knappe Hülle saß wie angegossen und ihr Büstenhalter ebenfalls.

»Wie steht es mit den Verbänden?« bemerkte der erste Schutzmann.

»Sie ist schlimm verbrannt. Sehen Sie das nicht?« brauste ich auf.

Er blickte zweifelnd auf die Mullbinden, die ich unordentlich und viel zu dick herumgewickelt hatte. »Nun ja«, meinte er, »falls sie wirklich Brandwunden hat.«

»Selbstverständlich!« Ich fühlte, wie meine kühle Urteilsfähigkeit flöten ging. Wie ein richtiger, verantwortungsbewußter Ehemann benahm ich mich, mit dem nicht vernünftig zu reden ist, wenn es um seine Frau geht. »Verdammt noch mal, schauen Sie sich das Haar an! Würde man einen Kopf mit solchen Locken entstellen, nur um euch zu ärgern?«

»Ein Parasit wäre dazu imstande«, knurrte der Gestrenge finster.

Der Geduldigere mischte sich ein: »Carl hat recht. Ich bedaure, meine Dame, wir werden diese Binden entfernen müssen.«

Aufgebracht platzte ich heraus: »Das dürfen Sie nicht! Wir sind auf dem Weg zum Arzt. Sie werden ...«

Doch Mary sagte gelassen: »Hilf mir, Sam.«

Ich verstummte und begann den Verband an einer Ecke aufzuwickeln, während meine Hände vor Wut zitterten. Kurz darauf pfiff der ältere von den beiden Männern vor sich hin und meinte: »Das genügt. Was meinst du, Carl?«

»Ja, es langt, Ski. Aber sagen Sie, was ist Ihnen denn bloß zugestoßen?«

»Erzähle es ihnen, Sam.«

Ich berichtete. Schließlich sagte der ältere Schutzmann: »Sie sind noch gut weggekommen – nehmen Sie es nicht übel. Jetzt sind es also auch noch Katzen, wie? Von Hunden wußte ich es schon. Auch von Pferden. Aber man würde doch nicht glauben, daß eine gewöhnliche Katze einen Schmarotzer tragen kann.« Sein Gesicht umdüsterte sich. »Wir haben eine, und nun werde ich sie entfernen müssen. Meine Kinder werden nicht erfreut darüber sein.«

»Das kann ich mitfühlen«, bedauerte Mary ihn.

»Schlimme Zeiten für alle. Na ... Sie können jetzt weiterfahren.«

»Einen Augenblick noch«, warf der andere ein. »Ski, wenn sie mit diesem Ding auf dem Rücken durch die Straßen fährt, wird wahrscheinlich einer auf sie schießen.«

Der Ältere kratzte sich am Kinn. »Hast recht. Wir müssen einen Wagen der Funkstreife für sie anfordern.«

Das taten sie. Ich hatte die Miete für das entliehene Wrack zu bezahlen, dann begleitete ich Mary bis zu ihrem Eingang. Er lag in einem Hotel, und der Weg führte über einen Privataufzug. Ich stieg mit ihr ein, um Erklärungen zu vermeiden, und ein Stockwerk tiefer, als sie fahren mußte, verließ ich sie. Fast hätte ich mich verleiten lassen, mich ihr anzuschließen, aber der Alte hatte mir befohlen, über Kai fünf zu kommen.

Es juckte mich auch, mir die Hose wieder überzustreifen. Im Wagen der Funkstreife und während des Eilmarsches durch eine Seitentür des Hotels, bei dem uns die Polizei geleitete, damit keiner auf Mary schoß, hatte es mir nichts ausgemacht, aber es kostete Nerven, der Welt ohne Hose gegenüberzutreten.

Ich hätte mir diese Bedenken sparen können. Die geringe Entfernung, die ich zurückzulegen hatte, zeigte mir zur Genüge, daß mit dem Frost des letzten Jahres eine althergebrachte Sitte dahingeschwunden war. Die meisten Männer trugen zwar schmale Dreieckshöschen wie die Schutzleute, aber ich war nicht der einzige, der bis auf die Schuhe nackt herumlief. Einer fiel mir besonders auf; er lehnte sich an den Pfeiler eines Straßendachs und musterte jeden Vorübergehenden mit feindseligem Blick. Er trug nichts als Pantoffeln und ein Armabzeichen, auf dem in großen Buchstaben ›Wache‹ stand. In den Armen wiegte er ein Owens-Gewehr, mit dem er einen Volksauflauf in Schach halten konnte. Ich entdeckte noch drei weitere Leute wie ihn und war froh, daß ich meine Hose in der Hand trug.

Frauen waren nur wenige nackt, aber auch die übrigen hätten sich ebensogut ganz entblößen können. Sie trugen Büstenhalter aus Bändern, durchsichtige Beinkleider, also nichts, hinter dem sich ein Parasit verstecken konnte. Die meisten weiblichen Wesen hätten in einer Toga besser ausgesehen. Wenn es das war, worum die Prediger sich immer gesorgt hatten, dann hatten sie den falschen Baum angekläfft. Da war nichts, was das fröhliche Tier hochgebracht hätte. Der Effekt war eher gegenteilig. Das war mein erster Eindruck, aber es dauerte nicht lange, und selbst dieses Gefühl verflüchtigte sich. Häßliche Körper waren nicht bemerkenswerter als häßliche Mietautos. Das Auge gewöhnte sich an sie. So schien es jedem zu gehen. Die Menge auf der Straße war sichtlich gleichgültig dagegen geworden. Haut war Haut, und was war schon dabei?!

Ich wurde sogleich zum Alten vorgelassen. Er blickte hoch und grollte: »Du bist spät dran.«

»Wo ist Mary?« fragte ich.

»In der Krankenstube. Dort wird sie behandelt und diktiert ihren Bericht. Laß deine Hände sehen.«

»Danke, ich werde sie dem Arzt zeigen«, entgegnete ich. »Was ist denn los?«

»Wenn du dich bemüht hättest, auch nur einmal Nachrichten zu hören, würdest du es wissen«, brummte er.

24

Ich war froh, daß ich im Fernsehen keine Nachrichten eingeschaltet hatte. Wir hätten dann keine Flitterwochen feiern können. Während wir einander erzählten, wie wundervoll wir uns fanden, war der Krieg beinahe verlorengegangen.

Meine Vermutung, die Schneckenwesen könnten sich auf jedem Körperteil verbergen und trotzdem den Wirt beherrschen, hatte sich bestätigt. Noch ehe wir uns in die Berge zurückgezogen hatten, war sie durch Versuche bewiesen worden. Ich hatte den Bericht allerdings nicht mehr gesehen. Doch nehme ich an, daß ihn der Alte kannte, sicher auch der Präsident und die anderen Männer an leitender Stelle.

Daher war anstatt des Befehls, den Rücken zu entblößen, die Losung ausgegeben worden, den ganzen Körper der Sonne auszusetzen. Alle zogen sich bis auf die Haut aus.

Aber die Leute scherten sich anfangs nicht darum! Als der Scrantonaufstand ausbrach, wurde die Angelegenheit immer noch als ›streng geheim‹ behandelt. Man frage mich nicht, weshalb. Wenn die neunmalklugen Staatsmänner beschließen, daß wir noch nicht erwachsen genug sind, etwas zu erfahren, dann pflegt man einen solchen Fall als tiefstes Geheimnis zu hüten – nach der Methode: Mutter weiß am besten, was uns not tut. Der Scrantonaufstand hätte jedem darüber die Augen öffnen müssen, daß sich in der grünen Zone Schmarotzer herumtrieben, aber selbst das war noch nicht Grund genug, ernstlich den Körper freizumachen.

Nach meiner Rechnung wurde am dritten Tag unserer Flitterwochen der falsche Luftalarm an der Ostküste gegeben; nachher brauchte man eine ganze Weile, um zu klären, was los war, obwohl auf der Hand lag, daß die Beleuchtung in so vielen Schutzräumen nicht nur aus Zufall überall gleichzeitig versagen konnte. Das Gruseln kommt mich an, wenn ich mir vorstelle, wie alle jene Menschen sich in der Dunkelheit zusammenkauerten und auf die Entwarnung harrten, während Handlanger der

Titanier unter ihnen umherschlichen und ihnen Parasiten aufhalsten. Offensichtlich waren in manchen Bunkern bis zu hundert Prozent der Anwesenden zu Sklaven des Feindes gemacht worden.

Daher brachen am nächsten Tage noch weitere Unruhen aus, und wir waren nahe daran, unter die Terrorherrschaft zu geraten. Freiwillige Wachen wurden aufgestellt. Nachdem ein verzweifelter Bürger die Pistole gegen einen Schutzmann gezogen hatte, griff man zu dieser Selbsthilfe. Es war ein gewisser Maurice T. Kaufman aus Albany, und der Polizist hieß Malcolm McDonald. Kaufman war eine halbe Sekunde später tot, und MacDonald erlitt das gleiche Schicksal. Er wurde gemeinsam mit seinem Parasiten in Stücke gerissen. Aber die Wachposten wurden erst zu einer ständigen Einrichtung, als die Luftschutzwarte sich dieser Aufgabe annahmen.

Die Leute, die während der Angriffe über der Erde blieben, entrannen zum Großteil den Titaniern, aber sie fühlten sich für ihre Schützlinge verantwortlich. Nicht alle Wachposten waren zugleich Luftschutzwarte. Wenn man jedoch einen splitternackten bewaffneten Mann auf der Straße sah, trug er zumeist eine Luftschutzarmbinde mit dem Wachabzeichen. Jedenfalls durfte man damit rechnen, daß er auf jeden unnatürlichen Auswuchs an einem menschlichen Körper sogleich schoß und erst nachher untersuchte.

Während meine Hände verbunden wurden, teilte man mir die neuesten Vorkommnisse mit. Der Arzt gab mir einen kleinen Schuß Tempus, und ich verbrachte die Zeit, die mir statt drei Stunden drei Tage zu dauern schien, indem ich mit einem Zeitraffer Stereobandaufnahmen betrachtete. Dieser Apparat wurde nie für die Öffentlichkeit freigegeben, obwohl er um die Examenswoche in einigen Kollegs eingeschmuggelt wurde. Man glich bei ihm die Ablaufgeschwindigkeit dem persönlichen Empfinden an und verwandte für den Ton einen Frequenzmodulator, damit man verstand, was gesprochen wurde. Das Gerät beanspruchte zwar die Augen sehr, aber in meinem Beruf bedeutete es eine große Hilfe.

Es hatte sich unglaublich viel ereignet. Ich brauche nur an die Hunde zu denken. Sichtete ein Wachposten einen Hund, tötete er ihn sofort, selbst wenn er keinen Schmarotzer trug. Denn todsicher war er vor Sonnenuntergang von einem befallen, ging auf einen Menschen los, und der Titanier wechselte im Dunkeln den Reiter.

Eine höllische Welt, in der man Hunden nicht mehr trauen konnte!

Offensichtlich wurden Katzen selten benützt. Der arme alte Pirat bildete eine Ausnahme. Aber Hunde erblickte man in der grünen Zone bei Tage kaum mehr. Sie drangen nachts vereinzelt aus der roten Zone ein, wanderten bei Dunkelheit weiter, und wenn der Morgen dämmerte, versteckten sie sich wieder. Selbst an den Küsten tauchten sie dauernd auf. Man dachte unwillkürlich an Werwolflegenden.

Ich machte mir im Geist eine Notiz, mich bei dem Dorfarzt zu entschuldigen, der sich geweigert hatte, in der Nacht zu Mary zu kommen – vorher wollte ich ihm allerdings erst eine reinhauen.

Dutzende von Streifen ließ ich an mir vorüberziehen, die aus der roten Zone stammten. Sie zerfielen in drei Gruppen: den Anfang bildete die Periode der ›Maskerade‹, als die Parasiten die üblichen Sendungen noch weiterlaufen ließen; dann folgte ein kurzer Abschnitt der Gegenpropaganda, in dem die Titanier die Bürger der grünen Zone zu überzeugen suchten, daß ihre Regierung verrückt geworden sei. Und gegenwärtig verzichtete man bereits völlig darauf, den Schein zu wahren.

Nach Dr. McIlvaine besaßen die Titanier keine echte Kultur; sie waren sogar in dieser Hinsicht Schmarotzer und eigneten sich nur die Sitten und Bräuche an, die sie vorfanden. Vielleicht ging McIlvaine in seiner Annahme zu weit, aber in der roten Zone hatten sie sich tatsächlich so verhalten. Die Schneckenwesen mußten die vorhandene Wirtschaftsform ihrer Opfer in den Grundzügen übernehmen, denn hätten die Wirte nichts mehr zu essen gehabt, wären ihre Gebieter ebenfalls verhungert. Mit geringen Abweichungen ging das Leben weiter. Die Farmer bebauten ihre Felder, und die Techniker oder Bankbeamten übten in der alten Weise ihren Beruf aus. Es erschien zwar unsinnig, daß sie das Finanzwesen beibehielten, aber die Fachleute behaupteten, daß jede Wirtschaft, die auf Arbeitsteilung beruhte, auch ein Verrechnungssystem nötig habe. Ich weiß selbst, daß auch hinter dem Eisernen Vorhang Geld benutzt wird, insofern mag er also recht haben – allerdings habe ich nie gehört, es gäbe bei Ameisen und Termiten ebenfalls Bankleute oder Geld. Aber wie auch immer, es gibt vermutlich eine Menge Dinge, von denen ich noch nie gehörte habe.

Nicht ganz so einsichtig ist, weshalb sie auch die menschlichen Vergnügungen übernahmen. Ist der Wunsch, sich zu amüsieren, eine universelle Eigenheit? Oder haben sie es erst von uns gelernt? Die ›Experten‹ für beide Theorien waren gleichermaßen überzeugend – und ich weiß es auch nicht. Was sie sich aus den menschlichen Vergnügungen herauspickten, spricht nicht unbedingt für die menschliche Rasse, auch wenn sie dabei einiges in positiver Richtung veränderten – beispielsweise, indem sie bei den Stierkämpfen in Mexiko dem Bullen die gleiche Chance einräumten wie dem Matador.

Die meisten Dinge aber verursachten Übelkeit, und ich will sie hier nicht weiter ausbreiten. Ich bin einer der wenigen, die überhaupt Aufzeichnungen dieser Dinge gesehen haben. Die Regierung schnitt alle Sendungen aus der roten Zone mit, hielt sie aber aufgrund ›sittlicher Bedenken‹ unter Verschluß – ein weiteres Beispiel für ›Mutter weiß am besten, was uns frommt‹, doch möglicherweise wußte sie es in diesem Fall wirklich besser. Ich hoffe, daß Mary bei ihrer Unterweisung nicht mit diesen Dingen konfrontiert wurde, aber falls doch, würde sie es mir nie erzählen.

Vielleicht wußte es ›Mutter‹ aber auch *nicht* ›besser‹. Wenn irgend etwas unsere Entschlossenheit, uns von diesen Dingern zu befreien, noch verstärken konnte, dann wären es die ›Unterhaltungssendungen‹ aus der roten Zone gewesen. Ich erinnere mich an einen Boxkampf, aufgenommen im Will Rogers Memorial Auditorium in Fort Worth. Vielleicht sollte man es besser als

›Catchen‹ bezeichnen. Wie auch immer, es gab einen Ring, einen Schiedsrichter und zwei Kämpfer, die gegeneinander antraten. Es gab sogar Regeln – man durfte nichts tun, was den Gebieter des Gegners hätte verletzen können.

Ansonsten war nichts verboten – gar nichts! Ein Mann kämpfte gegen eine Frau, beide groß und muskulös. Sie stach ihm bei der ersten Begegnung ein Auge aus, doch er brach ihr linkes Handgelenk, womit ein Ausgleich geschaffen war und der Kampf fortgesetzt werden konnte. Er endete erst, als einer der Gegner durch den Blutverlust derart geschwächt war, daß sein Gebieter ihn nicht mehr lenken konnte. Die Frau verlor – und starb, da bin ich mir sicher, denn ihre linke Brust war fast abgerissen worden, und sie blutete dermaßen stark, daß nur sofortige Behandlung und eine erhebliche Bluttransfusion sie noch hätten retten können. Natürlich bekam sie beides nicht. Die Schnecken wurden am Ende des Spiels auf andere Wirte übertragen und die unbrauchbaren Körper fortgeschafft.

Doch der männliche Sklave hatte etwas länger durchgehalten als die Frau, und so verletzt und zerschlagen er auch war, beendete er den Kampf doch mit einem letzten Akt des Sieges, was, wie ich erfuhr, durchaus üblich war. Dieses Zeichen schien ein Signal für das Publikum zu sein, das eine Orgie veranstaltete, neben der sich ein Hexensabbat wie ein Nähkränzchen ausgemacht hätte.

Tja, die Parasiten hatten den Sex entdeckt.

Es gibt noch etwas, das ich auf diesem und anderen Bändern entdeckte, eine Sache, die so unglaublich und abstoßend ist, daß ich zögere, es zu erwähnen. Hier und dort befanden sich Männer und Frauen unter den Sklaven, Menschen (wenn man sie so nennen kann), die keine Parasiten trugen ... Abtrünnige ... Verräter ...

Ich hasse die Parasiten, doch noch lieber als so ein Schneckenwesen würde ich einen dieser Verräter töten. Unsere Vorfahren glaubten, es gebe Menschen, die freiwillig einen Pakt mit dem Teufel schlössen. Und sie hatten damit recht: Es gibt Menschen, die das tun würden, wenn sie die Möglichkeit dazu bekämen.

Einige Menschen weigern sich zu glauben, daß es Verräter gibt, doch diejenigen, die so denken, haben nie die bedrückenden Aufzeichnungen gesehen. Und Irrtümer waren nicht möglich; wie jedermann weiß, verzichtete man in der roten Zone, nachdem die Maskerade den Parasiten keinen Vorteil mehr brachte, schneller auf Kleidung, als dies in der grünen Zone der Fall war. Man konnte also *sehen*, was mit diesen Leuten los war. Bei dem Spektakel in Fort Worth, das ich gerade beschrieben habe, war der Schiedsrichter einer der Verräter. Er war oft im Bild, und ich konnte jeglichen Zweifel beseitigen. Ich kannte ihn vom Sehen, er war ein bekannter und angesehener Amateursportler. Seinen Namen werde ich hier nicht nennen – nicht um ihn zu schützen, sondern um mich selbst zu schützen. Ich habe ihn nämlich mittlerweile getötet.

Aus den Streifen ging eindeutig hervor, daß wir allerorten an Boden verloren; unsere Methoden verhinderten lediglich, daß sich die Pest weiter ausbreitete; aber nicht einmal damit hatten wir vollen Erfolg. Wollten wir den Feind unmittelbar bekämpfen, mußten wir unsere eigenen Städte bombardieren, ohne die Gewähr zu haben, daß die Parasiten dadurch ausgerottet würden. Was wir dringend brauchten, war eine Waffe, die den Schmarotzer vernichtete, den Menschen aber am Leben ließ, oder ein Mittel, das den Wirt kampfunfähig machte und ihm das Bewußtsein raubte, ohne lebensgefährlich zu sein. Nur dann war es möglich, unsere Landsleute zu befreien. Eine derartige Waffe stand uns nicht zu Gebote, obwohl die Gelehrten sich mit diesem Problem eingehend beschäftigten. Ein ›Schlafgas‹ wäre eine vollkommene Lösung gewesen, aber es war ein Glück, daß es vor dem Überfall noch nicht erfunden war, sonst hätten die Schneckenwesen es uns gegenüber angewandt. Man darf auch nicht vergessen, daß die Eindringlinge über ebenso viele oder noch mehr waffenfähige Männer verfügten als die freien Bürger.

Wir konnten nur stillhalten und – die Zeit für die Feinde arbeiten lassen. Es gab Narren, die sich dafür begeisterten, die Städte des Mississippitals mit Wasserstoffbomben auszumerzen, als könne man einen Lippenkrebs heilen, indem man den Kopf abschneidet; aber diese Leute wurden noch von ihren ebenbürtigen Gegenspielern übertroffen, die keine Parasiten gesehen hatten, nicht an sie glaubten und die ganze Angelegenheit als eine Tyrannenverschwörung Washingtons empfanden. Diese zweite Sorte wurde mit jedem Tag spärlicher, nicht, weil sie ihre Meinung geändert hätten, sondern weil die Wachposten ungemein eifrig waren.

Dann gab es noch einen dritten Typ – den ›vernünftigen‹, anpassungsfähigen Menschen. Er trat für Unterhandlungen ein und glaubte, man könnte mit Titanier ›ins Geschäft kommen‹. Tatsächlich wurde ein entsprechender Ausschuß gebildet. Eine Abordnung der Führer der Oppositionspartei unternahm den Versuch; sie umgingen das Außenministerium und nahmen über Vertrauensleute in der gelben Zone mit dem Gouverneur von Missouri Verbindung auf; man sicherte ihnen freies Geleit und diplomatischen Schutz zu – ›Bürgschaften‹, die ein Titanier gab! Aber die Leute nahmen an, fuhren nach St. Louis und – kehrten nie mehr wieder. Sie sandten Botschaften; eine davon habe ich mir angehört, eine ergreifende Ansprache, die etwa in der Aufforderung gipfelte: »Springt auch ins Wasser, es ist herrlich hier!« ... Unterzeichnen Stiere Verträge mit Schlächtern?

Nordamerika war immer noch der einzige bekannte Ansteckungsherd, was die Vereinten Nationen veranlaßte, nach Genf umzuziehen, nachdem sie uns noch die Weltraumstationen anvertraut hatten. Man genehmigte einen Antrag, unsere mißliche Lage als ›Bürgerkrieg‹ zu bezeichnen und jedes Mitglied dringend aufzufordern, nur den gesetzlich anerkannten Regierungen der Vereinigten Staaten, Mexikos und Kanadas Hilfe zu gewähren. Dreiundzwanzig Nationen enthielten sich bei diesem Entscheid der Stimme. Nicht, daß es eine Rolle spielte – wir wußten selbst nicht, um welche Hilfe wir hätten bitten können.

So blieb der Überfall eine schleichende Pest, ein lautloser Krieg, bei dem Schlachten verloren wurden, ehe wir merkten, daß sie begonnen hatten. Die üblichen Waffen nützten wenig, wir konnten mit ihnen nur die gelbe Zone überwachen, ein Niemandsland – im doppelten Sinne –, das von den kanadischen Wäldern bis zu den Wüsten Mexikos reichte. Abgesehen von den Polizeistreifen war es am Tage verlassen. Nachts zogen sich unsere Spähtrupps zurück, und die Hunde sowie allerlei Gesindel wanderten hindurch.

Nur eine einzige Atombombe war in diesem ganzen Krieg gefallen, und zwar auf eine fliegende Untertasse, die in der Nähe von San Franzisko südlich von Burlingame gelandet war. Sie war befehlsgemäß vernichtet worden, aber einige Leute hatten daran etwas auszusetzen: Man hätte sie abfangen und genauer untersuchen sollen. Nach meinem Gefühl taten jene recht, die zuerst schossen und dann prüften.

Als die Menge Tempus, die ich erhalten hatte, allmählich zu wirken aufhörte, war ich über die Lage in den Vereinigten Staaten im Bilde. Es herrschten Zustände, von denen ich mir, als ich seinerzeit nach Kansas fuhr, nicht hätte träumen lassen. Das Land stand unter einer Schreckensherrschaft. Ein Freund konnte den anderen erschießen, eine Ehefrau ihren Mann anzeigen. Das Gerücht, ein Titanier sei gesichtet, trommelte im Nu auf jeder Straße einen johlenden Haufen zusammen, der bereit war, Lynchjustiz zu üben. Nachts an eine Türe klopfen hieß einen Schuß heraufbeschwören, der sie durchschlug. Anständige Leute blieben zu Hause; nachts streunten nur die Hunde umher.

Die Tatsache, daß die meisten Gerüchte über entdeckte Schneckenwesen grundlos waren, machte sie nicht weniger gefährlich. Es war nicht die Sucht aufzufallen, die die Menschen dazu trieb, lieber ganz nackt als in der engen und spärlichen Bekleidung, die nach der Vorschrift gestattet war, auf die Straße zu gehen; selbst die bescheidenste Verhüllung konnte andere verlocken, sie ein zweites Mal mißtrauisch zu mustern, und dieser Verdacht führte oft zu einem allzujähen Entschluß. Der Panzer für Kopf und Wirbelsäule wurde jetzt nie mehr getragen. Die Parasiten hatten ihn, kurz nachdem er erfunden worden war, selbst angewendet. Einen Sonderfall stellte die Geschichte eines Mädchens in Seattle dar; es trug nichts als Sandalen und eine große Handtasche, aber ein Wachposten, der offenkundig eine Spürnase für den Feind entwickelt hatte, folgte der Kleinen und bemerkte, daß sie die Tasche niemals von der rechten Hand nahm, selbst wenn sie Kleingeld herausholte.

Das Mädchen blieb am Leben, denn der Posten brannte ihr den Arm am Handgelenk ab, und ich nehme an, daß man ihr einen neuen ansetzte, denn wir besaßen reichlich Nachschub an derlei Ersatzteilen. Als der Wachposten die Tasche öffnete, lebte der Schmarotzer noch, aber nicht mehr lange.

Während ich mir diesen Vorfall auf dem Bildstreifen betrachtete, war die Wirkung des Mittels ganz verflogen, und ich sprach mit der Krankenschwester über das, was ich eben gesehen hatte. »Sie dürfen sich nicht aufregen«, erklärte sie. »Es schadet ihnen nur. – So, nun biegen Sie bitte die Finger der rechten Hand.«

Das tat ich, während sie dem Arzt half, eine Ersatzhaut aufzutragen. Ich bemerkte, daß sie keinerlei Risiko einging; sie trug gar keinen BH, und ihre sogenannten Shorts waren eher ein G-String. Mehr hatte der Arzt auch nicht an. »Für grobe Arbeit nehmen Sie Handschuhe«, mahnte der Doktor mich. »Und kommen Sie nächste Woche wieder.« Ich dankte den beiden und wanderte ins Hauptbüro. Zuerst suchte ich Mary, aber sie war im Schönheitssalon beschäftigt.

25

»Sind die Hände in Ordnung?« fragte der Alte.

»Es geht. Eine Woche lang muß ich eine Ersatzhaut tragen. Morgen wollen sie mir ein neues Ohr verpassen.«

Er blickte beunruhigt drein. »Wir haben nicht Zeit zu warten, bis ein überpflanztes Gewebe heilt; die Kosmetikabteilung wird dir ein falsches Ohr ansetzen müssen.«

»Das Ohr ist unwesentlich«, beschwichtigte ich ihn, »aber warum soll ich mir die Mühe machen, ein falsches anzubringen? Muß ich wieder eine Rolle spielen?«

»Nicht ganz. Aber du hast dir nun einen kurzen Überblick verschafft. Was hältst du von der Lage?«

Ich überlegte, was er für eine Antwort von mir zu hören wünschte. »Es steht nicht gut«, gab ich zu. »Jeder bespitzelt jeden. Als wären wir in Rußland. Eigentlich ist es noch schlimmer. Einen Kommunisten kann man in der Regel bestechen, aber was könnte man einem Parasiten schon anbieten?«

»Nun ... weil wir gerade von Rußland reden ... Glaubst du, man könnte leichter nach Rußland oder in die rote Zone gelangen und das Gebiet ständig überwachen? Welche Aufgabe würdest du vorziehen?«

Ich beguckte ihn mißtrauisch. »Die Sache hat doch einen Haken. Seit wann kann sich bei dir einer seine Arbeit auswählen?«

»Ich frage dich nur um deine Meinung als Fachmann.«

»Ich besitze nicht genügend Unterlagen. Haben die Schmarotzer Rußland befallen?«

»Das möchte ich eben herausbekommen.«

Plötzlich wurde mir klar, daß Mary recht gehabt hatte. Agenten sollten nicht heiraten. Falls wir diese Sache je beenden sollten, würde ich mich anheuern lassen, um für einen reichen, an Schlaflosigkeit leidenden Menschen Schäfchen zu zählen. Oder etwas ähnlich Harmloses machen. »In dieser Jahreszeit würde ich vorschlagen, das Land über Canton zu betreten. Oder hast du an einen Fallschirmabsprung gedacht?«

»Weshalb glaubst du, daß ich dorthin schicken will?« fragte er. »In der roten Zone könnten wir leichter und schneller zum Ziel kommen.«

»So?«

»Gewiß. Wenn es außer auf unserem Kontinent noch irgendwo einen Ansteckungsherd gibt, müßten es die Titanier in der roten Zone wissen. Wozu den halben Erdball umfliegen, um das zu erkunden?«

Ich verwarf meine schönen Pläne, als Hindukaufmann mit Frau zu reisen und dachte über seine Worte nach. Könnte sein … Könnte sein … »Wie in drei Teufels Namen kann man jetzt in die rote Zone gelangen?« fragte ich. »Soll ich einen Plastikparasiten auf den Schultern tragen? Sobald ich das erste Mal zu einer unmittelbaren Fühlungnahme aufgefordert werde, erwischen sie mich.«

»Sei kein Miesmacher. Vier Agenten sind bereits dort.«

»Und kehrten sie zurück?«

»Nun, nicht ganz.«

»Bist du zur Einsicht gekommen, daß ich dein Spesenkonto lange genug belastet habe?«

»Ich glaube, daß die anderen falsche Methoden angewendet haben.«

»Offensichtlich!«

»Der Trick besteht darin, den Feind zu überzeugen, daß du ein Abtrünniger bist. Was meinst du dazu?«

Der Gedanke war so überwältigend, daß ich nicht sogleich antwortete. Schließlich platzte ich heraus: »Warum nicht mit etwas Einfacherem anfangen? Könnte ich nicht eine Weile einen Kuppler in Panama darstellen? Oder zur Übung ein paar Leute mit dem Hackebeil erschlagen? Für diese Rolle muß ich erst in Stimmung kommen.«

»Nicht so hitzig«, meinte er. »Es mag nicht leicht auszuführen sein …«

»Haha!«

» … aber vielleicht könntest du es schaffen. Du kennst ihre Lebensweise besser als jeder andere meiner Agenten. Abgesehen von dem kleinen Brandschaden an den Fingern dürftest du ausgeruht sein. Oder vielleicht sollten wir dich in der Nähe Moskaus absetzen, damit du dich an Ort und Stelle umsehen kannst. Überlege dir's. Wir haben noch etwa einen Tag Zeit, und du brauchst dir keine grauen Haare darüber wachsen zu lassen.«

»Danke. Vielen, vielen Dank!« Ich wechselte den Gesprächsstoff. »Was hast du mit Mary vor?«

»Warum kümmerst du dich nicht um deine eigenen Angelegenheiten?«

»Ich bin mit ihr verheiratet.«

»So.«

»Nun, um Himmels willen! Möchtest du mir nicht wenigstens Glück wünschen?«

»Es kommt mir ganz so vor, als hättest du so viel Glück genossen, wie ein einzelner Mensch verlangen kann«, sagte er langsam. »Meinen Segen hast du – wenn du Wert darauf legst.«

»Jedenfalls danke ich dir.« Ich bin etwas begriffsstutzig. Bis zu diesem Augenblick war es mir nicht eingefallen, daß der Alte seine Hand im Spiel gehabt haben könnte, damit Marys und mein Urlaub so günstig zusammenfielen. Ich sagte: »Schau, Vater ...«

Es war das zweite Mal innerhalb eines Monats, daß ich ihn so nannte, und das drängte ihn in die Abwehr.

»Du hast schon von Anfang an beschlossen, daß Mary und ich ein Paar werden sollten. Das war dein Plan.«

»Wie? Mach dich nicht lächerlich. Ich glaube an die Willensfreiheit, mein Sohn, und – an eine unbeeinflußte Wahl. Ihr beiden hattet ein Anrecht auf Urlaub; das übrige war reiner Zufall.«

»Hmm! In deiner Nähe geschieht nichts von ungefähr. Aber das hat weiter keine Bedeutung. Ich bin mit dem Ergebnis zufrieden. Was die Arbeit angeht, so gib mir ein wenig länger Zeit, um die Möglichkeiten abzuwägen. Inzwischen werde ich den Schönheitssalon wegen eines Gummiohrs aufsuchen.«

Ich schaffte es damals nicht, mich um mein Ohr zu kümmern, denn gerade, als ich den Salon betreten wollte, kam Mary heraus. Ich hatte mir eigentlich abgewöhnt, über die Dinge zu staunen, die sie dort vollbrachten, aber diesmal mußte ich eine Ausnahme machen. »Liebling! Sie haben dich ja repariert!«

Sie drehte sich langsam um sich selbst. »Gute Arbeit, was?«

Es *war* gute Arbeit. Man konnte nichts mehr davon sehen, daß ihr Haar gebrannt hatte. Außerdem hatten sie die Kunsthaut überschminkt, die sie vorerst auf ihren Schultern brauchte, aber das hatte ich nicht anders erwartet. Was mich wirklich irritierte, war ihr Haar. Ich berührte es sanft und prüfte die Länge an der linken Seite. »Sie müssen alles abgeschnitten und dann ganz neu angefangen haben.«

»Nein, sie haben es einfach nur neu frisiert.«

»Nun, dann hast du ja jetzt dein Lieblingsversteck wieder.«

»Meinst du das hier?« sagte sie lächelnd. Sie richtete ihre Lokken mit der linken Hand – und plötzlich hatte sie in jeder Hand eine Pistole. Und wieder wußte ich nicht, wo die zweite Waffe hergekommen war.

»Das ist Papas braves Mädchen! Falls es jemals nötig sein sollte, kannst du immer als Magierin in einem Nachtclub auftreten. Aber im Ernst, laß dich nie von einem Wachtposten bei diesem Trick erwischen – er könnte sehr nervös werden.«

»Einer allein würde mich nie erwischen«, versicherte sie mir ruhig.

Wir gingen in den Aufenthaltsraum und suchten uns einen ruhigen Platz zum Reden. Wie sich herausstellte, waren wir beide eingewiesen worden, doch ich erzählte ihr nichts von meinem Auftrag, und falls sie ihrerseits einen hatte, erwähnte sie nichts davon. Wir waren jetzt wieder im Dienst, und eingeschliffene Gewohnheiten lassen sich nur schwer überwinden.

»Mary«, sagte ich unvermittelt, »bist du schwanger?«

»Es ist noch zu früh, um das zu sagen«, erklärte sie und suchte meinen Blick. »Hättest du es denn gern?«

»Ja.«

»Dann werde ich mich mächtig anstrengen.«

26

Wir beschlossen, nicht in die rote Zone einzudringen. Die Leute, die unser Tatsachenmaterial auswerteten, hatten erklärt, daß es unmöglich sei, einen Verräter zu spielen. Die Kernfrage war: Wie wurde ein Mensch zu einem solchen Handlanger?

Warum vertrauten ihm die Schneckenwesen? Die Antwort ergab sich von selbst: Ein Schmarotzer wußte die Gedanken seines Wirts. Erkannte ein Titanier, der die Seele eines Menschen beherrschte, daß sein Knecht von Natur aus ein käufliches Wesen war, dann taugte er eher zum Helfershelfer als zum Wirt. Aber zuerst mußte der Parasit sich vergewissern, ob der Betreffende minderwertig genug war. Das sagte uns die Vernunft; allerdings urteilten wir nach menschlicher Logik, aber sie galt bestimmt auch für Schneckenwesen, weil sie deren Verhalten entsprach. Selbst wenn ich in tiefer Hypnose einen Befehl dazu erhielt, war es für mich unmöglich, mich als Anwärter für einen Verräter auszugeben. So lautete der Bescheid unserer Psychologen, und ich sagte Amen dazu.

Es mag unsinnig erscheinen, daß Titanier einen Wirt ›freigaben‹, selbst wenn sie wußten, daß er zu den Menschen zählte, die zu allem zu haben waren. Doch die Vorteile für sie erkennt man an einer Analogie: Die Polit-Kommissare lassen keinen ihrer Sklaven-Bürger freiwillig entkommen, doch sie schicken Tausende als fünfte Kolonne in die Freie Welt. Einmal draußen, können sich diese Agenten für die Freiheit entscheiden, und viele tun das auch, die meisten jedoch nicht – wie wir alle wissen. Sie ziehen die Sklaverei vor. An den Abtrünnigen hatten die Schneckenwesen einen Vorrat an ›vertrauenswürdigen‹ Geheimagenten. Vertrauenswürdig ist nicht das richtige Wort, aber für diese Form von Schurkerei gibt es keinen passenderen Ausdruck. Ohne Zweifel wurden Verräter in die grüne Zone eingeschleust, aber man konnte einen solchen nur schwer von einem Hohlkopf unterscheiden; deshalb waren die Leute schwer zu fangen.

Ich bereitete mich also vor, den anderen Weg einzuschlagen. Die Sprachen, die ich benötigte, frischte ich in Hypnose auf, wobei besonders die neuesten Schlagworte berücksichtigt wurden. Ich erhielt Papiere auf einen anderen Namen und viel Geld. Meine Tarnung war die eines Mechanikers, der umherreiste, um defekte Pumpen zu reparieren. Falls ich es nicht schaffen sollte, zurückzukehren, würden andere Agenten folgen.

Möglicherweise waren auch schon welche dort, aber darüber wurde ich nicht informiert – was ein Agent nicht weiß, kann er auch nicht ausplaudern, auch nicht, wenn man ihn unter Drogen setzt. Die Funkausrüstung, über die ich meine Berichte durchgeben sollte, war ein neues Modell, und es machte Spaß, sie zu benützen; das Ultrakurzwellengerät war kaum größer als eine Schnitte Brot, und die Batterie so gut abgeschirmt, daß sie einen Geigerzähler nicht einmal leise zum Ticken brachte.

Ich mußte den Abwehrschirm der Russen durchstoßen, aber es sollte unter dem Schutz eines ›Anti-Radar-Fensters‹ geschehen, um den Technikern ihrer Suchkommandos ein Schnippchen zu schlagen. War ich einmal im Lande, hatte ich festzustellen, ob das russische Einflußgebiet von Parasiten verseucht war oder nicht. Dann hieß es, irgendeine Weltraumstation, die in Sicht war, Nachricht geben. Oder besser gesagt: einer Station, die in der Visierlinie lag, denn mit freiem Auge vermochte ich sie nicht auszumachen, und ich mißtraute jenen Leuten, die angeblich dazu imstande waren. Hatte ich den Bericht erstattet, stand es mir frei, zu Fuß oder zu Pferd, auf allen vieren, mit oder ohne Bestechung mich wieder heimlich außer Land zu schleichen.

Aber ich bekam nie Gelegenheit, diese Vorbereitungen in die Tat umzusetzen. Denn die fliegende Untertasse von Paß Christian landete.

Es war erst die dritte, deren Landung man tatsächlich beobachtete. Bei der in der Nähe von Grinnell war es den Schmarotzern gelungen, sie versteckt zu halten, und von der zweiten bei Burlingame waren nur mehr die radioaktiven Überreste vorhanden. Doch die fliegende Untertasse von Paß Christian wurde angepeilt und auf dem Boden gesichtet.

Aufgespürt hatte sie die Raumstation Alpha und sie als ›außerordentlich großen Meteoriten‹ gemeldet. Der Irrtum wurde durch ihre übermäßig hohe Geschwindigkeit verursacht. Das primitive Radargerät, das man vor etwa sechzig Jahren besaß, hatte oft fliegende Untertassen wahrgenommen, besonders wenn sie mit Geschwindigkeiten kreuzten, die ihnen erlaubten, unseren Planeten aus der Luft zu erkunden. Aber unsere modernen Apparate waren so weit ›verbessert‹ worden, daß man mit ihnen fliegende Untertassen nicht mehr feststellen konnte; die Instrumente waren zu stark spezialisiert. Die Blockkontrollen für den Verkehr beobachteten nur die Luftfahrt. Der Abwehrschirm und die Radarmelder für Feuer bemerkten auch nur das, wofür sie besonders ausgerüstet waren. Das hochempfindliche Suchgerät ›sah‹ nur Flugbahnen innerhalb eines Bereichs von atmosphärischen Geschwindigkeiten bis zu Geschossen, die mit acht Kilometern pro Sekunde im Raum flogen. Der grobe Schirm überschnitt sich mit dem feinen, er begann bei der niedrigsten Raketengeschwindigkeit und reichte bis zur Verfolgung von Objekten, die sich mit sechzehn Kilometern pro Sekunde fortbewegten.

Es gab noch Radarinstrumente mit bestimmter Trennschärfe, aber keines von ihnen war für Raumschiffe geeignet, die schneller als sechzehn Kilometer in der Sekunde flogen. Eine einzige Ausnahme bildete der Radar, den die Raumstationen zur Bestimmung von Meteoren besaßen, und der nicht für militärische Zwecke diente. Daher wurde der ›Riesenmeteor‹ erst später als fliegende Untertasse erkannt.

Dagegen hatte man das Raumschiff von Paß Christian landen sehen. Der Unterwasserkreuzer U.N.S. *Robert Fulton*, der von Mobile zu einer Seekontrolle der roten Zone ausgelaufen war, lag sechzehn Kilometer vor Gulfport, als seine Empfangsgeräte anzeigten, daß die fliegende Untertasse niedergegangen war. Als das Raumschiff nach der Geschwindigkeit im All, die laut Meldung der Station Alpha sechsundfünfzig Kilometer pro Sekunde betrug, die Fahrt so weit verlangsamte, daß die Radargeräte des Kreuzers es wahrnehmen konnten, erschien sein Bild auf dem Schirm.

Es tauchte aus dem Nichts auf, die Schnelligkeit sank auf Null, dann verschwand es, aber der Mann am Radar hielt den Punkt fest, an dem der letzte Schimmer ein paar Meilen vor der Mississippiküste aufgefangen worden war. Der Kapitän des Kreuzers stand vor einem Rätsel. Ein Schiff konnte es nicht gewesen sein, denn Schiffe bremsten nicht mit fünfzig Schwerkrafteinheiten! Es kam ihm nicht in den Sinn, daß derlei für Parasiten keine Rolle spielen könnte. Er änderte den Kurs des Kreuzers und untersuchte den Fall. Seine erste Meldung lautete: »Raumschiff an der Küste westlich von Paß Christian in Mississippi gelandet.« Der zweite Funkspruch verkündete: »Landetruppen nähern sich der Küste, um es zu umzingeln.«

Wäre ich nicht in den Räumen der Abteilung gewesen, um meine Fahrt vorzubereiten, hätte ich nicht mit von der Partie sein können. Doch nun schrillte mein Funktelefon. Ich stieß mit dem Kopf gegen die Maschine, an der ich gerade studierte, und fluchte. »Komme sofort. Eile!«

Wie vor vielen Wochen – oder waren es Jahre? – hatten sich wieder die gleichen Leute zusammengefunden: der Alte, Mary und ich. Wir machten uns mit halsbrecherischer Hast auf den Weg nach Süden, ehe uns der Alte noch erklärt hatte, was uns bevorstand.

Als wir es erfuhren, fragte ich: »Warum reisen wir bloß als kleine Familie? Dazu würdest du eine voll ausgerüstete Luftflotte brauchen.«

»Die wird bereits dort sein«, antwortete er grimmig. Dann grinste er boshaft nach alter Weise. »Was kümmert's dich? Die ›Cavanaughs‹ sind wieder unterwegs. Nicht wahr, Mary?«

Ich schnaubte: »Wenn du willst, daß wir uns wieder wie Bruder und Schwester verhalten, hättest du dir lieber jemand anders mitnehmen sollen.«

»Vor Hunden und fremden Männern mußt du sie auch jetzt beschützen, das gilt noch«, entgegnete er ernst. »Und wenn ich das sage, meine ich es wörtlich. Heute können wir es ihnen vielleicht heimzahlen, mein Sohn.«

Er verzog sich in die Funkkabine, schloß die Schiebetür und beschäftigte sich eingehend mit dem Sprechgerät. Ich wandte mich zu Mary. Sie kuschelte sich an mich und meinte: »Wie geht's, mein Bruder?«

Ich packte sie. »Höre mit diesem Quatsch auf, oder ein gewisses Mädchen bekommt einen Klaps.«

27

Beinahe hätten uns unsere eigenen Leute abgeschossen, dann aber nahm uns ein Geleit von zwei ›schwarzen Engeln‹ unter seine Fittiche; sie lieferten uns am Kommandoschiff ab, von dem aus Marschall Rexton das Unternehmen beobachtete.

Das Kommandoschiff ging auf gleiche Geschwindigkeit und hievte uns mit einer Ankertrosse an Bord. Ich fand das Manöver aufregend.

Rexton hätte uns am liebsten eine Tracht Prügel verabreicht und uns wieder heimgeschickt, aber den Alten zu verprügeln war kein Kinderspiel. Schließlich durften wir wieder starten, und ich brachte unser Fahrzeug auf den Fahrdamm der Kaimauer westlich von Paß Christian. Ich muß gestehen, daß ich blödsinnige Angst hatte, denn beim Niedergehen bekamen wir von der Luftabwehr etwas ab. Um uns und über uns tobte ein wilder Kampf, während in der Nähe der fliegenden Untertasse selbst eine merkwürdige Stille herrschte.

Das seltsame Schiff ragte keine fünfzig Meter entfernt vor uns auf. Es war so überzeugend und gefahrdrohend, wie das von Iowa unecht gewesen war. In Form eines mächtigen Diskus lag es leicht gegen uns zu geneigt. Ein Teil ruhte auf einem der alten Häuser, die auf Pfählen gebaut waren und die Küste säumten. Die fliegende Untertasse wurde von dem zerstörten Gebäude und von dem dicken Stamm eines Baums gestützt, der das Haus beschattet hatte.

Die schräge Lage des Schiffes ließ uns in der Mitte der Oberseite einen Vorsprung erkennen, der sicher eine Luftschleuse war. Diese metallische Halbkugel von etwa dreieinhalb Meter Durchmesser erhob sich zwei bis zweieinhalb Meter über den Rumpf des Schiffes, vielleicht war sie auch nach der Landung erst herausgeschoben worden. Wovon sie hochgehalten wurde, konnte ich nicht ausmachen, vermutlich war aber ein Mittelschaft oder Kolben vorhanden. Die Gestalt erinnerte an ein Tellerventil. Warum die fliegende Untertasse die Schleuse nicht wieder zugeklappt und sich aus dem Staub gemacht hatte, war leicht festzustellen; sie war unbrauchbar geworden, weil eine ›Schlammschildkröte‹, ein kleiner Amphibientank, der zu den Landetruppen der *Fulton* gehörte, sie offenhielt.

Eines verdient erwähnt zu werden: Der Tank wurde von Fähnrich Gilbert Calhoun aus Knoxville befehligt. Der Techniker 2/C Florence Berzowski und ein Schütze namens Booker T.W. Johnson waren auch dabei. Natürlich waren sie alle drei bereits gefallen, ehe wir hinkamen.

Sobald ich mit meinem Flugauto auf die Straße niederging, wurde es von einer Abteilung Landetruppen umringt, die von einem rotwangigen jungen Mann kommandiert wurden. Anscheinend war er schießwütig und suchte irgendein Opfer. Als er Mary erblickte, war er sichtlich besänftigt, aber er weigerte sich hartnäckig, uns in die Nähe der fliegenden Untertasse gehen zu lassen. Er wollte erst bei dem Befehlshaber, der den Einsatz leitete, rückfragen. Dieser wiederum holte sich beim Kapitän der Fulton Auskunft. Wenn man bedenkt, daß die Angelegenheit wahrscheinlich in Washington entschieden wurde, so erhielten wir einen schnellen Bescheid.

Während wir warteten, verfolgte ich die Schlacht und war nicht böse, daß ich nicht selbst daran beteiligt war. So mancher würde dabei noch verwundet werden, und ziemlich viel Soldaten hatten bereits Verletzungen erlitten.

Direkt hinter dem Wagen lag eine Leiche – ein Junge von nicht mehr als vierzehn Jahren. Er umklammerte noch immer einen Raketenwerfer, und auf seinen Schultern zeigten sich die Male eines Parasiten, auch wenn von dem Ungeheuer selbst nichts mehr zu sehen war. Ich fragte mich, ob das Wesen fortgekrochen war und jetzt irgendwo starb, oder ob es ihm gelungen war, auf denjenigen überzuwechseln, der den Jungen aufgeschlitzt hatte.

Während ich einen Gefallenen untersuchte, war Mary mit dem flaumbärtigen jungen Schiffsoffizier auf der Landstraße nach Westen gewandert. Der Gedanke, ein lebendes Schneckenwesen könnte sich noch in der Gegend herumtreiben, veranlaßte mich, ihr nachzueilen. »Steig in den Wagen«, sagte ich.

Sie blickte unverwandt nach Westen, die Straße entlang. »Ich dachte, daß ich vielleicht dazukäme, ein oder zwei Schuß abzufeuern«, erwiderte sie mit leuchtenden Augen.

»Hier besteht keine Gefahr«, versicherte mir der Jüngling. »Ein gutes Stück weiter unten halten wir die Straße gegen den Feind.«

Ich beachtete ihn nicht. »Hör zu, du blutdürstige kleine Range«, schnauzte ich sie an. »Zurück in den Wagen, ehe ich dir alle Knochen breche!«

»Ja, Sam.« Sie machte kehrt und gehorchte.

Nun blickte ich dem jungen Seebären wieder ins Gesicht. »Warum starren Sie mich so an?« fragte ich barsch. Es roch hier förmlich nach Parasiten, und das Warten machte mich nervös.

»Das hat nichts weiter zu bedeuten«, erwiderte er und musterte mich von oben bis unten. »In meiner Heimat pflegen wir mit Damen nicht so umzugehen.«

»Zum Teufel, warum fahren Sie dann nicht wieder dorthin zurück, woher Sie gekommen sind?« brummte ich und stolzierte davon. Daß der Alte nicht da war, gefiel mir gar nicht.

Ein Sanitätsfahrzeug, das von Westen heranrollte, blieb mit knirschenden Bremsen vor mir stehen. »Ist die Straße nach Pascaguola offen?« rief der Fahrer heraus.

Der Pascaguolafluß lag achtundvierzig Kilometer östlich der Stelle, an der die fliegende Untertasse gelandet war, und gehörte in diesem Abschnitt zur gelben Zone. Die Stadt gleichen Namens, im Osten der Flußmündung, befand sich in der grünen Zone, während hundert bis hundertfünfzig Kilometer westlich von uns die gleiche Straße nach New Orleans führte, dem größten Sammelpunkt der Titanier südlich von St. Louis. Der Gegner rückte von New Orleans heran, während unser nächster Stützpunkt Mobile war.

»Ich habe nichts darüber gehört«, erklärte ich dem Mann.

Er kaute an seinen Fingern. »Nun – ich bin einmal durchgekommen; vielleicht schaffe ich es zurück auch wieder.« Seine Turbinen heulten auf, und weg war er. Ich hielt weiter Ausschau nach dem Alten.

Obwohl der Erdkampf sich von diesem Geländepunkt entfernt hatte, tobte überall um uns her die Luftschlacht. Ich beobachtete ständig die Kondensstreifen und versuchte zu ergründen, ob es sich um Freund oder Feind handelte. Wie konnte man das feststellen, wenn ein großes Transportflugzeug heransauste, die Bremsen anzog, daß die Ratodüsen fauchten, und ein Zug Fallschirmjäger herausquoll? Diese Frage ließ mir keine Ruhe. Die Entfernung war zu groß, man konnte nicht sagen, ob die Männer Parasiten trugen oder nicht. Zumindest kamen sie von Osten.

Endlich entdeckte ich den Alten, der sich mt dem Kommandeur der Luftlandetruppen unterhielt. Ich ging auf ihn zu und mischte mich in das Gespräch. »Chef, wir sollten fort von hier. Schon vor zehn Minuten rechnete ich mit dem Abwurf von Atombomben.«

Höflich entgegnete der Kommandeur: »Beruhigen Sie sich, diese paar Leute hier sind nicht einmal eine Zwergbombe wert.«

ich wollte ihn eben scharf fragen, wieso er wisse, daß die Schneckenwesen ebenso dächten, als der Alte einwarf: »Der Kommandeur hat recht, mein Sohn.« Dann nahm er mich beim Arm und begleitete mich zu unserem Wagen zurück. »Was er gesagt hat, stimmt, aber die Begründung ist falsch.«

»Wieso?«

»Warum haben wir die Städte nicht bombardiert, die von Titaniern besetzt sind? Sie wollen das Schiff nicht beschädigen, sie wollen es wiederhaben. Geh zu Mary. Wegen der Hunde und fremden Männer – erinnerst du dich?«

Ich verstummte, aber er hatte mich nicht überzeugt. Jede Sekunde war ich darauf gefaßt, uns als Atomteilchen in einem Geigerzähler knacksen zu hören. Parasiten fochten mit der Rücksichtslosigkeit von Kampfhähnen, vielleicht, weil sie tatsächlich keine Eigenpersönlichkeit besaßen. Warum sollten sie dann mit einem ihrer Schiffe vorsichtiger umgehen? Sie mochten eher bestrebt sein, es nicht in unsere Hände fallen zu lassen, als es zu retten.

Wir waren gerade bei unserem Fahrzeug angelangt und hatten mit Mary gesprochen, da trottete das unreife Bürschchen herbei, das noch nicht trocken hinter den Ohren war, salutierte vor dem Alten und meldete: »Der Kommandeur läßt sagen, daß Ihnen ausnahmslos alle Wünsche zu erfüllen sind!«

Aus seinem Benehmen schloß ich, daß die Antwortdepesche in flammenden Lettern abgefaßt und von Pauken und Trompeten begleitet war. »Danke«, entgegnete der Alte. »Wir wünschen lediglich das gekaperte Raumschiff zu besichtigen.«

»Bitte. Kommen Sie, meine Herrschaften.«

In Wahrheit ging *er* mit, konnte mit sich jedoch nicht recht einig werden, ob er den Alten oder Mary begleiten sollte. Mary blieb Siegerin. Ich bildete die Nachhut und war vollauf damit beschäftigt, aufzupassen. Die Anwesenheit des jungen Mannes übersah ich geflissentlich. Da das unbebaute Gelände an dieser Küste ein richiger Dschungel war, ragte die fliegende Untertasse tief ins Dickicht hinein. Der Alte kürzte den Weg ab, indem er durch das Buschwerk ging. Das Knäblein mahnte: »Geben Sie acht, wohin Sie treten!«

»Wegen Mollusken?« fragte ich.

Er schüttelte den Kopf. »Es gibt hier Korallenschlangen.«

In dieser Gegend wäre mir eine Giftschlange so harmlos erschienen wie eine Honigbiene, aber ich mußte doch seine Warnung befolgt haben, denn als sich der nächste Vorfall ereignete, sah ich gerade zu Boden.

Zuerst hörte ich einen Aufschrei. Dann griff uns – so wahr mir Gott helfe – ein bengalischer Tiger an.

Den ersten Schuß hatte wahrscheinlich Mary auf ihn abgefeuert. Ich traf fast gleichzeitig mit dem jungen Offizier, vermutlich noch vor ihm. Zuletzt schoß der Alte. Gemeinsam durchlöcherten wir diese Bestie so gründlich, daß man nie mehr einen Teppich daraus machen konnte. Und dennoch blieb der Schmarotzer auf ihrem Rücken unversehrt. Mit einem zweiten Flammenstrahl schmorte ich ihn. Der junge Mann betrachtete das Schneckenwesen ohne Erstaunen. »Ach, ich dachte, wir hätten mit dieser Ladung schon aufgeräumt.«

»Wie meinen Sie das?«

»Einer der ersten Panzerwagen, die gegen uns anrollten, war eine regelrechte Arche Noah. Von Gorillas bis zu Polarbären mußten wir alles erschießen. Sagen Sie, haben Sie je erlebt, daß ein Wasserbüffel auf Sie losging?«

»Nein, und ich habe auch kein Verlangen danach.«

»Im Grunde ist es nicht so schlimm wie mit den Hunden. Meiner Meinung nach haben diese Tiere nicht viel Verstand.« Er blickte völlig ungerührt auf den Parasiten.

Wir verließen eiligst diesen Ort und gelangten zum Titanierschiff. Das beruhigte mich keineswegs, es machte mich noch zappeliger, obwohl das Schiff an sich nicht schreckeneinflößend aussah.

Aber die ganze Aufmachung war irgendwie ungewöhnlich. Obwohl es kunstvoll gebaut war, merkte man ohne weiteres, daß es nicht von Menschenhand zusammengefügt war. Warum? Ich kann es nicht erklären. Die Oberfläche schimmerte matt, nicht eine Fuge war auf ihrem Spiegel, nicht ein Kratzer, den man dafür halten konnte; es ließ sich unmöglich erkennen, wie es hergestellt worden war. Es war glatt wie ein Eisblock.

Ich hätte nicht sagen können, woraus es bestand. Aus Metall? Selbstverständlich. Aber stimmte das denn? Man würde erwarten, daß es sich dann entweder eiskalt oder infolge der Landung glühend heiß anfühlte. Ich berührte den Rumpf, aber er war weder warm noch kalt. Gleich darauf fiel mir noch etwas auf: Ein Raumschiff von dieser Größe, das mit hoher Geschwindigkeit landete, hätte ein paar Morgen Land verwüsten müssen. Hier gab es überhaupt keine versengte Zone. Das Gestrüpp ringsum war grün und üppig.

Wir kletterten zu der schirmartigen Luftschleuse hinauf – falls es eine war. Die Kante der Haube lag schwer auf der kleinen ›Schlammschildkröte‹; der Panzer des Tanks war eingedrückt, als habe man eine Pappendeckelschachtel mit der Hand zusammengequetscht. Diese ›Schlammschildkröten‹ sind so fest gebaut, daß sie hundertfünfzig Meter tief tauchen können. Sie halten wirklich etwas aus.

Nun, dieser Tank mußte besonders widerstandsfähig gewesen sein. Die Schirmplatte hatte ihn beschädigt, aber die Luftschleuse ging nicht mehr zu. Andererseits waren an dem Metall oder dem Stoff, aus dem die Eingangspforte des Raumschiffs gefertigt war, keine Spuren des Zusammenpralls zu entdecken.

Der Alte wandte sich an mich. »Warte hier mit Mary.«

»Du willst doch nicht allein hineingehen?«

»Doch. Vielleicht haben wir nicht mehr viel Zeit.«

Der Junge verkündete laut und deutlich: »Ich muß bei Ihnen bleiben, mein Herr. Befehl des Kommandanten.«

»Meinethalben«, sagte der Alte. »Kommen Sie!«

Er spähte über den Rand, dann kniete er nieder und ließ sich an den Händen hinunter. Der junge Mann folgte ihm. Ich platzte schier vor Wut, hatte aber kein Verlangen, mich wegen dieser Anordnung zu streiten.

Während die beiden in der Öffnung verschwanden, wandte Mary sich zu mir. »Sam, das gefällt mir nicht. Ich habe Angst.«

Ihre Worte erschreckten mich. Mir ging es zwar ebenso, aber von ihr hatte ich es nicht erwartet. »Ich werde dich schon schützen.«

»Müssen wir hier bleiben? Er hat es nicht ausdrücklich befohlen.«

Ich überlegte. »Wenn du zum Wagen zurückkehren willst, bringe ich dich hin.«

»Ach. – Nein, Sam, ich glaube, wir müssen ausharren. Komm näher.« Sie zitterte.

Wie lange es dauerte, bis die beiden Köpfe wieder über den Rand der Schleuse lugten, weiß ich nicht mehr. Der junge Offizier kletterte heraus, und der Alte befahl ihm, Wache zu halten. »Kommt«, forderte er uns auf. »Ich glaube, es besteht keine Gefahr.«

»Das kannst du des Teufels Großmutter erzählen«, meinte ich; aber ich ging mit, weil Mary bereits unterwegs war. Der Alte half ihr beim Einstieg. »Gebt acht auf den Kopf«, mahnte er. »Die Gänge sind durchweg niedrig.«

Es klingt wie ein Gemeinplatz, daß Lebewesen, die nicht menschlich sind, auch anders als Menschen bauen. Doch sind nur sehr wenige Erdbewohner schon einmal in einem Labyrinth gewesen, das Geschöpfe der Venus angelegt haben, und nur ganz vereinzelte Forscher haben die Ruinen des Mars erblickt; ich gehörte nicht dazu. Was ich erwartet hatte, wußte ich nicht. Oberflächlich betrachtet, war das Innere der fliegenden Untertasse nicht gerade unheimlich, aber fremdartig. Es war von Gehirnen erdacht, die keinen menschlichen Wesen gehörten und die ihre eigenen Gedanken über richtige Konstruktion hatten. Entweder hatten sie nie von einem rechten Winkel oder einer geraden Linie gehört, oder sie hielten derlei für unnötig und nicht erstrebenswert. Wir befanden uns in einem kleinen Gelaß, das wie eine Kugel mit abgeflachten Polen geformt war, und von dort krochen wir durch eine Röhre weiter, die etwa einen Meter dick war. Sie schien sich in das Schiff hinunterzuschlängeln und erglühte an der ganzen Oberfläche in einem rötlichen Licht.

Dieser Schlauch war von einem merkwürdigen und etwas unangenehmem Geruch erfüllt, der an Sumpfgas und an den Gestank toter Parasiten erinnerte. Dies und der rötliche Schein, der von den Wänden ausging – obwohl ich keine Hitze verspürte, als ich die Handflächen dagegen preßte –, erweckte in mir eine phantastische Vorstellung: Ich vermeinte, durch die Eingeweide eines Riesentiers zu kriechen, anstatt eine fremdartige Maschine zu untersuchen.

Der runde Gang verzweigte sich plötzlich wie eine Arterie, und an dieser Stelle stießen wir auf den ersten Androgynen des Saturnmondes Titan. Er – nennen wir ihn ›er‹ – lag auf dem Rücken ausgestreckt wie ein schlafendes Kind und hatte den Kopf auf seinen Parasiten gebettet, als wäre es ein Kissen. Um den kleinen Mund, der wie eine Rosenknospe aussah, spielte der Schimmer eines Lächelns; anfangs merkte ich nicht, daß er tot war.

Auf den ersten Blick treten die gemeinsamen Merkmale zwischen uns und diesen Wesen stärker hervor als die Unterschiede. Wir haben uns meist ein bestimmtes Bild gemacht und übertragen es nun auf das, was wir tatsächlich vor uns sehen.

Nehmen wir zum Beispiel den hübschen kleinen ›Mund‹; wie konnte ich wissen, ob er nur der Atmung diente?

Aber trotz der flüchtigen Ähnlichkeit, die von vier Gliedmaßen und einem kopfförmigen Gebilde unterstrichen wurde, glichen diese Geschöpfe uns weniger als ein Ochsenfrosch einem jungen Ochsen. Dennoch war der allgemeine Eindruck angenehm und entfernt menschenähnlich. ›Kobolde‹ möchte ich sie nennen, ›elfische Zwergwesen‹ von den Monden des Saturn.

Wären wir ihnen begegnet, bevor die Schleimer, die wir als Titanier bezeichnen, sie übernahmen, wären wir vermutlich mit ihnen ausgekommen. Nach ihrer Fähigkeit zu schließen, die Untertassen zu bauen, waren sie uns ebenbürtig – falls sie sie gebaut hatten. (Die Parasiten hatten sie jedenfalls nicht konstruiert; die Schneckenwesen waren Diebe, keine Schöpfer.)

Als ich den kleinen Burschen erblickte, zog ich meine Pistole. Der Alte wandte sich um und sagte: »Immer mit der Ruhe. Er ist tot. Sie sind allesamt zugrunde gegangen, in Sauerstoff erstickt, als der Tank ihre Luftschleuse zerstörte.«

Ich hatte die Pistole immer noch schußbereit. Eigensinnig sagte ich: »Ich möchte den Parasiten verbrennen. Vielleicht lebt er noch.« Er war nicht mit der Hülle bedeckt, die wir in letzter Zeit an ihm gewöhnt waren, sondern sah nackt und widerlich aus.

Der Alte zuckte mit den Achseln. »Wie du willst. Wahrscheinlich kann er dir nichts anhaben. Denn auf einem Wesen, das Sauerstoff atmet, dürfte dieser Parasit nicht leben können.« Der Chef kroch über den kleinen Körper, so daß es mir nicht möglich war zu schießen, selbst wenn ich gewollt hätte. Mary hatte ihre Waffe nicht gezogen, sondern sich an mich geschmiegt. Sie atmete jetzt schwer und schluchzte. Der Alte blieb stehen und fragte geduldig: »Kommst du, Mary?«

Sie stieß erstickt hervor: »Kehren wir um! Nur fort von hier!«

»Recht hat sie!« murrte ich. »Das ist keine Arbeit für drei Leute, hier gehört ein Stab von Forschern her mit der geeigneten Ausrüstung.«

Er beachtete mich nicht. »Mary, es muß sein. Du weißt es. Und nur du kannst es ausführen!«

»Warum ausgerechnet sie?« fragte ich wütend.

Wiederum tat er, als wäre ich Luft. »Nun, Mary?«

Aus irgendeiner verborgenen Quelle ihrer Seele schöpfte sie neue Kraft. Sie atmete wieder stetig. Das angstverzerrte Gesicht entspannte sich, und mit der gelassenen Heiterkeit einer Königin, die zum Galgen geht, schlüpfte sie über die Leiche des Zwergwesens und seines Schmarotzers. Von meiner Waffe noch immer behindert, schleppte ich mich nach und vermied es, den Androgynen zu berühren.

Schließlich gelangten wir zu einer großen Kammer, von der aus das Schiff wahrscheinlich gelenkt worden war; in ihr befanden sich viele kleine Kobolde, die tot waren. Die Innenfläche des Raums hatte Vertiefungen und war mit Lichtern geschmückt, die viel heller strahlten als der rötliche Schein von vorhin. Girlandenartig waren Apparate kreuz und quer gezogen, die mir so unverständlich waren wie die Windungen eines Gehirns. Wiederum quälte mich der völlig abwegige Gedanke, daß dieses Schiff ein lebender Organismus war.

Der Alte kümmerte sich nicht um seine Umgebung, er krabbelte in einen neuen rötlich glühenden Gang hinein. Wir folgten seinen Windungen bis zu einer Stelle, wo er etwa drei Meter breit wurde und die ›Decke‹ so hoch lag, daß wir aufrecht stehen konnten. Doch etwas anderes zog unsere Blicke auf sich; die Wände waren jetzt nicht mehr undurchsichtig.

Zu beiden Seiten entdeckten wir hinter Membranen, die klar wie Glas waren, Tausende und Abertausende von Schneckenwesen; sie schwammen, schwebten und schlängelten sich in einer Art Nährflüssigkeit. Jeder Behälter war von einem matten Licht erhellt, und ich konnte tief in die zuckende Masse hineinsehen.

Immer noch hielt ich meine Pistole umfaßt. Der Alte legte die Hand über die Trichtermündung. »Schieße ja nicht!« warnte er. »Du möchtest doch diese Ungeheuer nicht in Freiheit setzen. Sie sind uns zugedacht.«

Mary betrachtete sie mit einem allzu ruhigen Gesicht. Ich bezweifle, daß sie im üblichen Sinn des Wortes bei vollem Bewußtsein war. Mein Blick wanderte von ihr erneut zu den Wänden des unheimlichen Aquariums, und ich drängte: »Nur fort von hier, solange es geht, und dann dieses Satanszeug mit einer Bombe ausrotten!«

»Nein«, widersprach der Alte gelassen. »Wir sind noch nicht fertig. Komm.« Die Röhre wurde wieder enger, dann weitete sie sich, und wir befanden uns in einem etwas kleineren Gelaß. Es hatte ebenfalls durchsichtige Wände, und hinter ihnen schwamm etwas.

Zweimal mußte ich hinschauen, ehe ich meinen Augen traute. Unmittelbar jenseits der Wand lag mit dem Gesicht nach unten ein Mensch – ein männliches, auf der Erde geborenes Wesen von etwa vierzig bis fünfzig Jahren. Er hatte die Arme auf die Brust gelegt und die Knie eingezogen, als ob er schliefe.

Ich beobachtete ihn, und fürchterliche Gedanken peinigten mich. Er war nicht allein; außer ihm gab es noch andere, Männer und Frauen, alte und junge, aber meine Aufmerksamkeit galt vor allem ihm. Ich war überzeugt, daß er tot sei. Es kam mir nicht in den Sinn, etwas anderes zu vermuten. Dann merkte ich, daß er den Mund bewegte und – ich wünschte, er wäre tot.

Mary ging umher wie betrunken – nein, gleichsam wie in einem Dämmerzustand. Sie lief von einer Wand zur anderen und spähte angestrengt in die gedrängt vollen, halbdunklen Tiefen. Der Alte hatte nur Augen für sie. »Nun, Mary?« fragte er sanft.

»Ich kann sie nicht finden!« jammerte sie herzzerreißend mit der Stimme eines kleinen Mädchens. Wieder rannte sie auf die gegenüberliegende Seite.

Der Alte packte sie am Arm. »Du suchst sie nicht an der richtigen Stelle«, erklärte er bestimmt. »Gehe dorthin zurück, wo sie sind. Erinnerst du dich?«

Wehklagend rief sie: »Ich – kann – mich – nicht – entsinnen –!«

»Du mußt. Das ist der einzige Liebesdienst, den du ihnen

erweisen kannst. Du mußt an jenen Ort zurückkehren, an dem sie sich aufhalten, und sie suchen.«

Mary schloß die Augen, und Tränen quollen ihr zwischen den Lidern hervor. Ich schob mich zwischen die beiden und schrie: »Hör auf! Quäle sie nicht!«

Er stieß mich beiseite. »Nein, mein Sohn«, flüsterte er leidenschaftlich. »Misch dich nicht ein – du darfst mich jetzt nicht stören.«

»Aber ...«

»Nein!« Er ließ Mary los und führte mich zum Eingang. »Bleibe hier. Und wenn du deine Frau so liebst, wie du die Titanier haßt, halte dich aus dieser Sache heraus. Ich werde ihr nichts zuleide tun, das verspreche ich dir.«

»Was hast du vor?« fragte ich, aber er wandte sich ab. Nur widerwillig verharrte ich an meinem Platz, aber ich hatte Bedenken, mich in Dinge einzumengen, die ich nicht begriff.

Mary war zusammengesunken, sie kauerte nun wie ein Kind auf dem Boden und hatte die Hände vors Gesicht geschlagen. Der Alte kniete nieder und berührte ihren Arm. »Geh zurück«, hörte ich ihn mahnen, »bis zum Ausgangspunkt zurück.«

Ihre Antwort konnte ich kaum vernehmen. »Nein – nein.«

»Wie alt warst du? Als man dich fand, schienst du sieben oder acht Jahre zu zählen. Geschah das alles vorher?«

»Ja, ja, vorher.« Sie schluchzte und fiel zu Boden. »Mama! Mama!«

»Was sagt denn deine Mama?« fragte er liebevoll.

»Sie spricht nicht, sie blickt mich nur so sonderbar an. Auf ihrem Rücken sitzt etwas. Ich fürchte mich, ich fürchte mich.«

Kurz entschlossen eilte ich auf die beiden zu und duckte mich dabei, um nicht an die niedrige Decke zu stoßen. Ohne die Augen von Mary abzuwenden, winkte mir der Alte zu, ich solle wieder umkehren. Ich blieb zögernd stehen. »Geh zurück, ganz zurück!« befahl er.

Die Worte waren an mich gerichtet, und ich gehorchte; aber Mary ebenfalls. »Ein Schiff war da«, murmelte sie, »ein großes glänzendes Schiff.« Er sagte irgend etwas. Was sie entgegnete, konnte ich nicht verstehen. Diesmal blieb ich, wo ich war. Trotz des ungeheuren Aufruhrs in meinem Innern merkte ich, daß sich hier etwas Wichtiges ereignete, etwas so Ungeheuerliches, daß es in unmittelbarer Nähe des Feindes die ganze Aufmerksamkeit des Alten gefangennahm.

Er redete unablässig besänftigend, aber eindringlich auf sie ein. Mary beruhigte sich, sie schien in dumpfes Brüten versunken, aber ich konnte hören, daß sie ihm antwortete. Nach einer Weile verfiel sie in den eintönigen Tonfall eines Menschen, der sich einen Kummer von der Seele wälzt. Nur hin und wieder flüsterte ihr der Alte ein aufmunterndes Wort zu.

Plötzlich hörte ich hinter mir jemanden den Gang entlangkriechen und zog meine Pistole. Dabei überkam mich das unheimliche Gefühl, daß wir in eine Falle geraten waren. Beinahe hätte ich den Herannahenden erschossen, aber ich merkte noch rechtzeitig, daß es der junge Offizier war, den wir draußen zurückgelassen hatten. Der Bursche muß doch überall seine Nase hineinstecken, dachte ich.

»Kommen Sie heraus!« drängte er und schob sich an mir vorbei in die Kammer, wo er seine Aufforderung dem Alten gegenüber wiederholte.

Der blickte aufs äußerste erbittert hoch. »Halten Sie den Mund und belästigen Sie mich nicht«, fuhr er den Mann an.

Der Jüngling ließ sich nicht abweisen. »Kommen Sie sofort! Der Kommandant läßt sagen, Sie müßten auf der Stelle das Schiff verlassen. Wir ziehen uns zurück. Der Kommandant erklärt, daß er jede Sekunde gezwungen sein könnte, Befehl zum Bombenabwurf zu geben. Wenn wir dann noch hier drinnen sind, kracht es. So liegt der Fall.«

»Also schön«, meinte der Alte ergeben. »Richten Sie Ihrem Kommandeur aus, er solle so lange warten, bis wir draußen sind. Ich habe etwas entdeckt, das für uns lebenswichtig ist. Mein Sohn, hilf mir Mary hinausschaffen.«

»Selbstverständlich!« erwiderte der junge Mann diensteifrig. »Aber beeilen Sie sich!« Er krabbelte davon. Ich hob Mary auf und trug sie bis zu der Stelle, wo sich die Kammer zu einem Schlauch verengte. Sie schien nicht ganz bei Bewußtsein.

»Wir werden sie schleppen müssen«, sagte der Alte. »Vielleicht erwacht sie nicht sobald aus ihrem Zustand. Komm, ich lade sie dir auf den Rücken, dann kannst du mit ihr kriechen.«

Ich beachtete ihn nicht, sondern schüttelte sie. »Mary!« schrie ich, »Mary, kannst du mich hören?«

Sie öffnete die Augen. »Ja, Sam ...« und schloß die Lider von neuem.

Ich rüttelte sie nochmals. »Mary!«

»Ja, Liebling, was gibt es? Ich bin so müde.«

»Höre, Mary, du mußt hier hinauskriechen. Wenn du es nicht tust, werden die Mollusken uns erwischen. Begreifst du das?«

»Schon gut, Liebling.« Ihre Augen blieben offen, aber hatten einen leeren Ausdruck. Ich schob sie vor mir in den schmalen Gang und folgte nach. Sobald sie stockte, gab ich ihr einen sanften Klaps. Durch den Raum mit den Parasiten trug ich sie wieder und ebenso durch die Kammer, von der aus vermutlich das Schiff gelenkt wurde. Sobald wir an die Stelle kamen, wo die Röhre teilweise von dem toten Kobold versperrt war, rührte sich Mary nicht mehr vom Fleck; ich zwängte mich an ihr vorbei und stopfte das Kerlchen in den Gang, der abzweigte. Diesmal zweifelte ich nicht mehr, daß der Parasit tot war. Wieder mußte ich sie puffen, um sie anzutreiben.

Nach einem endlosen Kampf mit ihren bleiernen Gliedern, der mir wie ein Alptraum erschien, erreichten wir den Ausgang. Dort wartete der junge Offizier und half uns Mary herausheben; der Alte und ich stemmten sie hoch und schoben sie hinaus. Ich stützte den Alten beim Hinausklettern das Bein, sprang dann selbst durch die Öffnung und nahm Mary dem Jüngling ab. Es war bereits stockfinstere Nacht.

Wir gingen an dem zerstörten Haus vorbei, mieden das Dikkicht und näherten uns der Straße. Unser Fahrzeug stand nicht mehr dort. Eiligst wurden wir in eine ›Schlammschildkröte‹ verladen – keine Sekunde zu früh, denn der Kampf brauste schon über uns hinweg. Der Tankkommandant schloß die Luken, und der Koloß wälzte sich schwerfällig ins Wasser. Fünfzehn Minuten später waren wir im Bauch der Fulton.

Und eine Stunde später schifften wir uns im Stützpunkt Mobile aus. Der Alte und ich hatten uns in der Offiziersmesse der *Robert Fulton* mit Kaffee und belegten Brötchen gestärkt. Um Mary hatten sich einige Mitglieder des weiblichen Reservekorps der Kriegsmarine bemüht. Als wir ausstiegen, gesellte sie sich zu uns und schien wieder ganz die Alte zu sein. Ich fragte: »Mary, fühlst du dich wohl?«

Sie lächelte. »Natürlich, warum denn nicht?«

Ein Kommandoschiff mit Geleit brachte uns fort. Ich hatte angenommen, daß wir unterwegs zum Büro unserer Abteilung seien oder nach Washington führen. Doch vom Schiff aus brachte uns ein Pilot in einen Hangar, der in einem Berghang eingebaut war. Mit rasender Geschwindigkeit zogen wir über den Himmel und landeten unvermittelt in einer Höhle. »Wo sind wir?« erkundigte ich mich.

Der Alte antwortete nicht, sondern stieg aus. Mary und ich folgten. Der Hangar war klein, er enthielt nur einen Standplatz für ein Dutzend Flugzeuge, eine Auffangplattform und ein einziges Startgerüst. Wachposten brachten uns zu einer Tür, die im Hintergrund in den Felsen eingesprengt war. Wir traten ein und befanden uns in einem Vorraum. Ein Lautsprecher befahl uns, die Kleider abzulegen. Es war mir recht unangenehm, mich auch von meinem Sprechgerät und meiner Waffe trennen zu müssen.

Wir drangen noch tiefer in den Berg ein und begegneten einem jungen Mann, dessen Bekleidung nur aus einem Armband bestand, das drei Winkel und gekreuzte Retorten als Abzeichen trug. Er übergab uns einem Mädchen, das noch weniger anhatte, weil es nur zwei Winkel besaß. Beide musterten Mary, jeder in bezeichnender Art und Weise. Der Korporal war, glaube ich, froh, uns der Dame im Hauptmannsrang überantworten zu können, die uns willkommen hieß.

»Wir haben Ihre Nachricht erhalten«, meinte sie. »Dr. Steelton erwartet Sie bereits.«

»Ich danke Ihnen«, entgegnete der Alte. »Wo ist er?«

»Einen Augenblick«, sagte sie, trat zu Mary und fuhr ihr

durch die Haare. »Wir müssen uns vergewissern«, entschuldigte sie sich. Wenn sie bemerkt hatte, daß Marys Haare zum größten Teil falsch waren, so erwähnte sie nichts davon. »Alles in Ordnung«, entschied sie. Ihr eigenes Haar war nach Männerart kurz geschnitten.

»Gut«, meinte der Alte. »Mein Sohn, du mußt hier zurückbleiben.«

»Warum?« fragte ich.

»Weil du den ersten Versuch beinahe verpatzt hast«, erklärte er kurz. »Und nun sei still.«

Der weibliche Hauptmann sagte: »Die Offiziersmesse befindet sich unten im ersten Gang rechts. Sie können dort warten.«

So ging ich hinunter. Dabei kam ich an einer Tür vorbei, die mit einem künstlerisch verzierten roten Totenkopf mit gekreuzten Knochen versehen war. Darunter stand die Inschrift: ›Warnung! Hinter dieser Tür sind lebende Parasiten; Zutritt nur mit besonderer Erlaubnis. Verhalten nach Vorschrift ›A‹.‹ Ich machte einen großen Bogen darum.

In der Offiziersmesse saßen drei bis vier Männer und zwei Frauen. Ich entdeckte einen freien Stuhl, nahm Platz und fragte mich, welchen Rang man bekleiden müsse, um hier etwas zu trinken zu bekommen. Nach einiger Zeit gesellte sich ein großer, anscheinend gesprächiger Mann zu mir, der die Abzeichen eines Obersten an einer Halskette trug.

»Eben erst angekommen?« erkundigte er sich.

Ich bejahte es. »Ziviler Fachmann?« fuhr er fort.

»Fachmann? Nicht daß ich wüßte«, entgegnete ich. »Nur Angent im Außendienst.«

»Sie heißen? Ich bedaure, daß ich so ›amtlich‹ fragen muß, aber ich bin hier für die Sicherheit verantwortlich«, entschuldigte er sich. »Mein Name ist Kelly.«

Ich sagte ihm den meinen. Er nickte. »Ich habe Sie hereinkommen sehen. Nun, Herr Nivens, wie wäre es mit einem Gläschen?«

Ich stand auf. »Wen muß ich umbringen, damit man mir etwas einschenkt?!«

»Meines Erachtens braucht diese Höhle hier einen Sicherheitsoffizier ungefähr ebenso dringend wie ein Pferd Rollschuhe«, plauderte Kelly später weiter. »Wir sollten unsere Ergebnisse so schnell veröffentlichen, wie wir sie bekommen.«

Ich sagte ihm, daß er nicht wie ein ›hohes Tier‹ rede. Er lachte. »Glauben Sie mir, mein Sohn, nicht alle diese Leute entsprechen dem Bild, das man sich von ihnen macht. Der Schein trügt.«

Ich bemerkte, daß Luftmarschall Rexton mir den Eindruck eines wenig umgänglichen Mitbürgers machte.

»Sie kennen ihn?« fragte der Oberst.

»Nicht sehr gut, aber durch meine Arbeit bin ich ein wenig mit ihm zusammengekommen. Heute früh habe ich ihn erst wieder gesehen.«

»Nun ja«, meinte der Oberst. »Ich bin dem Herrn noch nie begegnet. Sie bewegen sich in höheren Kreisen als ich, Herr Nivens.«

Ich erklärte ihm, daß dies nur rein zufällig sei, aber von da an behandelte er mich mit mehr Hochachtung. Bald darauf erzählte er mir von der Arbeit, die im Laboratorium geleistet wurde. »Wir kennen diese üblen Geschöpfe jetzt besser als der Teufel selbst, aber noch wissen wir nicht, wie wir sie töten könnten, ohne auch ihre Wirte zu vernichten. Das ist eine ungelöste Frage.

Gewiß könnten wir sie einzeln in einen Raum locken, sie mit Betäubungsmitteln übergießen und ihre Opfer befreien. Doch das erinnert mich an den alten Scherz, wie man einen Vogel fängt. Das gelingt auch spielend, wenn man sich so nahe heranschleicht, daß man ihm Salz auf den Schwanz streuen kann. Ich bin kein Gelehrter – nur Kriminalbeamter mit militärischem Dienstgrad, aber ich habe mich mit den Wissenschaftlern hier unterhalten. Wir führen einen biologischen Krieg und brauchen irgendein ›Ungeziefer‹, das den Parasiten ›beißt‹, den Wirt aber nicht. Das klingt gar nicht so schwierig, nicht wahr? Wir kennen hundert Krankheiten, die den Schmarotzer töten: Pokken, Typhus, Syphilis, Schlafgrippe, Obermaiers Virus, Pest,

Gelbfieber und so weiter. Aber sie richten alle auch den Wirt zugrunde.«

»Könnte man nicht etwas verwenden, gegen das alle immun sind?« fragte ich. »Jeder ist gegen Typhus geimpft, ebenso hat jeder Serum gegen Pocken in sich.«

»Das hilft nichts. Wenn der bewaffnete Mensch immun wird, wird auch der Parasit immun. Zudem haben die Schneckenwesen jetzt eine harte Außenhaut entwickelt, so daß nur der Wirt selbst unmittelbar mit ihnen verbunden ist. Nein, wir benötigen eine Krankheit, die den Parasiten vernichtet, während sein Opfer nur ein leichtes Fieber bekommt.«

Gerade als ich antworten wollte, sah ich den Alten in der Tür stehen. Ich beurlaubte mich von meinem Tischnachbarn und eilte auf ihn zu. »Womit hat Kelly dich geplagt?« fragte er.

»Er war gar nicht unangenehm«, entgegnete ich.

»Das ist Ansichtssache. Weißt du, wer Kelly ist?«

»Müßte ich ihn kennen?«

»Freilich. Oder vielleicht doch nicht, denn er läßt sich nie photographieren. B. J. Kelly ist der größte Fachmann unserer Zeit für Kriminalistik.«

»Dieser Kelly ist das?! Aber er ist doch nicht beim Militär.«

»Wahrscheinlich als Reservist. Aber du kannst dir nun vorstellen, wie wichtig dieses Laboratorium ist. Komm mit.«

»Wo steckt Mary?«

»Du kannst sie jetzt nicht sehen, sie muß sich erholen.«

»Ist ihr – etwas zugestoßen?«

»Ich habe dir versprochen, daß ihr nichts zuleide geschieht. Steelton ist auf seinem Fachgebiet der beste Mann. Aber wir mußten sehr tief schürfen und stießen auf großen Widerstand. Das ist für den Behandelten immer peinlich.«

Ich dachte über seine Worte nach. »Hast du erreicht, was du suchtest?«

»Ja und nein. Wir sind noch nicht fertig.«

»Was bezwecktest du?«

Wir waren indessen einen der endlosen Gänge dieses Baus entlanggewandert. Nun betrat er ein kleines Zimmer, und wir setzten uns.

Der Alte berührte das Hörgerät auf dem Schreibtisch und sagte: »Privatgespräch.«

»Jawohl«, antwortete eine Stimme. »Wir werden keine Aufnahme machen.« Ein grünes Licht flammte an der Decke auf.

»Ich glaube ihnen das zwar nicht, aber vielleicht hört es wenigstens kein anderer als Kelly mit«, brummte der Alte. »Nun wollen wir von dem sprechen, was du gerne wissen möchtest, mein Sohn. Allerdings bin ich nicht überzeugt, daß du ein Anrecht darauf hast. Du bist mit dem Mädchen verheiratet, aber ihre Seele ist nicht dein Eigentum, und diese Tatsachen stammen aus so tiefen Schichten des Unterbewußtseins, daß sie selbst keine Ahnung von ihnen gehabt hat.«

Ich schwieg. Besorgt fuhr er fort: »Ich halte es aber für zweckmäßiger, dir so viel zu erzählen, daß du verstehst, worum es geht. Sonst quälst du sie am Ende, um sie auszuhorchen. Das möchte ich auf keinen Fall. Du könntest ihr damit schweren Schaden zufügen. Ich bezweifle zwar, daß sie sich an irgend etwas erinnert, denn Steelton geht sehr behutsam mit ihr um, aber du könntest alles wieder aufwühlen.«

Ich holte tief Atem. »Ich überlasse es dir, das zu entscheiden.«

»Nun, ich werde dir ein wenig erzählen und deine Fragen beantworten, jedenfalls einige davon, wenn du mir dafür das feierliche Versprechen gibst, deine Frau nicht damit zu belästigen. Du hast nicht das nötige Geschick dazu.«

»Ich verspreche es.«

»Nun, es gab einmal eine Gruppe von Leuten, eine Art Religionsgemeinschaft, die in Verruf geriet.«

»Ich weiß, die Whitmaniten.«

»Ach, wieso wußtest du das? Von Mary? Nein, das ist unmöglich. Es war ihr selbst nicht bekannt.«

»Nein, nicht von Mary. Ich bin allein daraufgekommen.«

Er blickte mich mit merkwürdiger Hochachtung an. »Vielleicht habe ich dich unterschätzt, mein Sohn. Ganz recht – die Whitmaniten. Mary gehörte als Kind zu ihnen, als sie in Antarctica hausten.«

»Warte eine Minute!« rief ich.

In meinem Kopf schnurrten die Rädchen, und eine Zahl tauchte auf. »Im Jahre 1974 haben sie Antarctica verlassen.«

»Gewiß.«

»Aber dann wäre Mary etwa vierzig Jahre alt!«

»Macht dir das etwas aus?«

»Wie? Ach nein – aber es ist nicht möglich.«

»Sie ist so alt und wiederum auch nicht. Den Jahren nach ist sie vierzig. Biologisch betrachtet jedoch Mitte der Zwanzig, und eigentlich kann sie für noch jünger gelten, weil sie sich an nichts mehr erinnert, was sich vor 1990 ereignet hat.«

»Wie meinst du das? Daß sie sich nicht erinnert, leuchtet mir ein, denn sie will nicht zurückdenken. Aber was willst du mit deinen anderen Worten sagen?«

»Genau das, was sie ausdrücken. Sie ist nicht älter, weil – nun, du kennst doch den Raum, in dem ihr auf dem Schiff das Gedächtnis wiederkehrte? Sie verbrachte zehn oder mehr Jahre in einem Dämmerzustand in einem ähnlichen Behälter.«

28

Mit zunehmenden Jahren werde ich nicht härter, sondern empfindlicher. Der Gedanke, daß meine geliebte Mary in diesem künstlichen Mutterschoß herumgeschwommen war, weder tot noch lebendig, wie eine eingepökelte Heuschrecke, das war zuviel für mich.

Ich hörte den Alten sagen: »Nimm's nicht so schwer, mein Sohn. Es ist doch alles gut ausgegangen.«

»Fahre fort!« bat ich.

Marys bisher bekannter Lebenslauf war einfach, aber geheimnisvoll. Man hatte sie in einem Sumpf in der Nähe von Kaiserville am Nordpol der Venus gefunden; damals war sie ein kleines Mädchen, das von seiner Vergangenheit nichts erzählen konnte und nur seinen Namen – Alucquere – kannte. Niemand fiel die Bedeutung dieses Namens auf, und ein Kind, das so alt wie sie aussah, konnte auf keinen Fall mit dem Untergang der Whitmaniten in Verbindung gebracht werden. Das Nachschubschiff vom Jahre 1980 war nicht imstande gewesen, von ihrer Kolonie ›Neu-Zion‹ einen Überlebenden zu entdecken. Zehn Jahre und mehr als dreihundertachtzig Kilometer Dschungel trennten die kleine Waise bei Kaiserville von den Kolonisten ›Neu-Zions‹, über die ein Gottesgericht hereingebrochen war.

Im Jahre 1990 aber war ein Kind der Erde auf der Venus etwas völlig Unglaubwürdiges; und es gab auch keinen Menschen dort, der wißbegierig genug gewesen wäre, um der Sache nachzugehen. Kaiserville bestand aus Bergarbeitern, zweifelhaften Mädchen und den Vertretern der ›Zwei-Planeten-Kompanie‹, sonst lebte dort niemand. Radioaktiven Schlamm in den Sümpfen zu schaufeln war eine Arbeit, bei der einem keine Kraft bleibt, rätselhafte Dinge zu erforschen.

Mary wuchs mit Pokermünzen als Spielzeug auf und nannte jedes weibliche Wesen in der Barackensiedlung ›Mutter‹ oder ›Tante‹. Ihren Namen kürzte man ab und rief sie Lucky. Wer ihr die Rückreise zur Erde bezahlt hatte, verriet mir der Alte nicht. Die Hauptfrage war, wo sie sich von dem Zeitpunkt an aufgehalten hatte, an dem ›Neu-Zion‹ wieder vom Dschungel verschlungen wurde, und was mit der Kolonie geschehen war. Doch den einzigen Augenzeugenbericht darüber, der in Marys Seele vergraben ruhte, hatten Schrecken und Verzweiflung fast unzugänglich gemacht.

Irgendwann vor 1980, etwa um die Zeit, als fliegende Untertassen aus dem sibirischen Rußland gemeldet wurden, oder vielleicht ein Jahr früher, hatten die Titanier die Kolonie ›Neu-Zion‹ entdeckt. Wenn man diesen Überfall ein Saturnjahr eher annimmt als ihr Eindringen auf der Erde, stimmt die Zeit ziemlich genau. Wahrscheinlich hielten die Titanier auf der Venus nicht nach Erdmenschen Ausschau. Sicher erforschten sie nur diesen Planeten, wie sie schon lange die Erde ausgekundschaftet hatten. Oder vielleicht wußten sie, wo sie zu suchen hatten, denn es wurde nachgewiesen, daß sie im Verlauf von über zwei Jahrhunderten Erdenbewohner entführt hatten; dabei konnten sie einen gefangen haben, dessen Gehirn ihnen verriet, wo ›Neu-Zion‹ zu finden war. Doch darüber konnten uns Marys dunkle Erinnerungen keinen Aufschluß geben.

Sie erlebte nur, wie die Kolonie in Knechtschaft geriet, sah ihre Eltern in Marionetten verwandelt, die sich nicht mehr um sie kümmerten. Offenkundig war sie selbst nicht befallen, oder die Titanier hatten sich ihrer bemächtigt und sie wieder freigelassen, weil sie entdeckten, daß ein unwissendes junges Mädchen ein ungeeigneter Sklave war. Auf jeden Fall trieb sie sich eine Zeitlang, die für ihr kindliches Gemüt eine Ewigkeit schien, in der Gegend herum; keiner liebte sie oder sorgte für sie, aber sie wurde auch nicht belästigt und lebte wie eine Maus von Abfällen. Die Parasiten hatten sich auf der Venus eingenistet, ihre Hauptknechte waren die einheimischen Geschöpfe, und die Kolonisten bildeten nur eine willkommene Dreingabe. Eines war gewiß: Mary hatte mit angesehen, wie man ihre Eltern in den Dämmerschlaf versetzte. Bewahrte man sie für den späteren Einsatz zur Eroberung der Erde auf? Vielleicht war es so.

Zur gegebenen Zeit wurde auch Mary in die Nährflüssigkeit gebracht. Geschah dies in einem Schiff der Titanier oder an einem Stützpunkt auf der Venus? Die letzte Möglichkeit schien einleuchtender, denn als sie erwachte, befand sie sich auf diesem Planeten. Es blieben noch viele Lücken. Waren die Schnekkenwesen, die auf den Bewohnern der Venus hausten, von der gleichen Art wie die der Kolonisten? Möglich war es. Auf der Erde wie auf der Venus beruhte das Leben im wesentlichen auf dem Austausch von Sauerstoff und Kohlendioxyd. Die Schnekkenwesen schienen unendlich anpassungsfähig zu sein, aber sie mußten sich auf die Biochemie des Wirtes einstellen. Bei einem Silizium-Sauerstoff-Haushalt wie auf dem Mars oder bei einem Stoffwechsel von Fluorverbindungen wäre auf der Venus nicht der gleiche Schmarotzer lebensfähig gewesen. Doch in unserem Fall war die Zeit entscheidend, in der Mary aus der künstlichen Brutkammer herausgenommen wurde. Die Eroberung der Venus durch die Titanier war fehlgeschlagen, oder es war blad soweit. Nachdem Mary den Behälter verlassen hatte, war sie von einem Parasiten besessen gewesen, aber sie hatte ihn überlebt.

Woran waren die Schneckenwesen verendet? Warum war der Überfall auf die Venus gescheitert? In Marys Gehirn hatten der Alte und Dr. Steelton nach Anhaltspunkten gesucht, um diese Fragen zu beantworten.

»Ist das alles?« meinte ich.

»Genügt es dir nicht?« entgegnete er.

»Die Geschichte gibt ebensoviel Rätsel auf, wie sie löst«, murrte ich.

»Wir wissen noch ein Gutteil mehr«, sagte er, »aber du bist weder Fachmann für Venusbiologie noch Psychologe. Soweit ich durfte, habe ich dir den Sachverhalt mitgeteilt, damit du weißt,warum wir Mary plagen müssen, und du sie nicht danach fragst. Sei gut zu ihr, mein Junge; sie hat wahrlich Kummer genug.«

Seinen Rat überhörte ich geflissentlich. Gott sei Dank konnte ich mit meiner eigenen Frau ohne fremde Hilfe zurechtkommen. »Eines sehe ich nicht ein«, erwiderte ich. »Wieso hast du Mary von Anfang an mit den fliegenden Untertassen in Zusammenhang gebracht? Jetzt verstehe ich, daß du sie schon auf unserem ersten Ausflug absichtlich mitgenommen hast. Du hasttest damit recht. Aber wie bist du daraufgekommen? Bitte ohne faule Ausreden.«

Der Alte sah verblüfft drein. »Mein Sohn, hast du manchmal Ahnungen?«

»Mein Gott, ja.«

»Und was ist eine Ahnung?«

»Man glaubt, daß sich etwas so oder so verhält, ohne dafür Beweise zu besitzen.«

»Ich möchte es lieber das Ergebnis einer automatischen Arbeit des Unterbewußtseins nennen, die sich auf Daten stützt, deren Vorhandensein dir nicht deutlich bekannt war.«

»Das klingt wie die Geschichte von der schwarzen Katze, die um Mitternacht durch einen Kohlenkeller schleicht. Du hattest keinerlei Daten. Erzähle mir bloß nicht, daß dein Unterbewußtsein mit Tatsachen arbeitet, die du nächste Woche erhältst.«

»Aber ich wußte Verschiedenes.«

»Woher?«

»Was geschieht mit einem Bewerber, ehe er als Agent angenommen wird?«

»Du horchst ihn persönlich aus.«

»Nein, nein!«

»Oh – die Analyse in Trance.« Die Psychonanalyse in Hypnose hatte ich aus dem einfachen Grund vergessen, weil der Betroffene sich niemals daran erinnert. »Damals erhieltst du also diese Angaben über Mary. Von einer Ahnung kann also keine Rede sein.«

»Wiederum muß ich ›nein‹ sagen. Ich hatte nur sehr wenig Hinweise. Marys Abwehr ist stark. Und das wenige, das ich erfuhr, hatte ich vergessen. Aber ich war überzeugt, daß Mary für diese Aufgabe die richtige Agentin sei. Später ließ ich die Aufnahme ihrer Aussagen in Hypnose ablaufen. Da erkannte ich, daß noch mehr dahinterstecken mußte. Wir versuchten, sie auszuholen, aber es glückte nicht. Doch ich war nun sicher, daß sie noch mehr erlebt hatte.«

Ich überlegte. »Um das zu erreichen, hast du sie wahrscheinlich nicht geschont.«

»Leider war es notwendig.«

»Schon gut, schon gut.« Ich zögerte einen Augenblick, dann erkundigte ich mich: »Was enthielt denn *mein* Hypnosebericht?«

»Die Frage gehört nicht hierher.«

»Wieso nicht?«

»Selbst wenn ich wollte, könnte ich dir das nicht sagen. Deine Analyse, mein Sohn, habe ich mir niemals angehört.«

»Wie kam das?«

»Ich ließ sie von meinem Stellvertreter prüfen. Er versicherte mir, sie enthalte nichts, was ich wissen müsse, so habe ich sie mir niemals vorführen lassen.«

»So? Nun, ich danke.«

Er knurrte nur. Vater und ich haben immer die eigene Gabe, uns gegenseitig in Verlegenheit zu bringen.

29

Die Schneckenwesen waren an etwas verendet, das sie sich auf der Venus zugezogen hatten; soviel glaubten wir zu wissen. Eine andere Gelegenheit, schnell und unmittelbar Genaueres darüber zu erfahren, würden wir wahrscheinlich nicht erhalten. Denn während der Alte und ich miteinander sprachen, traf eine Depesche ein, die meldete, daß die fliegende Untertasse von Paß Christian bombardiert worden sei, damit der Feind sie nicht zurückerobern konnte. Der Alte hatte vergeblich gehofft, die menschlichen Gefangenen in jenem Schiff wieder zum Leben zu erwecken und sie zu befragen.

Damit war es nun vorbei. Also wäre es höchst erwünscht gewesen, in Marys Erinnerungen die Antwort zu finden. Wenn eine ansteckende Krankheit, die auf der Venus zu Hause war, die Parasiten, aber nicht die Menschen tötete, wie Marys Fall bewies, blieb uns nichts übrig, als alle Seuchen zu prüfen und herauszubekommen, um welche es sich handelte. Ein erhebender Gedanke! Es war, als solle man an einem Strand jedes einzelne Sandkorn untersuchen. Die Leiden, die auf der Venus heimisch waren und nicht tödlich wirkten, sondern nur scheußlich und unangenehm waren, füllten eine meterlange Liste. Vom Standpunkt einer Venusbakterie aus mußten wir eine zu fremdartige Kost sein, um ihrem Geschmack zu entsprechen. Wenn solch ein Lebewesen überhaupt einen Standpunkt hatte, was ich – ungeachtet McIlvaines alberner Behauptungen – bezweifle.

Erschwert wurde die Aufgabe noch, weil die Zahl der Erreger, die auf der Venus vorkamen und bei uns in Kulturen gezüchtet wurden, äußerst beschränkt war. Ein solches Versäumnis ließ sich nachholen – in einem Jahrhundert mit Reisen und Forschungsarbeiten auf einem fremden Planeten. Indessen lag bereits ein frostiger Hauch in der Luft. Die Maßnahme, den ganzen Körper der Sonne auszusetzen, konnte nicht ewig weitergeführt werden.

Man mußte auf die Quelle zurückgreifen, von der man sich Hilfe erhoffte – auf Marys Gehirn. Mir gefiel das nicht, aber ich konnte es nicht verhindern. Sie selbst schien nicht zu wissen, warum man von ihr immer wieder verlangte, sie solle sich einer Hypnose unterziehen. Obwohl sie einen heiteren, gelassenen Eindruck machte, deuteten Ringe unter den Augen und ähnliche Anzeichen darauf hin, wie sehr sie das anstrengte. Schließlich erklärte ich dem Alten, daß er damit aufhören müsse. »Ich hätte dich für vernünftiger gehalten«, erklärte er sanft.

»Hol's der Teufel! Wenn du jetzt noch nicht gefunden hast, was du suchst, wirst du es nie herausbekommen.«

»Weißt du, wie lange es dauert, bis man die gesamten Erinnerungen eines Menschen erforscht hat, selbst wenn man sich nur mit einem bestimmten Zeitabschnitt befaßt? Genauso lange, wie dieser Zeitraum währte. Falls das, was wir suchen, überhaupt vorhanden ist, mag es nur eine winzige Kleinigkeit sein.«

»Wenn es überhaupt vorhanden ist«, äffte ich ihn nach. »Das weißt du nicht. Sieh, wenn Mary deshalb eine Fehlgeburt hat, werde ich dir persönlich den Hals umdrehen.«

»Und wenn wir keinen Erfolg haben, wirst du dem Himmel danken, daß sie kein Kind bekommt. Oder willst du Nachkommen aufziehen, damit sie Opfer der Titanier werden?«

Ich kaute an meiner Unterlippe. »Warum hast du mich nicht nach Rußland geschickt, anstatt mich hier zu behalten?«

»Ich wollte, daß du bei Mary bliebest, damit sie den Mut nicht verliert. Zweitens ist deine Fahrt nicht mehr nötig.«

»Wieso? Was ist vorgefallen? Hat ein anderer Agent dir etwas gemeldet?«

»Wenn du dich einmal wie ein erwachsener Mensch für die Nachrichten interessiertest, würdest du nicht so dumm fragen.«

Ich eilte hinaus und holte mir Bescheid über die neuesten Vorkommnisse. Diesmal hatte ich sogar die ersten Berichte über die Pest in Asien versäumt, das zweite aufsehenerregende Ereignis des Jahrhunderts. Seit dem siebzehnten Jahrhundert war es die einzige Epidemie des Schwarzen Todes, die sich über einen ganzen Kontinent ausbreitete.

Ich konnte es nicht fassen. Zugegeben, die Russen waren zwar ein eigenartiges Volk, aber das öffentliche Gesundheitswesen war bei ihnen recht gut organisiert; alle Maßnahmen wurden genau nach der Vorschrift durchgeführt, und die Behörden ließen nicht mit sich spaßen. Ein Land mußte buchstäblich ›lausig‹ sein, damit Seuchen ausbrechen konnten, deren Überträger seit je Läuse, Ratten und Flöhe waren. Sogar China hatten die russischen Verwaltungsbehörden soweit gesäubert, daß Beulenpest und Typhus meist nur örtlich auftraten und keine größeren Gebiete mehr davon betroffen wurden.

Nun wüteten beide Seuchen im ganzen chinesisch-russischen Einflußgebiet in einem Ausmaß, daß die Regierung sich keinen Rat wußte und man Hilferufe an die Vereinten Nationen sandte. Was war geschehen?

Ich gewann aus den einzelnen Tatsachen einen Überblick und suchte den Alten auf. »Chef, in Rußland gab es tatsächlich Parasiten.«

»Ja.«

»Du weißt es? Nun, um Himmels willen, wir sollten schleunigst etwas unternehmen, oder das ganze Mississippital wird sich bald in dem gleichen Zustand befinden wie jetzt Asien. Nur eine kleine Ratte …«

Ich dachte an meine Zeit bei den Parasiten zurück – etwas, das ich nach Möglichkeit zu vermeiden suchte.

Die Titanier kümmerten sich nicht um Sauberkeit. Ich bezweifelte, ob ein Mensch zwischen der kanadischen Grenze und New Orleans jemals ein Bad genommen hatte, seit die Schnekkenwesen ihre Maske fallen ließen. Läuse … Flöhe …

»Wenn das die beste Lösung ist, die wir zu bieten haben, könntest du sie ebensogut mit Bomben ausrotten. Das wäre eine reinlichere Todesart.«

»So ist es.« Der Alte seufzte. »Vielleicht wäre es der beste – der einzige Ausweg. Aber du weißt, daß wir es nicht tun werden. Solange eine Aussicht besteht, unser Ziel auf andere Weise zu erreichen, werden wir uns weiter bemühen.«

Ich grübelte weiter darüber nach. Es war immer noch ein Wettlauf mit der Zeit. Im Grunde genommen schienen die Schneckenwesen zu dumm zu sein, um Sklaven zu halten. Vielleicht zogen sie deshalb von Planeten zu Planeten. Was sie berührten, verdarben sie. Nach einer Weile starben ihre Opfer, und sie benötigten neue Wirte.

Vermutungen, alles nur Vermutungen. Aber eines war gewiß: Die rote Zone blieb von ihnen besetzt, wenn wir nicht eine Möglichkeit fanden, sie zu vernichten, und zwar sehr bald! Ich faßte einen Entschluß, den ich schon zuvor erwogen hatte: Ich wollte meine Teilnahme an den Sitzungen erzwingen, in denen man Marys Seele erforschte. Wenn es in ihren verschütteten Erinnerungen einen Hinweis gab, der uns half, die Parasiten zu töten, könnte vielleicht ich etwas entdecken, das die anderen übersehen hatten. Auf jeden Fall wollte ich dabei sein, ob es Steelton und dem Alten paßte oder nicht. Ich war es müde, wie eine Kreuzung zwischen Prinzgemahl und Wechselbalg behandelt zu werden.

30

Mary und ich hausten in einem Kämmerchen, das für einen einzelnen Offizier bestimmt war; wir hatten so wenig Platz wie in einer Heringsdose, aber das kümmerte uns nicht. Am nächsten Morgen erwachte ich zuerst und vergewisserte mich wie gewohnt, daß sich kein Parasit an Mary herangemacht hatte.

Während ich das tat, öffnete sie die Augen und lächelte schlaftrunken. »Leg dich aufs Ohr«, sagte ich.

»Ich bin schon wach.«

»Mary, kennst du die Inkubationszeit der Beulenpest?«

»Muß das sein? Eines deiner Augen ist ein wenig dunkler als das andere.«

Ich rüttelte sie. »Gib acht, Mädel. Letzte Nacht war ich in der Bibliothek des Laboratoriums und habe mir einiges ausgerechnet. Danach müssen die Parasiten die Russen mindestens drei Monate früher als uns überfallen haben.«

»Ja, natürlich.«

»Du weißt es? Warum hast du nichts gesagt?«

»Keiner hat mich danach gefragt.«

»Ach, du lieber Himmel! Stehen wir auf; ich habe Hunger.«

Ehe wir fortgingen, meinte ich: »Rätselraten um die übliche Zeit?«

»Ja.«

»Mary, du erzählst nie von dem, was sie dich fragen.«

Überrascht blickte sie mich an. »Aber ich habe keine Ahnung davon.«

»Das habe ich vermutet. Tiefe Trance, mit einem Befehl zu ›vergessen‹, wie?«

»Ich nehme es an.«

»Nun, daran wird sich einiges ändern. Heute gehe ich mit dir.«

Sie erwiderte nicht mehr als: »Ja, Liebster.«

Wie gewohnt, waren sie alle in Dr. Steeltons Büro versammelt: der Alte, Steelton selbst, ein Oberst Gibsy als Staabschef, ein Oberstleutnant und eine merkwürdige Gesellschaft von Technikern im Unteroffiziersrang, Offiziersanwärtern und anderen dienstbaren Geistern. Bei der Armee benötigt man eine Mannschaft von acht schwer arbeitenden Leuten (zur Hilfe), wenn sich ein hoher Vorgesetzter die Nase zu putzen gedenkt.

Als der Alte mich erblickte, zog er jäh die Brauen hoch, sagte aber nichts. Ein Feldwebel versuchte mich aufzuhalten.

»Guten Morgen, Frau Nivens«, begrüßte er Mary und fügte hinzu: »Sie stehen aber nicht auf meiner Liste, mein Herr.«

»Dann trage ich mich hiermit ein«, verkündete ich und eilte an ihm vorbei.

Oberst Gibsy blickte wütend drein und wandte sich mit einem Knurren dem Alten zu, als wollte er sagen: »Was soll das?« Die übrigen zeigten ein kühles, unbewegtes Gesicht. Nur ein weiblicher Unteroffizier konnte sich das Grinsen nicht verkneifen.

Der Alte meinte zu Gibsy: »Einen Augenblick, Herr Oberst« und hinkte zu mir hinüber. Mit leiser Stimme, nur für mich hörbar, flüsterte er mir zu: »Du hast mir ein Versprechen gegeben.«

»Und das ziehe ich jetzt zurück. Du hattest keine Berechtigung, mir eines, das meine Frau betraf, abzufordern.«

»Hier hast du nichts zu suchen, mein Sohn. Du bist in diesen Dingen nicht geschult. Um Marys willen, geh.«

Bis zu diesem Augenblick war es mir nicht eingefallen, dem Alten das Recht zu bleiben streitig zu machen, aber unversehens faßte ich einen Entschluß und sprach ihn auch aus: »Wer hier nichts verloren hat, bist du. Oder bist du etwa Psychoanalytiker? Also verschwinde.«

Der Alte blickte Mary an. Ihr Gesicht verriet nichts. Langsam sagte er: »Was ist in dich gefahren, mein Sohn?«

»Die Versuche werden mit meiner Frau gemacht«, begehrte ich auf. »Von nun an schreibe ich die Regeln vor.«

Oberst Gibsy mischte sich ein: »Junger Mann, sind Sie von Sinnen?«

»Welche Ausbildung haben Sie genossen?« fragte ich kurz. Ich warf einen Blick auf seine Hände und fügte hinzu: »Das ist doch ein Ring, der Ihren militärischen Dienstgrad kennzeichnet. Haben Sie irgendwelche anderen Titel?! Sind Sie Arzt? Oder Psychologe?«

Er stellte sich stramm hin. »Sie scheinen zu vergessen, daß wir hier innerhalb eines militärischen Befehlsbereichs sind.«

»Und Sie vergessen, daß meine Frau und ich nicht der Armee unterstellt sind. Komm, Mary, wir gehen.«

»Ja, Sam.«

Zum Alten gewandt, erklärte ich: »Im Büro werde ich Bescheid geben, wohin meine Post nachgeschickt werden soll.« Mit Mary im Schlepptau schritt ich auf die Türe zu.

»Einen Augenblick, mir zuliebe«, bat der Alte. Ich blieb stehen, und er sagte zu Gibsy: »Herr Oberst, wollen Sie mit mir hinauskommen? Ich möchte gern unter vier Augen mit Ihnen reden.«

Oberst Gibsy warf mir einen Blick zu, als wolle er mich vors Kriegsgericht bringen, aber er ging. Wir warteten alle. Die jungen Offiziere mit unerschüttertem Gesicht, nur der Oberstleutnant sah verstört drein, und der kleine Unteroffizier schien am Bersten zu sein. Steelton war der einzige, der einen unbeteiligten Eindruck machte. Er entnahm dem Körbchen mit ›eingelaufenen Meldungen‹ Akten und fing still zu arbeiten an.

Zehn oder fünfzehn Minuten später kam ein Feldwebel herein. »Dr. Steelton, der Offizier vom Dienst läßt sagen, Sie sollten weitermachen.«

»Sehr wohl, Feldwebel«, erwiderte Steelton, dann blickte er mich an und meinte: »Gehen wir in das Untersuchungszimmer.«

»Nicht so hastig«, widersprach ich. »Wer sind diese Leute hier? Wie steht es mit ihm?« Ich wies auf den Oberstleutnant.

»Wie? Das ist Dr. Hazelhurst, er war zwei Jahre auf der Venus.«

»Gut, er kann bleiben.« Ich fing einen Blick des weiblichen Unteroffiziers auf, der gegrinst hatte, und fragte: »Was haben Sie mit der Angelegenheit zu tun, Schwester?«

»Ich? Oh, ich bin eine Art Anstandsdame.«

»Diese Aufgabe übernehme jetzt ich. Nun, Doktor, wie wäre es, wenn Sie die überflüssigen Zuschauer von denen trennen würden, die Sie tatsächlich benötigen?«

»Gewiß, Herr Nivens.«

Es stellte sich heraus, daß er außer Oberst Hazelhurst niemand brauchte. Wir gingen hinein – Mary, meine Wenigkeit und die zwei Spezialisten.

Der Untersuchungsraum enthielt eine Psychiatercouch, die von Stühlen umgeben war. Die Doppelöffnung einer dreidimensionalen Kamera ragte aus der Decke heraus. Mary ging zur Couch und legte sich nieder. Dr. Steelton holte eine Spritze heraus und sagte: »Wir wollen versuchen, dort wieder einzusetzen, wo wir stehengeblieben sind, Frau Nivens.«

»Einen Augenblick«, sagte ich. »Sie besitzen Aufnahmen von den früheren Versuchen?«

»Natürlich.«

»Wir wollen sie zuerst ablaufen lassen. Ich möchte den Anschluß finden.«

Er zögerte, dann antwortete er: »Wenn Sie es erlauben, Frau Nivens. Ich schlage vor, daß Sie in meinem Büro warten. Oder soll ich Sie später holen lassen?«

Wahrscheinlich kam es von der widerspenstigen Stimmung, in der ich mich befand, aber seit ich gegen den Alten aufgemuckt hatte, war ich richtig in Fahrt. »Zuerst wollen wir sie fragen, ob sie wegzugehen wünscht.«

Steelton machte ein erstauntes Gesicht. »Sie wissen nicht, was Sie da vorschlagen. Diese Aufnahmen würden Ihre Frau aufregen, ihr vielleicht sogar schaden.«

Hazelhurst warf ein: »Ein sehr fragwürdiges Behandlungsverfahren, junger Mann.«

»Von einer Behandlung kann hier keine Rede sein, das wissen Sie genau. Wenn es Ihnen darauf angekommen wäre, hätten Sie als Erinnerungshilfe Bildmaterial verwendet und keine Drogen.«

Steelton sah bekümmert drein. »Dazu hatten wir nicht Zeit. Wir mußten härtere Methoden anwenden, um schnelle Ergebnisse zu erzielen. Ich weiß nicht recht, ob wir Ihrer Frau gestatten dürfen, die Aufnahmen anzusehen.«

Hazelhurst pflichtete ihm bei.

Ich bekam einen Wutanfall. »Verdammt noch einmal, niemand hat Sie darum gebeten, und Sie haben in dieser Angelegenheit keine Vollmachten. Die Berichte wurden sozusagen meiner Frau aus dem Kopf gestohlen, sie sind ihr ureigenster

Besitz. Ich habe es satt, daß ihr Fachleute euch aufspielt wie der liebe Gott persönlich. Ich kann das an einem Parasiten nicht ausstehen, und an einem menschlichen Wesen gefällt es mir um kein Haar besser. Mary wird selbst entscheiden. Sie können ihr die Frage vorlegen.«

Steelton gab nach: »Frau Nivens, wünschen Sie Ihre Aufnahmen anzusehen?«

»Ja, Doktor, sehr gerne«, entgegnete Mary.

Er schien erstaunt. »Wünschen Sie die Filme allein zu sehen?«

»Mein Mann soll dabei sein. Sie und Dr. Hazelhurst sind herzlich eingeladen zu bleiben.«

So geschah es. Ein Stapel von Bändern, jedes mit Angaben über Inhalt und Alter versehen, wurde hereingebracht. Es hätte Stunden gedauert, sie alle abzuspielen, so schied ich jene aus, die Marys Leben nach 1991 betrafen, weil sie kaum mit dem Problem zusammenhingen, auf das es uns ankam.

Wir begannen mit ihrer frühesten Jugend. Jede Aufnahme fing damit an, daß Mary erstickt stöhnte und sich wehrte, wie Menschen es stets tun, die gezwungen werden, in ihrem Gedächtnis eine Spur zurückzuverfolgen, der sie lieber nicht nachgehen möchten; dann beobachtete man, wie sie die Vergangenheit von neuem erlebte, wie sie mit ihrer eigenen Stimme und mit fremden Stimmen sprach. Am meisten überraschte mich Marys Gesicht, als sie sich in den Behälter zurückversetzt fühlte. Wir ließen die Aufnahmen vergrößern, so daß wir das Stereobild zum Greifen nahe vor uns hatten und jeden Gesichtsausdruck verfolgen konnten.

Zuerst verwandelte sich ihr Gesicht in das eines kleinen Mädchens. Oh, ihre Züge waren genau die gleichen, die sie jetzt als Erwachsene trug, aber ich wußte, daß ich meine Liebste vor mir sah, wie sie als kleines Kind ausgesehen haben mußte. Und ich hoffte, daß wir ein Mädelchen bekommen würden.

Dann änderte sich ihr Mienenspiel entsprechend den von ihr dargestellten Personen, die in ihrer Erinnerung auftauchten. Es war als beobachtete man einen unglaublich begabten Schauspieler, der sich in verschiedene Rollen einlebte.

Mary blieb gefaßt und ruhig, aber sie legte verstohlen die Hand in meine. Als die schreckliche Zeit an uns vorüberzog, in der ihre Eltern sich nicht mehr als ihr Vater und ihre Mutter fühlten, weil sie zu Sklaven der Parasiten geworden waren, umklammerte sie meine Finger ganz fest. Aber sie beherrschte sich vorbildlich.

Die Bänder, die sich mit dem Dämmerschlaf befaßten, übersprang ich und ließ mir jene zeigen, die aus dem Abschnitt von Marys Wiederbelebung bis zu ihrer Errettung aus den Sümpfen stammten.

Eines ging klar hervor: Als sie wieder zum Leben erwachte, stand sie unter der Herrschaft eines Parasiten. Der leere Blick war bezeichnend für ein Schneckenwesen, das sich nicht bemühte, den Schein zu wahren. Auf den Stereobildern der Fernsehsendungen aus der roten Zone begegnete man stets diesem Ausdruck. Die Gedächtnislücke über diese Zeit bestärkte mich in dieser Annahme.

Dann war sie plötzlich nicht mehr befallen, sondern wieder ein kleines Mädchen, das todkrank und verängstigt schien. Die Eindrücke, an die sie sich erinnerte, glichen Fieberphantasien. Doch schließlich ertönte laut und klar eine neue Stimme: »Ach, Pete, das ist zum Aus-der-Haut-fahren! Sieh – ein kleines Mädchen!«

Eine andere Stimme fragte: »Lebt sie noch?« und die erste antwortete: »Ich weiß es nicht.«

Die Bandaufnahme führte uns weiter nach Kaiserville, wo Mary sich wieder erholte, und man hörte viele neue Stimmen und Erinnerungen; kurz darauf endete der Bericht.

»Ich schlage vor, daß wir aus dem gleichen Zeitraum eine andere Aufnahme betrachten«, meinte Dr. Steelton, während er den Streifen aus dem Vorführgerät zog. »Die Berichte sind alle ein wenig verschieden, und diese Spanne enthält den Schlüssel, auf den es uns ankommt.«

»Warum, Doktor?« erkundigte sich Mary.

»Natürlich brauchen Sie sich das nicht anzusehen, wenn Sie es nicht wünschen, aber gerade diese Periode erforschen wir.

Wir müssen versuchen, uns ein Bild davon zu machen, was mit den Parasiten geschah und warum sie zugrunde gingen. Wenn wir feststellen könnten, was den Titanier tötete, der Sie befallen hatte, ehe Sie gefunden wurden – was ihn vernichtete und Sie am Leben ließ, hätten wir vielleicht die Waffe, die wir suchen.«

»Aber wissen Sie das nicht?« fragte Mary verwundert.

»Noch nicht, doch wir werden es herausbekommen. Das menschliche Gedächtnis bewahrt alle Tatsachen erstaunlich gut auf.«

»Aber ich dachte, Sie wüßten es. Es war Neuntagefieber.«

»Was?« Hazelhurst sprang mit einem Satz vom Stuhl auf.

»Konnten Sie das nicht an meinem Gesicht erkennen? Die maskenhaften Züge wiesen eindeutig darauf hin. Ich habe Leute gepflegt, die daran erkrankt waren – daheim, in Kaiserville, weil ich es selbst gehabt hatte und es nicht mehr bekommen konnte.«

Steelton fragte: »Was sagen Sie dazu, Doktor? Haben Sie jemals einen Fall gesehen?«

»Neuntagefieber? Nein. Zur Zeit der zweiten Expedition besaß man ein Serum dagegen. Natürlich sind mir die klinischen Einzelheiten bekannt.«

»Aber an diesen Bildern können Sie nichts feststellen?«

Hazelhurst drückte sich vorsichtig aus: »Ich würde sagen: Was wir gesehen haben, ist mit dem mir bekannten Krankheitsbild vereinbar, aber es ist nicht eindeutig.«

»Nicht eindeutig?« widersprach Mary scharf. »Ich habe Ihnen doch erklärt, daß es Neuntagefieber ist!«

»Wir müssen Gewißheit haben«, entschuldigte sich Steelton.

»Genügen Ihnen meine Worte nicht? Man hat mir erzählt, daß ich an dieser Krankheit litt, als Pete und Frisco mich fanden. Das steht außer Frage. Später habe ich andere Fälle gepflegt und mich niemals mehr angesteckt. Ich erinnere mich an ihre Gesichter, wenn es mit ihnen zu Ende ging; sie sahen genauso aus wie meines auf dem Film. Jeder, der einmal dieses Bild gesehen hat, wird es mit nichts anderem mehr verwechseln. Was wollen Sie noch mehr? Feurige Lettern am Himmel?«

Mary war so nahe daran, ihre Selbstbeherrschung zu verlieren, wie ich es noch nie an ihr erlebt hatte – außer einem einzigen Mal.

Insgeheim dachte ich: Seht euch vor, Herrschaften, und geht in Deckung!

Steelton begütigte: »Meine Liebe, Sie haben meiner Ansicht nach Ihre Behauptung bewiesen. Aber erklären Sie mir noch eines: Wir haben immer geglaubt, Sie besäßen von diesem Zeitabschnitt keine bewußte Erinnerung mehr, und meine Untersuchung bestätigte dies. Nun reden Sie, als könnten Sie sich doch entsinnen.«

Mary sah erstaunt drein. »Es fällt mir gerade eben ein. Ich habe viele Jahre nicht mehr daran gedacht.«

»Das kann ich verstehen.« Er wandte sich an Hazelhurst. »Nun, Doktor? Besitzen wir eine Kultur dieser Erreger? Haben Ihre Leute daran gearbeitet?«

Hazelhurst schien niedergeschmettert. »Natürlich nicht! Kommt auch nicht in Frage! Neuntagefieber! Ebensogut ließen sich Kinderlähmung oder Typhus anwenden. Eher könnte ich eine Stecknadel mit einer Axt spalten!«

Ich zupfte Mary am Ärmel. »Gehen wir, Liebling. Ich glaube, daß wir genug Schaden angerichtet haben.« Sie zitterte, und ihre Augen standen voll Tränen. Ich führte sie in die Offiziersmesse, um ihre Nerven mit destilliertem Alkohol zu behandeln.

Später brachte ich Mary zu Bett, damit sie sich ein wenig ausruhte, und blieb bei ihr sitzen, bis sie eingeschlummert war. Dann suchte ich meinen Vater im Zimmer auf, das man ihm angewiesen hatte. »Wie geht es?« fragte ich.

Er sah mich nachdenklich an. »Nun, Elihu, ich höre, daß du das große Los gezogen hast.«

»Mir wäre es lieber, du nennst mich Sam«, entgegnete ich.

»Also gut, Sam. Der Erfolg hat dir recht gegeben. Trotzdem kommt mir das große Los eher wie eine Niete vor. Ich bin enttäuscht. Neuntagefieber! Kein Wunder, daß die Kolonie ausstarb und die Parasiten dazu. Ich sehe noch keinen Weg, wie wir aus der Entdeckung Nutzen ziehen könnten. Nicht jeder besitzt Marys unbezähmbaren Lebenswillen.«

Ich verstand ihn. Bei diesem Fieber verliefen über neunzig Prozent der Fälle für nicht geimpfte Erdmenschen tödlich. Hatten die Leute ein Schutzserum dagegen erhalten, sank dieser Prozentsatz tatsächlich auf Null; aber das zählte nicht. Wir brauchten einen Bazillus, der dem Menschen nur leichten Schaden zufügte, den Parasiten aber vernichtete. »Doch das ist im Augenblick gleichgültig«, überlegte ich. »Wahrscheinlich wirst du innerhalb der nächsten sechs Wochen im ganzen Mississippital Typhus oder Pest, vielleicht beides vereint, erleben.«

»Oder die Schneckenwesen haben in Asien etwas dazugelernt und sorgen nun für gründliche Sauberkeit«, antwortete er. Der Gedanke erschütterte mich so, daß ich seine nächsten Worte beinahe überhört hätte.

»Nein, Sam, du wirst einen besseren Plan aushecken müssen.«

»Wieso ich? Ich stehe hier nur in Arbeit.«

»Das war einmal, aber jetzt hast du in dieser Angelegenheit die Führung übernommen.«

»Zum Teufel, wovon redest du? Ich habe hier nichts zu befehlen und hege auch kein Verlangen danach. Du bist mein Vorgesetzter.«

Er schüttelte den Kopf. »Chef ist, wer angibt. Titel und Rangabzeichen kommen später. Sag einmal, glaubst du, daß Oldfield mich je ersetzen könnte?«

Ich verneinte. Vaters Stellvertreter war ein pflichtgetreuer Beamter, wie er im Buch steht, ein Mann, der etwas ausführen, aber nicht selbständig entscheiden konnte. »Ich habe dich nie in einen höheren Rang erhoben, weil ich wußte, daß du das selbst besorgen würdest, wenn es an der Zeit wäre. Nun ist es soweit. Du hast dich in einer wichtigen Angelegenheit meinem Willen widersetzt, mir deine Ansicht aufgezwungen, und das Ergebnis hat dir recht gegeben.«

»Ach Unsinn! Ich war dickköpfig und habe einmal meine Meinung mit Gewalt durchgedrückt. Euch Neunmalklugen fiel es überhaupt nicht ein, den einzigen erreichbaren Menschen offen zu fragen, der wirklich auf der Venus Bescheid wußte – nämlich

Mary. Aber ich erhoffte mir nicht, irgend etwas von ihr zu erfahren. Ich hatte zufällig Glück.«

»An derlei glaube ich nicht, Sam«, widersprach er. »Glück ist nur eine billige Erklärung, die Mittelmäßige für eine geniale Leistung haben.«

Ich stützte mich mit den Händen auf den Schreibtisch und beugte mich zu ihm. »Na schön, dann bin ich ein Genie. Aber du bringst mich nicht dazu, daß ich mir die Verantwortung aufhalsen lasse. Wenn dieser Zauber vorüber ist, gehen Mary und ich in die Berge und ziehen Katzen und Kinder auf. Ich beabsichtige nicht, Vorgesetzter verrückter Agenten zu werden.«

Er lächelte nachsichtig.

Ich fuhr fort: »Mich gelüstet es nicht, deine Stellung zu übernehmen, verstehst du?«

»Genau das sagte der Teufel auch zum lieben Gott, nachdem er ihn abgesetzt hatte. Nimm's nicht so schwer, Sam. Ich werde den Titel einstweilen noch behalten. Und was haben Sie nun für Pläne, junger Mann?«

31

Das schlimmste an der Geschichte war, daß er es ernst meinte. Ich versuchte mich zu drücken, aber es gelang mir nicht. Noch an diesem Nachmittag wurde eine Konferenz auf höchster Ebene einberufen. Man benachrichtigte mich, aber ich blieb fern. Kurz darauf erschien eine kleine Stabshelferin, um mir mitzuteilen, daß der Offizier, der den Vorsitz führte, mich erwarte und mich bitten lasse, sofort zu erscheinen.

So ging ich. Doch ich war bestrebt, mich aus den Erörterungen herauszuhalten. Mein Vater aber hatte so eine gewisse Art, eine Versammlung zu leiten, selbst wenn er nicht den Vorsitz führte. Er blickte dann erwartungsvoll den an, von dem er etwas zu hören wünschte. Das war ein schlauer Schachzug, weil die Anwesenden nicht merkten, daß sie beeinflußt wurden.

Aber ich wußte es. Wenn aller Augen im Raum auf einem ruhten, war es leichter, eine Meinung zu äußern, als sich still zu verhalten. Besonders, weil ich entdeckte, daß ich bestimmte Ansichten hatte.

Man stöhnte reichlich darüber, daß es unmöglich sei, Neuntagefieber anzuwenden. Zugegeben, die Parasiten würde es töten. Sogar die Bewohner der Venus starben daran, die noch am Leben bleiben konnten, wenn man sie in zwei Stücke hieb. Für jedes menschliche Wesen bedeutete es den sicheren Tod, das heißt, fast für jedes, denn ich war mit einem verheiratet, das diese Krankheit überstanden hatte. Sieben bis acht Tage währte es nach der Ansteckung, dann war es aus.

»Ja, Herr Nivens?« Es war der kommandierende General, der sich an mich wandte. Ich hatte kein Wort gesprochen, aber Vaters Augen ruhten erwartungsvoll auf mir.

»In dieser Sitzung habe ich viele verzweifelte Reden gehört und viele Ansichten, die meiner Meinung nach auf einer falschen Voraussetzung beruhten.«

»Ja?« Ich hatte keinen bestimmten Fall im Auge, ich feuerte meinen Schuß aufs Geratewohl ab. »Nun, ich höre dauernd vom ›Neuntagefieber‹, als ob die neun Tage eine unumstößliche Tatsache wären. Das stimmt nicht.«

Der ranghöchste Offizier zuckte ungeduldig mit den Achseln. »Die Bezeichnung paßt durchaus, das Fieber hält durchschnittlich neun Tage an.«

»Ja, aber wieso wissen Sie, daß es auch für einen Parasiten neun Tage währt?«

An dem Gemurmel, mit dem meine Worte aufgenommen wurden, erkannte ich, daß ich wieder den Nagel auf den Kopf getroffen hatte.

Man forderte mich auf zu erklären, warum ich glaubte, daß bei den Parasiten das Fieber eine andere Dauer habe und warum das eine Rolle spiele. Ich trieb mein gewagtes Spiel weiter. »Erstens starb der Parasit in dem einzigen Fall, der uns bekannt ist, in weniger als neun Tagen – bedeutend weniger! Jene von Ihnen, die den Bericht über meine Frau eingesehen haben – und ich finde, daß es nur allzu viele waren –, werden sich erinnern, daß ihr Parasit sie lange vor der Krisis am achten Tage verließ. Wahrscheinlich ist er abgefallen und verendet. Wenn Versuche dies bestätigen, liegt das Problem anders. Ein Mann, der an dem Fieber leidet, könnte sein Schneckenwesen in, sagen wir, vier Tagen loswerden. Dadurch gewinnt man vier Tage Zeit, um den Erkrankten zu heilen.«

Der General pfiff durch die Zähne. »Das ist eine recht heldenhafte Lösung, Herr Nivens. Wie sollen wir ihn heilen? Oder auch nur an ihn herankommen? Nehmen wir einmal an, daß wir künstlich in der roten Zone eine Epidemie hervorrufen. Dann müßten wir aber unerhört schnelle Beine machen, um mehr als fünfzig Millionen Menschen zu behandeln, ehe sie uns sterben – und das angesichts eines hartnäckigen Widerstandes, vergessen Sie das nicht!«

Ich schleuderte ihm die ›heiße Kartoffel‹ geradewegs zurück und fragte mich heimlich, wie viele ›Fachleute‹ sich schon einen Namen gemacht hatten, indem sie die Verantwortung auf andere abwälzten. »Der zweiten Frage müssen die Taktiker rechnerisch zuleibe gehen, das ist also Ihre Sache. Und was den ersten Punkt betrifft, so sitzt der maßgebende Mann hier.« Ich wies auf Dr. Hazelhurst.

Hazelhurst druckste herum, und ich wußte, wie ihm zumute war. Ungenügende Arbeit bisher ... mehr Forschung nötig ... Versuche erforderlich ... Er schien sich zu erinnern, daß man an einem Gegengift gearbeitet hatte, aber das Serum, das die Ansteckung überhaupt verhütete, hatte sich so gut bewährt, daß es nicht sicher war, ob das Gegenmittel je hergestellt worden sei. Er schloß mit der etwas lahmen Ausrede, daß das Studium der exotischen Krankheiten des Planeten Venus noch in den Kinderschuhen stecke.

Der General unterbrach ihn. »Wie lange brauchen Sie, um diese Sache mit dem Gegengift zu klären?«

Hazelhurst meinte, er wolle deswegen mit einem Kollegen von der Sorbonne telefonieren.

»Tun Sie das«, sagte sein Kommandeur. »Sie sind beurlaubt.«

Am nächsten Morgen kam Hazelhurst angeschwirrt und klopfte an unsere Tür. Ich trat auf den Gang hinaus. »Tut mir leid, daß ich Sie geweckt habe«, entschuldigte er sich. »Aber mit dem Gegengift hatten Sie recht.«

»Was?«

»Ich erhalte eines aus Paris, es muß jede Minute eintreffen. Hoffentlich ist es noch wirksam.«

»Und wenn nicht?«

»Nun, wir haben die Mittel, es herzustellen. Wenn dieser tolle Plan ausgeführt wird, müssen wir natürlich Millionen Einheiten davon erzeugen.«

»Ich danke Ihnen, daß Sie es mir mitgeteilt haben«, sagte ich und wollte wieder kehrtmachen; er hielt mich jedoch zurück.

»Ach, Herr Nivens. Wegen der Überträger ...«

»Was meinen Sie damit?«

»Die Krankheitsüberträger! Ratten, Mäuse oder dergleichen können wir nicht verwenden. Wissen Sie, wie das Fieber auf der Venus verbreitet wird? Durch einen kleinen fliegenden Rotifer, ein Tierchen, das unseren Insekten entspricht. Aber so etwas besitzen wir nicht, und dies wäre die einzige Möglichkeit, den Erreger weiterzugeben.«

»Wollen Sie damit behaupten, daß Sie mich nicht fieberkrank machen könnten, selbst wenn Sie wollten?«

»O ja, ich müßte Ihnen Erreger einspritzen. Aber ich kann mir nicht vorstellen, daß wir in der Lage sind, eine Million Fallschirmspringer in der roten Zone abzusetzen und die von Parasiten geplagte Bevölkerung zum Stillhalten zu bewegen, während wir ihnen Injektionen geben.« Er breitete mit einer ratlosen Geste die Hände aus.

Langsam begann sich in meinem Gehirn ein noch unklarer Gedanke zu formen. Eine Million Menschen in einem einzigen Massenabsprung ... »Warum fragen Sie gerade mich?« meinte ich. »Das ist ein medizinisches Problem.«

»Ja, natürlich. Ich dachte nur ... Nun, Sie schienen sehr schnell zu erfassen, worauf es ankam ...« Er machte eine Pause.

»Danke.« Mich beschäftigten zwei Fragen gleichzeitig, und ich konnte sie nicht auseinanderhalten und zu Ende denken. Wie viele Menschen lebten in der roten Zone? ... »Ich möchte eines wissen: Angenommen, Sie hätten das Fieber, könnte ich es von Ihnen nicht bekommen? ...« Ärzte mit Fallschirmen abzusetzen war unmöglich; so viele gab es nicht ...

»Nicht so leicht. Vielleicht, wenn ich einen Abstrich von meinen Schleimhäuten in Ihren Hals brächte; auch wenn ich Blut aus meinen Venen in das Ihre leitete, würden Sie zuverlässig damit angesteckt.«

»Also nur durch unmittelbare Berührung, nicht wahr?« ... Wie viele Leute konnte ein Fallschirmspringer übernehmen? Zwanzig, dreißig oder noch mehr? ... »Wenn das der ausschlaggebende Punkt ist, dann brauchen Sie sich nicht mehr den Kopf zu zerbrechen.«

»Wieso?«

»Was unternimmt ein Parasit zuerst, wenn er einen anderen trifft, den er längere Zeit nicht gesehen hat?«

»Konjugation!«

»Er nimmt Fühlung auf, wie ich das immer genannt habe, allerdings in der etwas ungenauen Ausdrucksweise der Parasitensprache. Glauben Sie, daß dadurch die Krankheit weitergegeben würde?«

»Glauben? Ich bin davon überzeugt! Wir haben gerade hier im Laboratorium bewiesen, daß während der Konjugation organische Eiweißstoffe ausgetauscht werden. Eine Ansteckung erscheint mir daher geradezu unvermeidlich; wir könnten die ganze Kolonie verseuchen, als wäre sie ein einziger Körper! Warum ist mir das nicht gleich eingefallen?!«

»Nur keine übertriebenen Erwartungen!« mahnte ich. »Aber ich habe den leisen Verdacht, daß es klappen wird.«

»Es wird, ganz bestimmt wird es klappen!« Er wollte davonlaufen, dann blieb er stehen. »Ach, Herr Nivens, wären Sie sehr böse, wenn ... ich weiß, es ist viel verlangt ...«

»Was gibt's? Reden Sie frei heraus.«

»Würden Sie mir gestatten, diese Methode der Übertragung

bekanntzugeben? Ich werde sagen, daß Sie der Urheber sind, aber der General ist schon so gespannt, und diese Meldung würde den Bericht gerade schön abrunden.«

Er blickte so sorgenvoll drein, daß ich beinahe gelacht hätte.

»Ich habe nichts dagegen. Es gehört ja in Ihr Arbeitsgebiet.«

»Das ist sehr freundlich von Ihnen. Ich werde mich bemühen, Ihnen auch einen Gefallen zu erweisen.« Glückstrahlend zog er ab, und auch ich war befriedigt. Allmählich machte es mir Spaß, ein ›Genie‹ zu sein.

Ich blieb noch stehen und legte mir den Massenabsprung in großen Zügen zurecht. Dann ging ich wieder zu Mary hinein. Sie öffnete die Augen und bedachte mich mit dem engelsanften Lächeln, das ich so an ihr liebte. Ich beugte mich hinab und strich ihr die Haare glatt. »Wie geht's, mein Rotschopf? Wußtest du, daß dein Mann ein Genie ist?«

»Ja.«

»Wirklich? Das hast du mir nie gesagt.«

»Du hast mich ja nie danach gefragt.«

Hazelhurst sprach von einem ›Nivens-Überträger‹. Dann wurde ich gebeten, mich dazu zu äußern. Natürlich hatte Vater zuvor wieder scharf in meine Richtung geblickt.

»Sofern Versuche die Annahme bestätigen, stimme ich völlig mit Dr. Hazelhurst überein«, begann ich. »Doch bleiben noch Fragen zu erörtern, die eher den Generalstab als die Ärzte angehen. Wichtig ist die Wahl des richtigen Zeitpunkts – entscheidend, möchte ich lieber sagen.«

Die ganze Rede hatte ich, inklusive der Denkpausen, beim Frühstück ausgearbeitet. Gott sei Dank neigt Mary nicht zur Geschwätzigkeit.

»Außerdem muß die Übertragung von vielen Brennpunkten aus erfolgen. Wenn wir annähernd hundert Prozent der Bevölkerung in der roten Zone retten wollen, müssen unbedingt alle Parasiten ungefähr zur gleichen Zeit angesteckt werden, damit die Rettungstrupps das Gebiet betreten, *nachdem* die Schnekkenwesen nicht mehr gefährlich sind und *ehe* irgendeiner ihrer Wirte den kritischen Zeitpunkt überschritten hat, zu dem das Gegengift ihn retten kann. Das Problem läßt sich mathematisch analysieren ...« Sam, mein Junge – dachte ich bei mir – du alter Schwindler, du könntest es nicht einmal mit einem elektronischen Integrator und zwanzig Jahren Schweiß lösen. » ... und sollte daher an Ihre Rechenabteilung weitergeleitet werden. Doch die entscheidenden Größen lassen Sich mich kurz andeuten. Nennen wir die Zahl der ursprünglichen Überträger X, die Anzahl der Rettungsmannschaften Y, so wird sich eine unendlich große Menge gleichlaufender Lösungen ergeben. Die günstigste wird von den Einsatzzahlen abhängen. Wenn ich der genauen mathematischen Behandlung der Aufgabe vorgreife und meine Schätzungen auf meine unglücklicherweise nur allzuvertraute Kenntnis der Gewohnheit dieser Parasiten gründe, möchte ich sagen ...«

Man hätte eine Stecknadel fallen hören können, wenn einer in dieser Schar splitternackter Menschen derlei besessen hätte. Der General unterbrach mich einmal, als ich X ziemlich niedrig annahm.

»Herr Nivens, ich denke, wir könnten Ihnen sicher jede Menge Freiwilliger für die Übertragung bereitstellen.«

Ich schüttelte den Kopf. »Freiwillige können wir nicht brauchen, General.«

»Ich glaube Ihren Einwand zu kennen. Die Krankheit müßte Zeit haben, sich in den Freiwilligen zu entwickeln, und damit würden wir dem kritischen Zeitpunkt gefährlich nahe kommen. Aber das ließe sich umgehen, wenn man eine Gelatinekapsel mit dem Gegengift ins Gewebe einbettet oder etwas Ähnliches verwendet. Bestimmt könnte der Stab das ausarbeiten.«

Das hielt auch ich für möglich, aber meine schwerwiegendsten Bedenken rührten von der tief eingewurzelten Abneigung her, irgendeine Menschenseele unter die Herrschaft eines Parasiten geraten zu lassen. »Herr General, wir dürfen niemals dazu Freiwillige verwenden. Denn der Parasit würde alles wissen, was seinem Wirt bekannt ist und – er würde die unmittelbare Fühlungnahme mit seinesgleichen meiden; statt dessen wird er unfehlbar die anderen mündlich warnen lassen. Nein! Wir müssen Tiere benützen – Affen, Hunde, alle Geschöpfe, die groß genug sind, ein Schneckenwesen zu tragen, die aber nicht sprechen können; und wir müssen sie in so großer Menge einsetzen, daß die ganze Gruppe angesteckt wird, ehe noch ein Parasit ahnt, daß er krank ist.«

Ich umriß schnell, wie sich der Absprung von Fallschirmtruppen am Ende abspielen sollte, und schilderte das Unternehmen der ›barmherzigen Samariter‹, wie ich es mir vorstellte. »Das ›Unternehmen Fieber‹, das den Anfang bildet, kann beginnen, sobald wir genügend Gegengift für die Rettung hergestellt haben. In weniger als einer Woche dürfte dann kein Parasit mehr auf diesem Kontinent am Leben sein.«

Sie klatschten nicht Beifall, aber es herrschte ganz die Stimmung danach. Der General eilte fort, um Luftmarschall Rexton anzurufen, dann schickte er seinen Adjutanten zurück, um mich zu einem Imbiß einzuladen. Ich ließ ihm sagen, daß es mir ein Vergnügen sei, vorausgesetzt, daß meine Frau ebenfalls daran teilnehmen dürfte.

Vater wartete vor dem Konferenzraum auf mich. »Nun, wie habe ich mich angestellt?« fragte ich und bemühte mich, meiner Stimme nicht anmerken zu lassen, wie gespannt ich auf sein Urteil wartete.

Er nickte mit dem Kopf. »Sam, du warst der Held des Tages. Ich glaube, daß ich für dich einen Vertrag auf sechsundzwanzig Wochen beim Fernsehen abschließen werde.«

Ich war bestrebt, ihm meine Freude nicht zu zeigen. Ohne ein einziges Mal zu stottern, hatte ich meine Rede gehalten, und ich fühlte mich wie ein neuer Mensch.

32

Sobald der Affe Satan, der mir seinerzeit im staatlichen Tierpark in der Seele leid getan hatte, von seinem Parasiten befreit war, machte er seinem Ruf, ein niederträchtiges Geschöpf zu sein, alle Ehre. Vater hatte sich freiwillig gemeldet, um die Hazelhurst-Nivens-Theorie zu überprüfen, aber ich setzte meinen Willen durch, und das Los fiel auf Satan. Nicht kindliche Zuneigung oder ihr Freudsches Gegenstück veranlaßten mich, ihn abzulehnen; ich fürchtete das Zusammenwirken von Vater und Parasit. Selbst unter Laboratoriumsaufsicht wollte ich ihn nicht auf ihrer Seite wissen. Nicht mit seinem scharf denkenden, ränkevollen Verstand! Menschen, die nie unter der Herrschaft von Parasiten standen, konnten sich einfach nicht vorstellen, daß auch der Wirt ein Todfeind würde, ohne auch nur eine von seinen Fähigkeiten zu verlieren.

So verwendeten wir Affen für die Versuche. Wir bekamen sie nicht nur aus den staatlichen zoologischen Gärten, sondern auch aus einem halben Dutzend Tierparks und Zirkusunternehmen. Am Mittwoch, dem zwölften, erhielt Satan eine Injektion mit Neuntagefieber. Freitag hatte ihn die Krankheit gepackt; ein zweiter Schimpanse mit einem Parasiten wurde zu ihm in den Käfig gesteckt; die Schneckenwesen nahmen sofort Fühlung auf, und der zweite Affe wurde entfernt.

Am Sonntag, dem sechzehnten, schrumpfte Satans Parasit ein und fiel ab. Sogleich spritzte man Satan das Gegengift ein. Montag verendete der zweite Parasit, und sein Wirt wurde ebenfalls behandelt. Mittwoch, den neunzehnten, war Satan wieder gesund, wenn auch ein wenig mager, und der zweite Affe, Lord Fauntleroy, erholte sich zusehends. Um das Ereignis zu feiern, reichte ich Satan eine Banane, er aber biß mir das erste Glied meines Zeigefingers ab, und ich hatte nicht einmal Zeit, den Schaden auszubessern. Aber das war kein unglücklicher Zufall, sondern der Affe war von Natur bösartig.

Eine kleine Verletzung konnte mir jedoch die Laune nicht verderben. Nachdem ich mich hatte verbinden lassen, suchte ich Mary, fand sie aber nicht und landete schließlich in der Offiziersmesse, weil ich unbedingt mit jemandem auf den Erfolg anstoßen wollte.

Das Lokal war leer; alle Leute arbeiteten jetzt in den Laboratorien, sie bereiteten die beiden Unternehmen, die Verbreitung des Fiebers und den Einsatz der Retter vor. Auf Befehl des Präsidenten waren alle nur möglichen Vorbereitungen auf dieses Laboratorium in den Smoky Mountains beschränkt. Die Affen, die diese Krankheit übertragen sollten – über zweihundert an der Zahl –, befanden sich hier; die Kulturen und das Gegengift wurden hier ›gebraut‹; die Pferde für das Serum hatten in einer unterirdischen Handballhalle einen Stall.

Die über eine Million Soldaten für den ›Samariterdienst‹ konnten wir nicht unterbringen, aber sie hatten keine Ahnung von dem Vorhaben und sollten erst knapp vor dem Absprung Bescheid erhalten. Dann sollte jeder mit einer Pistole und mit einem Patronengurt ausgerüstet sein, der mit Injektionsspritzen für das Gegengift bestückt war. Alles war geschehen, um das Geheimnis zu wahren. Unterliegen konnten wir meines Erachtens nur, wenn die Titanier unsere Pläne mit Hilfe eines Spions oder auf andere Weise durchschauten. Zu viele Unternehmen sind schon gescheitert, weil irgendein Narr seiner Frau davon erzählte.

Wenn es uns nicht gelang, die Sache geheimzuhalten, würde man unsere Affen erschießen, sobald sie sich in dem Gebiet der Titanier blicken ließen. Trotzdem saß ich wohlig entspannt bei meinem Glas, denn ich war glücklich und mit Recht davon überzeugt, daß nichts durchsickern werde. Bis nach dem Tag des Absprungs war bei uns hier nur »Einflug« gestattet, und alle Nachrichten, die hinausgingen, überprüfte Oberst Kelly oder hörte sie ab.

Daß von den Leuten, die draußen im Lande etwas davon wußten, einer nicht dichthielt, war äußerst unwahrscheinlich. Der General, mein Vater, Oberst Gibsy und ich selbst waren vergangene Woche im Weißen Haus gewesen. Dort hatte Vater Krach geschlagen und sich so aufgeregt gebärdet, daß er erreichte, was er wollte. Sogar Minister Martinez wurde über das Unternehmen im unklaren gelassen. Falls der Präsident und Rexton in der folgenden Woche nicht im Schlaf das Geheimnis ausplauderten, konnte ich mir nicht denken, warum etwas schiefgehen sollte.

In einer Woche war es soweit – keineswegs zu früh! Die rote Zone breitete sich aus. Nach der Schlacht bei Paß Christian waren die Parasiten vorgestoßen und hielten nun die Golfküste hinter Pensacola. Anzeichen deuteten darauf hin, daß es noch schlimmer kommen würde. Vielleicht hatten die Schneckenwesen unseren Widerstand satt und beschlossen, auf uns als künftige Sklaven zu verzichten, indem sie Atombomben auf die Städte warfen, die wir noch in der Hand hatten. Wenn es dazu kam, vermochte der Radarschirm zwar die Verteidigungskräfte zu mobilisieren, aber einen schweren Angriff konnte er nicht aufhalten.

Doch ich wollte mir keine Sorgen machen. Noch eine Woche ...

Oberst Kelly schlenderte herein und setzte sich zu mir. »Wie wäre es mit einem Gläschen?« schlug ich ihm vor. »Mir ist nach Feiern zumute.«

Prüfend betrachtete er seinen dicken Wanst, der sich beträchtlich vorwölbte, und meinte: »Ich glaube, daß ein Bier meiner Figur auch nicht mehr schaden kann.«

»Trinken Sie ruhig zwei Bier oder meinethalben ein Dutzend.« Ich bestellte für ihn und erzählte ihm von dem Erfolg des Affenversuchs.

Er nickte. »Ja, ich habe davon gehört. Recht erfreulich.«

»Recht erfreulich! sagt der Mensch. Wir stehen einen Meter vor dem Ziel. In einer Woche haben wir gewonnen.«

»So?«

»Aber wer wird denn zweifeln?« antwortete ich leicht gereizt. »In einer Woche können Sie wieder Ihre Kleider anziehen und ein normales Leben führen. Oder glauben Sie nicht, daß unsere Pläne glücken?«

»Ich denke schon.«

»Warum dann die Trauermiene?«

»Herr Nivens«, sagte er, »Sie meinen doch nicht, daß ein Mann mit einem solchen Dickbauch wie ich Spaß daran findet, ohne Kleider herumzulaufen, nicht wahr?«

»Kaum anzunehmen. Ich für meine Person gebe diese Mode jedoch nur recht ungern auf. Sie ist bequem und spart Zeit.«

»Sie können unbesorgt sein, diese Lebensweise bleibt uns für immer erhalten.«

»Wie? Ich verstehe nicht. Sie glauben, daß unser Gegenschlag gelingen wird, und jetzt reden Sie als sollte die Losung: ›Körper frei‹ für alle Ewigkeit gelten?«

»In gemäßigter Form wird das auch der Fall sein.«

»Sie müssen schon entschuldigen, aber ich scheine heute begriffsstutzig zu sein.«

Er bestellte noch ein Bier. »Herr Nivens, ich habe nie erwartet, daß ein militärischer Stützpunkt sich in ein Lager für Nacktkultur verwandeln könnte. Nun, da ich es erlebt habe, erwarte ich auch nicht mehr, daß alles wieder wird, wie es früher war; denn das ist unmöglich. Die Büchse der Pandora hat einen Deckel, der nur nach einer Seite aufgeht.«

»Ich gebe zu, daß niemals alles ganz so wird wie zuvor«, antwortete ich. »Aber Sie übertreiben. An dem Tage, an dem der Präsident den Befehl, sich völlig zu entkleiden, zurücknimmt, werden die alten Gesetze wieder in Kraft treten, und ein Mann ohne Hose wird unfehlbar verhaftet werden.«

»Ich hoffe nicht.«

»Was schwätzen Sie da? Überlegen Sie doch.«

»Für mich liegt der Fall klar. Herr Nivens, solange eine Möglichkeit dafür besteht, daß noch ein Parasit am Leben ist, muß der wohlerzogene Bürger bereit sein, den Körper auf Verlangen zu entblößen, wenn er nicht erschossen werden will. Das gilt nicht nur für diese Woche oder die nächste, sondern noch in zwanzig oder hundert Jahren. Nein, nein, ich denke nicht gering von Ihren Plänen, aber Sie waren zu beschäftigt und haben nicht gemerkt, daß sie örtlich und zeitlich begrenzt sind.

Haben Sie zum Beispiel schon irgendwelche Vorkehrungen getroffen, um die Dschungel am Amazonas Baum für Baum durchzukämmen?«

Er fuhr fort: »Greifen wir nur ein Beispiel heraus. Dieser Erdball umfaßt nahezu hundertfünfzig Millionen Quadratkilometer Land; jeder Versuch, dieses Riesengebiet nach Parasiten zu durchforschen, wäre ein unsinniges Beginnen. Mensch, nicht einmal die Ratten haben wir nennenswert vermindert, und dazu hatten wir wahrlich lange Zeit.«

»Wollen Sie mir einreden, daß alles hoffnungslos sei?«

»Hoffnungslos? Keineswegs. Trinken Sie noch ein Glas. Ich versuche Ihnen nur begreiflich zu machen, daß wir lernen müssen, mit diesem Schreckgespenst zu leben, genauso wie wir uns an die Atombombe gewöhnen mußten.«

Ich ging ziemlich niedergeschlagen fort und suchte Mary. Manchmal, so kam es mir vor, war der Umstand, ein ›Genie‹ zu sein, den ganzen Ärger nicht wert.

33

Wir waren wieder im gleichen Raum des Weißen Hauses versammelt; ich erinnerte mich an die Nacht nach der Botschaft des Präsidenten vor vielen Wochen. Vater und Mary, Rexton und Martinez waren hier, ebenso die Leiter unseres Laboratoriums, Dr. Hazelhurst und Oberst Gibsy.

Unsere Augen hingen an der riesigen Landkarte, die immer noch die Wand bedeckte; viereinhalb Tage waren verflossen, seit wir die Träger des Fiebers mit dem Fallschirm abgesetzt hatten, aber im Mississippital erglühten noch immer die rubinroten Lämpchen.

Mir war richtig bange, obwohl das Unternehmen sichtlich von Erfolg begleitet war und wir nur drei Flugzeuge verloren hatten. Selbst wenn man dreiundzwanzig Prozent Zufälle einrechnete, hätte nach den aufgestellten Gleichungen jeder Parasit, der einen Genossen in der Nähe hatte, um mit ihm Fühlung aufzunehmen, schon vor drei Tagen angesteckt sein müssen. In den ersten zwölf Stunden sollte das Unternehmen schätzungsweise achtzig Prozent, hauptsächlich in Städten, verseuchen.

Wenn wir recht hatten, müßten Parasiten bald schneller eingehen als die Fliegen.

Ich versuchte stillzusitzen, während ich mich fragte, ob hinter jenen rubinroten Lichtern ein paar Millionen schwerkranker Schmarotzer steckten oder – nur zweihundert tote Affen. Hatte jemand bei der Berechnung eine Dezimalstelle übersehen? Oder das Geheimnis ausgeplaudert? Steckte in unseren Erwägungen etwa ein so ungeheuerlicher Fehler, daß wir ihn übersehen hatten?

Plötzlich blinkte ein grünes Licht auf; alle setzten sich gespannt zurecht. Aus dem Stereoapparat ertönte eine Stimme, obwohl kein Bild zustandekam. »Hier spricht Station Dixie, Little Rock«, sagte jemand todmatt in südlicher Mundart. »Wir brauchen dringend Hilfe. Jeder, der mithört, gebe bitte diese Botschaft weiter: Little Rock in Arkansas ist von einer schecklichen Seuche befallen. Verständigen Sie das Rote Kreuz. Wir sind in den Händen von ...«

Die Worte erstarben, entweder vor Schwäche, oder weil der Sender versagte.

Ich hatte zu atmen vergessen. Nun holte ich tief Luft. Mary tätschelte meine Hand, ich setzte mich zurück und genoß es, daß die Spannung gewichen war. Ein unaussprechliches Glücksgefühl überwältigte mich. Ich bemerkte nun, daß vorhin das grüne Licht nicht in Little Rock, sondern weiter westlich in Oklahoma aufgeflammt war. Zwei weitere Lämpchen schimmerten grün, eines in Nebraska und eines nördlich der kanadischen Grenze. Eine andere Stimme ließ sich hören, mit der näselnden Aussprache der Bewohner New Englands. Ich wunderte mich, wie der Mann in die rote Zone gelangt war.

»Es kommt mir fast vor wie in der Nacht deiner Wahl«, sagte Martinez herzlich zum Präsidenten.

»Ein wenig«, pflichtete der Präsident bei. »Doch für gewöhnlich bekomme ich aus Mexiko keine Meldungen.« Er wies auf die Karte; grüne Punkte blitzten in Chihuahua auf.

»Beim Zeus, du hast recht. Nun, ich vermute: Wenn diese Geschichte vorüber ist, wird das Außenministerium einiges zu bereinigen haben.«

Der Präsident antwortete ihm nicht, und Martinez verstummte zu meiner Freude. Unser Staatsoberhaupt schien Selbstgespräche zu führen; er bemerkte mich und sagte lächelnd:

Rücklings auf 'ner großen Fliege
Sitzt 'ne kleine, die sie beißt,
Und die kleine, die hat eine,
Die, noch kleiner, wieder beißt ...

Ich lächelte, um nicht unhöflich zu erscheinen, obwohl ich unter den gegebenen Umständen diesen Vergleich abscheulich fand. Der Präsident blickte weg und meinte: »Wünscht jemand ein Abendessen? Zum ersten Mal seit Tagen merke ich, daß ich hungrig bin.«

Am Spätnachmittag des nächsten Tages schimmerte die Karte mehr grün als rot. Rexton hatte angeordnet, daß in der Kommandostelle im Pentagon zwei Meldegeräte aufgestellt wurden. Das eine zeigte an, bis zu wieviel Prozent die mühsame Rechnung aufgegangen und die Zahl erreicht war, die man für nötig hielt, ehe man den Absprung wagte. Das andere Gerät zeigte die geplante Zeit für den Masseneinsatz der Fallschirmtruppen. In den verflossenen zwei Stunden war sie mit 17 Uhr 43 Minuten Ostküstenzeit angegeben.

Rexton erhob sich. »Um siebzehn Uhr fünfundvierzig werde ich das Startzeichen geben«, verkündete er. »Herr Präsident, wollen Sie mich bitte beurlauben.«

»Aber natürlich!«

Rexton wandte sich an Vater und mich. »Wenn ihr beiden Don Quichottes noch immer entschlossen seid mitzumachen, ist es jetzt an der Zeit.«

Ich stand auf. »Mary, du wartest auf mich.«

»Wo?« fragte sie. Es war beschlossen worden – und keineswegs auf sehr friedliche Weise, – daß sie nicht mitfahren sollte.

Der Präsident mischte sich ein. »Ich schlage vor, daß Frau Nivens hier bleibt. Sie gehört schließlich zur Familie.«

»Danke, Herr Präsident«, sagte ich. Oberst Gibsy sah reichlich verblüfft drein.

Zwei Stunden später schwebten wir über unserem Ziel, und die Falltüren klappten auf. Vater und ich kamen als letzte an die Reihe, nach den jungen Soldaten, denen die Hauptarbeit zufiel. Meine Hände waren schweißnaß, und wieder regte sich das alte üble Lampenfieber. Ich hatte verteufelte Angst, denn das Fallschirmspringen war mir immer ein Grauen gewesen.

34

Mit der Pistole in der Linken und der Injektionsspritze voll Gegengift in der Rechten ging ich in dem Block, der mir zugeteilt war, von Tür zu Tür. Es war ein älteres Viertel der Stadt Jefferson, beinahe Elendsquartiere, die vor fünfzig Jahren erbaut worden waren. Zwei Dutzend Spritzen hatte ich schon verabreicht, und weitere zwei Dutzend standen mir noch bevor, ehe es Zeit wurde, zum verabredeten Treffpunkt am Rathaus zu kommen. Mir wurde die Arbeit allmählich zur Qual.

Ich wußte, warum ich mitgefahren war – nicht nur aus Neugierde; ich wollte meine Erzfeinde sterben sehen. Von einem dumpfen Haß getrieben, der alle anderen Gefühle in den Hintergrund drängte, hatte ich nur ein Verlangen: zu beobachten, wie sie verendeten und tot vor mir lagen. Aber jetzt hatte ich ihre Kadaver gesehen, und es reichte mir; am liebsten wäre ich heimgefahren, hätte ein Bad genommen und den Eindruck vergessen.

Es war keine schwere Arbeit, nur eintönig und ekelerregend.

Bis jetzt hatte ich nicht einen einzigen lebenden Parasiten entdeckt, aber unzählige tote. Ich hatte einen umherschleichenden Hund erschossen, der einen Höcker zu haben schien; sicher war ich indessen nicht, denn das Licht war schlecht. Knapp vor Sonnenuntergang waren wir gelandet, und jetzt war es schon fast dunkel.

Das Schlimmste war der Geruch. Wer den Gestank ungewaschener, verlauster und verwahrloster Menschen mit dem von Schafen vergleicht, ist kein Freund der anständigen Schafe.

Ich hatte das Wohnhaus, in dem ich mich befand, überprüft, rief noch einmal laut, um mich zu vergewissern, daß ich keinen Hilfsbedürftigen vergessen hatte, und trat auf die Straße hinaus. Sie war nahezu verlassen. Da die ganze Bevölkerung fieberkrank war, fanden wir nur wenige Leute im Freien. Die einzige Ausnahme bildete ein mann, der mit stierem Blick auf mich zugetorkelt kam. »Heda!« brüllte ich ihn an.

Er blieb stehen. »Ich habe das Mittel bei mir, das Sie brauche, um wieder gesund zu werden. Strecken Sie den Arm aus.«

Er versetzte mir einen leichten Schlag. Ich gab ihm einen sanften Klaps, und er fiel mit dem Gesicht nach unten hin. Quer über seinen Rücken lief der rote Hautausschlag, der von einem Schneckenwesen herrührte; ich suchte mir oberhalb seiner Niere eine einigermaßen saubere Stelle aus, stach die Injektionsnadel ein, und nachdem sie im Fleisch steckte, knickte ich sie, um die Spitze abzubrechen. Die Ampullen waren mit Gas gefüllt, und ich brauchte weiter nichts mehr zu tun.

Im ersten Stock des nächsten Hauses befanden sich sieben Menschen, von denen die meisten so krank waren, daß ich gar nichts redete, sondern ihnen nur die Spritze gab und weitereilte. Der vierte Stock war bewohnt, wenn man das so bezeichnen wollte. Auf dem Küchenboden lag eine tote Frau mit eingeschlagenem Schädel. Ihr Parasit saß immer noch auf ihrer Schulter, aber regte sich nicht, denn er war ebenfalls tot. Ich verließ sie schleunigst und sah mich um.

Im Badezimmer saß in einer altmodischen Wanne ein Mann im mittleren Alter. Sein Kopf war auf die Brust gesunken, denn er hatte sich die Pulsadern geöffnet. Ich hielt ihn für tot, aber als ich mich über ihn beugte, blickte er hoch. »Sie kommen zu spät«, sagte er dumpf. »Ich habe meine Frau ermordet.«

Oder zu früh, dachte ich. Nach dem Anblick, den der Boden der Badewanne bot, und nach seinem grauen Gesicht zu urteilen, wäre es besser gewesen, noch fünf Minuten später zu kommen. Ich blickte ihn an und fragte mich, ob ich eine Injektion an ihn verschwenden sollte oder nicht.

Er sprach von neuem: »Mein kleines Mädchen …«

»Sie haben eine Tochter«, fragte ich laut. »Wo ist sie?«

Seine Augen flackerten, aber er schwieg. Dann sank ihm der Kopf wieder vornüber. Ich schrie ihn an, betastete seine Schläfen und bohrte ihm den Daumen in den Nacken, aber ich konnte keinen Pulsschlag mehr entdecken.

Das Kind lag in einem Zimmer im Bett; es war ein Mädchen von etwa acht Jahren, und wenn es gesund gewesen wäre, hätte man es als hübsches Kind bezeichnen können. Die Kleine wachte auf, weinte und nannte mich Pappi. »Ja«, beschwichtigte ich sie. »Pappi wird schon für dich sorgen.« Ich gab ihr die Injektion ins Bein; wahrscheinlich merkte sie gar nichts.

Schon wandte ich mich zum Gehen, als sie mich erneut rief: »Ich habe Durst, ich möchte ein Glas Wasser.« So mußte ich wiederum ins Badezimmer gehen.

Gerade gab ich ihr zu trinken, da schrillte mein Funktelefon, und ich schüttete ein wenig daneben. »Mein Sohn! Kannst du mich hören?«

Ich griff nach meinem Gürtel und schaltete ein. »Ja, was ist los?«

»Ich befinde mich in dem kleinen Park nördlich von dir und brauche Hilfe.«

»Ich komme!« Das Glas stellte ich nieder und wollte schon aufbrechen, aber unentschlossen kehrte ich um. Denn ich konnte nicht zulassen, daß meine neue Freundin erwachte und ihre Eltern tot vorfand. Ich hob die Kleine auf und stolperte in den zweiten Stock hinunter. Bei der ersten Türe, an die ich geriet, trat ich ein und legte sie auf ein Sofa. In der Wohnung hausten Menschen, die selbst noch zu krank waren, um sich um sie zu kümmern, aber mehr vermochte ich nicht für sie zu tun.

»Beeile dich, mein Sohn!«

»Bin schon unterwegs!« Ich sauste hinaus, sparte, statt lange zu fragen, lieber den Atem und machte Beine. Vaters Bezirk lag parallel zu dem meinen unmittelbar nördlich und hatte an der Vorderseite einen winzigen Vorstadtpark. Als ich die Häuserzeile umging, bemerkte ich Vater zuerst nicht und lief an ihm vorbei.

»Hier, Sohn, hier drüben beim Wagen!« Diesmal konnte ich ihn über das Telefon und mit bloßem Ohr hören. Ich machte mit Schwung kehrt und entdeckte den Wagen, ein mächtiges Cadillac-Flugauto, das denen sehr ähnelte, die wir in der Abteilung verwendeten. Drinnen saß jemand, aber es war so dunkel, daß ich die Person nicht ausmachen konnte. Vorsichtig näherte ich mich, bis ich die Stimme hörte. »Gott sei Dank! Ich dachte schon, du würdest überhaupt nicht mehr kommen.« Da wußte ich, daß es Vater war.

Ich mußte mich ducken, um durch die Türe hereinzukommen. Und im gleichen Augenblick hatte er mich schon geschnappt.

Als ich zu mir kam, merkte ich, daß ich an Hand- und Fußgelenken gefesselt war. Ich saß auf dem zweiten Fahrersitz des Wagens, der alte Herr befand sich auf dem anderen und bediente die Schalthebel. Das Steuer auf meiner Seite war ausgeklinkt und lag außer meiner Reichweite. Die Erkenntnis, daß unser Fahrzeug in der Luft schwebte, machte mich vollends munter.

Vater wandte sich zu mir um und sagte fröhlich: »Geht es dir besser?«

Ich konnte seinen Parasiten hoch oben auf seiner rechten Schulter hocken sehen.

»Ein wenig«, gab ich zu.

»Leider mußte ich dir einen Hieb versetzen«, fuhr er fort. »Aber es ging nicht anders.«

»Vermutlich.«

»Im Augenblick muß ich dich noch gefesselt lassen. Später können wir bequemere Maßnahmen treffen.« Er zeigte sein boshaftes altes Grinsen. Es war verblüffend, wie bei jedem Wort, das der Parasit aus ihm sprach, seine eigene Persönlichkeit unverkennbar blieb.

Ich überlegte, welche ›bequemere Maßnahme‹ er meinte, aber dann gab ich es auf und verwendete meine ganze Aufmerksamkeit darauf, meine Fesseln zu untersuchen. Doch der Alte hatte sich eigenhändig um sie bemüht.

»Wohin fahren wir?« fragte ich.

»Nach Süden.« Er fingerte an den Hebeln herum. »Weit nach Süden. Laß mir eine Minute Zeit, diesen Blechhaufen hier einzustellen, dann werde ich dir erklären, was wir vorhaben.« Er war ein paar Sekunden emsig beschäftigt, dann sagte er: »So, nun werden wir den Kurs halten, bis die Maschine auf neuntausend Metern steht.«

Die Erwähnung dieser gewaltigen Höhe ließ mich auf das Armaturenbrett schauen. Das Flugauto sah nicht nur wie eines unserer Fahrzeuge aus, es war tatsächlich eine Sonderanfertigung. »Woher hast du diesen Wagen?« fragte ich.

»Die Abteilung hatte ihn in der Stadt Jefferson versteckt. Ich sah nach, und tatsächlich hatte ihn niemand entdeckt. Fein, nicht wahr.«

Man könnte auch anderer Meinung sein, dachte ich, aber ich hatte keine Lust zu streiten. Ich suchte immer noch nach einer Möglichkeit, mich zu befreien, aber die Aussichten standen schlecht, wenn nicht hoffnungslos. Meine Pistole war verschwunden. Wahrscheinlich trug Vater sie an der Seite, die von mir abgewandt war; ich konnte sie nicht sehen.

»Aber das war nicht das beste daran«, fuhr er fort. »Ich hatte das Glück, von dem einzigen Parasiten erwischt zu werden, der in der ganzen Stadt Jefferson noch gesund war. Nicht als ob ich an Glück ernstlich glaubte. So gewinnen wir schließlich doch noch.« Er kicherte. »Die Angelegenheit kommt mir wie ein schwieriges Schachspiel vor, bei dem ich auf beiden Seiten meine Züge mache.«

»Du hast mir noch gar nicht erzählt, wohin wir fahren«, drängte ich. Da ich im Augenblick noch keinen Ausweg sah, war das einzige, das mir zu tun blieb, *reden*.

Er überlegte. »Sicher aus den Vereinigten Staaten hinaus. Mein Gebieter ist vielleicht der einzige, der auf dem ganzen Kontinent frei von Neuntagefieber ist, und ich darf nichts leichtsinnig aufs Spiel setzen. Ich glaube, daß die Halbinsel Yucatán gerade recht für uns wäre. Auf diese Richtung habe ich die Maschine eingestellt. Dort können wir uns verkriechen, unsere Zahl vermehren und weiter nach Süden vordringen. Sobald wir zurückkehren – und das werden wir –, wollen wir nicht wieder die gleichen Fehler begehen.«

»Vater, kannst du mir diese Fesseln nicht abnehmen«, bat ich. »Mein Blutkreislauf wird abgeschnürt. Du weißt, daß du mir vertrauen kannst.«

»Gleich, gleich – alles zu seiner Zeit. Warte, bis wir vollautomatisch fliegen.« Das Fahrzeug kletterte noch immer höher; wenn der zusätzlich eingebaute Kompressor auch die Leistung hinaufschraubte, so waren neuntausend Meter schon allerhand für einen Wagen, der ursprünglich ein Modell für Familienausflüge gewesen war.

»Du scheinst zu vergessen, daß ich lange Zeit unter den Gebietern gelebt habe. Ich weiß Bescheid und – ich gebe dir mein Ehrenwort.«

Er grinste. »Belehre deine Großmutter nicht, wie man Schafe stiehlt. Wenn ich dich jetzt freilasse, wirst du mich umbringen oder ich dich. Und ich möchte dich lebend um mich haben. Wir machen uns ein vergnügtes Dasein, mein Sohn, – du und ich. Wir sind flink und schlau, also genau das, was der Doktor verschreibt.«

Da ich nichts erwiderte, fuhr er fort: »Übrigens – du behauptest, Bescheid zu wissen. Warum hast du mir nichts davon erzählt, mein Sohn. Warum hast du damit hinter dem Berg gehalten?«

»Wovon redest du?«

»Du hast mir nicht verraten, mein Sohn, wie einem zumute

ist. Ich hatte keine Ahnung, daß sich ein Mensch dabei so zufrieden und wohl fühlt. Dies ist der glücklichste Augenblick seit Jahren, der glücklichste, seit ...« Er blickte verwirrt drein und ergänzte: »seit deine Mutter starb. Aber laß gut sein. Dieses Leben ist noch schöner. Du hättest es mir sagen sollen ...«

Abscheu überwältigte mich plötzlich. Ich vergaß die Vorsicht, die ich bisher geübt hatte. »Vielleicht bin ich anderer Ansicht. Und du, du alter Narr, würdest genauso denken, wenn du nicht einen Parasiten auf dem Rücken hättest, der durch deinen Mund spricht und mit deinem Gehirn denkt!«

»Beruhige dich, mein Son«, sagte er liebevoll, und wahrhaftig besänftigte mich seine Stimme. »Du wirst dich eines Besseren belehren lassen. Glaube mir, dazu sind wir bestimmt; dies ist unser Schicksal. Die Menschheit war geteilt und stand mit sich selbst im Krieg. Unsere Gebieter werden sie wieder vereinen.«

Ich dachte bei mir, daß es wahrscheinlich Hohlköpfe gab, die verdreht genug waren, auf solche Schlagworte hereinzufallen, und ihre Seelen gegen das Versprechen von Sicherheit und Frieden auszuliefern. Aber ich behielt diesen Gedanken für mich.

»Du brauchst nicht mehr lange zu warten«, meinte er plötzlich und warf einen Blick auf das Armaturenbrett. »Ich werde die Maschine auf Kurs festlegen.« Er berechnete maschinell den genauen Weg, überprüfte die Hebel und schaltete sie ein. »Nächste Haltestelle Yucatán. Nun ans Werk.«

Er stand von seinem Sitz auf und kniete sich auf den engen Raum neben mich. »Ich muß ganz sicher gehen«, sagte er und legte mir den Sitzgurt um die Mitte.

Ich hob das Knie und traf ihn ins Gesicht.

Er richtete sich auf und blickte mich ohne Groll an. »Ungezogen, sehr ungezogen. Ich könnte es übelnehmen, aber das ist nicht unsere Art. Jetzt sei schön brav.« Er setzte seine Arbeit fort und überprüfte meine Hand- und Fußgelenke. Dabei blutete er aus der Nase, aber er gab sich nicht die Mühe, sich abzuwischen. »So wird es gehen«, sagte er. »Nur Geduld, bald ist es soweit.«

Dann ging er zu seinem Führersitz zurück, stützte sich mit

den Ellbogen auf die Knie und beugte sich im Sitzen vor, so daß ich sein Schneckenwesen deutlich sehen konnte.

Einige Minuten lang ereignete sich nichts, ich vermochte auch an nichts anderes zu denken und zerrte nur an meinen Gurten. Dem Anschein nach schlief der Alte, aber ich verließ mich nicht darauf.

In der Mitte der hornigen braunen Körperhülle des Parasiten bildete sich eine senkrechte Linie nach abwärts.

Während ich sie beobachtete, verbreiterte sie sich zu einem Spalt. Kurz darauf konnte ich die scheußlich schillernde Masse sehen, die darunter lag. Der Raum zwischen den zwei Schalenhälften erweiterte sich, und – ich wurde mir bewußt, daß sich der Parasit teilte, daß er aus dem Körper meines Vaters Lebenskraft und Stoffe saugte, um sich zu verdoppeln.

Ebenso erkannte ich, von kaltem Grauen gepackt, daß mir höchstens noch fünf Minuten Eigenleben verblieben. Mein neuer Dämon wurde geboren und war in Bälde bereit, sich auf mich zu setzen.

Wären Muskeln und Knochen imstande gewesen, die Fesseln zu sprengen, dann hätte ich es fertiggebracht. Aber es gelang mir nicht. Der Alte beachtete mein wildes Strampeln nicht. Ich zweifle, ob er bei Bewußtsein war. Sicherlich mußten die Schneckenwesen, während sie sich spalteten, ihre Befehlsgewalt bis zu einem gewissen Grad aufgeben und daher die Sklaven vorher lähmen. Wie es auch sein mochte, der Alte regte sich nicht.

Ich war so ermattet und so felsenfest überzeugt, daß für mich kein Entrinnen mehr möglich war, daß ich aufgab. Doch in diesem Augenblick konnte ich in der Mitte des Schneckenwesens die silberne Linie entdecken, die bedeutete, daß die Teilung bald vollzogen sein würde. Dieser Anblick brachte mich auf einen rettenden Gedanken, falls in meinem wirren Kopf überhaupt noch ein Funken Verstand war.

Meine Hände waren auf dem Rücken zusammengebunden, die Knöchel ebenso festgeschnürt, und um die Mitte war ich mit dem Sicherheitsgurt an den Sitz geschnallt. Aber von der Hüfte an abwärts waren meine Beine frei, wenn sie auch aneinandergekettet waren. Ich ließ mich hinuntergleiten, um mit mehr Schwung ausholen zu können, und warf die Beine in die Luft. Krachend ließ ich sie aufs Armaturenbrett hinuntersausen und – setzte damit alle Antriebsmotoren auf Höchstgeschwindigkeit. Insgesamt ergab das eine ungeheure Beschleunigung. Wie groß sie genau war, wußte ich nicht, denn mir war nicht bekannt, was das Fahrzeug leisten konnte. Aber es war allerhand, denn wir wurden beide auf den Sitz zurückgeschleudert. Vater härter als ich, da ich angeschnallt war. Er prallte gegen die Lehne, und der Parasit, offen und hilflos wie er war, wurde zwischen den zwei Massen zerquetscht.

Er platzte.

Vater wurde von furchtbaren Zuckungen erfaßt, bei denen jeder Muskel sich verkrampfte, wie ich es schon dreimal zuvor erlebt hatte. Mit verzerrtem Gesicht und gekrümmten Fingern wurde er mit der Brust gegen das Steuerrad geschleudert.

Das Fahrzeug raste in die Tiefe.

Ich saß fest und beobachtete den Flug nach unten, sofern man das Sitzen nennen kann, wenn man nur von einem Gurt an seinem Platz gehalten wird. Hätte Vaters Körper nicht die Hebel hoffnungslos verbeult, wäre ich vielleicht imstande gewesen, etwas zu unternehmen, die Maschine wieder nach oben zu steuern, wenn auch nur mit den gebundenen Füßen. Ich versuchte es, aber völlig erfolglos. Wahrscheinlich hatten sich die Schalter obendrein noch verklemmt.

Der Höhenmesser tickte emsig weiter. Wir waren auf dreitausend Meter abgesunken, ehe ich Zeit fand, einen Blick darauf zu werfen. Dann ging es auf zweitausendsiebenhundert – zweitausendeinhundert – achtzehnhundert Meter, bis wir unter fünfzehnhundert abtrudelten.

Bei fünfhundert Meter setzte die Radarabwehr ein, und die Antriebsdüsen am Bug knatterten nur mehr abwechselnd. Jedesmal versetzte mir der Gurt dabei einen Hieb über dem Magen. Ich dachte schon, wir seien gerettet, und das Flugzeug werde sich fangen. Doch ich hätte eigentlich wissen müssen, daß dies unmöglich war. Denn Vater war zu heftig gegen das Steuer gestoßen.

Während ich noch überlegte, schlugen wir krachend auf.

Als ich wieder zu mir kam, verspürte ich gleichzeitig immer deutlicher eine leise schaukelnde Bewegung. Sie störte mich, und ich hätte gerne gehabt, daß sie aufhörte. Selbst der geringste Ruck bereitete mir unerträgliche Schmerzen. Ein Auge brachte ich auf, das andere konnte ich überhaupt nicht öffnen. Betäubt blickte ich um mich, um die Ursache meines Mißgeschicks zu ergründen.

Über mir lag der Boden des Fahrzeugs, aber ich mußte ihn lange anstarren, ehe ich ihn wiedererkannte. Da dämmerte mir auch, wo ich mich befand und was geschehen war. Ich erinnerte mich an den Absturz, an die Bruchlandung und merkte, daß wir nicht auf dem Erdboden, sondern auf einer Wasserfläche aufgeschlagen waren. Vielleicht war es der Golf von Mexiko? Aber das war mir ziemlich gleichgültig.

Plötzlich übermannte mich Trauer um meinen Vater. Mein abgerissener Sitzgurt flatterte über mir. Die Hände waren noch immer gefesselt, ebenso die Knöchel, und ein Arm schien gebrochen. Ein Auge wollte nicht aufgehen, und das Atmen schmerzte mich. Dann gab ich es auf, alle meine Verletzungen festzustellen. Vater lag nicht mehr gegen das Steuer gepreßt, und das war mir ein Rätsel. Mit großem Kraftaufwand und unter Qualen rollte ich meinen Kopf herum, damit ich mit dem heilen Auge die restlichen Teile des Flugautos überblicken konnte. Vater war nicht weit von mir, etwa einen Meter von meinem Kopf entfernt. Er war blutüberströmt und starr, und ich war überzeugt, daß er tot sei. Ich brauchte eine halbe Stunde, glaube ich, um den Weg bis zu ihm zu bewältigen.

Dann lag ich Gesicht an Gesicht mit ihm, und unseren Wangen berührten sich beinahe. Soweit ich feststellen konnte, schien keine Spur von Leben mehr in ihm, und nach der merkwürdig gekrümmten Stellung, in der er dort lag, hielt ich es auch kaum noch für möglich.

»Vater!« rief ich heiser. Dann schrie ich nochmals: »Vater!«

Seine Augenlider flatterten, aber er hob sie nicht. »Mein Sohn«, flüsterte er. »Ich danke dir, mein Junge. Ich danke dir ...« Seine Stimme erstarb.

Ich hätte ihn am liebsten gerüttelt, aber ich war nur fähig zu rufen: »Vater, wach auf! Was fehlt dir?«

Er sprach wiederum, als wäre ihm jedes Wort eine Qual. »Deine Mutter ... läßt dir sagen, daß sie stolz auf dich ...« Erneut versagte ihm die Stimme, er atmete mühsam und röchelte beängstigend.

»Vater, du darfst nicht sterben«, schluchzte ich. »Ohne dich kann ich nicht weiterleben.«

Er öffnete die Augen weit. »Doch, mein Sohn, das kannst du.« Er machte eine Pause und rang nach Luft, ehe er hervorstieß: »Ich bin verletzt, mein Kind.« Die Augen fielen ihm zu.

Mehr konnte ich nicht aus ihm herausbringen, obwohl ich nun aus vollem Halse brüllte. Dann lehnte ich mein Gesicht an das seine, und meine Tränen vermischten sich mit Schmutz und Blut.

35

Und jetzt werden wir auch den Saturnmond Titan säubern! Alle, die daran teilnehmen, schreiben diesen Bericht. Sollten wir nicht wiederkommen, ist dies unser Vermächtnis, das wir den freien Menschen hinterlassen. Er enthält alles, was wir über die Parasiten wissen: wie sie vorgehen und wie man sich gegen sie schützen muß. Denn Kelly hatte recht. So gemütlich wie früher werden wir nie mehr leben. Trotz des Erfolges der ›barmherzigen Samariter‹ sind wir keineswegs sicher, daß wir alle Schmarotzer ausgerottet haben. Vor einer Woche erst wurde am Yukon oben ein Bär erschossen, der einen Höcker trug.

Das Menschengeschlecht wird immer auf der Hut sein müssen, ganz besonders in etwa fünfundzwanzig Jahren, falls wir nicht zurückkehren, und wieder fliegende Untertassen landen. Warum die Ungeheuer vom Titan sich an den Umlauf des ›Saturnjahres‹ von neunundzwanzig Jahren halten, wissen wir nicht, aber es ist so. Vielleicht haben sie einen einfachen Grund dafür; auch bei uns richtet sich vieles nach dem Kreislauf des Erdenjahres. Wir hoffen auch, daß sie innerhalb ihres ›Jahres‹ nur in einem bestimmten Zeitraum tatendurstig sind. Wenn das stimmt, werden wir bei unserem Feldzug vielleicht leichtes Spiel mit ihnen haben. Rechnen können wir allerdings nicht damit. Ich fahre als ›Fachmann für angewandte Psychologie exotischer Geschöpfe‹ mit, so merkwürdig das klingt, aber ich gehöre, wie jeder von uns – vom Feldgeistlichen bis zum Koch –, auch der kämpfenden Truppe an. Dies gilt für den Ernstfall, und wir sind entschlossen, diesen Parasiten zu zeigen, daß sie den Fehler begingen, sich mit dem zähesten, hinterhältigsten, gefährlichsten, unbarmherzigsten – und fähigsten Lebewesen in diesem Winkel des Weltraums auf eine Auseinandersetzung einzulassen. Sie haben es mit einem Gegner zu tun, den man töten, aber nicht zähmen kann.

Ich für meine Person hoffe, daß es uns möglich sein wird, die kleinen Kobolde, die Androgynen, zu befreien. Denn mit ihnen, glaube ich, könnten wir uns verständigen. Möglicherweise sind sie die ursprünglichen, wahren Bewohner des Titan, aber wie dem auch sei, mit den Parasiten sind sie auf keinen Fall verwandt.

Gleichgültig, ob wir es schaffen oder nicht, das Menschengeschlecht muß seinen sauer verdienten Ruf, sich niemals geschlagen zu geben, aufrechterhalten. Der Preis für die Freiheit ist die Bereitschaft, sich unverzüglich, überall, jederzeit und rücksichtlos zum Kampf zu stellen. Wenn wir das nicht aus unseren Erfahrungen mit den Parasiten gelernt haben, dann kann man nur sagen: »Dinosaurier, kehrt zurück! Wir sind zum Aussterben verurteilt!«

Denn wer weiß, welche unangenehmen Überraschungen ringsum in diesem Weltall noch auf uns lauern? Die Schneckenwesen sind vielleicht harmlos, ehrlich und freundlich im Vergleich zu den Bewohnern der Planeten des Sirius, um nur ein Beispiel zu nennen. Wenn dieser Überfall nur einen Anfang bedeutete, täten wir gut daran, für den Hauptkampf daraus zu lernen. Wir glaubten, der Weltraum sei unbewohnt, und hielten uns für die Herren der Schöpfung. Selbst als wir ins All hinauszogen, meinten wir das noch; denn auf dem Mars war bereits das Leben ausgestorben, und die Venus steckte noch in den Uranfängen. Nun, wenn der Mensch die erste Geige spielen oder auch nur als geschätzter Nachbar gelten will, müssen wir dafür kämpfen. Hämmert die Pflugscharen wieder zu Schwertern um; alles andere ist ein Wunschtraum alter Tanten.

Alle, die mit uns fahren, waren mindestens einmal von einem Parasiten befallen. Nur wer besessen war, kann begreifen, wie heimtückisch diese Mollusken sind, wie sehr man dauernd auf der Hut sein muß und – wie tief man sie hassen muß. Die Fahrt wird etwa zwölf Jahre dauern, wie man mir sagte, so daß Mary und ich Zeit haben werden, unsere Flitterwochen zu beenden. O ja, Mary kommt mit. Die meisten von uns sind verheiratete Paare, und die Junggesellen halten den alleinstehenden Frauen die Waage. Zwölf Jahre unterwegs zu sein, das ist keine Reise, das ist eine besondere Daseinsform.

Als ich Mary erzählte, daß wir zu den Monden des Saturn fahren würde, sagte sie nur still: »Ja, Liebster.«

Wir werden auch Zeit haben, eine Familie zu gründen. Wie Vater immer sagt: »Das Leben muß weitergehen, wenn wir auch nicht wissen, wohin.«

Dieser Bericht ist etwas unzusammenhängend; ehe er ins reine geschrieben wird, muß er noch verbessert werden. Aber ich habe alles erzählt, wie ich es sah und erlebte. Krieg mit fremdartigen Lebewesen muß psychologisch und nicht mit technischen Hilfsmitteln geführt werden. Was ich gedacht und empfunden habe, mag daher wichtiger sein als meine Taten.

Nun beende ich diese Aufzeichnungen in Raumstation Beta, von der aus wir auf das Raumschiff U.N.S. Avenger gebracht werden. Ich werde keine Zeit mehr haben, alles noch einmal durchzulesen, es wird unverändert stehenbleiben müssen, damit die Geschichtsforscher auch eine Unterhaltung haben. Gestern nacht verabschiedeten wir uns im Hafen von Pikes Peak von Vater und ließen unsere kleine Tochter bei ihm. Sie verstand das alles nicht, aber es ist besser so. Außerdem wollen Mary und ich sehen, ob wir derweil nicht noch eins kriegen können. Als ich Vater »Lebewohl« sagte, wies er mich jedoch zurecht: »Du meinst ›Auf Wiedersehen!‹ Denn du wirst zurückkehren, und wenn ich auch mit jedem Jahr komischer und verschrobener werde, beabsichtige ich doch, bis dahin durchzuhalten.«

»Ich hoffe es«, sagte ich.

Er nickte. »Du schaffst es bestimmt. Unkraut vergeht nicht, und du bist zäh. Dir und Menschen deines Schlages traue ich allerhand zu, mein Sohn.«

Nun werden wir bald ins Raumschiff steigen. Mir ist so leicht und froh zumute. Tyrannen! Euch drohen Tod und Vernichtung. Die freien Menschen kommen, um euch auszurotten!

ENDE

Science Fiction · Fantasy
Jubiläums-Edition
Roboter-Visionen
Nr. 21201/DM 10,00
Charity
Die beste Frau der Space Force
Nr. 21203/DM 10,00
Könige der Nebelinsel
Nr. 21202/DM 12,00
Die Farben des Alls
Nr. 21207/DM 5,00
Planeten-Träume
Nr. 21209/DM 8,00
Gefährtin des Lichts
Nr. 21208/DM 15,00

Die Kinder von Troja
Nr. 21204/DM 5,00
Nr. 21205/DM 10,00
Die Zauberin von Alamut
Nr. 21206/DM 10,00
Himmels-Stürmer
Nr. 21210/DM 10,00
Die Marionetten-Spieler
Nr. 21211/DM 8,00
Der Thron im Diamant
Nr. 21212/DM 10,00

Band 24 155

Orson Scott Card

ENDER

Zwei Romane in einem Band

Deutsche Erstveröffentlichung

Nur dem äußeren Anschein nach ist Andrew ›Ender‹ Wiggin ein ganz normaler Junge. In Wahrheit ist er das Ergebnis eines genetischen Experiments: Er soll zu einem militärischen Genie werden, das die Erde braucht, um einen fremden, übermächtigen Feind zu besiegen. Doch Enders Geschichte verläuft anders, als es die Militärs geplant haben. Zwar erweist er sich als der große Stratege, an dem sich das Schicksal einer anderen Lebensform erfüllt, doch dann wandelt er sich zum Hoffnungsträger der gesamten Galaxis. Denn er nimmt es auf sich, zum Mittler zwischen den Menschen und anderen, intelligenten Rassen zu werden.

ORSON SCOTT CARDs große Trilogie um Ender Wiggin, deren letzter Band *Xenozid* gleichfalls bei Bastei-Lübbe erschienen ist, wurde zu einem der wichtigsten Zyklen der modernen Science Fiction. Die ersten beiden Romane *Das große Spiel* und *Sprecher für die Toten*, beide mit dem HUGO und NEBULA AWARD ausgezeichnet, liegen hiermit in einer preiswerten Sonderausgabe vor.

BASTEI LÜBBE

Sie erhalten diesen Band im Buchhandel, bei Ihrem Zeitschriftenhändler sowie im Bahnhofsbuchhandel.

Band 24 174

Greg Egan

Quarantäne

Deutsche Erstveröffentlichung

Am 24. November 2034 geschieht das Unfaßbare. Eine riesige Barriere versperrt unser Sonnensystem, und die Sterne erlöschen.
Wir schreiben das Jahr 2068: Für den Privatdetektiv Nick Stavrianos ist der sternenlose Himmel bereits eine Alltäglichkeit geworden. Außerdem hat er andere Sorgen. Er muß die junge Laura finden, ein Mädchen, das trotz einer schweren Gehirnschädigung aus einem Pflegeheim entwichen ist. Die Spur führt nach Hongkong, ins Zentrum der Genforschung. Doch bevor er Laura findet, wird Nick selbst gefangengenommen und von skrupellosen Forschern programmiert. Und dann erkennt er, daß zwischen dem verschwundenen Mädchen und der Barriere ein unglaublicher Zusammenhang besteht . . .

GREG EGAN, *ein junger australischer Autor, setzt einen neuen Meilenstein der SF. QUARANTÄNE ist ein visionärer Roman, der phantastische biotechnologische Entwicklungen der Zukunft vorwegnimmt und sie mit einer packenden Detektivgeschichte verbindet.*

BASTEI LÜBBE

Sie erhalten diesen Band im Buchhandel, bei Ihrem Zeitschriftenhändler sowie im Bahnhofsbuchhandel.